SCHIESST NICHT AUF DIE MÖRDERMITZI

Isabella Archan wurde 1965 in Graz geboren. Nach Abitur und Schauspieldiplom folgten Theaterengagements in Österreich, der Schweiz und in Deutschland. Seit 2002 lebt sie in Köln, wo sie eine zweite Karriere als Autorin begann. Neben dem Schreiben ist Isabella Archan immer wieder in Rollen in TV und Film zu sehen.
www.isabella-archan.de

Dieses Buch ist ein Roman. Handlungen und Personen sind frei erfunden. Ähnlichkeiten mit lebenden oder toten Personen sind nicht gewollt und rein zufällig. Im Anhang finden sich ein Glossar und ein Rezept.

ISABELLA ARCHAN

SCHIESST NICHT AUF DIE MÖRDERMITZI

Kriminalroman

emons:

Bibliografische Information der Deutschen Nationalbibliothek
Die Deutsche Nationalbibliothek verzeichnet diese Publikation
in der Deutschen Nationalbibliografie; detaillierte bibliografische
Daten sind im Internet über http://dnb.d-nb.de abrufbar.

© Emons Verlag GmbH
Alle Rechte vorbehalten
Umschlagmotiv: shutterstock.com/Bob Pool
Umschlaggestaltung: nach einem Konzept
von Leonardo Magrelli und Nina Schäfer
Umsetzung: Tobias Doetsch
Gestaltung Innenteil: DÜDE Satz und Grafik, Odenthal
Lektorat: Hilla Czinczoll
Druck und Bindung: CPI – Clausen & Bosse, Leck
Printed in Germany 2023
ISBN 978-3-7408-1676-6
Originalausgabe

Unser Newsletter informiert Sie
regelmäßig über Neues von emons:
Kostenlos bestellen unter
www.emons-verlag.de

Dieser Roman wurde vermittelt durch die
Autoren- und Verlagsagentur Peter Molden, Köln.

Wie tötet man die Furcht, frag ich mich.
Wie schießt man einem Gespenst durch sein Herz,
schlägt ihm das Gespensterhaupt ab,
packt es an der Gespenstergurgel?

Joseph Conrad, »Lord Jim«

Glück allein kann's nicht sein.
Denn wer sich nur aufs Glück verlässt,
fliegt auf die Schnauze.

Peter Alexander

I.
KrapfenUnheil

Brandneu am Start – der Krimi-Vierteiler um 20:15 Uhr im Fernsehen: »Die seltsamen Verbrechen der Mitzi Schlager«.

Teil 1: »MörderMitzi« wird sie seit ihrer frühesten Kindheit gerufen. Der unglaublich gemeine Spitzname hat damit zu tun, dass ihre Eltern und ihr kleiner Bruder Benni bei einem Feuer umgekommen sind, da war Mitzi sieben. Und leider nicht ganz unschuldig an diesem schrecklichen Unglück.

Dass sie ihr Trauma so gut überstanden hat, ist ihren Großeltern zu verdanken, die sie aufgezogen haben. Mitzi ist eine absolut liebenswerte Person, aber mit kleinen Macken. Sie lebt in einer Welt der Geschichten, Bücher und Filme, sehr zurückgezogen und eigenbrötlerisch. Zusätzlich hat sie eine eigentümliche Mission: Sie will nämlich die bösen Buben und Mädels dieser Welt bekehren, will sie auf den rechen Weg zurückführen.

So auch den Auftragskiller Sam, einen durch und durch raffinierten und kaltblütigen Menschen, mit dem Mitzi zusammentrifft, als sie einen Mord auf der Innbrücke in Kufstein beobachtet. Sie wird Hauptzeugin und gefährliche Mitwisserin in einer Person. Das kann nicht gut ausgehen – oder?

Im Laufe der Ermittlungen lernt Mitzi ihre beste und bisher einzige Freundin kennen, die Tiroler Inspektorin Agnes Kirschnagel.

Also, Teil 1 heute im TV – nicht verpassen!

1

Warum der Robert, der sich als Fake-Namen für die Diebesbande Burschi ausgesucht hat, in den Sekunden, bevor ihn
die Kugel trifft, an einen Krapfen denken muss, ist ihm selbst
unerklärlich.

Trotzdem ist es so. Ein herrlich gelber und flaumiger Krapfen mit Staubzucker oben, einem perfekten weißen Ring in
der Mitte und mit Marillenmarmeladenfüllung im Inneren.

Das Bild schießt ihm durch den Kopf.

Wobei jetzt und hier das Wort »schießen« eindeutig zwei-
deutig zu verwenden ist. Denn es hat gerade jemand auf ihn
geschossen. Gezielt und abgedrückt.

Hier draußen auf der Mariahilfer Straße, ein paar Meter vom
Eingang des Juwelierladens entfernt, auf dem Kopfsteinpflaster der Fußgängerzone, steht ein Mensch mit einem Strumpf
über dem Gesicht und einer Pistole in der Hand.

Es ist früh. So früh, dass noch eine graue Dämmerung über
der österreichischen Hauptstadt liegt.

Grau ist auch der, der geschossen hat. Auf den Robert.

Graue, lange Hose, graues, weites T-Shirt, graue Handschuhe und graue Strumpfhose über Haar und Gesicht. Weiblein oder Männlein ist nicht zu erkennen bei all den ineinan-
derfließenden Grautönen. Nur die Waffe ist schwarz. Ebenso
das Loch, aus dem das Projektil abgefeuert wurde.

Und die Pistole ist kein Spielzeug, wie dem Robert seine
eigene, mit der er eben noch dem Juwelier und seiner Frau
Angst gemacht hat. So viel scheint klar zu sein. Alles andere
liegt im Dunkeln.

»Los, los, alles ins Sackerl«, hat er das Paar vor nicht einmal
fünf Minuten angeschrien, und sie haben ihm gehorcht.

Das war zu erwarten gewesen.

Aber was sich danach abgespielt hat, ist unvorstellbar, unglaublich und ungeachtet dessen trotzdem wahr. Hier vor der Tür des Ladens hat ihnen jemand aufgelauert. Ihnen vieren, der Bande, die aus dem Robert, genannt Burschi, dem Langen, dem Radi und dem Estragon besteht. Diese Fake-Namen haben sie sich gegeben, damit sie sich während der Überfälle ansprechen können, aber keinem ungewollt ein richtiger Vorname über die Lippen kommt.

Der Robert ist eben der Burschi. Bisher hat ihm der Name gefallen.

Sein Vater hat ihn immer so genannt. In den liebevolleren Momenten, die selten waren, darum umso kostbarer. Deshalb hat er für sich diese Anrede gewählt. Jedes Mal wenn einer von den anderen »Du, Burschi« zu ihm sagt, denkt er an den Vater, den Papa, der schon lange unter der Erde liegt und ihm nach einer saftigen Watschen oder auch einer Tracht Prügel als Wiedergutmachung immer einen Schilling zugesteckt hat. Der kleine Robert alias Burschi hat diese minimalistischen Reparaturzahlungen in einem Krug gesammelt. Nach Papas Beerdigung hat er ihn ausgeleert und der Mama davon einen Tischventilator kaufen können. Immerhin.

Jahrzehnte ist das her. Inzwischen ist er selbst Vater, leider auch kein guter.

Die Erinnerung verblasst, die Kugel kommt näher.

Ein unheimlicher Vorgang, der sich entgegen den Gesetzen der Physik in die Länge zu ziehen scheint. Das Projektil, das der Robert mit seinen Augen verfolgt, bewegt sich unerklärlicherweise in einer Art Schneckentempo auf ihn zu. Einer Filmsequenz ähnelnd, wie man sie oft in Actionszenen sieht. Der Hauptdarsteller gerät in Lebensgefahr, und alles um ihn herum beginnt sich zu verlangsamen. Was heute Morgen, im gegenwärtigen Moment, dabei fehlt, ist allerdings eine dramatische Filmmusik, ein Anschwellen von Geigen, ein Trommeln und ein Knall.

Es hat nicht geknallt, noch so eine Seltsamkeit.

Ein zweiter Schuss folgt.

Der Robert kann es sehen. Ganz genau. Das Paradigma der Geschwindigkeit bleibt aufgelöst, wird zum Paradoxon. Aus Zehntelsekunden entsteht nun gefühlt eine kleine Ewigkeit. Wieder kein Knall, sondern ein Fauchen oder Sirren. Mehr nicht.

Und die Zeitlupe des Geschehens macht dem Robert gerade unerwartet Lust auf etwas Süßes. Ein Krapfen soll es sein. Den kann man nicht nur zum Fasching essen, nein, das ganze Jahr über ist Krapfenzeit. Ob im Café Central, im Café Am Hof, im Dommayer, im Hawelka, im Landtmann und wie sie alle heißen. Dort sitzen, Kaffee trinken. Mit jemandem ins Gespräch kommen, vielleicht Karten spielen. Sich dazu einen Krapfen gönnen.

Aber nicht zwei Kugeln zusehen, die sich in Slow Motion auf die eigene Brust zubewegen.

Denn das Ziel der Geschosse ist klar.

Sie fliegen direkt auf den Robert zu, auf seine Brust. Gleich, oder vielleicht auch viel, viel später, werden sie auftreffen und einschlagen. Was dann folgt, kann nur den Tod bedeuten.

Jessas, sagt er, ohne Ton. Sakra, setzt er hinterher. Dann: Scheiße, zu hoch gepokert diesmal!

Dass die Waffe auf ihn gerichtet wurde, er die Zielscheibe ist, wundert ihn eigentlich nicht. Erst kürzlich hatte der Robert so eine Ahnung, dass sein Versuch, doch noch ein guter Vater zu werden, gründlich schiefgegangen ist. Dass seine Reue zu spät kommt, seine Fehler unumkehrbar sein würden.

Trotzdem hat er es versucht. Das zumindest rechnet er sich selbst als etwas Gutes an.

Das graue Wesen mit der schwarzen Waffe scheint dem Robert seine Gedanken erraten zu haben. Es nickt. Oder senkt es nur den Kopf, weil dem Robert sein Ende mit den beiden Schüssen besiegelt ist? Wer steckt hinter dem Grau?

Niemand außer ihnen vieren und dem Auftraggeber, dem Oberboss, sollte von dem geplanten und heute durchgezogenen Raubüberfall wissen. Zumindest hat der Robert es niemandem erzählt. Für die anderen kann er zwar nicht die Hand ins Feuer legen, aber er selbst wollte sich erst nach diesem letzten Coup der Polizei stellen. Das eine Mal noch abräumen, dann Spielschulden begleichen, damit keiner seiner Liebsten nach seiner Verhaftung noch etwas zurückzahlen muss. Oder gar in Gefahr gerät.

Die Kugeln nähern sich. Egal, wie langsam und zäh alles abläuft, irgendwann ist das Ende erreicht.

Der Robert dreht seinen Kopf. Da stehen der Estragon und der Lange. Er kann nicht hinter ihre Wollmasken sehen, aber meint, auch bei ihnen eine Fassungslosigkeit zu erkennen. Der Lange hat das Sackerl mit den teuren Uhren in einer Hand, in der anderen schwenkt er eine Perlenhalskette offen zwischen seinen Fingern, hat die Handschuhe bereits ausgezogen. Dieser Idiot. Wenn die Kette reißt und bloß eine Perle zu Boden fällt, sind seine Fingerabdrücke darauf.

Er, der Robert, der Burschi, wollte Verantwortung für seine Taten übernehmen, aber seine Kumpels dabei nicht verpfeifen. Deshalb sollte der Lange bei der Kette Obacht geben.

Hinter ihnen steht das Auto, in dem der Radi sitzt und darauf wartet, dass die drei hineinspringen, damit er losrasen kann. Doch noch sind der Estragon und der Lange wie erstarrt. Also haben auch sie niemals mit einem bestrumpften Fremdling in Grau gerechnet, der mit einer echten Waffe um sich schießt.

Nein, der schießt nicht um sich. Der hat gewartet, gelauert und schließlich direkt auf den Robert gezielt.

Der Oberboss. Oder? Eine andere Schlussfolgerung ist unmöglich. Oder? Wie hat der …? Woher weiß der …?

Es gibt keine Antworten, genauso wie es keinen Krapfen gibt, in den der Robert im Moment so gern hineinbeißen würde. Einzig die Kugeln existieren, die am Ende aller Zeitlupen ihr Ziel nun doch erreicht haben.

Die Projektile schlagen ein wie vom Robert vorhergesehen, genau in seine Brust. Kugel eins, dann Kugel zwei. Es fühlt sich an, als würde ein Zeigefinger hintereinander auf die Stelle tippen. Ein Finger, der den Robert ermahnt, nicht auf die schiefe Bahn zu kommen. Dafür ist es allerdings längst zu spät.

Ein Brennen folgt. Dass der Schmerz nicht größer ist, verdutzt den Robert nun doch. Möglicherweise nimmt auch der erst in gemächlichem Tempo seinen Anlauf.

Der Robert senkt den Kopf, sein Kinn geht nach unten. Er wundert sich gleich wieder, denn was er sieht, verstärkt die Analogie zu einem Krapfen. Außen an seinem Hemd kann er ein dunkles Loch sehen, nein, zwei. Die Löcher gleichen den Stellen, an denen die Marillenmarmelade in fertige Krapfen gespritzt wird. Wenn man dort hineinbeißt, quillt die Marmelade heraus und vermischt sich mit dem Geschmack des Teigs und des Staubzuckers.

Aus dem Robert seiner Brust quillt es jedoch nicht orange hervor, sondern rot. Das ist der farbliche Unterschied zwischen Marillenmarmelade und Blut. Er geht in die Knie, sein Oberkörper kippt nach hinten. Schließlich landet er hart auf dem Kopfsteinpflaster. Wieder tut es kaum weh. Die sichtbare Welt dreht sich.

Dann plötzlich knallt es. Waren die Kugeln schneller als der Schall? Nein, denn der einzelne Knall ist in Wahrheit der Klang einer Autotür, die einer hinter sich zugeschlagen hat. Ein Motor heult auf.

Als würden diese Geräusche die Zeit erschrecken, rast sie wieder voran. Roberts Atem geht schneller, seine Beine zucken wild. Er wäre viel lieber geflüchtet als gefallen.

Der Robert sieht von unten und verkehrt herum Füße in dunklen Sneakers neben sich auftauchen, dann das Strumpfgesicht, das sich kurz über ihn beugt, bevor der Graue ebenfalls Fersengeld gibt.

Oberboss! Will der Burschi rufen. Sorry! Doch seine Stimme hat schon fast aufgegeben. Nur ein »Krpfn!« produziert sein Kehlkopf noch. Es könnte alles Mögliche bedeuten.

Andere melden sich stattdessen. Das frühe Wien erwacht mit einem Ruck.

»Oida!«, ruft jemand.

»So ein Scheiß«, ein anderer.

Der Sirenenton einer Alarmanlage kreischt los.

»Polizei! Hilfe! Überfall!«

Wieder wie in einem Actionstreifen beginnt das Gewusel um den Robert herum. Immer noch ohne passende Filmmusik, die nun einen tragischen Charakter haben würde.

Aber dem Robert ist das final egal. Nichts kann ihn mehr dazu bringen, vom Bürgersteig aufzustehen.

Sein letzter Blick ist nach oben gerichtet. Dort tummeln sich jetzt viele kleine weiße Wolken – ein Staubzucker-Krapfen-Himmel.

2

Das Chaos im Wagen war gigantisch.

Die drei Männer schrien durcheinander. Ein stetiges Piepen war zu hören, dabei krächzte der Motor immer noch im ersten Gang, als würde er unter Keuchhusten leiden.

»Was is mit dem Robert? Was is mit dem Robert?«

»Sakra! Was machen wir jetzt da?«

»Manfred, fahr einfach. Und schalt hoch, du Idiot.«

»Aber der Robert is angeschossen worden, Dustin. Der Robert is angeschossen worden.«

»Ja doch, Peppo.«

»Oder erschossen. Oder er is tot. Erschossen oder tot.«

»Wenn er erschossen worden ist, dann ist er ja tot.«

»Hör auf mit deiner Besserwisserei, Dustin.«

»Herrgott noch einmal, Manfred. Gib Gas.«

»Mach ich doch.«

»Pass auf. Die Ampel ist rot.«

»Ich bin doch net deppert. Du kriegst gleich eine Watschn.«

»Konzentriere dich. Fahr normal. Aber rase nicht. Achte auf den Verkehr. Wie immer. Verstehst du? Sonst fallen wir auf.«

»Schrei nicht rum, Dustin. Was soll denn ›wie immer‹ heißen? Nix is wie immer. Nix is wie immer.«

»Ja, wir alle haben gesehen, was mit Robert geschehen ist.«

»Der Robert! Der Burschi! Hin is er, hin.«

»Peppo, reiß dich zusammen. Wir sind nicht blind.«

»Was sollen wir tun? Was sollen wir tun?«

»Keinem ist es geholfen, wenn du alles zweimal sagst, Peppo.«

»Du Arschloch, du. Du Arschloch, du.«

»Soll ich dir vielleicht eine knallen?«

»Wir müssen die Rettung rufen. Wir müssen –«

»Nein, Peppo, nicht!«

Manfred und Dustin schrien gleichzeitig.

Peppo Preding ließ die Perlenhalskette, die er in der Hektik im Juwelierladen an sich gerissen hatte, achtlos auf den Rücksitz gleiten und zückte das anonymisierte Prepaidtelefon. Zugleich zog er sich die schwarze Wollmaske vom Kopf. Auf seinen Wangen hatten sich hektische rote Flecken gebildet. Sonst war sein Teint kalkweiß. Er sah aus wie ein verschrecktes Kleinkind, obwohl er an die zwei Meter groß und die Bezeichnung »der Lange« durchaus passend war.

Dustin Czeld, der neben dem fahrenden Manfred Husska saß, drehte sich blitzschnell um und schlug seinem Kumpel das Mobilteil aus der Hand. Es landete neben der Kette.

»Bist du wahnsinnig, Peppo?« Dustin befreite sich ebenfalls von der Maske. Schweißtropfen waren über sein gesamtes Gesicht verteilt. »Dann kannst du gleich die Bullen rufen, und wir ergeben uns. Und dann? Anklage, Gefängnis. Aus und vorbei mit dem Leben! Ist es das, was du willst, Peppo? Für dich und für uns?«

»Aber der Robert.« Peppo begann zu schluchzen. Tränen und Rotz schossen ihm aus Augen und Nase und tropften über seine Lippen. »Der Robert is totgeschossen worden.«

»Das wissen wir nicht.« Dustin packte mit beiden Händen Peppos Gesicht, nur um sich rasch wieder angeekelt zurückzuziehen und die Finger an seiner Hose abzuwischen. Am liebsten hätte er danach den Sack mit den teuren Uhren an sich gerissen, um ihn vor diesen Körperflüssigkeiten zu schützen. Wert der Beute diesmal um die dreihunderttausend Euro, wenn der Oberboss richtig informiert gewesen war. »Schnäuz dich, du schaust aus wie ein Volldepp.«

Das Piepen wollte nicht aufhören.

»Was ist das denn, verdammt?«

»Du hast dich nicht ang'schnallt«, warf Manfred ein. »Los, Estragon, dalli, dalli.«

Dustin, der sich in der Gruppe »der Estragon« nannte, weil

diese Pflanze auch zur Senfherstellung verwendet wurde und ihn seine Ex-Beziehungen gern als extrascharf bezeichneten, hatte bisher als Einziger einen kühlen Kopf bewahrt. Er zog sich den Gurt um den Oberkörper, klinkte ihn ein, und das Piepen hörte endlich auf. »Wenigstens eine Sache, die wir unter Kontrolle haben, meine Jungs.«

»Ich bin nicht dein Junge, Dustin«, heulte hinten Peppo weiter. »Nicht dein Junge. Was, wenn das die Polizei war, die uns aufgelauert hat?«

»Niemals, Peppo. Blödsinn. Die hätten uns vor dem Überfall erwartet, überwältigt und sofort verhaftet.«

»Ich will nicht in' Hefn!« Peppos Flennen wurde mächtiger.

Dustin warf einen Blick in den Rückspiegel, und weiterer Ekel erfasste ihn. »Wenn du dir nicht gleich dein Gesicht sauber machst, lass ich den Manfred anhalten und schmeiß dich aus dem Auto. Ich kann den Rest sogar ohne euch beide durchziehen. Ihr verpisst euch und gebt mir dafür einen Bonus von euren Anteilen. Ich mach mir nicht in die Hosen.«

»Wenn du fünf Kinder von zwei Frauen hättest, die alle von dir abhängig sind, würd'st nicht so reden, Dustin.« Manfred schnaubte.

Seine Wollmaske hatte er bereits zwischen seinen Beinen eingeklemmt. Er schien als Einziger nicht zu schwitzen. Vielleicht lag es daran, dass er nur noch wenige dunkle Haare auf dem Kopf hatte und seine hohe Stirn vollkommen kahl war. Dafür waren seine Augenbrauen umso buschiger.

»Keiner hat dich gezwungen, bei uns mitzumachen, Manfred. Oder gern Radi. Das passt, finde ich. Wer pudern kann, kann auch Juweliere ausrauben.« Dustin begann schallend über seinen Wortwitz zu lachen.

»Ich würd gerne z'rückfahren, um zu erfahren, was geschehen is.« Manfred blinkte. »Nur aus der Ferne. Schauen, ob die Rettung schon da is. Ob der Robert überlebt hat!«

Dustin griff Manfred ins Lenkrad. Der Wagen kam ins

Schlingern. »Bist du irre? Natürlich sind die Bullen schon vor Ort. Den Alarm, hast du ihn nicht gehört?«

»Nein.«

»Stell die Lauscher auf.«

In einiger Entfernung waren tatsächlich Sirenen zu hören. Manfred drückte Dustins Hand weg und versuchte, das Auto wieder unter seine Kontrolle zu bekommen. Er beendete das Blinken und fuhr die vereinbarte Route weiter. »So was von schiach! Trotzdem sollten wir erst mal in der Nähe bleiben.«

»Niemals, Manfred. Die Polizei wird rasch eine Straßensperre errichten, die notieren die Kennzeichen, sondieren die Umgebung, befragen Lieferanten, die früh am Morgen in der Fußgängerzone die Geschäfte beliefern. Wir bleiben unauffällig und halten uns fern. Wobei unser auffallendstes Merkmal der Lange hinter mir ist.«

»Was kann ich dafür, dass ich groß gewachsen bin.« Peppo trompetete statt in ein Taschentuch in seine Maske hinein.

Dustin wurde vollends übel. »Du bist ein Schwein, Peppo. Dass dich nie auch nur eine einzige Frau rangelassen hat, wundert mich nicht.«

»Ich hab's auch nie bei einer Frau probiert, das is kein Geheimnis. Ich bin meinem Ewald für immer verbunden, das weißt du genau«, schniefte Peppo zurück. »Du saublöder Piefke, du. Geh zurück nach Deutschland.«

»Du bist ein Depp, Peppo. Ich bin Österreicher. Nur väterlicherseits habe ich Kölner Blut in mir.« Dustins Vater stammte aus der Domstadt, obwohl das keine Rolle spielte, denn er hatte ihn nie kennengelernt. Dass er sich angewöhnt hatte, so gut es ging, hochdeutsch zu reden, war einfach ein Spleen von ihm. Der bestens ankam. Bei Weiblein und Männlein. Dustin mochte beide Geschlechter. »Ich bin gern halb und halb, Peppo. Damit kannst du mich nicht beleidigen.«

»Dann sag ich Estragonscheißer zu dir, wie gefällt dir das?«

»Besser, als du denkst. Ich bin über alle Schimpfwörter erhaben. Und jetzt komm, Peppo, lass uns wieder Freunde sein, ja?« Dustin warf Peppo eine Kusshand zu, der darüber unvermutet zu kichern anfing.

»Hey! Tut ihr zwei grad schon so, als hätt's vorhin den Schuss nicht geben?« Manfred trat auf die Bremse. Dustins und Peppos Oberkörper wurden nach vorn gedrückt. Als Nächstes betätigte der Radi demonstrativ die Warnblinkanlage. »Der Radi« – Manfred hatte sich nach einem Radieschen genannt, das unter der Erde, unsichtbar für alle oben, wuchs und gedieh. Ein wenig auch nach seiner Kopfhaut, die im Sommer wegen des schütteren Haarwuchses die Farbe dieses Gewächses annahm. Im Moment wäre er liebend gern in ein Loch gekrochen oder zu einem unscheinbaren Gemüse mutiert. Er dachte an seine aktuelle Geliebte, die nichts ahnend zu ihrer Mutter gefahren war und ihren liebsten Manfred auf einer Kumpelstour mit guten Freunden wähnte. Gute Freunde, das war ein Witz.

»Was ist denn, Manfred? Kaum hat sich Peppo beruhigt, fängst du an.«

»Ich beweg das Auto keinen Zentimeter mehr, bevor wir nicht übern Robert reden.«

Hinter ihnen hupte jemand.

»Manfred!« Dustin wurde wieder lauter und begann sich die erstaunlich vollen braunen Haare zu raufen. »Was tust du? Nicht auffallen. Nicht auffallen.«

»Wer wiederholt jetzt denn jeden Mist?« Auch Manfreds Stimmvolumen nahm zu. »Unser Burschi is womöglich schwer verletzt. Ein Irrer hat ihn überfallen. Am Ende hat der es auch auf uns alle abgesehen. Ich muss wissen, was los is.«

»Das war kein Irrer«, mischte sich Peppo ein. Er beugte sich weit zwischen Manfred und Dustin nach vorn, sein großer Kopf hatte etwas von einem Bernhardiner. »Das war einer in Grau.«

Die beiden vorne hielten synchron die Luft an.

»Du hast ihn gesehen?« Dustin fand als Erster seine Sprache wieder.

Mit einem Nicken lehnte sich Peppo zurück. »Nicht genau. Nur, dass er ganz in Grau angezogen war, dass er einen Strumpf über seinem Gesicht gehabt hat. Keine Wollmaske mit ausgeschnittenen Augen und Lippen, wie wir sie haben. Und dass er eine echte Waffe mit Schalldämpfer gehabt hat.«

»Das alles hast du bemerkt?«

»Genau. So einer hat auf den Robert gewartet.«

»Du meinst auf uns?«

»Nein.« Peppo schüttelte vehement den Kopf. »Ich war neben dem Robert, und mir is der Graue direkt aufgefallen. Die Straße war ja am Anfang sonst menschenleer. Er hat die Waffe gehoben und auf unseren Burschi gezielt. Nicht auf mich oder den Dustin. Bei meinem geliebten Ewald, ich schwör's, der Graue hat es nur auf den Robert abgesehen gehabt.«

Manfred zog die Luft ein. »Meint ihr, es könnt, warum auch immer, der Oberboss –«

»So ein Schwachsinn.« Dustin fiel Manfred ins Wort. »Unser Oberboss würde nie einem von uns etwas antun. Der braucht uns wie wir ihn. Das wissen wir doch alle.«

»Vielleicht hat der Robert noch in anderen Schwierigkeiten gesteckt, von denen wir keine Ahnung haben«, mutmaßte Peppo.

»Das ist es.« Dustin nickte Peppo zu. »Du wirst recht haben, Langer. Denkt an Roberts Spielschulden, von denen er in der Gruppe erzählt hat. Keiner von uns weiß, mit welchen Typen er sich außer uns noch eingelassen haben könnte.«

»Aber woher wusste dieser Graue, dass wir heut in aller Herrgottsfrüh den nächsten Laden ausräumen?« Manfred sah von einem zum anderen. »Auf der Mariahilfer Straße. Um diese Uhrzeit. Woher?«

Weder Dustin noch Peppo hatten eine Antwort. Manfred stoppte die Warnblinkanlage und startete den Motor. Keiner von ihnen sagte in den nächsten Minuten ein Wort. Die Temperatur im Wageninneren stieg an.

Dustin kurbelte ein Fenster herunter. »Das nächste Mal

klauen wir ein neueres Modell, eine Karre mit Klimaanlage. Keine mehr vom Schrottplatz, die der Manfred erst wieder fahrtüchtig machen muss.«

»Das nächste Mal?«, echote Peppo von hinten mit einem erneuten Aufschluchzen. »Das war's, Leuteln. Es is vorbei. Es is vorbei.« An der nächsten Kreuzung angekommen, begann das Prepaidhandy auf dem Rücksitz zu klingeln.

»Der Oberboss«, flüsterte Peppo und hob das Mobilteil zwischen der Perlenkette und der Wollmaske hoch, als wäre es ein gefährliches Reptil. Er reichte es nach vorn zu Dustin. »Red du.«

Dustin nahm das Handy zwischen Daumen und Zeigefinger. Er atmete einmal durch und nahm es ans Ohr. »Ja?«

Die Stimme am anderen Ende der Leitung klang trotz der Verzerrung hörbar wenig erfreut. Dustin lauschte, unterbrach nicht und setzte hin und wieder ein »Ja, klar!« dazwischen.

Manfred fuhr, Peppo stierte auf seine Maske und den Rotz darauf, der langsam eintrocknete.

Nach Beendigung des Telefonats herrschte eine gespannte Stille zwischen ihnen.

»Und?« Peppo brach das Schweigen.

»Es läuft schon über die Nachrichtenticker.«

»So a Schaas.« Manfred hustete. »Was jetzt?«

»Wir sollen uns verhalten wie immer. Der Plan wird nicht geändert.«

»Ehrlich?« Peppo blieb beim Flüstern. »Was is mit Robert? Was is –«

»Schweig, Peppo. Der Oberboss wird sich darum kümmern. Wie er sich bisher immer um alles gekümmert hat.« Selbst Dustin hatte jetzt eine gewisse Ehrfurcht in der Stimme.

3

In Wahrheit gab es einen unter den drei Räubern, der nicht aufgeregt war.

Dustin Czeld, der sich den Spitznamen Estragon ausgesucht hatte.

Natürlich hatte auch ihn der Schuss erschreckt, und das Niedersinken vom Burschi alias Robert Maler, dem verschuldeten Ex-Buchhalter und unbegabten Pokerspieler, war wirklich kein schöner Anblick gewesen.

Ob er tot war, fragte sich auch Dustin, während der Wagen durch Wien fuhr, um zur Anlegestelle zu gelangen. Oder nur schwer verletzt?

Schwer verletzt wäre scheiße. Denn schwer verletzt hieße, Robert könnte plaudern oder singen oder Namen ausspucken wie den seinen.

Dustin, Dustin, Dustin, meldete sich eine angenehm tiefe Stimme in seinem Kopf.

Dustin hatte seinen Erzeuger nie persönlich getroffen, sich aber immer vorgestellt, wie sein Dad zu ihm sprechen würde. In Köln sollte der Vater leben, dessen Familie wiederum angeblich aus Texas dorthin ausgewandert war. Mehr hatte Dustin seiner Mutter bis zu ihrem zu frühen Ableben nie entlocken können. Aber seit Dustin Alkohol konsumieren durfte, fragte er in Gaststätten und Bars als Erstes nach einem Kölsch. Manchmal hatte er Glück, und sie schenkten eines aus. Außerdem liebte er Texas-Steaks, schön blutig.

Dustin, sagte Gedanken-Dad jetzt, zwei Schüsse in die Brust überlebt keiner. *Keep calm.*

»Danke, Daddy«, hauchte Dustin so leise, dass die anderen es nicht hören konnten. Ja, der Burschi war ganz sicher mausetot. Einer weniger, mit dem Dustin teilen musste.

Die Hitze im Wagen und die Ausdünstungen der anderen

setzten ihm zu. Sein Magen meldete sich, und er musste rülp-
sen.

Immerhin hatten sie heute zum zweiten Mal keine lange
Fahrtzeit. Nicht wie bei den ersten beiden Überfällen: Die
Strecken von Kufstein und Linz bis nach Wien hinein, mit
damals noch drei Kumpels, die jedes Mal vor Angstschweiß
stanken, waren keine Vergnügungstouren gewesen. Im Gegensatz dazu waren die ausgedienten Wägen, die Manfred stets
in seiner Werkstatt in Ottakring repariert und mit neuen
Nummernschildern versehen hatte, genauso perfekt für die
Überfälle wie die Spielzeugpistolen, die Angst erzeugten, ohne
gefährlich zu sein.

Nach jeder Tour landeten die Autos auf dem Schrottplatz,
dann ohne Nummernschild und Möglichkeit der Rückver-
folgung, und die Waffen in Manfreds Werkstatt in einer ver-
schlossenen Kiste. Zusammen mit den Masken und der dunklen Kleidung. Leider alles bisher noch ungewaschen, was den
Geruch jedes Einzelnen verstärkte. Dustin nahm sich vor, vor
der nächsten Tour auf eine Reinigung zu bestehen, selbst wenn
er jedes Teil mit der Hand auswaschen müsste.

Es würde ein weiteres Mal geben, da war er sich sicher.
Nach dem Schrecken kam die Auszahlung. Letzteres würde
Ersteres überdecken. Dieses geniale Spiel schrie nach einer
Fortsetzung.

Peppo durfte diesmal nicht vergessen, die Uhren in dem
vorgesehenen Beutel zu verstauen. Dem mit dem doppelten
Boden. Letztes Mal wäre er um ein Haar mit einer Beute an
Bord gegangen, die er einfach in seiner Reisetasche verteilt
hatte. Nicht auszudenken, welche Kette an Katastrophen das
hätte auslösen können, wenn jemand durch Zufall einen Blick
hineingetan hätte. Oder wenn ihm die Tasche aus der Hand
gefallen, umgekippt wäre, und die Markenuhren sich über den
Boden verstreut hätten. Peppo war einfach zu nachlässig. Ein
Angsthase, der schlampig war – eine schlechte Kombination.

Echte Profis waren sie alle nicht, wobei Dustin zumindest

in die Kategorie Kleinkrimineller fiel. Die anderen drei waren Laienverbrecher, wenn es diese Bezeichnung überhaupt gab. In die Enge getriebene Männer, die durch ihren jeweiligen Leidensweg und selbst verschuldeten Abstieg keinen besseren Ausweg mehr wussten. Genau richtig also für den Oberboss. Die Aufgaben waren klar verteilt. Manfred kümmerte sich um das Fluchtauto, Peppo nahm im jeweiligen Juwelierladen stets die Beute an sich und verstaute sie später. Bis Dustin diese übernahm und dem Oberboss zukommen ließ. Robert wiederum war für das Ausspionieren der Umgebung im Vorfeld zuständig gewesen. Das würde in Zukunft wohl auch Dustin übernehmen. Es mussten eine Aufgabenumverteilung und neue Planungen her.

Je länger Dustin während der Fahrt nun überlegte, desto besser fand er eine längere Pause statt eines nächsten Coups. Nicht nur wegen Robert. Die Medien veranstalteten ohnehin von Überfall zu Überfall mehr Tamtam. Die geschädigten Juweliere waren erst letzte Woche gemeinsam interviewt worden, die Polizei hatte mindestens drei Pressekonferenzen gegeben, um sich für ihre Fahndungsmisserfolge zu rechtfertigen und gleichzeitig den Personalmangel zu beklagen. Ja, die Journaille hatte jede Menge zu schreiben und zu schimpfen.

Journaille reimt sich auf Kanaille, erwähnte die Daddy-Stimme in Dustins Gedanken und lachte so laut, dass Dustin befürchtete, man könnte das Lachen sogar außerhalb seines Kopfes hören. Das Geräusch machte ihm Kopfschmerzen. Als wäre das nicht genug, begann sein Daddy auch noch zu singen: Elvis Presleys »Jailhouse Rock« – ausgerechnet dieser Song dröhnte durch Dustins Hirnwindungen.

Halt die Schnauze, Dad, keifte er zurück.

All I'm askin' is for a little respect, intonierte daraufhin Daddy den Hit von Aretha Franklin, sogar eine Spur dröhnender.

»Schluss!«, rief Dustin laut.

»Was?«, fragte Manfred am Steuer.

»Ach, nichts. Mir ist übel.« Dustin winkte ab. Seine internalisierte Vaterfigur schwieg endlich.

Er kam bei seinen Überlegungen auf die Beute zurück. Diesmal war es noch einmal eine Menge mehr als sonst. Von Überfall zu Überfall wuchs sein Anteil. Der Laden war größer gewesen, die Anzahl der eingesackten Uhren wesentlich höher. Nachdem der Oberboss seinen Hauptanteil abgezogen hatte, würde den verbleibenden dreien auf jeden Fall eine hohe Summe zukommen. Dass sie alle von Roberts Ausfall oder Abgang profitierten, würden die anderen schon noch erkennen.

Komisch fand Dustin nur die Schalldämpferwaffe. Wozu? Robert war auf offener Straße erledigt worden, da hätten ein Knall oder zwei auch nichts mehr ausgemacht.

Weil der Graue die Zeit gebraucht hat, um sich aus dem Staub zu machen, Sohn, bevor das Chaos ausgebrochen ist.

Gedanken-Dad war wieder da.

Logisch, Daddy.

Oder, Gedanken-Dad wurde süffisanter, weil der Graue versucht hat, euch andere so in Panik zu versetzen, dass ihr einen Fehler macht, die Flucht misslingt und ihr verhaftet werdet.

Blödsinn, Dad.

Ja, Bullshit, mein Sohn. Der Graue braucht euch. Dich ganz besonders. Du hältst die Truppe zusammen, du kümmerst dich um das Ganze. Du rekrutierst und organisierst. Der Graue ist auf dich angewiesen.

So ist es, Daddy. Der Graue ist der Oberboss. Das weiß nur ich. Ich ganz allein. Und der Schalldämpfer bedeutet nichts.

Statt Elvis oder Aretha intonierte Gedanken-Dad unerwartet das Höhner-Lied »Echte Fründe«.

Trotz der Schunkelmusik spulte sich in Dustins Kopf die Szene ab, wie der Graue Robert erschossen hatte. Kaltblütig war es schon gewesen. Brutal und gnadenlos.

Die Waffe, mit der Robert niedergestreckt wurde, war keine Plastikimitation wie die, die sie bei den Raubüberfällen den

Opfern vor die Nase hielten. Täuschend echt, aber harmlos. Damit wollte der Oberboss sichergehen, dass nicht einer von ihnen vor Panik oder aus Versehen abdrückte und jemand verletzt wurde. Stehlen und die Ladenbesitzer in Todesangst versetzen war der Plan bisher gewesen. Das Töten war neu. Wenn auch unumgänglich.

Die warme Wiener Luft, die durchs offene Fenster ins Innere strömte, blies Dustin die Haare hoch. Sie fuhren an der Staatsoper vorbei. Ein Prachtbau mit seinen Bögen und Gängen, den verzierten Stucksäulen und dem grünen Dach. Gleich dahinter begann die nächste Fußgängerzone, die Kärntner Straße mit ihren Luxusläden und teuren Cafés, bis hin zum Stephansdom, dem Steffl.

Er mochte den Luxus und die Stadt. Wenn der Oberboss einmal genug hatte, alle Beute vertickert, das Geld verteilt und Gras über die Sache gewachsen war, dann würde sich Dustin eine Immobilie zulegen. Allerdings im dreizehnten Gemeindebezirk, Hietzing, den mochte er am liebsten. Schönbrunn und den Tierpark. Noch wohnte er in der kleinen Gemeindewohnung in Favoriten, die er von seiner Mutter übernommen hatte.

Als der Oberboss ihn vor einem halben Jahr in die Pläne eingeweiht hatte, für die er von der ersten Sekunde an Feuer und Flamme gewesen war, hatte Dustin noch vorgehabt, das Geld zu nutzen, um sich auf die Suche nach seinem Erzeuger zu machen. Dem Gedanken-Vater einen echten gegenüberzustellen. Sich in Köln niederzulassen und nach dem Mann zu forschen, dem er die vollen braunen Haare, seine graublauen Augen und sein markantes Kinn verdankte. Ebenso seinen schnittigen Körperbau.

Eine Kombination, die auf Frauen wie Männer unwiderstehlich wirkte. Seit seinem fünfzehnten Lebensjahr waren Ladys und Gentlemen hinter ihm her, er brauchte sich nie anzustrengen. Dass er bisexuell war, erleichterte die Sache ungemein. Jedes Geschlecht hatte so seine erregenden Vorteile.

»Ach, Dustin. Du bist männlich und energisch und doch beschützenswert. Ein Löwe, der gestreichelt werden will«, hatte seine letzte Ex-Freundin, die Resi, nach dem finalen Liebesakt vor der Trennung heulend und pathetisch gemeint. »Ich werd dich nie vergessen.« Ob sie ihm weiter so hinterhertrauern würde, wenn sie wüsste, dass sie bei Weitem nicht die Einzige gewesen war, wie er ihr in den paar Wochen Beziehung stets versichert hatte?

Gedanken-Dad meldete sich zurück. Dein Eroberungszwang hat mit dem Fehlen einer Vaterfigur zu tun. Eine Lücke, die nie geschlossen wurde.

Daddy, bitte, lass das Klugscheißen.

Vielleicht wärst du dann auch nie auf die schiefe Bahn geraten. Wobei sich schiefe Bahn lustig anhört.

Die Stimme begann wieder laut zu lachen. Dustin stimmte einfach mit ein. Er stellte sich eine Scheibe vor, die kippte, und derjenige, der darauf balancierte, würde in ein Nichts stürzen. Es war doch vollkommen egal, warum er der war, der er eben war.

»Geh scheißen!«, sagte Manfred in der realen Welt im Auto. »Eine Baustelle! Mit Ampel. Das hass ich.«

Ein unerwarteter Stau im früh beginnenden Berufsverkehr hielt sie auf. Manfred beschwerte sich weiter lautstark, und Peppo auf dem Rücksitz hatte wegen Roberts Tod wieder zu heulen begonnen.

Dustin hätte ihnen sagen können, dass Robert zuerst mehr als seine fünf Prozent von der Beute verlangt und damit den Oberboss wütend gemacht hatte, um dann plötzlich sein Gewissen seiner Tochter gegenüber zu entdecken. Dustin hätte seinen Kumpels erzählen können, dass der Oberboss durch ihn, den scharfen Estragon, erfahren hatte, dass Robert dabei gewesen war, sie alle zu verpfeifen. Und wenn er den beiden Männern zuflüstern würde, dass er mehr über den Oberboss wusste, ja ihn sogar nackt gesehen hatte, würden die zwei Idioten sicher ausflippen.

Der Graue vorhin mit der echten, tödlichen Waffe war der Oberboss, Jungs, hätte Dustin eröffnen können. Wer sich gegen ihn wendet, der endet wie Robert.

Doch diese Geheimnisse behielt Dustin für sich.

Gerissen und grausam und doch auf eine vollkommene Weise gesellschaftlich angepasst. Das war der Oberboss. Und mit ihm auch Dustin. Hatte Resi Dustin einen Löwen genannt, könnte man den Oberboss als Hyäne bezeichnen.

In einer Naturdokumentation im ORF hatte Dustin neulich einen Bericht über diese Tiere gesehen. Ihr Gebiss war im Verhältnis zur Körpergröße das stärkste unter den Säugetieren, sie waren verschlagener als die leicht zu durchschauenden Großkatzen. Ihre Art zu jagen war aggressiv und gnadenlos. Hyänen hetzten Tiere bis zur totalen Erschöpfung. Dass sie auch Aas fraßen, passte ebenfalls. Für Tarnung und Deckung war der Oberboss zu allem bereit, auch Scheiße zu fressen.

»Heut geht aber auch alles schief. Verfluacht no amol eini!«, keuchte Manfred, über das Lenkrad gebeugt wie ein alter Mann. Obwohl er seit über zwanzig Jahren in Wien lebte, hatte er immer noch seinen Tiroler Dialekt beibehalten, der ihn beim Reden spucken ließ. Die Tröpfchen landeten auf der Windschutzscheibe.

Ekelhafter Bullshit, stellte Gedanken-Dad fest. Da kann einem nur schlecht werden. Dustin stimmte seinem imaginären Vater zu. »Was regst du dich so auf, Manfred?«

»Ich würde nie diese Strecke fahren, Dustin. Nie sinnlose Umwege.«

»Aber jede Route ist festgelegt. Vom Oberboss.«

»Wie spät is?«, fragte Manfred.

»Vielleicht zu spät für uns. Vielleicht zu spät für uns.« Peppo begann hinten wieder mit seinen Wiederholungen. »Zu spät.« Diesmal sogar dreimal.

»Reg dich ab.« Dustin sah auf seine Armbanduhr und stellte fest, dass sie stehen geblieben war. Er musste grinsen. Im Sack mit der Beute hätte er Dutzende Uhren, die ihm die Zeit anzeigten. Er legte Manfred die Hand auf die nackte hohe Stirn, die eiskalt war. »Macht euch keinen Kopf. Wir haben Zeit genug. Für alles. Wie immer, Manfred. Peppo, alles easy. Wir sollen doch ohnehin nicht vor fünf nachmittags an Bord gehen.«

»Wieso immer fünf? Wieso immer fünf? Wie–«

»Hör auf, Peppo! Keine Ahnung. So steht's in den Anweisungen.«

Peppo zog die nächste Portion Rotz hoch. »Wir stehen alle noch unter Schock. Ich brauch dringend einen Schluck Alkohol.«

»Nichts trinken, Peppo.« Dustin drehte sich fauchend um. »Keinen einzigen Tropfen, ist das klar? Noch sind wir nicht durch. Ab zur Werkstatt, dann weiter im Plan.«

Der Verkehr bewegte sich. Manfred atmete mit einem Ächzen aus, Peppo seufzte laut.

Als das Auto vom Opernring auf den Burgring wechselte, streckte Dustin seinen Kopf aus dem Fenster und stieß ein gackerndes Lachen aus. In seinem Kopf intonierte er zusammen mit Dad lautstark »Satisfaction« von den Stones.

4

Unter all den Veränderungen, die Mitzi bis zu diesen sonnigen Junitagen in der letzten Zeit durchlebt hatte, waren die folgenden am aufregendsten.

Erstens: Ihre Therapiestunden, die sie seit ihrem dreißigsten Lebensjahr bei Dr. Rannacher in Wien regelmäßig absolviert hatte, machten sich deutlich in ihrer Psyche bemerkbar.

Sie hatte das Gefühl, ihr altes Trauma, den Tod ihrer Familie, als sie sieben war, endlich loslassen zu können. Damit auch die Schuld, die sie seither in ihrem Herzen mit sich herumschleppte wie einen schweren Anker, der sie am Hafen einer tiefen Traurigkeit festgehalten hatte.

Mama, Papa und Mitzis kleiner Bruder Benni waren und blieben tot. Ob nun damals die kleine Mitzi an dem Feuer, das dem Unglück vorausgegangen war, eine Teilschuld trug oder nicht, spielte keine Rolle, wie Dr. Rannacher stets betonte. Auch wenn Mitzi weiterhin unbedingt die wahren Umstände erkunden wollte, konnte sie sich nun leichter den Raum und die Zeit gönnen, bis sie einen erneuten Anlauf zur Klärung unternehmen würde.

Zeit war das Schlüsselwort. Mitzi schenkte sich selbst die Geduld, die ihre verletzte Seele brauchte. Die Anhaltspunkte, die sie hatte, waren ohnehin dürftig. Ein paar Fetzen Erinnerungen an die Explosion und den Brand, die in Alpträumen wiederkehrten. Ein Bekannter ihrer Eltern, der angeblich am Tag der Katastrophe auf deren Grundstück zu Besuch gewesen war. Allerdings handelte es sich bei dem Kerl um einen waschechten Ungustl, einen unsympathischen Menschen, der mit Mitzi nichts zu tun haben wollte. Noch dazu war Mitzis Großmutter Therese als letzte noch lebende Verwandte, die vom Unglück um die vierköpfige Schlager-Familie erzählen konnte, letztes Jahr verstorben.

Es blieb Mitzi nur zu hoffen, dass es tatsächlich in der Zukunft einmal eine Möglichkeit geben würde, Licht in das Dunkel um den Schicksalsschlag ihrer Kindheit zu bringen. Dass sie mit diesem Glauben und einer neu entwickelten inneren Stärke ihr jetziges Leben mehr und mehr genießen konnte, fühlte sich aber schon wie ein geknackter Jackpot an. Der einzige Wermutstropfen dabei war das Auslaufen der von der Krankenkasse bezahlten Therapiestunden. Privat konnte sie sich Dr. Rannacher nicht leisten.

An zweiter Stelle der guten Entwicklungen stand für Mitzi, dass sie vor drei Monaten endlich umgezogen war.

Bisher hatte sie in Salzburg bei ihrem Ex-Freund Freddy gewohnt, nun aber ein WG-Zimmer im noblen Stadtteil Nonntal bezogen. Die Minni, eine Studentin, die Mitzi in einem Café kennengelernt hatte, war zu einem Auslandssemester in Queensland aufgebrochen und hatte Mitzi ihr winziges Zimmer spontan untervermietet. Wegen der Namensähnlichkeit und weil Mitzi und Minni beide schräge Typen waren. Minni trug stets ein auffallend großes Amulett um den Hals, um sich vor Geistern und Flüchen zu schützen, was Mitzi absolut klasse gefunden hatte.

Das Mehrparteienhaus lag an der Nonntaler Hauptstraße schräg gegenüber dem Café »Die Tortenmacher«, wo man leckeren Kaffee trinken und handgemachte Torten bestellen konnte. Mitzi unterhielt sich dort gerne mit der Kellnerin, die wie Mitzis beste Freundin Agnes einen Hamster als Haustier hatte.

Die beiden Mitbewohner waren ebenfalls ein Student und eine Schauspielerin mit Stückverträgen am Landestheater. Beide hatten die Lösung mit der Untervermietung akzeptiert. Wie es danach weitergehen würde, darüber wollte Mitzi zurzeit nicht nachdenken, erst mal war sie glücklich über die neue Bleibe.

Mitzis neues Zimmer war zwar das kleinste in der Wohnung, aber das Appartement samt Wohnküche und Gemeinschaftsraum lag unterm Dach und bot eine berauschende Aussicht auf Altstadt und Festungsburg. Auch konnte sie von ihrem Fenster in einen Innenhof sehen, von dem ein Drittel jedoch abgedeckt war. Lotte und Hansi Schiefenbrunner, wie das Ehepaar von unten hieß, kümmerten sich nebenbei um das Haus, in dem penible Ordnung und Sauberkeit herrschten.

Genau hier zeigte sich eine Besonderheit in Mitzis Umgang mit sich und der Welt, die sich nicht verändert hatte: Sie vermutete ein unentdecktes Geheimnis.

Genauer gesagt ein Verbrechen, vielleicht sogar einen Mord.

In Mitzis bisherigem Leben hatte es einige Turbulenzen und Beinahe-Katastrophen gegeben, die stets mit Delikten zu tun hatten. Von ihren eigenen Schuldgefühlen getrieben, hatte sie immer wieder versucht, Menschen, die vom rechten Weg abgekommen waren, zum Guten zu bekehren. Was ihr manchmal leider eher schlecht als recht gelungen war. Sie war in Schwierigkeiten geraten, und zwar so tief, dass sie schon einige Male diese schöne, aber mitunter auch grausame Welt fast verlassen hätte. Zum Glück war sie noch jedes Mal dem Sensenmann von der Schaufel gesprungen, einmal im wahrsten Sinn dieses Spruches.

Das besonders Gute daran war, dass sie dabei ihrer besten und einzigen Freundin, Inspektorin Agnes Kirschnagel, begegnet war. Die mit dem Hamster namens Jo. Eine waschechte Polizistin an ihrer Seite hatte Mitzi oft nötig gehabt.

Doch eigentlich hatte sich Mitzi vorgenommen, es mit dem Aufspüren und Nachspüren von Missetaten sein zu lassen. Die Betonung lag auf eigentlich, denn sie hatte nicht mit Lotte und Hansi gerechnet beziehungsweise mit dem spurlosen Verschwinden vom armen, vielleicht schon verwesenden Hansi.

Lotte war dabei Mitzis Hauptverdächtige.

Begonnen hatte es mit einer nächtlichen Beobachtung. Lotte hatte weit nach Mitternacht eine längliche, große Kiste unter die Abdeckung des Innenhofs geschleift. Weil Mitzi nicht schlafen konnte und am Fenster stehend die nächtliche

Aussicht über Salzburg genossen hatte, war sie Zeugin des Vorgangs geworden. Die Größe der Kiste hatte Mitzi an einen Sarg erinnert.

Überhaupt waren Mitzi ab diesem Moment weitere Nachttätigkeiten von Lotte aufgefallen, wie das Transportieren von Säcken und Eimern, die mit Wasser gefüllt waren. Mitzi hatte einmal versucht, in den Innenhof zu gelangen, aber dafür hätte sie in die Parterrewohnung der Schiefenbrunners einbrechen müssen. Was eine Straftat gewesen wäre.

Ein anderes Mal hatte sie Lotte im nahe gelegenen Baumarkt gesehen. Die Einkäufe waren ziemlich obskur gewesen. Mehrere Packungen Steinwolle und eine Schaufel. Mitzi hatte lange gegrübelt, was diese Utensilien mit dem immer noch vermissten Hansi zu tun haben könnten, hatte allerdings keine Idee dazu gehabt.

Agnes hatte auf Mitzis dunkle Vermutung eher genervt reagiert. »Mitzi! Wenn dort unten eine Leiche liegen würde, würdest du es bis zu dir nach oben riechen. Wie sollte diese Lotte denn überhaupt ein tiefes Grab ausheben? Du sagst doch, es ist ein Innenhof. Da braucht sie keine Schaufel, sondern Presslufthammer und einen Bagger.«

»Was, wenn sie den toten Hansi mit Kalk abgedeckt hat?«, hatte Mitzi argumentiert. »Den kann man sich wie die Steinwolle im Baumarkt holen. Und ich hab nachgerechnet. Hansi Schiefenbrunner is seit genau vier Wochen und drei Tagen nicht mehr erschienen. Genau seit der Nacht, wo die Lotte, seine Frau, diese Kiste angeschleppt hat.«

»Du siehst zu viele Filme. In der Realität passiert so was niemals.«

»Aber was, wenn? Könntest du nicht?«

»Nein. Und nein.« Agnes' Ablehnung war unmissverständlich gewesen. »Lass die Faxen, Mitzi.«

Also blieb Mitzi nur, an dem Fall des vom Erdboden verschluckten Hansi Schiefenbrunner dranzubleiben. Zumindest immer, wenn es ihre Zeit zuließ. Denn sie hatte kein eingegipstes Bein wie James Stewart in »Das Fenster zum Hof«, sondern eine kleine Patentochter.

Das Wunderbarste überhaupt. Das Kind von ebenjener Agnes. Zum Hamster Jo hatte sich das Baby Konstanze gesellt, könnte man sagen. Mitzi liebte die Kleine innig und war, so oft sie konnte, in Kufstein bei der kleinen Neufamilie. Deshalb zogen sich ihre privaten Mordrecherchen ziemlich in die Länge.

Abschließend und nicht zu vergessen, also unbedingt als drittes auf die Liste der Veränderungen zu setzen: Mitzi hatte eine neue Liebelei, stand am Rand einer neuen Beziehung und überlegte, ob sie den Sprung in die Liebe gänzlich wagen sollte.

»Was is das Leben schräg und schön, und alles zur selben Zeit«, erzählte Mitzi, als sie am Grab stand, ihrer eigenen Familie im Himmel.

5

»Sie nimmt ihre Zehen in den Mund, sie nimmt echt alle ihre Zehen in den Mund! Wie süß!« Mitzi johlte vor Entzücken auf. Die kleine Konstanze, die Tochter von Agnes und Axel, lag auf einer weichen Decke im Gras. Bisher hatte sie versonnen mal dorthin und mal dahin geschaut, dazwischen mit ihren Fingerchen das Mobile über sich berührt und sehr zufrieden gewirkt.

Obwohl Mitzi versuchte, den Eltern ihrer Patentochter beim gemeinsamen Brunch im Garten Aufmerksamkeit zu schenken und sich in die Unterhaltung einzubringen, hatte bisher ihr Hauptaugenmerk auf dem Kind gelegen.

Bis zur Geburt war Mitzi fest davon ausgegangen, dass Agnes einen Jungen bekommen würde. Ein intensives Bauchgefühl hatte sie in dem Wissen bestärkt und hätte sie jede Wette darauf eingehen lassen. Als sie ihre Freundin dann, nur wenige Stunden nach der Geburt der neuen Erdenbürgerin, in der Hebammenpraxis in Innsbruck besucht hatte und das zierliche kleine Mädchen auf den Arm nehmen durfte, waren ihr all ihre Vorahnungen wie dumme Ideen erschienen.

Konstanze war perfekt und Mitzi die optimale Patentante. Maria Konstanze Schlager, so Mitzis voller Name, den sie immer gern bei einem ersten Vorstellen ausbreitete. Dass Agnes' Tochter Mitzis zweiten Vornamen erhielt, setzte dem Glück die Krone auf.

Nach all den Verlusten, die Mitzi in ihrem Leben erlitten hatte, erschien ihr die Geburt der kleinen Stanzerl, so nannte sie das Mädchen liebevoll, wie der Beginn einer neuen Zeitrechnung. Vollkommen verzückt war Mitzi dann, wenn sie beim Babysitten unterwegs als die Mutter angesehen wurde, weil Konstanze blonde Haare und grüne Augen hatte, eben wie ihre Patentante Mitzi.

»Jetzt schauts doch hin.« Mitzi klatschte in die Hände. Konstanze auf der Decke hatte sich tatsächlich zu einer Kugel zusammengerollt und ihre beiden großen Zehen in ihren Mund gesteckt, was ihr außerordentlich zu gefallen schien. Agnes, Mitzis beste und in all den Jahren immer noch einzige Freundin, gähnte. »Das macht sie schon seit drei Tagen, Mitzi.« Ihr war die Müdigkeit deutlich anzumerken. Seit sie wieder ihren Dienst bei der Polizei in Kufstein aufgenommen hatte, machte ihr der fehlende Schlaf schwer zu schaffen.

»Willst du dich hinlegen, Liebling? Noch bin ich da.« Axel, Freund von Agnes und Papa von Konstanze, würde nach dieser Zusammenkunft nach Deggendorf fahren. Dort würde er einen Auftrag für seine Kölner Privatdetektei erledigen, die inzwischen von seinem erwachsenen Sohn aus einer früheren Beziehung geleitet wurde. Axels Lebensmittelpunkt war jetzt Kufstein, er eigentlich in Elternzeit.

Durch eine glückliche Fügung war das wesentlich größere Appartement in Agnes' Wohnhaus frei geworden, und Agnes war einfach nach unten gezogen. Von einem Zimmer mit einem Austritt hin zu einer Drei-Zimmer-Wohnung mit Gartenanteil. Axel hatte hier eine Dependance aufgemacht und war mit der Hauptstelle in der Domstadt online verbunden. Trotzdem wollte er in Abständen persönlich nach dem Rechten sehen, abgesehen davon, dass er in seinem Beruf als Privatermittler ohnehin viel unterwegs war.

Agnes war länger als zuerst geplant bei ihrem Baby geblieben, eine für sie gewaltige Zeitspanne ohne Verbrechensaufklärung, bevor sie vor drei Wochen an ihre Arbeitsstätte zurückgekehrt war, das Kufsteiner Polizeirevier. Sie war mit Leidenschaft Polizistin, mit Hingabe und Ehrgeiz Ermittlerin. Höchste Zeit, sich wieder als Inspektorin Agnes Kirschnagel zu melden. Der Dienst hatte ihr gefehlt. Aber die Doppelbelastung forderte ihren Tribut.

Jetzt rieb sie sich die Augen, lächelte etwas gequält. »Ich bin fit.«

»Ich kann aufs Stanzerl aufpassen, wenn ihr euch beide vielleicht ausruhen wollt.« Mitzi wäre am liebsten zu der Kleinen hingestürzt und hätte sie wieder einmal so lange gebusserlt und gekitzelt, bis Konstanze einen ihrer wunderbaren Lachanfälle bekam. Wenn die Kleine lachte, war für Mitzi die Welt in absoluter Ordnung.

»Meine Eltern haben sich in einer Stunde angekündigt, Mitzi.« Agnes tätschelte Mitzis Handrücken. »Du bist ja ab sofort für deinen Urlaub auf der Donau freigestellt.«

Axel trank seinen Kaffee aus. »Mitzi, ich breche ebenfalls gleich auf. Und könnte dich bis Passau mitnehmen. Der Umweg ist ein Klacks.«

»Lieb, aber is nicht nötig, Axel.« Mitzi schüttelte den Kopf. »Ich geh in Wien aufs Schiff. Nach unserem Frühstück spazier ich zum Bahnhof und erledige die Strecke mit dem Zug.«

Zugfahren war eine weitere von Mitzis Leidenschaften. Die Strecke zwischen ihrem Wohnort Salzburg und dem Kufsteiner Zuhause der neuen Familie fuhr sie stets mit der Bahn, immer ein Buch zur Hand. Sie war als Babysitterin bei den Eltern willkommen und hätte also ihr düsteres Hobby, die Verbrecherjagd, überhaupt nicht gebraucht. Im Moment drängte sie den Gedanken an Lotte und die Kiste wie auch an Hansi, den Verschwundenen, ohnehin weit nach hinten.

»Ach so.« Axel kratzte sich am dunklen Bart. Seit der Geburt hatten sich einige graue Fäden darin eingeschlichen wie bei Agnes tiefere Falten um die Augen.

»Das Schiff hat schon gestern in Passau abgelegt«, fügte Agnes erklärend hinzu. »Unsere Mitzi wollte vor der Abreise unbedingt noch Konstanze besuchen, deshalb meine Idee zum gemeinsamen Frühstück. Die Tage werden wir ja wirklich einmal komplett getrennt sein.«

Dann, nach einer minimalen Pause, fiel ein Satz, der Mitzi ab der Sekunde immer wieder beschäftigte. »Abgesehen davon ist es höchste Zeit, dass Mitzi und ich auch einmal eigene Wege gehen, sonst wird es wunderlich.«

Mitzi starrte zu Agnes hinüber, öffnete den Mund, aber es kam nichts heraus. Es wurde wunderlich? Wie war das gemeint? Und wie passte diese Beschreibung zu ihrer innigen Freundschaft?

»Dann bist du nicht einmal eine ganze Woche auf dem Flussschiff?« Axel schnitt sich noch ein Brötchen auf und riss Mitzi aus ihrem Staunen.

Mitzi löste ihren Blick von Agnes und goss sich eine nächste Tasse Kaffee ein. Sie hustete. »Fast eine Woche ohne mein Patenkind. Das is eh schon fast zu lang.«

»Du steigst heute Abend zu?«

»Genau. Von hier aus fahre ich nach Wien und mit den Öffis an die Anlegestelle. Bis sechs muss ich dort sein, das schaffe ich locker. Die Österreichische Bahn is superpünktlich.«

»Ja, ja, im Gegensatz zur Deutschen.« Axel verdrehte die Augen. Damit zog Mitzi ihn regelmäßig auf. »Und was macht die Arbeit? Mit deinem neuen Korrektorat bist du durch, Mitzi?«

»Klar. Es waren gestern nur vier Beiträge. Ab heute nix mehr. Meine Auszeit hab ich angemeldet, das is okay.«

Mitzi verdiente ihre Brötchen mit dem Korrigieren von Texten. Eine auftragsmäßig schwankende freiberufliche Tätigkeit. Doch seit diesem Frühjahr war sie für eine Onlinezeitschrift tätig, die neu auf dem Markt war und für die Mitzi alle Artikel vor dem Erscheinen auf Rechtschreibung und Beistrichsetzung überprüfte. Damit häufte sie kein Vermögen an, aber die Miete und die Nebenkosten waren abgedeckt. Die Zugfahrten von Salzburg nach Tirol finanzierte ihr Agnes.

»Die neue Liebe mit Rudolfo läuft gut? Könnte da mehr daraus –«

»Axel«, Agnes schnitt ihrem Partner das Wort ab, »du verhörst unsere Mitzi regelrecht.«

Auf Axels Wangen zeigte sich eine leichte Röte. »Ich wollte nur auf dem Laufenden sein.«

»Schon in Ordnung.« Mitzi winkte ab. »Rudolfo hat mich

auf die Reise eingeladen. Das hätte er nicht gemacht, wenn wir uns nicht super verstehen würden.«

Rudolfo Sommer war Mitzis neuer Freund. Er lebte in Lilienfeld in der Wachau, hatte dort in einer Ferienpension am Empfang eine Stelle als Nachtportier. Mitzi und er hatten sich unter dramatischen Umständen kennengelernt, an die sie ungern dachte. Das einzig Positive daran war Rudolfo gewesen. Seither führten die zwei eine Fernbeziehung. Noch ein Umstand, der Mitzis Reiselust entgegenkam.

Rudolfo war aber nicht nur im Hotelwesen tätig, zwischendurch ließ er sich auf Flussschifffahrten als Pianist engagieren. Mitzi war begeistert davon und auch von seiner Einladung, ihn auf eine der Reisen zu begleiten.

»Ich kann dich beruhigen, Axel«, sie klopfte ihm auf die Schulter, »ich mische mich in keine fremden Angelegenheiten, sondern kümmere mich um mein Leben. Ganz spießig und stabil. Weit und breit keine bösen Buben, die ich bekehren will.«

Die Notlüge und kleine Schwindelei musste nun einfach sein.

Nach Mitzis Statement warf Agnes ihrer herzensguten, aber oft auch eigentümlichen Freundin Mitzi einen raschen Blick zu. Axel war in Mitzis Spekulationen Lotte und Hansi betreffend nicht eingeweiht.

Eine Weile schwiegen sie alle, selbst Konstanze auf der Decke gab keinen Laut von sich. Aus dem Wohnzimmer war das Rad zu hören, in dem Hamster Jo lief. Entgegen seinen Gewohnheiten als nachtaktives Tier war er heute bei Mitzis Ankunft aufgewacht. In seinem hohen Hamsteralter hatte er anscheinend einen leichten Schlaf bekommen.

Ein laues Lüftchen war zu spüren. Vögel zwitscherten, Bienen summten.

Agnes' Handy, das zwischen Kipferl, Butter, Käse und Honig plus der Kanne Kaffee auf dem Frühstückstisch platziert war, klingelte und störte die Idylle.

Konstanze hörte mit ihrem Zehenspiel auf und begann direkt zu weinen. Axel und Mitzi sprangen gleichzeitig hoch, was Agnes wiederum zum Kichern brachte.

»Ich glaube, ich werde überhaupt nicht mehr gebraucht«, scherzte sie, während die anderen beiden Richtung Baby starteten.

»Ich übernehm das«, rief Mitzi, die wesentlich schneller als Axel war. Beinahe hätte sie »Auch wenn es wunderlich ist« hinzugefügt, aber sie biss sich auf die Lippen. Sie ließ sich neben Konstanze auf der Decke nieder, nahm die Kleine hoch und bewegte sie in der Luft. »Fliegen, fliegen wie die Hummeln … summ, summ, summ.«

Wieder ohne Übergang begann Konstanze zu lachen und zu gurren.

Axel beugte sich über Mitzi und Konstanze und hauchte seiner Tochter einen Kuss auf den flaumigen Haarschopf. »Kommst du gleich zum Papa?«, bezirzte er sie mit einer zärtlich-süßen Stimme, die ihm sonst keiner entlocken konnte.

Immer noch über die Szenerie schmunzelnd, nahm Agnes den Anruf an. Ihr Chef war in der Leitung. Sie lauschte, und ihre Miene wurde direkt ernst.

6

Vor der Abfahrt von der A 1, Wien bereits in Reichweite, standen sie im Stau. Agnes, die neben ihrem Chef Revierinspektor Sepp Renner am Beifahrersitz durch die Akten blätterte, war es nicht unrecht, dass sich der Verkehr kaum bewegte. Das Lesen während der Autofahrt hatte ihr Übelkeit verursacht. Erst im Stillstand um sie herum fühlte sie sich wieder fit. Sie klemmte die Mappe zwischen die Knie, nahm einen Schluck aus ihrer Wasserflasche und checkte ihr Handy, ob die Großeltern mit Konstanze wohl zurechtkamen.

Keine Meldung, nichts. Das war typisch für die beiden. Wenn sie sich um ihre Enkelin kümmerten, verschwanden alle drei im Oma-Opa-Konstanze-Universum, so als würde Agnes nicht mehr existieren. Herzallerliebst und bereit, jeden Schalk der Kleinen mitzumachen, das waren Agnes' Eltern, aber am liebsten, ohne Agnes oder Axel teilhaben zu lassen.

Da lobte sich Agnes Mitzi, die normalerweise im Zehn-Minuten-Takt Fotos sendete und verzückte Sprachnachrichten schickte. Wobei Agnes ihr Handy zurzeit auf stumm geschaltet hatte und sich nebenbei die Bilder vom Frühstück ansah. Ein Daumen-hoch schickte sie an die Freundin zurück, mehr war nicht möglich.

Wenn Mitzi gewusst hätte, dass Agnes ebenfalls Richtung Wien fuhr, wäre wahrscheinlich ihre erste Frage gewesen: »Da könnt ich doch bei euch mitfahren, oder?« Als ob jeder in ein Polizeiauto, dessen Insassen noch dazu beruflich unterwegs waren, einsteigen könnte. Doch wie es im Moment aussah, würde Mitzi mit dem Zug ohnehin schneller ihr Ziel erreichen.

Wie stets, wenn Agnes an Mitzi dachte, kam prompt eine nächste Nachricht herein: »Der Zug hat eine halbe Stunde Verspätung, aber trotzdem komm ich rechtzeitig zum Schiff.

Sag's nicht dem Axel, er zieht mich sonst mit dem Vergleich ÖBB und DB auf. Bussi ans Stanzerl, ich vermisse sie schon.« Dazu drei verschwommene Landschaftsfotos, aus dem fahrenden Zug heraus geschossen.

Agnes beschloss, Mitzi auch weiterhin nichts von dem Grund des Anrufs von Sepp Renner und ihrer Mitfahrt in die Hauptstadt zu berichten. Auch kein Wort über den aktuellen Fall, zu dem sie hinzugezogen wurde, ihre erste größere Aufgabe nach der Babypause. Mitzi sollte Urlaub machen und sich entspannen. Zumindest die paar Tage. Wenn sie zurück war, gab es Gelegenheiten genug, sie einzuweihen und ihre Neugier zu befriedigen.

Automatisch erschien auch Mitzis neuer Freund vor Agnes' innerem Auge. Der Spitzbartträger und verkannte Songwriter, der meist Lederhosen mit T-Shirts kombinierte und ein begeisterter Wanderer war, konnte tatsächlich perfekt zu Mitzi passen. Die Liebelei schien ernster geworden zu sein. Agnes freute sich. Ein Grund mehr, Mitzi noch nichts von den laufenden Ermittlungen zu erzählen, die ihre Phantasie angekurbelt und sie von der Reise und der Liebe abgelenkt hätten.

Hochbrisant war der heutige Raubüberfall bei einem Juwelier auf der Mariahilfer Straße in Wien. Interessanterweise war er jedoch nicht der erste dieser Art.

Die »Uhrenbande«, wie sie bereits in der Presse genannt wurde, hatte sich auf den Diebstahl wertvoller Uhren spezialisiert. Der Wert der Beute hatte jeweils zwischen dreißigtausend und dreihunderttausend Euro betragen. Der nun erbeutete Wert stand noch nicht fest.

»Soko Uhren« nannte sich auch das Team, das bundesländerübergreifend zusammenarbeitete. Denn die Serie, die mit dem heutigen Tag vier Überfälle zählte, hatte ihren Anfang in Kufstein genommen. Anfang Mai bei einem Juwelierladen am Oberen Stadtplatz, neben dem Hotel Goldener Löwe. Mitten in der Nacht, gegen drei, lange vor der offiziellen Öffnung des Geschäfts, hatte der Diebstahl stattgefunden. Drei Männer hatten den Besitzer herausgeklingelt wegen eines angeblichen Notfalls, waren anschließend mit ihm in den Laden und hatten ihn mit ihren Waffen gezwungen, die Alarmanlage zu deaktivieren. Nachdem sie eine neue Lieferung vom Vortag eingesackt hatten, fesselten sie den Mann und verschwanden unauffällig wieder in die Nacht.

Einzig ein Nachbar vom Haus gegenüber war in seinem Schlaf von einem länger laufenden Motor gestört worden, hatte sich aber weder an die Automarke noch an die Farbe erinnert. Agnes' Kollegen gingen davon aus, dass es sich dabei um den Fluchtwagen handeln könnte. Demzufolge hätte die Bande vier Mitglieder.

Dieser erste Tatort hatte nur einen Katzensprung entfernt vom Buchcafé im Lippott-Haus gelegen, in dem Agnes und Mitzi bevorzugt frühstückten. Agnes war zu der Zeit noch in der letzten Phase ihrer Elternzeit gewesen, hatte das Geschehen über die Medien verfolgt und sich bei ihrem Kollegen Bastian Klawinder nach dem Ermittlungsfortschritt erkundigt.

Keine zwei Wochen später war ein weiterer Schmuckwarenhändler in Linz, nahe dem Landestheater, ausgeraubt worden.

Wieder drei Maskierte, wieder die Bedrohung mit den Waffen, wieder war die Entwendung von teuren Markenuhren das Ziel gewesen. Diesmal lag das Diebesgut höher im Wert und in der Menge. Nicht mitten in der Nacht hatte die Aktion stattgefunden, sondern früh am Morgen, kurz nach der Übergabe einer neuen Lieferung. Keine Spuren, keine genauen Beschreibungen, außer dass einer der Täter groß gewesen war.

Es folgte Überfall Nummer drei, in Wien, in der Josefstädter Straße, gleiches Vorgehen, einfach und doch präzise in der Durchführung. Schließlich der heutige, erneut in der Hauptstadt, und höchstwahrscheinlich immer noch nicht der letzte Coup der Bande.

Der Tathergang war stets gleich: Schwarze Wollmasken-männer bedrohten den jeweiligen Juwelier, wussten genau über die kürzlich erfolgten Warenlieferungen Bescheid, interessierten sich ausschließlich für die Uhren. Sie kamen und gingen rasch, ohne Aufsehen oder Zeugen. Die ausgeraubten Händler blieben unter Schock zurück, zum Glück bisher körperlich unversehrt.

Effektiv und schnell. Ein durchschlagender Erfolg für die Täter, ein niederschmetternder Misserfolg für die Polizei, den die Presse mit jeder neuen Tat genüsslicher ausschlachtete.

Die Behörden aus Niederösterreich, Wien und Tirol hatten sich zusammengetan und ermittelten unter der Leitung des Wiener Chefinspektors Carl Manzig auf Hochtouren, wenn auch ohne sichtlichen Fortschritt. Dass Agnes heute von ihrem Chef hinzugezogen worden war, empfand sie nach ihrer Pause als spannenden, wenn auch tragischen Wiedereinstieg.

Denn genau heute Morgen hatte der vierte Überfall für einen aus der Bande katastrophal geendet. Er war angeschossen worden, lag schwerst verletzt im Krankenhaus, kämpfte in der Universitätsklinik für Notfallmedizin am Währinger Gürtel um sein Leben.

Wer ihm das angetan hatte, lag völlig im Dunkeln, genauso wie das Motiv. Die Wiener Polizei vermutete in einer ersten Spekulation einen Streit unter den Bandenmitgliedern und ging davon aus, dass einer von ihnen der Schütze gewesen sein könnte.

Die Identität des Opfers stand hingegen mittlerweile fest: Robert Maler, ein ehemaliger Buchhalter, der in St. Pölten gemeldet war. Der Mann war zurzeit arbeitslos, hatte eine Ex-Frau und eine elfjährige Tochter.

Seinen Komplizen war wieder die Flucht gelungen. Eine Großfahndung lief bereits seit dem Morgen.

»Ich bin durch die Akte durch«, sagte Agnes an ihren Chef gewandt. Dass sie das Papier auch digital hätte lesen können, erwähnte sie nicht. Sepp Renner war noch von der alten Garde und ließ alles extra ausdrucken.

Er nickte, fuhr an und im Schritttempo weiter. Die Wagenkolonne vor ihnen glitzerte in der Sonne. Sepp drehte die Klimaanlage höher und machte in einer angemessenen Lautstärke das Radio an. Auf Ö3 kündigte der Moderator eben einen ABBA-Remix von drei Songs an, und »Money, Money, Money« startete. Agnes wippte nach den ersten Takten mit.

»Das Neueste, was nicht in den Akten steht, kann ich dir sagen, Agnes. Sehr obskur.«

Sofort war Agnes' Neugierde geweckt. Ihr Chef hatte noch nie das Wort obskur verwendet. »Was denn?«

»Die Waffe unseres Opfers, mit der er als Täter den Juwelierladen überfallen hat, war aus Plastik.«

»Eine Plastikwaffe, wie sie oft in Flugzeugen verwendet wird, um durch die Kontrollen zu gelangen?«

»Nein, einfach ein Spielzeug. Ein Spielzeugrevolver. Schwarz und nachgemacht, kann man in Onlineshops bestellen.«

»Wie bitte?« Sie hörte mit Wippen auf. »Ungewöhnlich, finde ich.«

»Aber trotzdem täuschend echt, Agnes.«

»Könnte es dann sein, dass alle Schießeisen bei den Überfällen Spielzeug waren?«, startete Agnes direkt ihr erstes eigenes Brainstorming. »Eben bloß dazu da, um den Juwelieren richtig Angst zu machen?«

Ihr Chef stieg darauf ein. »Möglich. Außer natürlich die Waffe des Schützen, der es auf Robert Maler abgesehen hatte. Erinnert ein wenig an eine Hinrichtung.«

»Oder der Schützin.«

»Die Bande besteht laut Zeugenaussagen der Juweliere aus drei Kerlen, Agnes.«

»Plus dem, der das Fluchtauto chauffiert. Diesmal hat ein Zeuge definitiv einen Wagen davonrasen sehen. Steht in der Akte. Und der Fahrer könnte doch weiblich sein.«

»Da geb dir recht, Agnes. Aber Fahrer oder Fahrerin kann nicht geschossen haben.«

»Warum nicht? Aus dem Wagen heraus.«

»Die Ballistiker werden uns über die Einschusswinkel aufklären. Dann wissen wir mehr.«

»Der, der abgedrückt hat, muss auch nicht zu der Bande dazugehören. Wobei ich spontan ebenfalls auf einen männlichen Täter tippen würde, Sepp.«

»Chefinspektor Manzig hat mir inzwischen auch von einem weiteren Zeugen berichtet. Ein Arzt, der kurz nach den Schüssen Erste Hilfe geleistet hat. Der meint sich zu erinnern, dass eine Person den Tatort in die entgegengesetzte Richtung verlassen hat, also anders als die verbliebenen zwei mit den schwarzen Strickmasken. Doch der Begleiter des Arztes hat niemanden außer den beiden Mittätern wahrgenommen. Nicht einmal bemerkt, dass die in einem Wagen geflüchtet sind.«

»Zeugenaussagen sind oft widersprüchlich.« Agnes warf einen nächsten Blick auf ihr Display, nichts von den Eltern, aber neue Fotos von Mitzi. »Wenn der Täter, der geschossen hat, nicht zur Bande gehört, muss er auf jeden Fall Bescheid gewusst haben, wann und wo der Überfall stattfindet.«

»Stimmt.«

»Es kann auch einen anderen Zusammenhang geben. Wir sollten die Überfälle nicht automatisch mit dem Tötungsversuch verknüpfen.«

»Bin dabei, Agnes. Bring das gleich beim Chefinspektor und in der Teambesprechung zur Sprache.«

Agnes würde Carl Manzig und die anderen Kollegen der sogenannten Soko Uhren kennenlernen, wenn sie es je in die Stadt und bis zum Bundeskriminalamt am Josef-Holaubek-Platz in Wien-Alsergrund schaffen würden. Im Moment stoppte die Autokolonne ein weiteres Mal, und es ging wieder nichts mehr voran. Großstadtverkehr.

Wie um Agnes' Gedanken zu unterstreichen, schlug Sepp

mit der Faust aufs Lenkrad. »Himmel, ich weiß jetzt wieder, wieso ich niemals in Wien arbeiten hab wollen.«

Agnes beobachtete ihren Chef von der Seite. In ihrer Auszeit war er gealtert. Oder ihr war es erst durch ihre Abwesenheit aufgefallen. Wegen des Haarausfalls hatte er sich eine Glatze rasiert, die im Licht glänzte. Warum er sich gleichzeitig graue Koteletten wachsen ließ, war Agnes allerdings ein Rätsel. Damit sah er nicht jünger aus, sie wirkten eher sogar wie Hinweisschilder auf seine tiefen Falten um Augen, Nase und Mund.

»Danke, dass du mich spontan einbezogen hast, Sepp.« Agnes schloss die Mappe und sah auf das Navi. Laut Display noch vierzig Minuten bis zum BKA. Außer der Stau würde sie länger ausbremsen.

Der berufliche Abstecher nach Wien gefiel Agnes besser als ihrem Vorgesetzten. Auch wenn ihre Erinnerungen an eine frühere Zusammenarbeit keine guten waren, hatte sie immer noch den Wunsch, ans BKA zu wechseln und die Karriereleiter nach oben zu klettern. Nun natürlich mit einer gewissen Verzögerung durch die Gründung ihrer Kleinfamilie. Für Konstanze würde Agnes einige Jahre zuwarten, bis sie einen Umzug in Erwägung zog.

»Ich hätte dich von Anfang an dazugeholt, wenn du nicht bei deinem Kind geblieben wärst, Agnes. Das is mehr was für dich als für mich trägen Alten.« Revierinspektor Renner fuhr mit der rechten Hand hinter seinen Sitz. Es raschelte.

»Träge warst du nie. Brauchst was, Sepp?«

»Ja, geh, sei so lieb, Agnes, und gib mir ein Wurstsemmerl aus dem Scharmiezl hinten.«

»Gerne.«

»Du kannst dir auch eines nehmen, wenn du magst. Meine Frau hat zur Sicherheit gleich fünf Semmeln geschmiert und eine Thermoskanne mit Kaffee eingepackt.«

»Kaffee ist klasse, essen möchte ich nichts.« Mit einem Handgriff holte sie das papierne Jausensackerl nach vorn auf ihren Schoß. Sie löste das Stanniolpapier von einer der Semmeln und reichte sie Sepp, der sofort herzhaft abbiss.

»Ah, da wird mir gleich wohler.« Er kaute genüsslich. »Mit Gurkerl, wie ich es mag.«

Agnes goss sich in die Drehkappe der Thermoskanne Kaffee ein. »Tolle Idee von der Liese.«

»Ja, das is bärig von ihr. Meine Frau is eine der Besten. Sie freut sich schon auf meine baldige Pensionierung. Dann endlich hab ich mehr Zeit für sie und die Enkelkinder.«

»Sepp, ich kann mir überhaupt nicht vorstellen, dass du nicht mehr jeden Tag in deinem Büro sitzt und uns überwachst.«

Er grinste und wandte sich Agnes zu. Mehrere Brösel hatten sich in seinen Koteletten, links wie rechts, verfangen. Agnes hätte sie gern entfernt, traute sich aber nicht.

»Agnes, pass auf.« Das Grinsen verschwand. »Ich sag es dir einfach gleich, du erfährst es eh in wenigen Tagen oder Wochen.«

»Was denn?« Plötzlich hatte sie Angst, dass er sie nicht mehr bei der Polizei in Kufstein haben wollte. Vielleicht würde ihre Bewerbung in Wien rascher erfolgen als gedacht. »Ich bin wieder voll einsatzfähig, wenn du dir Gedanken darüber machen solltest. Konstanze ist ein traumhaftes Kind, brav und lieb. Und ich habe jede Menge Hilfe.«

»Schön, schön. Es geht tatsächlich um dich und deine Karriere. Ehrgeizig warst du ja vom ersten Moment an, als du zu uns gekommen bist.«

»Was nichts Schlechtes ist, Sepp.«

»Da bin ich ganz deiner Meinung. Deshalb hab ich dich als meine Nachfolgerin empfohlen. Du wirst noch zu ein oder zwei Gesprächen gebeten werden, aber wenn du willst, dann is es so gut wie sicher. Ich hab meine Verbindungen. Außerdem passt das super. Du mit deiner unerschöpflichen Energie, deinem Einsatz und deiner immer gewählten Ausdrucksweise wirst rundumadum ankommen.«

»Ich fasse es nicht.« Agnes meinte sich verhört zu haben.
»Was hast du getan?«

»Du wirst die neue Chefin, Agnes. Damit steht dann zusätzlich eine Beförderung zur Bezirksinspektorin an, is eh klar. Plus eine Gehaltserhöhung.«

Im Radio wechselte der ABBA-Song. »Waterloo« erklang, während Agnes mit offenem Mund dasaß.

7

Unwohlsein breitete sich in Agnes aus, je länger es dauerte. Sie stand vor dem Eingang der Intensivstation der Universitätsklinik. Weil der Stau sich in die Länge gezogen hatte, waren Sepp Renner und sie vom Soko-Leiter direkt dorthin beordert worden. Mit ihnen waren zwei Ermittler der Wiener Kriminalpolizei vor Ort. Revierinspektorin Heide Vogel war eine von ihnen, den anderen Namen hatte sich Agnes nicht gemerkt. Die Beamten hofften, den angeschossenen Robert Maler wenigstens kurz vernehmen zu können. Doch inzwischen hatten sich Sepp und die Kollegen in die Cafeteria verabschiedet.

Agnes hatte von sich aus angeboten, zu bleiben und sich sofort zu melden, wenn der behandelnde Arzt grünes Licht gab. Zusätzlich tat auch ein Streifenpolizist seinen Dienst, zum Schutz, falls dem schwer verletzten Mann weitere Gefahr drohen sollte.

Von Zeit zu Zeit kamen mit OP-Masken und -Kitteln vermummte Gestalten durch die breite Flügeltür, wie zu große Insekten raschelten sie an Agnes vorbei. Auch der Geruch machte ihr zu schaffen – eine Mischung aus Desinfektion und Trostlosigkeit. Viele in ihrem Umfeld verstanden nicht, wie gern sie Polizeibeamtin war, Agnes wiederum mochte sich nicht vorstellen, Chirurg oder Notfallmediziner zu sein. Obwohl sie nachvollziehen konnte, dass es befriedigender war, Leben zu retten, während sie damit beschäftigt war, die Umstände nach dem Tod zu klären.

»Inspektorin Kirschnagel?«

Agnes drehte sich um und sah in ein bekanntes Gesicht, das sie hier nicht erwartet hätte.

»Dr. Krempl, das ist ja eine Überraschung.« Sie kannte den

Mediziner aus Innsbruck aus der Gerichtsmedizin. Es war zwar nicht möglich, aber Agnes hatte den Eindruck, als sei der Arzt noch gewachsen und würde sie ein Stück mehr überragen als bei ihrem letzten Zusammentreffen.

»Ebenso, Frau Kirschnagel.« Er fuhr sich durch die Haare, die in der Zwischenzeit definitiv gewachsen waren. Agnes hatte den schlaksigen Rechtsmediziner noch mit raspelkurzem Haarschnitt in Erinnerung. Seine auffallend buschigen Augenbrauen aber waren ihm geblieben.

»Was machen Sie in einem Wiener Spital, weitab von Tirol, Dr. Krempl?«

»Ich arbeite seit Jahresbeginn hier. Wobei mein Aufgabenbereich gleich geblieben is. Doch manchmal muss ein Tapetenwechsel sein.« Er zwinkerte ihr zu. »Ich hab Sie schon beim Hereinkommen entdeckt, Frau Kirschnagel. Deshalb habe ich mich bei meinen Arztkollegen nach dem Grund Ihres Erscheinens erkundigt.«

»Dann wissen Sie ja, dass ich Gott sei Dank nur beruflich hier bin.«

»Wegen des Schusswundenopfers. Der Herzsteckschuss.«

»Genau, Dr. Krempl. Robert Maler. Dass er überhaupt überlebt hat bei einem, nein, zwei frontalen Schüssen ins Herz, unglaublich.«

»Eines der Projektile is, unter Anführungszeichen, nur in den Schultermuskel eingedrungen und wurde vom Schlüsselbein abgelenkt. Aber bei der zweiten Kugel schaut es düster aus. Ob man einen Herzsteckschuss überstehen kann, kommt darauf an, wo genau man getroffen wird. Es gibt verschiedene Faktoren, die eine Rolle spielen. Einerseits is es entscheidend, ob der Schuss die linke oder die rechte Herzkammer trifft. Links: Exitus. Rechts: etwa achtzig Prozent Überlebenschance. Außerdem hätte der Schuss die Lunge oder Hauptschlagader erwischen können. Dann wäre der Angeschossene bereits tot. Man hat berichtet, dass durch Zufall ein Arzt vor Ort war. Der konnte eine sofortige medizinische Intervention durchführen, in dem Fall wohl Glück im Unglück. Wobei der Patient noch nicht übern Berg is.«

»Überlebenschance also achtzig Prozent?«

»Weniger, würde ich persönlich sagen. Aber es is nicht mein Fachgebiet.«

»Danke für die Infos, Dr. Krempl. Der behandelnde Spezialist lässt uns schon die ganze Zeit zappeln. Dabei wäre eine Vernehmung dringend, sofern möglich. Die Kugeln brauchen wir auch. Die müssen schleunigst zu den Waffenspezialisten im BKA.«

»Was die Kugeln angeht, bin ich überfragt. Ich weiß nur, dass der Patient operiert wurde. Blut im Herzbeutel. Das Herz musste geöffnet und übernäht werden. Er wurde an eine Herz-Lungen-Maschine angeschlossen. Damit kann man die Organfunktion Tage bis Wochen aufrechterhalten.«

»Aber reden können wir mit ihm nicht? Nicht einmal wenige Minuten?«

»Nein, Inspektorin Kirschnagel. Er is nicht ansprechbar. Ich glaube, das Ausharren Ihrerseits lohnt sich nicht.«

»Wir benötigen eine Aussage von Robert Maler, nicht nur zur Aufklärung des Mordversuchs an ihm. Es geht um mehr. Ich will nicht zu viel preisgeben, aber wir sind dabei, eine ganze Serie an Diebstählen aufzuklären.«

»Die Uhrenbande, laut Medien? Hab ich recht?«

»Die Presse findet sehr gern blumige Namen. Aber ja, Dr. Krempl.«

»Oha, interessant. Der Patient wurde in ein künstliches Koma versetzt.«

Wieder öffnete sich die Flügeltür, und zwei der menschlichen Insekten mit Maske, Kittel und Häubchen gingen an Agnes vorbei. Sie hielten sich an den Händen, was Agnes verwunderte, und warfen dem Streifenpolizisten einen scheuen Blick zu. Dann blieben sie am Fenster am Ende des Ganges stehen.

Dr. Krempl deutete in die Richtung der zwei Personen. »Die Ex-Frau und die Tochter.«

»Was?« Agnes schnaubte. »Dass die bereits im Krankenhaus sind, hat uns ebenfalls keiner mitgeteilt. Danke noch einmal.«

»Keine Ursache, Inspektorin Kirschnagel.« Er zog die buschigen Augenbrauen in die Höhe. »Wenn Sie länger in Wien sind, könnten wir uns privat vielleicht einmal in einem der wunderschönen Kaffeehäuser treffen. Oder in die Oper gehen.«

Mit einem solchen Angebot hatte Agnes nicht gerechnet. Sie öffnete den Mund, um Christian Krempl zu erklären, dass sie Mutter war und einen Partner hatte, aber er kam ihr zuvor.

»Ganz ohne Hintergedanken. Ich fühl mich in der Stadt manchmal einsam. Meine drei Töchter sind alle in Tirol, wie auch meine momentane Lebensabschnittsgefährtin. Was is es denn bei Ihnen geworden?«

»Ebenfalls ein Mädchen. Konstanze.«

»Gratulation, Inspektorin Kirschnagel.« Er streckte die Hand aus.

Agnes schüttelte sie, war aber in Gedanken schon bei Ex-Frau und Tochter von Robert Maler, der hinter den Flügeltüren um sein Leben kämpfte.

»Wir wissen nichts.« Noch bevor Agnes ihre erste Frage stellte, hob die Ex-Frau von Robert Maler abwehrend die Hand.

Sie und ihre Tochter hatten sich inzwischen die Schutzkleidung ausgezogen. Das Mädchen war laut Akte elf. Schmal und zart. Ihre Augen wirkten riesig, die Angst um ihren Vater spiegelte sich in ihnen.

»Frau Maler«, setzte Agnes an.

Erneutes Abwinken der Frau. »Renate Koswinski. Ich hab nach der Scheidung wieder meinen Mädchennamen angenommen. Die Hanna heißt aber immer noch Maler.«

»Schöner Name.« Agnes nickte der Tochter zu.

»Ich mag ihn auch. Hanna Maria Maler heiß ich im Ganzen«, hauchte das Mädchen leise.

Der zweite Vorname und die blonden Haare, die kreuz und

quer standen, ließen Agnes an Mitzi denken. Auch wenn Mitzi ein paar Jahre älter als Agnes war, wirkte sie in ihrer naiven Art doch stets wie ein Teenager. Mit einem gewinnenden Lächeln beugte sich Agnes zu der Tochter hin. »Das stimmt. Hanna Maria Maler klingt, als würde es in eine gute Geschichte passen.« »Ich schreibe Gedichte. Mein Papa findet die immer wunderschön.«

»Sie hat ein gutes Verhältnis zu Robert«, warf Renate Koswinski ein. »Das war mir immer wichtig, bei allem, was zwischen uns Erwachsenen schieflief.«

»Schau, Hanna! Hier hab ich Kleingeld.« Agnes streckte ihr die Hand entgegen. »Magst du für die Mama und mich zwei Schokoriegel besorgen? Bitte. Für dich selbstverständlich auch. Ein Automat steht beim Empfang. Einfach zum Lift und nach unten fahren.«

Hanna sah ihre Mutter an, die bejahte. Dann fixierte das Mädchen erneut Agnes. »Mir is schon klar, dass Sie mit der Mama allein reden wollen. Aber ich hol alles. Wenn's dem Papa hilft.« Mit einem Griff nahm Hanna die Münzen aus Agnes' Hand und rannte los, als gäbe es etwas zu gewinnen.

Kaum war das Mädchen außer Hörweite, wandte sich Agnes mit mehr Strenge im Ton an die Mutter. »So, Frau Koswinski, zu Ihnen.«

»Ich hatte keine Ahnung, dass er so etwas tun würde.« Renate Koswinski presste ihre Hand gegen die Wange. »Er war in Schwierigkeiten, ja.«

»Welcher Art?«

»Geld. Immer wieder Geld. Der Robert war ein nicht bekehrbarer Pokerspieler. Sein Hobby, wie er es genannt hat. Schönes Hobby.« Ihre Mundwinkel zogen sich nach unten. »Zu Anfang hat er auch gewonnen, das schon. Aber dann hat uns seine Leidenschaft das Auto, geplante Urlaube und einen Sparvertrag gekostet. Die sichere Arbeit hat er verloren. Bevor es uns obdachlos gemacht hätte, hab ich die Reißleine gezogen.«

»Er hat in den Casinos gespielt?«

»Zuerst ja, bis er dort Hausverbot bekommen hat. Dann hat er an illegalen Runden teilgenommen. Das war der Anfang vom Ende.«

»Wissen Sie, wo?«

»Keine Ahnung. Da waren wir schon getrennt. Ich hab gewusst, dass er daran zugrunde geht. Aber sein Leben war ihm immer zu langweilig. Ob es der Job oder die Familie war, wir konnten ihn nie ganz zufriedenstellen. Er wollte lieber professioneller Pokerspieler werden. So ein Schwachsinn. Daran is er grandios gescheitert, der Depp.«

Sie schluchzte auf. »Jetzt liegt er da drin, und wenn er stirbt, is die Hanna ohne Papa. Grad im letzten Jahr hat sie immer mehr von seinen Schwierigkeiten mitbekommen, was mir unrecht war. Aber sie is elf, da kann man nicht mehr alles vor ihr verheimlichen.«

»War Hanna oft bei ihrem Vater?«

»Nicht oft. Aber von Zeit zu Zeit wollt er sie halt sehen. Er liebt sie, das is zumindest wahr. Und sie ihn auch. Er hat ihretwegen sogar versucht, von seiner Spielsucht loszukommen. War in einer Selbsthilfegruppe. Hat er erzählt. Aber das war auch nur ein erfolgloser Versuch, wie so vieles.«

»Wissen Sie, in welcher Einrichtung?«

»Nein. Aber es gibt wohl so einen Zusammenschluss von mehreren Gruppen in einem Haus in der Stumpergasse, da treffen sich Leute mit unterschiedlichen Problemen, tauschen sich aus und versuchen sich zu helfen.«

»Wie nennt sich die Einrichtung? Welcher Bezirk?«

»Wie das heißt, keine Ahnung. Im sechsten Bezirk liegt's, hat der Robert gesagt. Wenn das alles überhaupt stimmt. In der Nähe vom Westbahnhof, im ehemaligen Café Westend, haben wir einmal einen Kaffee getrunken. Und er hat sich gleich drei Krapfen dazu bestellt, weil die grad frisch aus der Küche gekommen sind. Überall am Gesicht hat er Staubzucker gehabt. Das weiß ich noch.« Ein erneutes Schluchzen hinderte sie am Weiterreden.

Agnes zog ein Taschentuch aus ihrer Jacke und reichte es weiter. In ihrem Kopf versuchte sie bereits, einen roten Faden von der Stumpergasse zu dem Überfall auf der Mariahilfer Straße zu spinnen. »Frau Koswinski. Ich werde gleich meine Kollegen dazuholen, die ebenfalls noch Fragen haben. Und Sie werden aufs Polizeirevier kommen müssen.«

Renate Koswinski schnäuzte sich. »Die Hanna auch?«

Wie aufs Stichwort tauchte die Tochter wieder auf, mit drei Snickers in der Hand. »Es gibt auch Wechselgeld.« Damit drückte sie Agnes ein paar Cent und einen der Schokoriegel in die Finger.

»Danke, Hanna.« Agnes steckte ihren ein, aber Renate Koswinski riss den Snack auf und aß hektisch, als hätte sie lange nichts mehr zu sich genommen.

»Hanna«, Agnes nutzte die Gelegenheit, »magst du deinen Papa ein wenig unterstützen? Das kannst du nämlich.«

»Aber Sie sind doch von der Polizei. Die mag mein Papa nicht.« Hanna schüttelte vehement den Kopf und starrte auf das dritte und letzte Snickers.

»Ganz ehrlich, Hanna.« Agnes' Ton war sanft, aber bestimmt. »Ob er uns mag oder nicht, spielt keine Rolle. Aber wir können ihm helfen.«

»Sicher?«

»Ehrenwort!« Agnes konzentrierte sich ganz auf Hanna. »Indem du mir sagst, ob du auch etwas mitbekommen hast vom Papa und seinen Schwierigkeiten. Wo er hingegangen ist, zum Beispiel. Oder ob er von jemandem erzählt hat. Alles könnte wichtig sein. Wenn du mir Auskunft gibst, würde dein Papa stolz auf dich sein.«

Hannas große Augen strahlten mit einem Mal ein wenig Hoffnung aus. »Nur einmal, als mich die Mama früh bei ihm abgesetzt hat, da waren die alle noch am Reden. Diese Männer.«

»Ach herrje!«, rief Renate.

Agnes stoppte sie ab. »Bitte weiter, liebe Hanna.«

»Drei waren dort beim Papa. Ein ganz großer und einer, der

einen ganz komischen Dialekt gehabt hat und mit einer halben Glatze. Und einer, der wie ein Popstar ausgeschaut hat.«

»Welcher Popstar denn?«

»Harry Styles.« Unvermutet kicherte das Mädchen. »Nur ein bisserl heller die Haare.«

Agnes kannte den Namen des Prominenten, hatte aber kein Gesicht dazu. Aber wozu gab es das Internet. »Weißt du vielleicht, wie die geheißen haben, die Männer?«

»Der Papa hat zu dem, der so seltsam geredet, einmal Radi gesagt.«

»Radi?«

»Radi, genau. Dann hat der g'meint, er wäre hier der Manfred. Gleich drauf sind sie alle gegangen. Danach hat sich der Papa erst einmal hinlegen müssen, weil er die ganze Nacht durchgeplant hat, hat er mir erklärt. Aber dass alles gut werden würde und dass er bald genug Geld hätte, um mit mir nach Disneyland zu fahren. Das fand ich toll.«

»Davon wusste ich nichts.« Renate stöhnte auf.

Auch Hanna verzog die Lippen. »Ich durft es der Mama nicht weitererzählen. Tut mir leid.«

»Hanna.« Voller Zärtlichkeit strich Agnes dem Mädchen durch die blonden Haare. »Du hast alles richtig gemacht. Gleich sind wir fertig. Nur noch eines: Warum meinst du, der Radi oder Manfred hätte so eine merkwürdige Aussprache gehabt?«

»Na, so kratzig. ›Griaß di, Madl‹, hat er zu mir gesagt und ›Mir isch letz‹. Oder so ähnlich. Darüber musst ich total lachen.«

Mir ist schlecht, auf Hochdeutsch, schoss es Agnes durch den Kopf. Der Kerl musste aus Tirol sein. Der erste Überfall hatte in Kufstein stattgefunden, der Mann könnte an Agnes' Wohnort leben. Damit ließ sich eventuell etwas anfangen.

»Meinst du, Hanna, du könntest Manfred beschreiben?«

»Halbglatze, die geglänzt hat. Ganz buschige Augenbrauen wie … Ich weiß nicht …«

»Schau.« Agnes winkte nach Dr. Krempl, der immer noch im Flur stand. »Das ist Dr. Krempl. Mit den buschigen Augenbrauen. Etwa so?«

Christian Krempl hob ein weiteres Mal verwundert die seinigen.

Hanna zuckte mit den Schultern. »Ungefähr.«

»Was noch?«

»Graue Haare am Hinterkopf, glaub ich. Das war's.«

»Und der letzte? Der Große?«

»An den erinnere ich mich überhaupt nicht, nur eben, dass er so lang war. Blöd, gell?«

»Völlig in Ordnung, Hanna. Wenn du mit der Mama aufs Polizeirevier kommst, sagst du alles noch mal dem Zeichner bei uns. Der versucht ein oder zwei Phantombilder.«

»Ich weiß, was das ist.«

»Umso besser. Danke dir, Hanna, das hat mir total weitergeholfen.«

Hanna riss jetzt erst ihren Riegel auf und nahm hastig einen Bissen. Sie sah sehr blass aus. Renate fasste ihre Tochter an den Schultern. Christian Krempl sah Agnes immer noch fragend an. Sie selbst nahm ihr Handy und wählte die Nummer ihres Chefs.

Die Flügeltür ging auf und zu, während sie warteten. Wie Leben und Tod, dachte sie.

8

Mitzi konnte von Kufstein aus bis Wien-Meidling durchfahren. In den dreieinhalb Stunden döste sie vor sich hin und vertrieb sich die Zeit mit erquickenden gedanklichen Wiederholungen ihrer letzten Wandertouren.

Wieder eine klasse Idee ihres kongenialen Therapeuten Dr. Rannacher. Gern hätte sie ihn einmal außerhalb der Gesprächsstunden besucht, hätte mit ihm eine Melange getrunken und ihn dabei zu seinem Leben und seinen Problemen befragt. Natürlich ein Ding der Unmöglichkeit, aber die Vorstellung, ihn mit Nachfragen zum Reden zu ermuntern, fand Mitzi belustigend.

Anfang Mai erst hatte sie, auf seinen Rat hin, eine Weitwanderung im Salzkammergut durchgeplant und unternommen. Den BergeSeenTrail, wie er betitelt wurde. Zwanzig Etappen zwischen drei und gut neun Stunden, alle ohne Klettersteig und gut zu begehen. Alles in allem 1.222 Stunden, dreihundertsechzig Kilometer Distanz und 14.200 Meter bergauf. Dazwischen Übernachtungen in den Hütten.

Im oberösterreichischen Gmunden am Traunsee war sie losgewandert, über mehrere Touren ins Salzburger Land, dann in die Steiermark, ihre ursprüngliche Heimat, und schließlich wieder zurück an den Ausgangspunkt.

Der Besuch auf Schloss Ort beim Start, die Stationen beim Attersee, Mondsee oder Hintersee, um nur einige zu nennen, jeder Punkt hatte seine eigenen Emotionen in Mitzi ausgelöst. Der Gipfel Hoher Zinken oder das kleine Felsjoch Drausengatterl auf 1.380 Metern Höhe, das eine unglaubliche Fernsicht auf die umliegenden Gipfel des Toten Gebirges preisgab. Auch die wie verzaubert erscheinende Theklakapelle im Wald am Klausbach nahe Plomberg St. Lorenz. Sie wurde als Dankeschön gebaut, nachdem sich einst ein Klausenwärter bei einem

Unwetterbruch der Klause auf einen Baum rettete, der mit einem Bild der heiligen Thekla versehen war. Diese wiederum galt als eine erste Märtyrerin.

Geschichten, die Mitzi eingesogen hatte.

Die Etappen waren eine phantastische Kombination aus herrlichen Aussichten, beeindruckenden Bergspitzen und diesen friedlichen Seen. Ganze fünfunddreißig davon hatte Mitzi bestaunt, und fünfunddreißig Mal hatte ihr Herz beim Anblick vor Freude gehüpft. Dreimal war sie sogar in eines der erwanderten Gewässer gesprungen, die Kälte des Wassers hatte sie umschlungen und zugleich erfrischt, wie es keine kalte Dusche je könnte. Nicht zu vergessen die Mahlzeiten, die sie jeweils am Ende einer Tour eingenommen hatte. Von Eiernockerl über eine deftige Brettljausn mit Speck, Würsteln und Kren bis zu einem Kaiserschmarrn war alles dabei gewesen.

Allein unterwegs zu sein war sie gewohnt, und es gab genug Wanderer wie Mitzi, mit denen sie ein paar Worte gewechselt hatte. Jede und jeder von ihnen guter Laune, was in den stressigen Straßen der Städte oft eine Seltenheit war.

Im Zug sitzend lächelte Mitzi bei dieser Rückschau. Die Stunden der Fahrt flogen nur so dahin, und der Anflug von Melancholie verschwand.

»Sehen Sie, Frau Schlager«, brummte Dr. Rannacher in ihrem Kopf. »Es ist einfacher, als man denkt, sich eine erfreuliche Gedankenwelt zu erschaffen.«

Als Mitzi schließlich mit den Öffis von Meidling bis zur Donauinsel fuhr und zu Fuß weiter bis zur Schiffsanlegestelle an der Reichsbrücke marschierte, war sie von der Hauptstadt wieder einmal beeindruckt und wäre durchaus auch von Salzburg nach Wien übersiedelt. Die Luft war bereits sommerlich temperiert, der klassische Wiener Wind ließ Mitzis blonde Haare nach oben flattern. Am Himmel malte die Sonne ein paar glühende Farben auf die wenigen Wolken.

Etwas in ihrem Inneren zuckte bei dem explodierenden Rot und Orange jedoch zusammen. Der Teil, der bei jedem offenen

Feuer Herzrasen verursachte und sich niemals an Knallgeräusche gewöhnen würde. Für einen Moment war da vor ihrem inneren Auge die Holzhütte. Mitzi konnte ihre Eltern und Benni erkennen, drei Schemen, die dicht beieinanderstanden. Sie war wieder sieben und hatte das Gas am alten Campingherd aufgedreht, um für die Familie zu kochen. Aber nicht sie war bei der darauffolgenden Gasexplosion umgekommen, sondern ihre Liebsten.

»Ach herrje«, sagte Mitzi laut, ohne es zu merken.

Doch dann drängte sich das Gesicht von Konstanze in den Vordergrund. Sie lebte und trieb vielleicht gerade jetzt ihre Großeltern zur Verzweiflung, indem sie den Spinat ausspuckte oder sich den Schokopudding überallhin, nur nicht in den Mund schmierte. Sofort ging es Mitzi besser.

Sie machte Fotos und schickte sie an Agnes. Ein Herz kam zurück, mehr nicht, das bedeutete, dass Agnes beruflich im Stress war. Mitzi überlegte, worum es bei dem Anruf gegen Ende des Frühstücks gegangen sein könnte, aber die Spekulation brachte sie keinen Schritt weiter. Von einem Flitzer in der Kufsteiner Fußgängerzone bis zu einem mehrfachen Mord am Inn hätte es alles sein können. Mitzi zügelte erneut ihre überbordende Phantasie und tippte stattdessen am Handy die Angaben von Rudolfo an, die er ihr gesendet hatte.

Der Weg bis zum Schiff dauerte noch einmal eine Viertelstunde. Als Mitzi an der Gangway ankam, klopfte ihr Herz vor Vorfreude schneller.

Die MS »Nene« war eines der kleineren Ausflugsboote für Donaukreuzfahrten. Achtzig Passagiere hatten Platz, plus die Mannschaft. Das Äußere war sehr ansprechend gestaltet. Der obere Teil mit durchgehenden Fensterfronten schimmerte in einem maritimen Blau, während die breiten Schiebefenster der Kabinen im unteren Teil gelb umrahmt waren. Ganz oben konnte Mitzi das Sonnendeck und das Steuerhaus erkennen. An Bug und Heck war der begrenzte Raum ebenfalls bestuhlt, und vorn wie hinten wehten Fahnen.

Mitzi erinnerte sich, dass man sich die Unterscheidung von vorn und hinten leicht mit einem Trick merken konnte, wie ihr Rudolfo verraten hatte. Heck fing mit einem H an, wie Hinterteil.

Allerdings war von Mitzis Freund weit und breit nichts zu sehen.

»Madame, hallo, Madame?«

Oben, am Ende des Stegs vor dem Schiffseingang, hielt sich ein Mann in einer schicken weiß-goldenen Uniform und ebensolcher Kappe mit schwarzer Umrandung auf. Er hatte eine dunkle Haut, schwarzes, krauses Haar unter der Kopfbedeckung und ein unverschämt charmantes Lächeln. Als Mitzi ihn rufen hörte, drehte sie sich um. Hinter ihr war niemand.

»Madame? Sie sind gemeint, Madame.«

Mitzi schmunzelte. »Ach so. Ich.« Mit Madame war sie noch nie betitelt worden.

»Suchen Sie etwas? Brauchen Sie etwas? Kann ich Ihnen dienlich sein?«

Diese höflichen Fragen gefielen Mitzi. »Alles gut. Wann legt denn das Schiff ab?«

»In zwei Stunden, Madame. Gehören Sie zu unseren neuen Gästen? Dann bitte ich Sie an Bord, Madame.«

Obwohl die Vorfreude in ihrer Brust explodierte, entschied sich Mitzi kurzerhand um. Sie brauchte doch noch eine Anlaufzeit, einen Kaffee und was Süßes dazu, bevor sie für ihren Urlaub bereit war.

»Ja, das bin ich. Eine Passagierin. Eine von den neuen, ganz recht.« Sie winkte dem Mann enthusiastisch zu. »Aber die Madame kommt erst ein bisserl später an Bord.«

Ohne abzuwarten, was der Mann in der schicken Uniform davon hielt, rannte Mitzi den Weg zurück. Ihr Rucksack wippte auf ihren Schultern, ihre Umhängetasche ebenso.

9

»Mitzi, mein Spatzl!« Rudolfos Gesicht flackerte über Mitzis Handydisplay.

Mitzi giggelte. Das tat sie immer, wenn ihr neuer Freund sie anfunkte. Die Beziehung war zarte paar Monate alt. Dazu noch basierte sie auf Ferne, was Mitzis Angst vor Nähe sehr entgegenkam. »Hallo, mein Drosselbart.«

Rudolfo Sommer arbeitete zwar in einer Pension in Lilienfeld in der Wachau als Nachtportier, insofern stimmten Mitzis Informationen an Axel über ihren neuen Freund. Doch nebenbei schrieb Rudolfo Songs und komponierte und hoffte auf einen Durchbruch. Als ruhiger Charakter, der wenig redete und seine unsteten beruflichen Verhältnisse durchaus realistisch einschätzte, war er ein guter Gegenpol zur oft plappernden und verträumten Mitzi.

Was aber am allerbesten schien, war, dass Rudolfo Sommer, Lederhosenfan und Spitzbartträger, keinen noch so winzigen Bezug zu Verbrechen aller Art hatte, wenngleich er über einen ausgeprägten Gerechtigkeitssinn verfügte. Damit gehörte er nicht wirklich der Kategorie Mensch an, die Mitzi sonst anzog, was aber unterm Strich genau das Richtige für sie war.

Den Kosenamen Drosselbart, den sie ihm gegeben hatte, fand er cool, unerledigte Sachen hingegen störend, genauso wie unaufgeräumte Küchen nach dem Kochen. Er liebte die Berge und das Wandern, er aß gern deftig und kochte hin und wieder mit Leidenschaft. Von seinem Hals abwärts trug er eine Tätowierung, die einen Lindwurm darstellte. Als sie sich kennengelernt hatten, hatte Mitzi auf eine Schlange getippt, aber in der ersten Liebesnacht das gesamte gestochene Kunstwerk bewundern können. Ein grün-schwarzer Lindwurm mit einer roten Zunge und roten Augen. Mitzi war jedes Mal aufs Neue davon begeistert.

»Bist du bereit?« Die Vorfreude blitzte aus seinen Augen.
»Ich bin schon seit gestern auf der ›Nene‹.«

»Nene?« Mitzi machte große Augen. »Was is Nene? Kenn ich nicht.«

Es war nicht das erste Mal, dass sie Rudolfo neckte. Danach lachten sie zusammen, nie nahm er ihr ihren manchmal seltsamen Humor krumm.

Den regelmäßigen Wechsel vom Nachtportier zum Pianisten auf einem Flussschiff genoss er. Einerseits waren diese Tage für ihn eine willkommene Abwechslung vom nächtlichen Job, andererseits hegte er eine winzige Hoffnung, dass einmal ein Musikproduzent an Bord sein würde, der ihn als Songwriter entdeckte.

»Das is der Name des Schiffes, Mitzi.« Rudolfo runzelte die Stirn. »Die MS ›Nene‹. Beim Schifffahrtszentrum an der Reichsbrücke is die Anlegestelle. Dort, wo auch die anderen Touristenboote ablegen. Das hab ich dir doch alles gemailt, mit Nummer und genauer Beschreibung. Du musst baldigst zusteigen. Die warten nicht auf eine einzelne Passagierin. Mit dir sollen übrigens noch ein paar weitere Gäste einchecken, die sind zum Glück auch noch nicht da. Dann sind wir aber komplett.«

Jetzt lachte Mitzi auf. »Ich wollt dich nur ein bisserl an der Nase herumführen, Rudolfo. Ich bin schon in der Stadt, wollte mir noch einen schnellen Kaffee gönnen. Schau, hier sitz ich.« Sie hielt das Handy hoch. »Mit einer Topfengolatschen. Und schnuppere Wiener Luft.«

»Ha, ha, sehr witzig, Mitzi. Zu essen kriegst du an Bord mehr als genug. Jetzt wäre sogar Kaffeezeit in der Lounge.«

»Tut mir leid, aber …« Mitzi überlegte, wie sie Rudolfo den Umschwung erklären konnte, ohne das Unglück ihrer Familie zu erwähnen. Davon hatte sie ihm nichts erzählt, nur, dass sie nach dem Versterben ihrer Eltern bei ihren Großeltern aufgewachsen war.

Er redete bereits weiter. »Alles okay, Mitzi. Is super, dass du fast schon da bist. Bei dir weiß man ja nie.«

»Geh, hör auf.« Sie atmete durch. »Du kennst mich in der kurzen Zeit längst besser als mein Ex-Freund in all den Jahren.«

»Du meinst den Freddy?«

»Genau.« Mitzi ließ ihre Gedanken kurz in die Vergangenheit schweifen. Bis zu ihrem Umzug hatte sie mit Freddy in dessen Wohnung zusammengelebt. Er war Handelsvertreter und selten zu Hause gewesen. Dazu sein Hobby, das Schauen von Sportevents, wo und wann es nur ging. Eine echte Zweisamkeit war zwischen ihnen nicht entstanden. Nun, bei Rudolfo war es anders, viel besser. Vielleicht würden die Tage auf dem Schiff ihre frische Beziehung noch stärken.

»Ich kenn dich und ich lieb dich, mein Spatz.« Rudolfo schickte einen Kuss hinterher.

Fast hätte Mitzi ihm zurückgeantwortet, aber von Liebe wollte sie doch noch nicht sprechen. Sie war sich nicht sicher, ob sie überhaupt jemals ganz von ihrem Kindheitstrauma geheilt werden und einer anderen Person vollstes Vertrauen entgegenbringen konnte, ohne die Angst im Nacken, dass gleich wieder etwas Schlimmes passieren würde. Auch bei Agnes und Konstanze trieb Mitzi manchmal diese Furcht um. Je mehr man liebte, desto mehr konnte man verlieren.

»Hast du gewusst, liebster Rudolfo, dass dein Schiff auf den Kosenamen der Schwester von Kaiserin Sisi getauft ist?«, lenkte sie stattdessen das Thema von Liebe auf die bevorstehende Reise.

»Nein, darüber hab ich nicht nachgedacht, Mitzi. Obwohl es schon meine vierte Reise auf diesem Dampfer is.« Er fuhr sich über die kurzen braunen Haare und zupfte anschließend an seinem Kinnbart. »Nene is aber ein komischer Name für eine Prinzessin.«

»Spitzname.« Mitzi bekam einen dozierenden Ton. »Helene hieß sie. Und sie sollte den Kaiser Franz-Joseph ehelichen. Der hat sich aber dann für die jüngere der Schwestern entschieden.«

»Ups.«

»Ja, ups. Aber trotzdem haben sich die zwei Mädels immer gut verstanden. Vielleicht so wie die Agnes und ich.«

»Ihr seids quasi schwesterliche Freundinnen.«

»Die Agnes is etwas jünger als ich.«

»Aber du wolltest nie den Axel als Mann? Oder er dich?«

»Hör auf. Der mit seinem schwarzen Vollbart und seiner etwas unzugänglichen Art. Außer wenn er Kölsch trinkt, das er sich aus Deutschland schicken lässt, dann taut er auch mir gegenüber auf. Aber er is zur Agnes super und ein toller Papa fürs Stanzerl. Trotzdem, den Axel hätt ich nie genommen. Er mich aber auch nicht, hihi, ich bin ihm zu unstet. Dafür hat er jetzt Agnes, und ich hab dich, Drosselbärtchen.«

»Alles schicksalsmäßig perfekt demnach.«

»Das hast du schön formuliert, Rudolfo. Ich sitz übrigens im Café Mozart hinter der Oper. Danach leiste ich mir heut ausnahmsweise ein Taxi und fahr zurück zum Anleger. Ich bin rechtzeitig da. Die Tage werden klasse! Mein Therapeut, der Dr. Rannacher, hat schon vor Monaten gemeint, es wäre super, wenn ich einmal loslasse und einfach urlaube. Jetzt is es so weit. Dank dir.«

»Das is der, der wie der Sigmund Freud ausschaut.«

»Du sagst es.«

Hinter Rudolfo erschien ein dunkel gekleideter Mann. Mitzi zuckte ohne Grund zusammen.

»Ah, der Luis«, lachte Rudolfo. »Das is der Barkeeper, mit dem musst du dich gut stellen, Spatzerl. Während ich in die Tasten hau, serviert er dir Cocktails.«

Mitzi atmete auf. Daran musste sie noch arbeiten, nicht in jedem Fremden einen potenziellen Verbrecher, wenn nicht sogar Mörder zu sehen. Wobei es nach ihren Erfahrungen kein Wunder war, dass sie eigentlich jedem alles zutraute. Außer Agnes natürlich. Ihr hatte Mitzi versprochen, endlich damit aufzuhören, die bösen Buben, auf die sie traf, vielleicht auch noch treffen würde, bekehren zu wollen. Die Welt brauchte keine Mitzi auf einer Mission, mit der Aussage hatte Agnes absolut recht. Mitzi fotografierte den Rest der Topfengolatschen und sendete ihr das nächste Foto.

Rudolfo und der Barkeeper redeten miteinander, dann war sein Gesicht wieder frontal am Bildschirm zu sehen. »Du, Spatz, ich muss weitermachen. Ich spiele auch beim Nachmittagskaffee für unsere Gäste am Klavier. Ich hab gedacht, alle sind in Wien auf Sightseeingtour, aber fünf sitzen doch in der Lounge, rund um die Bar.«

»›Spiel's noch einmal, Sam‹«, zitierte Mitzi den berühmten Filmsatz. Ihr neuer Freund blickte verständnislos in die Kamera. »Rudolfo, das is aus ›Casablanca‹.«

»Ach so.«

»Gott, ich werde die nächsten Jahre damit verbringen, dich in alle Klassiker zu schleppen, die du nicht kennst.«

Er grinste. »Hauptsache, es werden Jahre bei uns zwei.« Dann schickte er ihr einen Kuss und beendete den Videocall.

Mitzi lehnte sich in ihrem Sitz zurück, sah sich in dem Café um. Die dunkle Holzmöblierung, die gepolsterten Sessel, dazu die weißen Tischtücher und die Kuchentheke. Es war beruhigend, hier zu pausieren, wenn auch nur kurz.

Bei dem Gespräch war ihre Trübsal gänzlich verschwunden. Unterm Strich hatte sie keinen Grund, die alte Melancholie erneut hochschwappen zu lassen. Die Vorfreude übernahm. Rudolfo hatte für sie eine Kabine auf der MS ›Nene‹ gebucht, obwohl er ein Quartier im Mannschaftstrakt hatte. Er würde sich also heimlich zu ihr schleichen in den Nächten. Mitzi fand allein schon die Vorstellung prickelnd.

Passau, Wien, Budapest, Bratislava, Melk und wieder Passau. So lauteten die Haltepunkte auf dieser Kreuzfahrt auf der Donau. Jeden Nachmittag und jeden Abend würde Rudolfo am Klavier sitzen. Trotzdem blieben ihnen genug Stunden zu zweit, und dazwischen würde Mitzi den Trip allein genießen. Ob sie die Schiffsreise in Melk oder Passau beenden würde, hatte Mitzi sich offengelassen. Nach dem Wasser kämen wieder die Schienen an die Reihe.

»Hier is eh noch frei, oder?«, fragte eine Männerstimme. Mitzi drehte den Kopf. Neben ihr war ein dünner Kerl aufgetaucht, der einen prall gefüllten Tornister eben nach oben hievte. Das Gepäckstück war definitiv schwerer als er. Und breiter. Ähnlich Mitzis eigenem gelben Reiserucksack, den sie ebenfalls bis oben hin vollgepackt hatte.

Am Nebentisch saß niemand und auch vor Mitzi nicht. Der Mann hätte sich gut und gerne dort niederlassen können. Sofort raste ihre Phantasie los. Der Kerl war nicht einfach ein Tourist, sondern hatte sich gezielt diesen Sitz am Gang ausgesucht, weil er von dort aus jemanden, den er verfolgte, besser beobachten konnte. Später in Wien, wenn die Junisonne untergegangen war und sich die Dunkelheit in den schmalen Seitengassen sammelte, würde der Dünne seinen Tornister öffnen, einen schweren Gegenstand herausholen und …

»Papa, Papa. Wart auf uns.«

Im nächsten Moment kamen vier Kinder angelaufen, alles Jungs, die in der Größe wie Orgelpfeifen waren und körperlich ebenso dünn wie ihr Vater, und umringten den Mann.

»Karl, Konstantin, Klemens und Kilian. Setzt euch neben mich oder an den Tisch vor mir.« Der Vierfach-Papa lächelte Mitzi schief an. »Ich hoffe, die Buben stören Sie nicht allzu sehr.«

Mitzi erwiderte das Lächeln mit Erleichterung. »Kein Thema. Ich mag Kinder.«

Vor allem die, deren Namen mit K anfangen, dachte sie weiter. Konstanze war zwar ein Mädchen, aber hätte wunderbar in die Schar gepasst. Der Jüngste war etwa vier oder fünf, in dem Alter, in dem ihr eigener kleiner Bruder Benni gestorben war. Die Traurigkeit schlich sich wieder an, aber Mitzi drängte sie zurück. »Auf Wienbesuch?«, fragte sie.

Der dünne Mann nickte. »Wir gehen heute in den Prater und aufs Riesenrad.«

Die vier Buben johlten unisono auf.

»Hey, super!« Mitzi hob beide Daumen.

Was ihre überbordende Phantasie anging, würde sie ab sofort aufhören, nach dem Bösen zu suchen.

Es findet eh dich, flüsterte eine andere Stimme in ihr, die sie nun ebenso weit nach hinten schob wie die Erinnerung an Benni.

10

Mitzi hielt das Warten im Eingangsbereich des Schiffes nur schwer aus. Das »schnelle Boarding«, wie es in ihren Reiseunterlagen aufgeführt war, dauerte länger als erwartet. Immerhin versöhnte sie der Blick nach draußen. Am Ufer gegenüber der Anlegestelle bestaunte sie die Franz-von-Assisi-Kirche am Mexiko-Platz. Die roten Türme und in der Mitte der Hauptturm mit der Uhr ragten in einen wolkenlosen Himmel. Bestes Reisewetter.

Sie hatte ihren Rucksack abgestellt und hielt nebenbei Ausschau nach Rudolfo. Aus ihrer Umhängetasche hatte sie ihren Ausweis und die Reservierungsbestätigung geholt sowie ihr Handy. Rudolfo hatte auf die Nachrichten über ihr Eintreffen nicht geantwortet, und auch Agnes hatte zu all den Fotos von Wien, vom Café und nun vom Schiff und dem Anlegeplatz außer dem einen Herz nichts zurückgeschickt. Bereits jetzt fehlte Mitzi die kleine Konstanze, wie gern hätte sie Agnes und ihre Tochter mit dabeigehabt.

Vor ihr standen zwei Frauen, die wie sie erst in Wien zustiegen.

Die eine, gleich vor Mitzi, wirkte wie ein Schulmädchen, jung und ein wenig unsicher. Ihre rötlichen, langen Haare waren zu einem dicken Zopf geflochten, und sie trug so knappe Shorts, dass ihre Pobacken deutlich zu sehen waren. Ungeduldig trat sie von einem Bein aufs andere, schlüpfte aus ihren glitzernden Sandaletten und stellte sich barfuß auf dem blauen Empfangsteppich auf die Zehenspitzen, dann zog sie die Schuhe wieder an, nur um sofort erneut mit dem unruhigen Spiel zu beginnen.

»Was is denn da beim Anmelden los?«, fragte Mitzi sie leise.

Das Mädchen zuckte mit den Schultern. »Die Dicke vor mir macht Probleme.«

70

»Pscht!« Mitzi legte ihren Finger auf die Lippen. »Das sagt man nicht.«

»Aber wenn es doch stimmt.«

Die Frau vor dem Mädchen war tatsächlich mehr als füllig. Ihr langes Kleid zeigte Wölbungen an allen Körperstellen. Wobei Mitzi sie schick fand. Das rot bis orange schattierte Kleidungsstück hatte sie mit einem sonnengelben Sommerhut kombiniert. Auch ihre flachen Stoffschuhe waren wie ihre herzförmige Handtasche im selben Gelb gehalten. An ihren langen Ohrringen baumelten drei Steine, rot, orange und noch einmal gelb. Neben ihr standen zwei große Koffer, als würde die Reise über Wochen gehen.

»Ich mag mollige Menschen. Sie strahlen Gemütlichkeit und Freundlichkeit aus«, konterte Mitzi. »Dazu is Gelb meine Lieblingsfarbe.«

»Meine Mama ist auch dick.«

»Und sicher eine Liebe, oder?«

»Das schon. Aber sie kämpft mit den Kilos. Weil sie zu viel Schokolade isst. Ich werde nie auch nur ein Dekagramm zu viel wiegen.« Das Mädchen zupfte an ihren kurzen Shorts, was den Stoff nicht verlängerte. »Ich bin übrigens die Jule. Jule Hanseru.«

»Maria Konstanze Schlager, aber nenn mich ruhig Mitzi.« Sie nickten sich zu. »Bist du allein an Bord, Jule?« Mitzi schätzte sie auf höchstens siebzehn.

Jule stieß einen mächtigen Seufzer aus. Mitzi fiel auf, dass die Augen des Mädchens von einem tiefen Blau waren. Rote Haare und blaue Augen, eine seltene Kombination.

»Meine Mama und ich sollten die Reise zusammen machen. Aber sie hatte heut Morgen Fieber und Bauchweh. Und zum Stornieren war es zu spät. Keine meiner Freundinnen hatte so kurzfristig Zeit. Meine Oma lebt in Brastislava, die freut sich schon wie blöd, dass wir sie dort einmal wieder auf einen Kaffee besuchen. Dabei ist Bratislava von Wien aus mit dem Twin City Liner in fünfundsiebzig Minuten zu erreichen. Da hätte ich mir den Umweg über Budapest und dann auch noch die Rückfahrt von Melk nach Wien erspart. Zugfahren mag ich nicht. Aber die Mama wollt aus unserer ganzen Reise was Besonderes machen. Jetzt bin ich hier mutterseelenallein unter all den alten Leuten.«

»Alte Leute?«

»Das Durchschnittsalter auf einer Flussschifffahrt ist sechzig plus, steht im Internet. Die vor mir ist sicher schon längst drüber. Selbst du gehst hier noch als junger Hupfer durch, und ich denke, du bist keine zwanzig mehr.«

»Ich bin Anfang dreißig.«

»Schaust jünger aus. Meine Mama ist zweiundsechzig.«

»Du siehst wie sechzehn aus.«

»Ja, schrecklich, gell?« Jule seufzte gleich noch einmal. »Dabei bin ich zweiundzwanzig. Ich war ein spätes Wunschkind meiner Eltern.«

»Das is doch toll.«

»Geht so. Ich werde so oft nach meinem Ausweis gefragt, wenn ich Alkohol kaufe, das glaubst du nicht.«

»Alkohol soll man ohnehin nicht in rauen Mengen trinken.«

»Na, du passt ja zu den Alten, Mitzi.« Jule rümpfte die Nase und drehte sich zurück.

Die füllige Frau an vorderster Front öffnete eben einen ihrer Koffer. »Ich habe die Bestätigung über eine Kabine unten mit dabei. Unten, verstehen Sie?«

Hinter der Theke am Empfang stand ein Mann in mittleren Jahren, der eine blau-gelbe Livree trug, zu den Farben des Schiffes passend. Er sprach ein abgehacktes Deutsch und wirkte enorm gestresst. »Aber die Kabinen auf Höhe der Lounge sind viel schöner, Madame. Schiebefenster und Doppelbetten. Aussicht auf das Wasser und die Landschaft.«

»Ich will keine Aussicht, ich bestehe auf meine Buchung. Und auf keinen Fall will ich Fenster, die sich zum Wasser hin öffnen lassen. Alles wurde vorreserviert. Begreifen Sie das endlich. Cleo Würges heiße ich, Würges mit W wie würgen, schauen Sie bitte noch einmal nach.«

»Natürlich, Frau Würges, ich regle das. Bitte einen Moment Geduld.«

»Würges und dazu noch Cleo, was für ein Name.« Jule hatte inzwischen ein Smartphone zwischen den Fingern und begann eifrig zu tippen.

Der Mann in der Livree entfernte sich und verschwand hinter einer Tür neben einer Glasvitrine.

Überhaupt war der Empfangsraum so elegant, wie Mitzi es sich schon von außen vorgestellt hatte. Der Boden sah aus wie glänzender Marmor, die Grundfarbe an den Wänden war ein dunkles Blau, die Applikationen an den Rändern golden. Links und rechts führten Treppen nach unten und oben. Auf der rechten Seite ging der Empfangsraum in einen Flur über, an dessen Seiten die Türen zu den Kabinen lagen. Links konnte Mitzi den vorderen Teil der Lounge mit runden Tischen und weißen Couchgarnituren sowie Lehnsesseln sehen, die Stufen nach unten führten in den Speisesaal, der mit seinen bereits gedeckten Tischen ebenfalls nobel aussah.

Am besten gefielen ihr aber die vielen Fenster, breite Glasfronten, durch die man ins Freie sehen konnte. Dazu die leichten Schaukelbewegungen, die das Schiff auch vor Anker machte.

Erst jetzt fiel ihr die leise Hintergrundmusik auf, die durch den Bereich schwebte. Peter Alexander, wenn sich Mitzi nicht täuschte. Er sang »Bist du einsam heut Nacht«, und Mitzi musste an ihre verstorbene Oma Therese denken. Die hatte Peter Alexander geliebt.

»Was ist das für ein Gedudel!« Jule setzte gleich eine weitere unangenehme Duftnote.

»Peter Alexander.«

»Herrje, ob die je was Modernes spielen?«

Mitzi hätte gern erzählt, dass Rudolfo am Abend höchstwahrscheinlich seine eigenen Nummern am Klavier darbieten würde, aber sie schwieg. Jule hätte daran sicher ebenfalls etwas zu mäkeln.

Peter Alexander wechselte zu »Die süßesten Früchte«. Mitzis Magen knurrte, und sie musste auf Toilette. »Kannst du auf meinen Rucksack aufpassen?« Sie schob das Teil in Jules Richtung.

Jule, die nur einen einzigen Beutel an Gepäck zu haben schien, der etwas größer als Mitzis Umhängetasche war, blickte eine Sekunde von ihrem Display hoch. »Du bist an Bord. Wer sollte dir hier etwas klauen?«

Mitzi erwiderte nichts und machte sich auf die Suche. Sie ging nach rechts und die Treppe nach unten. Doch dort war nur ein weiterer langer Gang mit Kabinentüren an beiden Seiten. Immerhin entdeckte sie eine Anschlagtafel, auf der das Menü für den Abend aushing. Vier Gänge mit jeweils drei Auswahlmöglichkeiten. Vorspeise, Suppe, Hauptspeise, Dessert. Dabei stach Mitzi die Sacherschnitte besonders ins Auge.

»Super!«, bemerkte sie laut, und ihr Magen meldete sich direkt ein zweites Mal. »Durchhalten und nicht dran denken!«

»Das Dinner wird um halb acht serviert. Kann ich Ihnen sonst helfen, Madame?«

Da war er wieder. Der Mann in der weiß-goldenen Uniform, diesmal mit der Kappe unter der Achsel. Sein Lächeln war, wie beim ersten Mal, gewinnend und unfassbar freundlich.

»Ja, das können Sie.« Mitzi grinste ebenfalls von einem Ohr zum anderen. »Wo is denn bitte eine Toilette?«

»Sie stehen fast davor, Madame.«

»Oha!« Mitzi drehte sich. Neben dem Aushang gab es eine Tür, auf der ein Mädchenkopf in Gold aufgeklebt war. »Oh, danke! Gott sei Dank muss ich nicht weit laufen.«

»Auf unserer MS ›Nene‹ ist kein Weg wirklich weit«, erwiderte der Mann und streckte beide Arme aus wie ein Verkehrspolizist. »Die Backbordseite ist die linke Seite des Schiffes. Dort leuchtet nachts rotes Licht. Am Ende des Ganges befindet sich hier unser Fitnessraum mit kleiner Sauna. Oben endet der Weg in einem Separee, das man reservieren kann, für ein besonderes Abendessen. Höchstens acht Gäste. Das Heck bezeichnet den hinteren oder achteren Teil. Rechter Hand ist Steuerbord. Der Speisesaal ist unten, darüber die Lounge mit Sitzgelegenheiten draußen. Und auf unserem Sonnendeck finden Sie Sitzkissen, Tische und Sessel und viele weitere Liegen. Einen Whirlpool und eine Minigolfanlage.«

»Wow. Klingt das alles klasse.«

»Ich freue mich, Ihnen geholfen zu haben.«

»Danke schön noch mal. Mir auch ein Vergnügen. Welchen Job machen Sie denn an Bord? Mein Freund is der Pianist, wissen Sie. Er hat mich auf diese Reise eingeladen.« Mitzi stockte. »Obwohl wir das nicht groß breittreten wollen. Ich rede oft zu viel. Behalten Sie es bitte für sich, ja?«

Ein Zucken lief über das Lächeln hinweg, das Mitzi nicht einordnen konnte. Entweder hatte sie den Mann mit ihrer Bitte überfordert, oder er amüsierte sich noch ein Stück mehr.

»Übrigens, ich bin Maria Konstanze Schlager. Jetzt haben Sie einen Namen zur Madame.«

»Wenn ich mich vorstellen darf«, er deutete eine Verbeugung an, »Kapitän Bruno Brown. Ich werde Sie durch die Untiefen der Donau führen.«

Die Röte schoss Mitzi in die Wangen. »Der Kapitän? Das is mir aber peinlich, dass ich Sie nach dem Klo gefragt hab.«

»Aber nein, Madame. Ich, meine Co-Kapitänin Klaudia Kramp-Peterle und meine Crew sind für alle und für alles zuständig. Ich trage dabei als Nautiker die Hauptverantwortung. Fühlen Sie sich wie zu Hause.« Mit einem Nicken entfernte er sich.

Mitzi huschte auf die Toilette, es war neben all den Eindrücken eine riesige Erleichterung.

Als sie zurück an den Empfang kam, war weder von der fülligen Frau noch von Jule etwas zu sehen. Ihr Rucksack lehnte in einer Ecke, was sie sauer machte. Das Mädchen schien eine Zicke zu sein, ein Menschenschlag, dem Mitzi lieber aus dem Weg ging. Sie packte ihr Gepäck und stellte sich ans Ende der neuen Schlange, die sich in ihrer Abwesenheit gebildet hatte.

Drei Männer standen nun am Empfang. An vorderster Front ein richtiger Hüne von einem Kerl, dahinter ein junger, gut aussehender Mann, der Jules Theorie von den alten Leuten noch einmal widerlegte. Als Letzter kam einer mit Halbglatze, und im Gegensatz zur Kahlheit auf seinem Kopf hatte er vollbehaarte Augenbrauen. Er wandte sich Mitzi zu, als sie sich wieder hinten einreihte.

»Eine Kumpelswoche.«

»Wie bitte?«

»Wir drei machen eine Fahrt unter Kumpels.« Er versuchte Mitzi anzulächeln, was ihm misslang.

Mitzi hob ihren Daumen, wunderte sich aber, dass der Mann ihr unaufgefordert die Information zukommen ließ.

»Aha. Viel Spaß.«

»Lass die Dame in Frieden.« Der Hüne legte dem Augenbrauen-Mann seine Hand auf den Oberarm. »Gleich sind wir durch.«

»Eh klar«, erwiderte der andere und wischte sich Schweiß von der Halbglatze. Wobei es überhaupt nicht richtig warm war.

Der Smarte und Hübsche in der Mitte warf Mitzi ein schiefes Lächeln zu, musterte sie zugleich. »Hey!«, sagte er leise. Sein Lächeln und sein Blick verliehen ihm einen leicht unseriösen, aber dadurch interessanten Touch. Eine Mischung aus James Dean und einem Sänger, dessen Name Mitzi im Moment nicht einfallen wollte. Das is ein Strizzi, dachte Mitzi spontan.

Früher wäre der Kerl genau Mitzis Typ gewesen, doch heute liebte sie einen seriösen Klavierspieler und Songwriter namens Rudolfo.

Wo zum Teufel blieb ihr Liebster nur?

Sie schickte ihm eine weitere Nachricht. Als sie aufsah, kreuzte sich ihr Blick mit dem des smarten Kerls. Er grinste immer noch und tippte sich als Gruß an die Stirn.

Mitzi musste trotz ihrer Ressentiments lächeln.

11

Mitzi hätte sich nie als neugierig bezeichnet oder gar unverschämt, eher betrachtete sie ihren Drang, den Dingen, die sie beschäftigten, auf den Grund zu gehen, als wissbegierig. Bis ihr die Sache mit der falschen Kabine passierte. 36a wäre ihre gewesen, in 36b war sie aus dem einfachen Grund hineingegangen, dass die Tür offen stand. Nicht ganz offen, aber einen Spaltbreit.

Zuerst war es ihr wie ein Stückchen Glück erschienen, denn sie hätte, um die Schlüsselkarte zu benutzen, all die Prospekte über Shopping, Ausflugmöglichkeiten und die Reederei im Allgemeinen, die sie von der Rezeption mitgenommen hatte, samt den zwei Büchern aus dem Bücherschrank fallen lassen müssen. So reichte ein Stoß mit der Hüfte, und die Tür schwang auf.

Kaum im Inneren, hatte sie die Fensterfront auf der gegenüberliegenden Seite des Zimmers derart fasziniert, dass sie einfach quer durch das Zweibettzimmer gelaufen war, ohne links und rechts zu schauen. Die breiten und bodentiefen Schiebefenster waren offen, und eine leichte Brise hatte ihr entgegengeweht.

»Ja, meine Kajüte is eine Wucht«, hatte sie noch gerufen.

Die Vorstellung, ab sofort fast eine ganze Woche die Möglichkeit zu haben, hier zu sitzen oder zu liegen oder am Fenster zu stehen und die wunderbare Donaulandschaft an sich vorüberziehen zu lassen, hatte Mitzi vollkommen verzückt.

Erst als sie Rucksack und Umhängetasche auf das breite Doppelbett fallen ließ, entdeckte sie die schwarze Reisetasche, die dort bereits abgestellt worden war. Sie war bis zur Hälfte geöffnet, doch noch nicht ausgepackt.

Binnen weniger als einer halben Minute, nach einem weiteren Blick auf die Magnetkarte und auf die Nummer, die in

Gold auf das Holz der Tür geklebt war, wurde Mitzi klar, dass sie sich geirrt hatte. Darüber, a mit b verwechselt zu haben, musste sie sogar lächeln.

Sie schulterte erneut den Rucksack und schnappte sich die Umhängetasche. Die Bücher und Prospekte sammelte sie ein. In der Drehung hielt sie inne. Ihr Blick heftete sich auf das halb entblößte Innere der schwarzen Tasche. Sie stutzte. Ein ebenfalls schwarzer Griff war zu erkennen.

Sie erinnerte sich an die drei Männer, die vor ihr eingecheckt hatten. Wie der jüngere in der Mitte sie angesehen hatte: charmant, aber auch lüstern. Aus dem Grund hatte sie rasch den Marmorboden unter ihren Füßen fixiert, um dem Kerl keinen Grund zu geben, sie anzusprechen. Dabei war ihr aufgefallen, dass alle drei ein völlig identisches Gepäckstück gehabt hatten. Im Gegensatz dazu, wie unterschiedlich sie selbst waren.

Die Reisetasche auf dem Bett vor ihr musste einem von ihnen gehören.

Ihr fiel auch wieder ein, dass sie bei den Taschen an die alten Gangsterfilme hatte denken müssen, in denen Humphrey Bogart und Lauren Bacall die Hauptdarsteller waren. Oder an »Der dritte Mann« mit Orson Welles, der sogar in Wien in der Nachkriegszeit spielte. Ein Schwarz-Weiß-Film, zu dem die identischen Gepäckstücke gut als Requisiten gepasst hätten.

Zuerst streckte Mitzi nur den Zeigefinger aus und berührte das Material. Es war Kunstleder, nicht echt. An den Seiten abgewetzt, als wäre die Tasche bereits ziemlich oft fürs Reisen benutzt worden.

Geh raus, sagte eine Stimme in ihrem Kopf, die sie eindeutig als die von Agnes identifizierte. Das geht dich nichts an, Mitzi. Genieß deinen Urlaub, hab Spaß mit deinem Rudolfo und denk an die kleine Konstanze, die sich schon auf das Wiedersehen mit ihrer Patentante freut.

Ja, Agnes, dachte Mitzi. Aber komisch wird das Ganze langsam schon, meinst nicht? Drei Männer, drei schwarze Taschen. Eine davon auf dem Bett der Kabine 36b. Mmmh.

Kumpelswoche, hatte der mit der Halbglatze unaufgefordert gesagt. Hatte er aus Nervosität geplaudert? Doch es gab keinen Grund, nervös zu sein, wenn man mit Kumpels auf eine Reise ging. Oder geht mit mir einfach die Phantasie einmal mehr durch? Agnes, was meinst?

Es kam keine Antwort.

Mitzis Zeigefinger blieb.

Und zu ihm gesellte sich der Daumen. Wie von selbst schlossen sich die beiden um den Zipfel des Reißverschlusses und zogen ein wenig. Als er mühelos bis zum Ende auseinanderzugleiten begann, fuhr Mitzi zurück. Sie hob beide Hände, als würde sie jemand bedrohen.

Die Agnes in ihren Gedanken hatte vollkommen recht. Was Mitzi eben machte, kam fast in die Nähe einer Straftat.

Vielleicht hätte Mitzi, trotz der unwiderstehlichen Neugierde, wegen der Unverschämtheit, in eine fremde Reisetasche zu schauen, das Zimmer wieder verlassen können, ohne den Inhalt genauer zu begutachten. Vielleicht wäre dann alles anders gekommen, und vielleicht wären die Tage auf der MS »Nene« ruhig und ereignislos verlaufen.

Doch das war reine Spekulation.

Denn was Mitzi entdeckte, als sie den Kopf doch noch einmal nach vorn reckte, war Realität.

Der Griff gehörte zu einer Waffe.

II.

GulaschTränen

Nicht verpassen um 20:15 Uhr im TV!
Heute die 2. Folge der Reihe: »Die seltsamen Verbrechen der Mitzi Schlager«.

Diesmal bekommt es die MörderMitzi – so der böse Spitzname – mit einem Fall zu tun, der den Zuschauern die Gänsehaut über den Rücken laufen lässt. Es geht um zwei Morde an alten Damen und um eine anscheinend reale und echte Hexe, die mit den Taten in Verbindung gebracht werden kann.

Mitzi ist mittendrin in diesem unheimlichen Geschehen, verliebt sich dabei auch noch und gerät in große Gefahr.

Ihre Freundin, die Inspektorin Agnes Kirschnagel, ermittelt und versucht Mitzi, so gut es geht, zu beschützen. Hinzu kommt: Auch bei ihr klopft die Liebe an. Ein Kölner Privatdetektiv lässt ihr toughes Polizistinnenherz schmelzen.

Aber werden die zwei unterschiedlichen Freundinnen herausfinden, wer die gefährliche Hex in Wahrheit ist? Und was müssen sie dafür riskieren?

1

Mitzi war über die Sichtung der Waffe derart erschrocken, dass sie sich zwingen musste, sich über ihre richtige Kabine 36a zu freuen. Sie hatte ein Upgrade bekommen.

Rudolfo hatte ihr im Vorfeld von einer günstigeren Variante im unteren Teil des Schiffes erzählt, wo die Kabine hübsch, aber nur mit einem Einzelbett und oben schmalen Sichtmöglichkeiten, sprich Fensterschlitzen, die sich nicht öffnen ließen, ausgestattet war. Mitzi mutmaßte, dass ihr 36a im mittleren Schiffsteil zugewiesen worden war, weil die füllige Frau eben auf keinen Fall offene Schiebefenster ertrug. Von Zeit zu Zeit kam es Mitzi vor, als wäre sie die Normale und die anderen mit nachwirkenden Traumen behaftet, die sie zu seltsamen Charakteren geformt hatten.

Doch der Grund war nebensächlich. Es war höchste Zeit, zuerst einmal zu jubeln, dann erst würde sie die Sache mit der Waffe im Kopf noch einmal durchspielen.

Jetzt, im richtigen Zimmer, legte Mitzi ihre Utensilien ab und schob als Erstes auch hier das Fenster zur Seite. Sofort wehte der leichte Vorhang nach oben, Möwengeschrei drang herein, das Geräusch der ans Schiff schlagenden Wellen. Sonnenstrahlen ließen das Wasser glitzern, ein warmer Junitag bei Kaiserwetter.

An ihrem jetzigen Standort lag die Donau in ihrer gesamten Breite in ihrem Sichtfeld. Ruderer fuhren in drei langen Booten vorbei. Ein Segelschiff, gefolgt von einem Speedboot. Auf der linken Seite startete ein anderes Flussschiff, das größere Dimensionen hatte und »MS Esprit« hieß. Am Sonnendeck dort standen eine Menge Passagiere, die winkten. Mitzi winkte zurück.

Danach inspizierte sie die teurere Kabine genauer. Das Doppelbett sah gemütlich aus, elegant mit einem blauen Überzug.

Auf einem der Kopfkissen lag ein Schoko-Napserl, das Mitzi direkt auswickelte und aß. Ihr Hunger hatte sich durch den Schrecken vorhin sogar noch verstärkt. Nach dem Abziehen der Tagesdecke rollte Mitzi einmal quer über Kissen und Decken. Es würde herrlich sein, darin zu schlafen, bei ständig geöffnetem Fenster, zusammen mit Rudolfo. Wenn er sich endlich blicken ließ.

Nach ihrer Rolle probierte sie die Zweiercouch aus, die in der anderen Zimmerhälfte stand. Ebenfalls blau, vor einem ovalen Couchtisch. Am Fenster dort gab es einen schmalen Schreibtisch und einen Stuhl mit hoher Lehne. Mitzi sah sich nach einer Ablage für ihre Garderobe um und klatschte in die Hände, als sie die Tür zu einer Kammer im Zimmer aufmachte und den begehbaren Kleiderschrank mit Kommode entdeckte.

»Nobel geht die Welt zugrunde«, zitierte sie und nahm sich als Letztes das Bad vor. Heller Marmor, zwei Waschbecken und eine ebenerdige Dusche, die doppelt so breit war wie die in ihrer neuen WG-Wohnung.

Sie wusch sich Hände und Gesicht und sah zum Spiegel hoch. »War da eine Waffe, Mitzi?«, fragte sie ihr Gegenüber.

Spiegel-Mitzi nickte erst, verneinte dann, nickte doch wieder.

»Oder, um mit Dr. Rannacher zu sprechen, wollen Sie sich den ersten tollen Urlaub seit Jahren mit einer solchen G'schicht vermiesen?« Sie ließ ihre Stimme tiefer klingen. »Frau Schlager, keine Spompanadeln. Genießen Sie stattdessen und lassen Sie los.«

Immerhin brachte Mitzi sich damit selbst zum Grinsen.

Als Nächstes packte sie ihren Rucksack aus, während sie den Moment in der gegenüberliegenden Kabine wie bei einer Karussellfahrt immer wieder an sich vorbeiziehen ließ.

Sie hatte sich geirrt. Oder?

Mitzi nahm ihr Handy, machte Bilder, schickte sie Agnes. Dann drückte sie auf Anruf. Doch nur die Mailbox meldete sich.

»Ja, servus, Agnes, Mitzi hier ...« Sie zögerte. Ein Wörtchen erschien unerwartet vor ihrem inneren Auge: wunderlich. So hatte Agnes ihre Freundschaft bezeichnet. Wunderlich, von Mitzis Seite aus, oder?

»Wollte nur Bescheid geben, dass alles geklappt hat und ich bestens untergebracht bin, wie du an den Fotos erkennen kannst. Hoffe, euch geht es gut. Also ...« Erneutes Zögern. Das WUNDERLICH nahm an Volumen zu.

»Wenn du keinen neuen Fall auf dem Revier hast, dann können wir ja vielleicht heute am späten Abend plaudern. Nur so ...« Mitzi konnte trotzdem noch nicht auflegen. »Eine blöde Frage, Agnes, aber wenn einer eine Waffe, Revolver oder Pistole oder etwas in der Art, in seinem Gepäck hat, braucht der doch einen Waffenschein, damit er die überhaupt dabeihaben darf?« Eine Pause folgte, ein Durchatmen. »Is mir grad eingefallen. Nix Wichtiges. Vergiss es. Bussi ans Stanzerl, bis später. Baba.«

Sie legte auf und kam sich albern vor.

Es klopfte. Für einen Moment war sich Mitzi sicher, dass der Passagier oder die Passagierin von 36b vor der Tür stand. Mit einem Vorwurf in den Augen und der Waffe zwischen den Fingern.

Mitzi riss die Tür auf. Rudolfo war endlich da.

»Hey, willkommen an Bord. Du bist ja upgegradet worden.« Er nahm sie in die Arme, hob sie hoch und drehte sie einmal im Kreis.

Mitzi konnte nicht anders als strahlen. »Von der unteren Kabine in eine der oberen. Mit Aussicht und Schiebefenster und begehbarem Kleiderschrank. Es is himmlisch, mein Drosselbart. Mit dir zusammen an Bord, perfekt.«

»Du hast mir gefehlt, mein Spatzl.« Er setzte Mitzi direkt auf dem Bett ab. »Komm, lass dich küssen und kosen, wenn ich das so sagen darf.«

»Alles darfst du, mein Liebster.«

Für die folgenden fünfzehn Minuten vergaß Mitzi, was vor

einer Viertelstunde, als sie sich in den Kabinen geirrt hatte, geschehen war.

Doch direkt danach konnte sie sich nicht zurückhalten.

»Eine Waffe?« Rudolfo strich über seinen Spitzbart am Kinn. Bei der Bewegung regte sich auf seiner Haut auch der Lindwurm an Hals und Schultern. Mitzi war jedes Mal fasziniert, wie echt dann die Tätowierung wirkte, als würde das Fabelwesen tatsächlich zum Leben erwachen.

Aber sie durfte sich jetzt nicht vom Thema ablenken lassen. Rudolfo hatte nicht viel Zeit, bis sein Dienst weiterging.

»Genau. Eine schwarze Pistole in einer schwarzen Tasche.«

»Eine Täuschung. Schwarz auf schwarz, es bewegt sich, und eine Falte gleicht einem Revolver.«

»Nein.« Mitzi insistierte. »Ich bin mir sicher. Wenn ich mich getraut hätte, länger in der Kabine zu bleiben, hineingegriffen und dann ein Foto gemacht hätte, könnte ich es dir beweisen.«

Sein Gesichtsausdruck blieb skeptisch. »Gott sei Dank hast du das nicht getan.«

»Ich weiß, solche Durchsuchungen könnte nur die Polizei machen. Oder«, Mitzi verschränkte die Finger, »der Kapitän.«

»Hör auf!«

»Ich bin ihm vorhin begegnet.«

»Kapitän Brown?«

»Ja. Ich hab ihn nach den Toiletten gefragt. Er war zauberhaft.«

»Das is er zu den Gästen immer. Aber zur Crew seltener. Manchmal trinkt er abends zu viel, und wenn er am nächsten Tag einen Kater hat, würdest du ihn nicht sympathisch finden, glaub mir. Es is meine vierte Tour mit ihm. Sein Vater stammt aus Schottland, deshalb denkt er, er wäre trinkfest, verschätzt sich aber immer mit der Menge. Klaudia Kramp-Peterle hat ihn einmal bei einem Streit als Schluckspecht mit Größenwahn bezeichnet. Seither harmonieren die zwei nicht mehr ganz.«

»Klingt doch eher witzig, find ich. Die Frau ist …«

»… die Co-Kapitänin, Spatzl, weißt. Sie übernimmt es, die

Gäste zu informieren, und springt für Brown ein, wenn der seine Ausfälle hat. Ich mag sie.«

»Sind denn die arbeitenden Leute an Bord bei jeder Fahrt die gleichen?«

»Gemischt. Aber auf der MS ›Nene‹ bin ich zum vierten Mal, und immer waren Brown beziehungsweise Kramp-Peterle meine Vorgesetzten. Der Küchenchef hat gewechselt, aber sonst kenn ich alle. Der Barkeeper Luis, den du schon gesehen hast, is ein schräger Vogel, hat was von diesem Kinski.«

»Von wem?«

»Dem Schauspieler, der immer den Mörder gespielt hat.« Mitzi spürte den Anflug einer Gänsehaut. »Klaus Kinski meinst du. Der war auch in anderen Rollen besetzt.«

»Egal, jedenfalls macht Luis den öfter nach. Und mit dem Florian, dem Gästebetreuer, hab ich mich sogar gut angefreundet. Wir zwei waren schon zusammen auf Touren auf der Mosel. Der wird dich gleich beim Abendessen am Tisch begrüßen. Alle neu Zugestiegenen.«

»Du nicht?«

»Nein, dazu bin ich zu niederes Personal.«

»Hör auf, das klingt schrecklich.«

»Is es nicht, Mitzi. Ich bin Teil der Crew, vergiss das nicht.«

»Kennst du auch die Gäste schon von anderen Fahrten?«

»Manche vom Sehen. Es gibt Paare, die kommen jedes Jahr einmal an Bord und gönnen sich eine Rundreise. Von der Aussicht kann man nie genug kriegen, das wirst du noch erleben. Komm, jetzt entspann dich endlich.« Er begann Mitzis Nacken zu massieren. »Apropos Küchenchef. Eine der Küchenhilfen is krankheitsbedingt ausgefallen, deshalb hab ich einen Zweitjob.«

»Dann seh ich dich doch gar nicht.«

»Es bleibt immer noch genug Zeit, Spatzl. Für alles. Später in der Lounge und der schönen Bar setzt du dich nahe ans Klavier, und in meinen Pausen plaudern wir.« Seine Finger glitten von ihrem Nacken ihren Rücken hinunter. Fast wollte Mitzi es gut sein lassen, fast.

»Rudolfo, kannst du in die Passagierliste schauen und mir sagen, wie der oder die in 36b heißt?«

»Nein, das mach ich nicht.«

»Nur nachschauen. Mir erzählen, wie der oder die is, wenn du ihn oder sie vielleicht schon kennst.«

Er löste sich und gab ihr einen Kuss auf die Stirn. »Hör auf, mich auszufratscheln, bitte. Es is so schön, dass du mit dabei bist. In Budapest, wenn wir anliegen, kann ich mir sogar einen halben Tag freinehmen und dir die Stadt zeigen.«

»Super.« Mitzis Ex-Freund war gebürtiger Ungar und hatte sie schon einige Male mit in seine Heimat genommen, doch das würde sie Rudolfo nicht erzählen und ihm damit die Freude nehmen. Auch, dass sie sich bei Kapitän Brown über ihre Beziehung verplappert hatte, würde sie verschweigen.

»Lass mich nur einmal noch auf die Waffe zurückkommen. Ich könnt sie aus dem Gedächtnis aufzeichnen, und wir suchen im Internet, was es für ein Kaliber is. Dann gehen wir zu dieser Co-Kapitänin, wenn die netter als Brown is.«

»Wieder nein, Mitzi.«

»Aber ein Schießeisen an Bord könnte gefährlich werden.«

»Du redest dich da in was rein. Hier gibt's keinen Western.«

»Rudolfo, nimm mich ernst. Übrigens hatten die drei Männer, die mit mir eingecheckt haben, jeder so eine schwarze Reisetasche. Einer von denen könnt der Gast in 36b sein. Gibt es nicht eine Art Generalschlüssel oder Karte, mit der man die Kabinen öffnen kann? Das Reinigungspersonal muss doch täglich hinein.«

Mit Schwung stand Rudolfo auf und stellte sich ans Fenster. Kurz musste Mitzi daran denken, dass jeder, der auf dem Wasser am Schiff vorbeipaddelte, Rudolfo nun nackt sehen konnte. Es schien ihn nicht zu stören. »Kommt nicht in Frage. Ich könnt meinen Job verlieren.«

»Dann mach ich es allein und frag.«

Mit wenigen Schritten war er wieder bei ihr auf dem herrlich gemütlichen Doppelbett und nahm sie in den Arm. »Lass es sein, Mitzi. Ich weiß ja, du hast viel erlebt und mit einigem Bösen kämpfen müssen, aber an Bord gibt es nichts und niemanden, der dir wehtun könnt. Ich beschütze dich.«

»Das brauchst du nicht.«

»Will ich aber. Ich bin doch dein Drosselbart, der ja in Wahrheit ein verzauberter Prinz is.«

Seine Umarmung wurde inniger, und Mitzi bekam erneut Probleme, weiter nachzudenken. »Trotzdem müsste es eine Möglichkeit geben, dass wir das überprüfen.«

»Was denn überprüfen, Spatzerl?« Sein glasiger Blick zeigte Mitzi, dass er mit seinen Gedanken ganz woanders war und sie in Wahrheit nicht ernst nahm.

»Die Kabine und die Tasche.«

»Mitzi. In einer Stunde legen wir ab. In zwanzig Minuten muss ich meinen Dienst wieder antreten. Lass uns die Diskussion verschieben. Bitte.«

»Aber –«

»Vertraue. Genieße. Lass los.«

Drei wirklich gute Argumente gegen Mitzis Ansinnen, die genauso von ihrem Therapeuten stammen könnten. Und unter Rudolfos Küssen kam ihr alles tatsächlich wie eine Sinnestäuschung vor.

2

Fünfmal umrundete Mitzi das Steuerhaus des Schiffs, das im vorderen Drittel des Oberdecks aufragte. Es sah elegant aus, mit blau getönten Scheiben, die sich an allen vier Seiten befanden und das Innere leicht bläulich erscheinen ließen. Schließlich blieb sie stehen. Drinnen bewegten sich der Kapitän und drei weitere, ihr unbekannte Crewmitglieder durch den Raum. Mitzi war Kapitän Brown bereits gefolgt, als sie ihn durch die Lobby laufen und die Treppe hinaufstapfen sah. Er hatte ernst und in Gedanken versunken gewirkt. Ohne sein Lächeln war er doch mit einer Autorität ausgestattet, die Mitzi einschüchterte. Vorhin hatte sie nicht den Mut gefunden, ihn anzusprechen.

Doch jetzt musste es sein. Nachdem Rudolfo zu seinem Dienst zurückgekehrt war, war Mitzi in sich gegangen und hatte eine Entscheidung getroffen. Sollte sie sich mit der Waffe in Kabine 36b nicht geirrt haben, war es ihre Pflicht, den Kapitän davon zu unterrichten. Nur der wichtigste Mann an Bord konnte die Sache aufklären. Denn Mitzi kannte sich. Sie würde ständig über ihre Sichtung der möglichen Pistole grübeln. Abwägen, sich Geschichten dazu ausdenken. Ihre Phantasie würde verhindern, dass es ein schöner und erholsamer Kurzurlaub mit ihrem Liebsten werden würde. Das galt es abzuwenden.

Ob ihr Vorhaben am Ende auch Konsequenzen für den Bewohner oder die Bewohnerin der Kabine hätte, würde sich zeigen.

Mit einem tiefen Luftholen klopfte sie an eine Tür an der Seite des Steuerhauses. Dann machte sie ein paar Schritte nach hinten und konnte sehen, wie sich die Crewmitglieder drinnen umdrehten. Bruno Brown, zwei Männer und eine Frau. Sofort trippelte Mitzi wieder nah an den Eingang.

Die Frau öffnete. »Hallo und schönen guten Abend, Madame. Wir hatten noch nicht das Vergnügen. Ich bin Co-Kapitänin Kramp-Peterle.«

Auch sie setzte dieses Lächeln auf, das Mitzi seit ihrer Ankunft an Bord mehrfach beobachtet hatte. Alle Besatzungsmitglieder schienen an ihren Mundwinkeln dieselbe Höhe eingestellt zu haben, wenn sie mit einem der Gäste zu tun hatten, jede weibliche Person wurde mit Madame betitelt, bei den Männern genügte »Lieber Herr« als Anrede.

»Guten Abend. Mein Name is Maria Konstanze Schlager, aber –« Weiter kam Mitzi nicht.

Die Co-Kapitänin, deren Doppelnamen Mitzi amüsant fand, unterbrach sie sanft, aber bestimmt. »Verzeihen Sie, liebe Frau Schlager. Im Laufe der nächsten Tage können Sie sich zu einer Schiffsführung anmelden, und Kapitän Brown oder ich werden all Ihre Fragen zur Steuerung, dem Manövrieren und der Seetüchtigkeit unserer MS ›Nene‹ beantworten. Sie können sich auch einmal neben unseren nautischen Offizier stellen, sprich Steuermann, und ein Selfie schießen.«

Schon wollte die Co-Kapitänin die Tür wieder schließen, aber Mitzis Hand schnellte nach vorn, ihre Finger legten sich an den Rand. »Bitte, Frau Kapitän oder Co-Kapitänin oder wie auch immer Sie gerufen werden möchten.«

»Klaudia Kramp-Peterle ist mein vollständiger Name, Frau Schlager. Aber die meisten Passagiere nennen mich nach dem ersten Kennenlernen Frau Klaudia. Klaudia übrigens mit einem K. Was ich stets dazusagen muss.« Ihre Lippen entspannten sich, wodurch das Lächeln ehrlicher wirkte.

Frau Klaudia, mit einem K, war geschätzt Mitte, möglicherweise auch schon Ende fünfzig und damit um einiges älter als der Kapitän. Obwohl sie geschminkt war, konnte Mitzi die Müdigkeitsringe unter ihren Augen sehen. Sicher war es nicht einfach, dem Schiff, der Besatzung und den Mitreisenden vierundzwanzig Stunden zur Verfügung zu stehen.

Mitzi gefiel jedoch, dass Frau Klaudias Lidschatten, Lippenstift und auch ihre Fingernägel farblich in einem mittleren

Lila korrespondierten. Die braunen Haare hatte sie zu einem Pferdeschwanz gebunden, was die Mütze hinten hochhob und ihren Kopf eierförmig erscheinen ließ. Sie war eine Mischung aus elegant und doch praktisch. Ein wenig erinnerte sie Mitzi an Agnes. An eine Agnes, wie sie in dreißig Jahren aussehen könnte. Doch darum ging es im Moment nicht.

»Und mich können Sie gern Mitzi nennen. Ohne Frau oder Fräulein, einfach so.«

»Aber gern. Ich werde es mir merken. Genießen Sie diesen Beginn eines wunderbaren Abends. Das Abendessen wird in zwanzig Minuten serviert. Danach können Sie sicher noch die herrliche Kulisse Wiens bei Sonnenuntergang erleben. Später setzen wir Segel unter dem Sternenhimmel. Als Metapher gemeint. Hier am Oberdeck sind die Nächte besonders beeindruckend, Mitzi. Beim Dinner gleich besuche ich Sie an Ihrem Tisch.«

Ein zweiter Versuch, Mitzi abzuwimmeln.

»Weil Sie bei den Selfies grad eben das Wörterl ›schießen‹ benutzt haben, Frau Klaudia.« Mitzi blieb, wo sie war, verhinderte mit ihren Fingern im Rahmen, dass die Tür ihr vor der Nase zugemacht werden konnte. »Ich muss was loswerden.«

»Is alles in Ordnung?« Hinter der Co-Kapitänin tauchte Kapitän Bruno Brown auf. Ohne Mütze und die Uniform vorn aufgeknöpft.

Frau Klaudia schüttelte den Kopf. »Frau Schlager hier, ich meine Mitzi, hat wohl ein Anliegen.«

»Worum geht es?« Er war ernst wie eben, als sie ihm hintergelaufen war, was Mitzi weiter verunsicherte.

»Kann ich reinkommen?«

»Tut mir leid, Frau Schlager, aber Passagiere haben nichts im Steuerhaus zu suchen. Außer bei den Führungen. Wenden Sie sich doch an einen der Mitarbeiter vom Deck- beziehungsweise Servicepersonal.«

»An Bord is einer mit einer Waffe!« Mitzi spuckte den Satz förmlich aus.

Abrupt verschwand auch von Frau Klaudias Lippen das Lächeln. Sie warf Kapitän Brown einen raschen Blick zu. Statt Mitzi in das Steuerhaus zu bitten, drängte er sich an seiner Co-Kapitänin vorbei und drückte Mitzi dabei nach hinten. Sie musste den Türrahmen loslassen und wäre beim Ausweichen beinahe gestolpert.

Bruno Brown lief ein paar Schritte Richtung Reling, ohne sich weiter um Mitzi zu kümmern. Er packte das Geländer und beugte sich weit vornüber, sodass sie in Sorge war, er könnte überkippen.

Einige der Passagiere waren noch vor dem Abendessen am Oberdeck und flanierten an dem Kapitän vorbei. Er gönnte ihnen kein Winken und keinen Gruß. Mitzi konnte ihnen ihre Irritation anmerken.

Die Co-Kapitänin berührte Mitzis Schulter. »Was erzählen Sie uns da um Gottes willen?« In ihrem Gesicht mischten sich Überraschung und Fassungslosigkeit gleichermaßen.

»Entschuldigen Sie, dass ich Sie mit meiner Beobachtung derart überfalle.« Mitzi merkte, wie ihr der Schweiß ausbrach. »Ich hab mit mir gehadert, ob ich es sagen soll oder nicht. Und ich bin mir auch nicht ganz sicher, wenn ich ehrlich bin. Aber wenn ich recht hab, dann werden Sie doch etwas unternehmen. Nicht wahr? Das geht ja nicht, dass einer einen Revolver in seinem Gepäck hat.«

»Bitte die Details, Frau Schlager.« Keine Rede mehr von Mitzi und einem herrlichen Abend unter den Sternen.

In einem ziemlichen Tempo schilderte Mitzi die Verwechslung der Kabinen und das Entdecken der Waffe. Als sie geendet hatte, sah sie Kapitän Brown immer noch an der Reling stehen. Er hatte Mitzis Rede nicht mitbekommen, höchstwahrscheinlich würde sie alles ein zweites Mal erörtern müssen. »Der Kapitän is ja gar nicht …«, setzte sie an.

Frau Klaudias Lippen, die sie inzwischen zu einem lila Strich zusammengepresst hatte, öffneten sich. »Wir haben einige Probleme, Frau Schlager. Das heißt, die Schifffahrtsgesellschaft. Eine Hiobsbotschaft nach der anderen. Gerade vor wenigen Minuten noch.«

»Das tut mir leid.«

Nun zuckte die Co-Kapitänin zusammen, als hätte sie vor Mitzi schon zu viel preisgeben.»Wofür Sie selbstverständlich nichts können.« Mit einem Seufzen faltete sie ihre Hände. »Doch seien Sie gewiss, liebe Frau Schlager, dass wir Ihrem Hinweis nachgehen.«

»36b. Nicht a, das is meine. Ich wurde upgegradet, was toll is. Können Sie das Gepäck in 36b denn durchsuchen?«

»Nein, dazu haben wir keine Befugnis.«

»Die Person konfrontieren? Dass sie sich äußern muss.«

»Wir gehen mit den Gästen im Allgemeinen höflich und respektvoll um. Noch gelten die Unschuldsvermutung und der Zweifel. Wie Sie eben auch betont haben: Es könnte ein Irrtum sein.«

»Dann wenden Sie sich aber besser an die Polizei? Nur zur Sicherheit.«

»Bisher steht nicht einmal fest, ob Ihre Behauptung Hand und Fuß hat, Frau Schlager. Kabine 36b, sagten Sie? Ich prüfe es sofort nach.«

»Das is super. Und es tut mir leid. Ich hasse es, Wirbel zu erzeugen.« Mitzi kam erneut in Fahrt. »Aber ich hab in den letzten Jahren einige nette Menschen falsch eingeschätzt, müssen Sie wissen.«

»Eine Bitte, Frau Schlager.« Auf einmal huschte über Frau Klaudias Gesicht ein Ausdruck, den Mitzi bereits einige Male erlebt hatte: Unglauben. Auch Agnes hatte sie mehrfach schon so angesehen. »Lassen Sie uns alles Weitere tun. Halten Sie sich bitte heraus. Sprechen Sie niemanden an. Damit keine unnötige Aufregung entsteht, wenn sich die Sache als Missverständnis erweist.«

»Ja. Wenn.«

»Unsere Verantwortung nehme wir sehr ernst, das können Sie mir glauben. Kapitän Brown und ich garantieren eine schöne Reise, für jeden an Bord.« Nun hörten sich Frau Klaudias Sätze wieder an wie das Abspulen einstudierter Floskeln. »Die MS ›Nene‹ hat noch auf keiner Fahrt eine einzige negative Bewertung erhalten. Stets fünf oder vier Sterne.«

»Frau Klaudia. Ich schweige, und Sie unternehmen was. Als ich eingecheckt hab, da waren drei Männer vor mir, von denen hatte jeder so eine schwarze Reisetasche.«

Eine Hand der Co-Kapitänin kehrte an Mitzis Rücken zurück. »Freilich, freilich, Frau Schlager. Als Erstes werde ich mich mit Kapitän Brown und den Offizieren beraten. Hat sich einer von denen Ihnen gegenüber unangenehm verhalten?«

»Noch einmal: Es geht um die Waffe, die ich gesehen hab. Also, als ich durch Zufall in die falsche Kabine bin.«

»Ich verstehe.«

»Ja?« Mitzi hätte die Frau am liebsten geschüttelt. Dazu auch den Kapitän, der sich weiter von ihr fernhielt, aber wieder aufrecht stand und die vorbeispazierenden Leute mit Nicken und Lächeln begrüßte. Als hätte er Mitzi und ihre Beobachtung schon wieder vergessen. »Was werden Sie also tun, Frau Klaudia?«

»Liebe Frau Schlager, liebe Mitzi.« Mit einem Mal war das Lächeln zurück auf ihren lila Lippen. In genau der Höhe wie am Anfang. »Ich bedanke mich für Ihr Kommen und für Ihre wirklich wichtige Information. Machen Sie sich bitte keine Sorgen. Ich kann Ihnen zusichern, dass wir Ihr Anliegen sehr ernst nehmen und das Nötige in Gang setzen, damit wir alle uns an Bord sicher fühlen können.«

Wer's glaubt, wird selig. Das Sprichwort »schoss« Mitzi durch den Kopf.

3

Die Tischdekoration fand Mitzi zwar überladen, aber wunderschön.

Sie saß neben der jungen Jule und diese wiederum an der Seite der üppigen Cleo. Mit ihnen am Tisch war ein älteres Ehepaar, drei der acht gepolsterten Stühle waren noch frei. Jeden der acht Plätze am runden Tisch Nummer sieben zierte ein Schwan, aus einer Stoffserviette geformt. Der Speisesaal war hell erleuchtet. Durch die Luster an den Decken konnte man nicht mehr nach draußen sehen, spürte aber die Bewegung des Schiffes im Bauch.

Mitzi hatte sich für das Dinner noch rasch umgezogen, nicht ohne vorher an der Kabinentür gegenüber gelauscht zu haben. Kein Ton war zu vernehmen gewesen, was daran liegen konnte, dass Peter Alexanders Stimme durch den Flur geweht war.

Noch einmal hatte sie den unfreiwilligen Besuch in 36b Revue passieren lassen. Je mehr Zeit verstrich, desto unsicherer war sie sich, ob sie nicht doch einer Täuschung erlegen war. Es wäre nicht das erste Mal, dass sie ein Verbrechen vermutete, wo keines war. Sie dachte an ihr neues Zuhause und ihre Beobachtungen dort und an Agnes' Skepsis. Möglicherweise waren Mitzis Sinne nach all ihren früheren Erlebnissen zu sehr auf Alarm eingestellt. Sie meinte, bei Rauch stets ein gefährliches Feuer zu sehen, wo einfach bloß gegrillt wurde.

Alles, was man nach einer möglichen Entdeckung wie der ihren heute tun konnte, hatte sie durchgezogen. Der Kapitän sowie seine Stellvertreterin waren informiert. Es war an den Verantwortlichen, zu handeln. Rudolfo hatte Mitzi ebenfalls eingeweiht. Wie er ihren weiteren Aktionismus finden würde, konnte sie nicht genau sagen.

Konzentriert musterte sie die Tischdekoration genauer. Sie

selbst hatte nicht einmal zwei gleiche Häferl unter ihrem Geschirrsortiment, geschweige denn gab es ein ganzes Service in einheitlichem Muster in der neuen WG-Küche.

Hier waren alle Teller weiß mit marineblauen Rändern und die Gläser aus Kristall, und das Besteck hatte an den Griffen eine Verdickung, auf der die Buchstaben »MS« eingraviert waren. Mit Vorsicht griff sich Mitzi eine der zwei Gabeln und hielt sie gegen den Kronleuchter, der über dem runden Gästetisch strahlte.

»Motorschiff«, sagte die rundliche Frau neben ihr, die sich beim Einchecken an Bord als Cleo Würges vorgestellt und in Szene gesetzt hatte. Ihr verdankte Mitzi höchstwahrscheinlich das Upgrade. Sie trug nun ein weit geschnittenes dunkelgrünes Kleid, wieder mit den passenden Ohrringen. Dazu hing über ihrer Sessellehne ein Cape in Dunkelrot.

Langsam verstand Mitzi, warum die Frau mit großem Gepäck angereist war. Warum sie sich panisch gewehrt hatte, in einer Kabine mit grandiosem Flussblick untergebracht zu werden, das wollte Mitzi unbedingt noch herausfinden. »Wie bitte?«

»›MS‹ ist die Bezeichnung für Motorschiff.« Cleo nahm einen langen Schluck aus ihrem Weinglas. Ihr dunkelrot schimmernder Lipgloss, den sie ebenfalls ziemlich üppig aufgetragen hatte, hinterließ einen Abdruck. »Keine Ahnung, warum die Kreuzfahrtschiffe immer diese Buchstaben brauchen. MS ›Karola‹, MS ›Tulpe‹, MS ›Esprit‹ … und so weiter. Ich war auf allen unterwegs. Mosel, Rhein, Rhône und das vierte Mal Donau.«

»Oh, für mich is es die erste Kreuzfahrt. Ich bin aufgeregt und finde es unfassbar toll.«

»Ja? Wie süß. Ich lenke mich dabei stets vom Tod meiner Männer ab.«

»Nein, echt?« Das Stichwort für Mitzi, die auf diesen Satz hin ihre Betrachtung der Dekoration direkt links liegen ließ. »Is es unverschämt, wenn ich frage, wie viele Sie schon beerdigt, ich meine, verloren haben?«

Die füllige Frau lachte. »Ganz und gar nicht. Es sind zwei. Beide hatte ich auf Kreuzfahrten kennengelernt, und beide waren bereits alt. Nur zu Ihrer Information. Da hätte Nachhelfen zeitlich wenig Unterschied ausgemacht, falls Sie daran grad denken.«

»Aber nein, niemals!« Mitzi hob abwehrend die Hände.

In dem Moment erschien eine Gruppe von Kellnerinnen und Kellnern aus dem hinteren Teil und begann, die Vorspeise zu servieren. Da Tisch sieben der letzte vor dem offiziellen Eingang und der Treppe war, würde es noch dauern, bis auch sie versorgt waren.

Im Vorfeld hatte sich Mitzi für die vegetarische Variante entschieden. Um nach der Reise Agnes' Freund Axel berichten zu können, dass auch sie ihren tierischen Konsum eingeschränkt hatte. Axel war seit Jahrzehnten Vegetarier. Die Menüfolge, die Mitzi erwartete, klang appetitanregend, obwohl sie bei ihrem Hunger auch ein Butterbrot mit Hingabe gegessen hätte. Bärlauchcroûtons an Salatmix, Möhrensuppe mit Lauch, Erdäpfelstrudel und Schnittlauchsoße. Das Dessert sollte eine Überraschung extra für die neuen Gäste sein. Mitzi hätte sich die Sacherschnitte gewünscht.

Die meisten Mitreisenden waren bereits seit Passau an Bord. Nur Mitzi, zusammen mit Cleo und Jule und den drei Männern mit den schwarzen Reisetaschen, war laut Rudolfos Angaben in Wien zugestiegen. Mitzi sah sich um, konnte die drei aber nirgends entdecken. Das ältere Ehepaar, beide mit schlohweißem Haar und randloser Brille, das die ganze Zeit Händchen hielt, selbst als sie einmal aufstehen mussten, um Cleo durchzulassen, beugte sich synchron nach vorn.

»Es is schön, dass wir endlich auch Gesellschaft beim Essen haben«, meinte der Ehemann unvermittelt und hob sein Glas. »Aber, meine lieben Neuzugestiegenen: Leider haben Sie alle die Schlögener Schlinge verpasst. Auf halbem Weg zwischen Passau und Linz und der größte Zwangsmäander Europas. Dazu eine heikle Schifffahrtsstelle auf der Donau. Dann die

Fahrt unter den Brücken. Das Steuerhaus könnte tatsächlich eingefahren werden. Wichtig vor allem bei den größeren Flussschiffen. Wenn nötig, müssten wir dann alle vom Oberdeck weg. Von den neun Schleusen zwischen Passau und Wien will ich gar nicht reden, das sind Erlebnisse, kann ich Ihnen sagen. Selbst die obligatorische Seenotrettungsübung gefällt meiner Gisa und mir jedes Mal. Es is übrigens unsere elfte Reise auf der Donau. Mit wechselnden Schifffahrtsgesellschaften und Touren.«

Mitzi überlegte kurz, ob sie diese Rettungsübung verpasst hatte, als sie sich Gedanken zu der Waffe gemacht und alles andere darüber vergessen hatte. Doch keiner hatte sie bisher darauf angesprochen, also würde es wohl nicht wirklich wichtig sein.

»Zum Glück konnten wir Wien diesmal wieder voll und ganz genießen«, ergänzte seine Frau. »Wir waren am Stephansdom, sind dann über die Fußgängerzone zur Oper und haben Torte im Café Mozart gegessen.«

»Ich auch.« Mitzi hob den Zeigefinger.

»Aber kennen Sie auch die Josefstadt? Die Albertina? Das Museumsquartier? Die Hofburg? Schönbrunn? Schloss und Tiergarten? Das alles haben wir mit einem Landgang erledigt.«

»Abgehakt!« Wieder der Mann. »Im Laufe des Dinners werden meine Frau und ich Ihnen Fotos zeigen, damit Sie auf dem Laufenden sind. Aber am besten, wir duzen uns allesamt, das macht die Kommunikation einfacher. Auf eine spannende Flussfahrt, ein dreifaches Ahoi.«

»Gott, ich hätte mir den Strudel aufs Zimmer servieren lassen sollen.« Jule, direkt neben Mitzi, flüsterte ihr ins Ohr. Allerdings so laut, dass Mitzi meinte, der ganze Tisch könnte es mithören. Sie trug ein blaues Stretchkleid, das zu dem Geschirrrand passte.

Mitzi selbst hatte sich vorhin ebenfalls für ein Kleid entschieden. Meist trug sie Jeans und T-Shirt, aber diese Gelegenheit hatte nach ihrem gelben Blumenkleid mit rosa Blümchen verlangt. Sie sah darin jung aus, man hätte sie für eine Altersgenossin von Jule halten können.

Jetzt griff sie sich rasch ihren Apfelsaft. »Prost!« Sie war die Einzige, die keinen Alkohol trank. Erstens weil sie wenig vertrug, und zweitens weil sie nach einem Glaserl Wein meist noch ungehemmter als sonst drauflosparlierte. Daraus waren schon einige peinliche Situationen entstanden.

Die fünf schwenkten die Gläser, es klirrte beim Zusammenstoßen.

»Wunderschönen guten Abend, die Herrschaften.«

Neben ihnen war ein Mann aufgetaucht, der, wie Rudolfo, ebenfalls eine Andeutung von einem Bärtchen am Kinn trug, aber dazu noch einen dünnen Schnurrbart auf der Oberlippe. Mit seiner Knollnase erinnerte er Mitzi hingegen an den jungen Karl Malden, der durch »Die Straßen von San Francisco« berühmt geworden war.

Ich sehe zu viele Krimis, gestand sie sich ein.

Oh ja, bestätigte ihr Agnes' Stimme unvermittelt.

»Ich darf mich endlich auch bei Ihnen vorstellen, liebe Neulinge.« Er klopfte mit den Fingerknöcheln auf die weiße Tischdecke. »Florian Pechstein mein Name. Die Gäste nennen mich Flori. Ich organisiere die Unterhaltung an Bord, leite die Ausflüge und stehe Ihnen bei Fragen zur Verfügung. Wenn Sie sich kurz umdrehen würden: Am Eingang sehen Sie unseren Maître de Cuisine, den Küchenchef, der sich nach dem Dinner nach Ihrer Beurteilung seiner Künste erkundigen wird. Neben ihm, die hübsche Brünette, ist die Loren, unsere Fitnessbeauftragte an Bord. Sie bietet am Sonnendeck täglich einmal Yoga an, gibt dazu gerne persönliche Fitnesstipps für unterwegs. Schließlich müssen drei Mahlzeiten und der Nachmittagskuchen wieder verarbeitet werden.«

Alle lachten. Mitzi auch. Je mehr solcher Besonderheiten, desto besser fühlte sie sich.

»Der Dritte im Bunde am Eingang is unser Pianist Rudolfo Sommer. Er untermalt Ihre Aufenthalte in der Lounge, eine Treppe über dem Speisesaal, jeden Nachmittag und jeden Abend mit herrlicher Klaviermusik. Sein Repertoire is unendlich, nennen Sie ihm einfach Ihre musikalischen Wünsche. Ebenso wird er Ihnen eigene Kompositionen darbieten.« Und er is mein Freund, fügte Mitzi im Stillen hinzu. Ihr Freund, der in der schwarzen Hose und dem weißen Hemd, darüber ein Gilet in Blau, fremd und anziehend zugleich auf sie wirkte. Seine geliebte Lederhose hatte er zu Hause gelassen. Auf dem Schiff gab es während der Reisetage kaum Freizeit für die Crew.

Noch vor der Abfahrt hatten sie vereinbart, ihre Beziehung nicht an die große Glocke zu hängen. Mitzi wurde als Gast geführt, und ein Verhältnis zwischen einem Crewmitglied und einer Passagierin wurde nicht gern gesehen. Auch wenn es öfter Pantscherl an Bord gab, wie Rudolfo Mitzi berichtet hatte. Hoffentlich hatte der Kapitän Mitzis Offenlegung längst wieder vergessen, er hatte ohnehin zerstreut gewirkt.

»Du genießt die Reise, ich besuch dich, sooft ich kann. Jede Nacht und dazwischen auch«, hatte Rudolfo mit Mitzi vereinbart. Lieber wäre sie mit ihm als Pärchen auf Urlaub gefahren, aber diese Kreuzfahrt war trotzdem etwas Wunderbares, das er ihr geschenkt hatte.

Mitzi winkte ihm so dezent wie möglich zu. Er zwinkerte, was sie erheiterte.

»Kennst du den mit dem süßen Bärtchen und den Muckis?« Wieder war es Jule, die sich nahe Mitzis Ohr befand.

»Nein, Jule.«

»Hat er dann mir zugezwinkert?«

»Sicher nicht.« Mitzi warf Jule einen scharfen Blick zu. »Außerdem bist du an Bord, um deine Oma zu besuchen.«

»Richtig. Doch bis Bratislava und retour wird mir ganz schön fad werden. Ich fühl mich jetzt schon einsam. Mit der Mama wär's schon lustiger gewesen. Vorhin hatte ich mit ihr Facetime. Es geht ihr besser, aber sie vermisst mich auch ganz schrecklich.«

Auf der Stelle überkam Mitzi Mitgefühl für die junge Frau. Ihre sexy Kleidung und ihr beleidigendes Gerede waren nur Fassade, wie Mitzi vermutete. Dahinter steckte ein Mädchen, das seinen Weg in der Welt suchte. Wie auch Mitzi es zum Teil immer noch tat. »Ich bin ja da. Wir zwei machen uns hübsche Tage. Was meinst du, Jule?«

»Julchen für dich.« Jules Miene erhellte sich. »Find ich super.«

Florian schenkte dem Pärchen gekonnt Wein nach. »Sehen Sie, Herr und Frau Gabler, ab heute Abend haben Sie bei jeder Mahlzeit Gesellschaft.«

»Das meinte mein Mann vorhin bereits. Prosit!« Sie setzte zu einem nächsten Toast an. »Wir freuen uns. Ich bin die Gisela-Anna, das der Gerhard-Klaus. Gisa und Gerry reicht.«

Jule kicherte leise. Mitzi beherrschte sich. »Maria Konstanze, die Mitzi.«

»Cleo Würges.« Die üppige Frau trank ihr Glas auf ex. »Cleo könnt ihr sagen. Trotzdem, bittschön, Raum lassen und gebührenden Abstand einhalten. Nur weil wir auf demselben Boot herumschippern, ist das kein Grund für eine Verbrüderung.«

Jule lachte laut auf. »Ich hingegen verbrüdere beziehungsweise verschwestere mich gern. Je mehr neue Bekanntschaften auf der Fahrt, desto besser.«

»Wunderbar! Sie werden noch drei Leute an Tisch sieben bekommen.« Florian verkündete diese Neuigkeit, als würde er die Bingozahlen verlesen. »Wenn ich einen Stuhl wegnehmen würd, könnten wir Reise nach Jerusalem spielen, ha, ha. Mit den dreien ist die Passagierliste komplett.«

»Die drei von der Tankstelle, nehme ich an«, frohlockte Gisa.

Gerry stieß sein Glas an das seiner Angetrauten. »Ich tippe auf die drei Damen vom Grill.«

»Mir wären die drei Engel für Charly recht«, schloss sich ihnen, immer noch prustend, Jule an.

»Sind denn genug Rettungsboote vorhanden?«, erkundigte sich vollkommen unpassend Cleo bei Flori.

»Selbstverständlich.«

»Wie viele genau? Kann man die inspizieren?«

Florian war sichtlich irritiert. »Da müsste ich bei einem der Offiziere nachfragen. Ich bin ja nur der Unterhaltungsmanager.«

»Tun Sie das. Am besten noch heute Abend.«

»Das Rettungsboot hält den Dickmops nicht aus, schwör ich dir.« Jule lieferte leise eine neue freche Bemerkung.

»Eines möchte ich klarstellen«, flüsterte auch Mitzi, aber in einem ungewohnt bestimmten Ton. »Wenn du über andere herziehen willst, nicht mit mir. Ich hab keine Ahnung, ob ich die zweifache Witwe mag, aber ich schimpfe nicht hinterrücks.«

Jule strich sich die roten Haare hinters Ohr, die sie sehr hübsch zu Locken eingedreht hatte. »Dickmops war nicht böse gemeint. Mich nennt sogar die Mama Rotzipfel.«

»Rotzipfel?«

»Wegen der Haare.«

»Das is mir klar. Trotzdem finde ich solche Bezeichnungen gemein. Nix gegen deine Mama.«

»Schon okay. Hast du nie einen saublöden Nickname gehabt?«

Obwohl Mitzi es nicht sagen wollte, sprang ihr der Spitzname aus den schlimmen Zeiten um den Tod ihrer Eltern und ihres Bruders förmlich aus dem Mund. »MörderMitzi.«

»Wow!« Jules Augen wurden groß. »Das ist ja supercool.«

»Was ist denn cool?« Cleos Aufmerksamkeit wechselte von Florian zu den Frauen. »Weiht mich ein.«

Noch während Mitzi über sich und ihre zu schnelle Zunge den Kopf schüttelte, verkündete Jule laut: »Mitzi wird auch MörderMitzi genannt. Mega, oder?«

Im Erdboden versinken war das Mindeste, was sich Mitzi in diesem Moment wünschte.

»Wieso denn ein solch grausiger Spitzname?«, fragte Gerry.

Mitzi bemerkte, wie er die Hand von Gisa fester griff.

In der Not erfand Mitzi spontan eine Story. »Ich lese total viele Krimis und hab einen Preis bei einem Krimiquiz gewonnen. Daher.«

»Ach so.« Gerry war sichtlich erleichtert.

»Jetzt ist es nicht mehr ganz so cool«, setzte Jule nach.

»Bleib bitte einfach bei Mitzi, okay, Julchen?«

Hinter Rudolfo, der Fitnesstrainerin und dem Küchenchef kamen drei Männer die Treppe herunter, die in den Speisesaal führte.

»Ah, hier sind die letzten Tischgenossen, meine Herrschaften.« Florian schien erleichtert, dass er keine Fragen zu den Rettungsbooten mehr beantworten musste, und ging auf die drei zu. »Darf ich bekannt machen? Peppo, Manfred und Dustin. Fast schon Stammgäste auf der MS ›Nene‹.«

Alle am Tisch, außer Mitzi, hoben erneut die Gläser.

»Griaß eich«, rief der Vorderste, was Mitzi sofort an Agnes und Tirol denken ließ.

Der richtig Großgewachsene hinter ihm nickte nur.

»Wo ist denn Robert diesmal?«, fragte Florian nach.

Der dritte Mann, der gut aussehende mit dem vollen braunen Haar und dem schiefen Lächeln, winkte ab. »Diesmal musste er passen. Aber wir sind da. Hallo in die Runde!«

Mitzi sah von einem zum anderen.

Es waren nicht die drei von der Tankstelle, auch nicht die drei Damen vom Grill und schon gar nicht drei Engel für Charly. Sondern die drei Männer vom Boarding, die mit den identischen schwarzen Taschen.

4

Das direkte Ablegen der MS »Nene« hatte Mitzi verpasst, aber als sie die Hauptstadt fast schon gänzlich hinter sich gelassen hatten, erklomm sie das Oberdeck.

Mit ihr war ein gutes Drittel der Passagiere hierher gewechselt, während der Rest sich vom Speisesaal in die Lounge begeben hatte. Mitzi wollte erst später nach unten an die Bar, dann, wenn Rudolfo als Pianist seinen Einsatz hatte.

Die Gäste hier oben an der frischen Luft waren auffallend gut gelaunt, sie sammelten sich in Grüppchen an den Tischen, tranken weiter Wein, Bier und Cocktails, plauderten und genossen den lauen Juniabend unter freiem Himmel. Eine Dreierrunde alter Damen stieß eben an und jubelte einer zum achtzigsten Geburtstag zu.

Wie toll, achtzig und noch so fit, freute sich Mitzi im Stillen mit.

Auf allen Tischen flackerten Kerzen, umrahmt von blauen Gläsern. Über der Reling und den Sonnendächern waren helle Kugelbirnen angebracht, am Dach des Steuerhauses erstrahlten die Buchstaben »MS«.

»Schönes Fräulein, darf ich es wagen?« Ein älterer Herr schwenkte Mitzi sein Weinglas entgegen. »Ich bin Rentner mit einer herrlichen Eigentumswohnung in Salzburg und Ersparnissen.«

»Fein für Sie. Ich leb auch in Salzburg. Zufall.«

Er zwinkerte. »Dann könnten wir uns dort wiedersehen, Fräulein.«

»Nein, eher nicht. Aber schönen Abend noch.« Mitzi ging an ihm vorbei bis ganz vorn und blieb am Bug stehen.

Allein wie das Ufer an ihr vorbeizog, faszinierte sie. Zuerst noch die Häuserschluchten der Vorstädte, der Ausblick auf öffentliche Gebäude, die Mitzi noch nicht besucht hatte, die sie aber alle fotografierte, um sie vor ihrem nächsten Wien-Besuch im Internet ausfindig zu machen. Gefolgt vom Übergang in die Donaulandschaft. Es wurde grün, zum Teil bewaldet.

»Die Donau ist exakt 2.857 Kilometer lang und fließt durch sage und schreibe zehn Länder in Mittel- und Südosteuropa, was kein anderer Fluss auf der Welt von sich behaupten kann«, erklang eine Stimme aus dem Lautsprecher an Deck, die Mitzi als die des Gästebetreuers Florian identifizierte.

»Ihre Quellflüsse liegen im Schwarzwald, dort liegt sozusagen der Geburtsort der Donau. Der riesige Strom fließt von Deutschland und Österreich weiter über die Slowakei und Ungarn, streift dann Kroatien und mäandert durch Serbien. Anschließend geht es über Rumänien und Bulgarien Richtung Schwarzes Meer. Über Moldawien und die Ukraine mündet er schließlich in selbiges. Sie, liebe Reisende, und wir, die Crew, dürfen ein Stück auf den Wellen dieses beeindruckenden Flusses mitfahren. Ein herzliches Willkommen den neuen Passagieren. Genießen Sie es!«

Es klickte, und Flori verstummte. Dass im Anschluss diesmal keine Musik erschallte, empfand Mitzi als wohltuend. Neben ihr wurde eben einer der tiefen Couchsessel frei, Mitzi stürzte sich darauf und ließ sich nieder. Sie sank in das weiche Material. Die Geräusche erklangen nur noch gedämpft, und die Beleuchtung schaffte es nicht ganz bis zu ihr hin.

Das Gleiten entlang der Landschaft nahm Mitzis Aufmerksamkeit vollends ein, ihr war, als wäre sie auf einmal in einer anderen Welt gelandet. Einer Welt, die voranströmte, ohne ein bestimmtes Ziel, wenn man vom nächsten geplanten Halt einmal absah.

Mitzi hätte nicht sagen können, wie lange sie einfach dasaß und sich der Vorwärtsbewegung hingab.

Andere Schiffe kreuzten den Weg der MS »Nene«. Eine Schleuse kam, und die knarzende Stimme von Flori erklärte: »Das Kraftwerk Gabčíkovo ist das größte Wasserkraftwerk der Slowakei und erzeugt rund elf Prozent des nationalen

Strombedarfs.« Mitzi erlebte das Heben und Senken des Schiffes wie einen Krimi im Fernsehen.

Hell leuchtete nur kurz danach die Stadtkulisse von Bratislava. Das Uferpanorama zeigte Paläste, Kirchtürme, Straßen und Wohnhäuser. Florian zählte die fünf Brücken auf, die sie unterfuhren: die Stary Most, Novy Most, Pristavny Most, Most Lafranconi und Apollo. Über allem thronte die Burg.

Als die Fahrt an der slowakischen Hauptstadt vorbeiging – ein Halt dort war erst nach Budapest geplant –, fielen ihr Jule und deren Oma ein. Mitzi gedachte ihrer eigenen, Therese, die sie großgezogen und behütet hatte. Für eine Weile verließ sie das Oberdeck und zog sich in ihre Kabine 36a zurück, weil sie nicht wollte, dass die Mitreisenden ihre Tränen sahen.

Hernach aber stieg sie doch wieder hoch und trippelte zu ihrem Sitz in der ersten Reihe.

Wieder genoss sie das Dahinströmen. Inzwischen waren viele der Kerzen erloschen und die Lampen auf dem Oberdeck gedimmt. Umso intensiver blitzten einzelne Häuser oder ein Kirchturm an dem einen oder anderen Ufer auf. An einem Campingplatz spielte jemand Gitarre, ein Feuer flackerte, eine Burgruine erstrahlte, Autos auf einer kurvigen Straße blendeten auf und ab. Alles kam, zeigte sich und verschwand. Eine Prozession an Eindrücken, die nicht festgehalten werden mochten.

Das Licht wechselte seinen Charakter, erst der Sonnenuntergang, dann die einsetzende Dämmerung, am Ende die Nacht. Eine Mondsichel zeigte sich, schließlich auch die Sterne.

Selten hatte sich Mitzi derart entspannt und glücklich gefühlt. Eins mit sich und ihrem Dasein.

Sie schloss die Augen, erfühlte das Fließen in ihrem Bauch. Nicht ein einziges Foto machte sie, sendete auch keine Nachrichten an Agnes, obwohl die ihr vorhin ein Video von Axel weitergeleitet hatte, in dem Konstanze in ihrem Bettchen lag und das Mobile über sich berührte. Selbst als Mitzi die ersten

Pianoklänge von unten vernahm und wusste, nun war Rudolfos Auftritt, blieb sie. Er würde es verstehen, dass sie den ersten Abend in dieser märchenhaft voraneilenden Kulisse allein aufsaugen musste.

Das Nächste, das sie wieder bewusst wahrnahm, war die Ruhe, die eingetreten war. Die Lichterketten am Oberdeck waren nun gänzlich erloschen, einzelne Strahler zeigten die Wege zu den Treppen an. Auch das Steuerhaus war innen noch erleuchtet, das Blau der Scheiben schimmerte geheimnisvoll. Mitzi sah zwei Männer darin, die sich um eine sichere Fahrt kümmerten.

Sie checkte die Uhrzeit am Handy, es war kurz vor elf. Anscheinend waren die älteren Herrschaften, die laut Jules Ansage zuhauf solche Schifffahrten frequentierten, keine Nachteulen.

Sie erhob, drehte und streckte sich. Ihre Glieder waren vom langen Sitzen steif. Tatsächlich stand außer ihr nur ganz hinten beim Whirlpool ein älteres Ehepaar an der Reling, es mochten Gisa und Gerry sein.

Sie erreichte die Treppe, die in die Lounge führte, und stoppte. Von unten ertönte eine Stimme, die die letzte Pianorunde einleitete, und sie konnte ein Stück der Bar und davor zwei Kellner sehen, die abschließende Bestellungen auf ihre Tabletts hievten.

Die Klaviermusik erklang, Rudolfo spielte voller Hingabe einen alten Schlager, vielleicht erfüllte er gerade einen der Wünsche der Passagiere. Mitzi war ohnehin von seinem riesigen Repertoire begeistert und stolz auf ihren Freund. Morgen, wenn die Gäste nach ihrem Ausflug in Budapest wieder an Bord kommen würden, wollte er eine Stunde mit eigenen Kompositionen einbauen. Immer in der Hoffnung, dass vielleicht unter den Zuhörern einer im Musikgeschäft tätig war und nach einem neuen Songwriter suchte. Seinen unermüdlichen Enthusiasmus mochte sie ebenso wie seine direkte und herzliche Art.

Höchste Zeit, zu ihm zu gehen und ihm zu erklären, dass

sie nicht über Bord gegangen war, sollte er sie überhaupt vermisst haben.

In ihrem Sichtfeld tauchte Jule auf, die einem Mann mit Glatze etwas ins Ohr flüsterte. Der Anblick erinnerte Mitzi wieder an das Abendessen und das Auftauchen der drei Männer auf Kumpelsfahrt wie auch an ihre Sichtung in der Kabine. Inzwischen jedoch überwog Mitzis Freude an der Reise ihre Bedenken bei Weitem. Das Abendessen und das Geplauder mit den Leuten am Tisch, inklusive dem Männer-Trio und dem Gästebetreuer Florian, hatten sie fast davon überzeugt, dass sie sich in allem geirrt haben musste. Nichts Gefährliches lag in der Luft, bloß Frühsommerdüfte.

Peppo, Manfred und Dustin waren umgänglicher gewesen als bei der ersten Begegnung. Vor allem Dustin, der abwechselnd mit Mitzi, Jule und ebenso mit Cleo und Gisa flirtete, hatte viel erzählt. Über die Ausflüge der drei als Auszeit vom Alltag, über Wien und seinen Vater, der wie Axel früher in Köln lebte und Texaner war.

Auch das Gespräch mit der Co-Kapitänin Kramp-Peterle hatte zu Mitzis Beruhigung beigetragen. Mitzi hatte ihre Entdeckung gemeldet, damit hatte sie ihre Pflicht erfüllt. Je länger die Sichtung der Waffe zurücklag, und vor allem je satter sie bei dem üppigen Essen geworden war, desto unglaubwürdiger fand sie ihre Aufregung und ihr Beharren auf dem, was sie möglicherweise gesehen hatte.

Das Ehepaar überholte sie an der Treppe, es waren nicht Gisa und Gerry, wie Mitzi feststellte.

Einmal noch wollte sie über das jetzt vollkommen leere Oberdeck laufen, einmal noch durchatmen und nachspüren, die Sterne betrachten. Sie ging auf Zehenspitzen zurück durch die Reihen der Liegen und umrundete die Tische und Sessel, steuerte diesmal das Heck an. Dort störte auch das bläulich leuchtende Steuerhaus nicht mehr. Mitzi legte ihren Kopf in den Nacken und sah nach oben.

Die auffälligsten Sterne, die man im Juni sehen konnte, gehörten zum Sommerdreieck, hatte sie gelesen. Gegen Mitternacht stand es hoch im Osten. Mitzi legte den Kopf tiefer in den Nacken. Der hellste Himmelskörper konnte die Wega in der Leier sein, ein schimmernder Stern. Atair im Adler bildete die untere Spitze des Dreiecks. Der Schwan schließlich mit seinem hellen Kopf spannte sich wie ein großes Kreuz über den Himmel. Mehr hatte sie sich nicht merken können.

Doch wie auch immer die Namen der Sterne waren, sie funkelten und glitzerten und machten Mitzi schwindlig mit ihrem Strahlen.

Da vernahm sie das Weinen.

Zuerst dachte sie an einen Irrtum. Manche Geräusche auf dem Schiff hatten sie schon irritiert. Beim stetig laufenden Motor hatte sie zuerst gedacht, es würde etwas knisternd brennen, und beim ersten Signal war sie zusammengezuckt. Nun mochte es ein weiterer Schiffston sein, oder der Fahrtwind hatte sich in einer Ecke verfangen und erzeugte das Klagen.

Nach angestrengtem Hinhören aber war sich Mitzi sicher, dass auf einem der Sitzkissen auf dieser Seite tatsächlich jemand hockte und leise weinte.

Sie machte einen Schritt nach vorn und beugte sich vor.

Ein Mann saß dort, den Mitzi zuerst nicht erkannte, weil er eine in sich gekrümmte Haltung eingenommen hatte, den Oberkörper in den Ellbogen vergraben. Doch dann wurde ihr klar, dass es der groß gewachsene Peppo war, der hier wie ein Bub in sich zusammengekauert hockte und Tränen vergoss.

»Peppo?«

Obwohl Mitzi zart fragte, schoss er in die Höhe, als hätte sie ihn angeschrien. »Was? Wer sind Sie? Was wollen Sie?«

»Alles gut, Peppo. Ich wollte dich nicht erschrecken. Ich bin's, die Mitzi. Ich bin mit dir und deinen Kumpels am Tisch sieben. Wie ihr in Wien zugestiegen.«

In seiner vollen Länge überragte er Mitzi wieder um zwei Köpfe und verdeckte die Sternbilder, die sie eben noch bewundert hatte.

»Ich bin nicht erschrocken.« Seine Finger fuhren unter seine Augen. »Wir haben aus den Nachrichten erfahren, dass ...« Er stockte. »Nichts. Ich hab bloß nachgedacht.«

Mitzi wollte nicht nachbohren, aber zumindest ein wenig Trost spenden. »Kenn ich, Peppo. Manchmal macht es mich traurig, wenn ich zu intensiv grüble.«

»Mein Mann, Ewald, wartet in Linz auf mich. Er fehlt mir sehr.«

Mitzi nickte verständnisvoll. »Ich hab eine beste Freundin und eine kleine Patentochter, die vermisse ich auch. Ich könnt dir Fotos zeigen, jetzt oder unten.«

»Das könnt ich umgekehrt auch.« Langsam hörte er sich wieder heiterer an. »Der Ewald is Architekt und ich Bauingenieur. Wir sind beide selbstständig. Und wir haben uns unseren Lebenstraum mit einem Schlössl erfüllt.«

»Ein echtes Schloss?«

»Wir nennen es so. Es is eine Maisonette in einer Jugendstilvilla mitten in der Altstadt.«

»Ich kenne in Linz nur das Café Friedlieb.«

»Ja, genau dort in der Bischofstraße. Ich kann dir sagen, Mitzi, jeder, der uns besuchen kommt, fällt hinten rückwärts. Ein Traum mit Dachterrasse.«

»Super.«

Unwillkürlich entkam ihm ein nächster Schluchzer. »Ja, das is es. Aber verschuldet haben wir uns. Wahrscheinlich gehört unser Traum bald der Bank. Deshalb streiten wir nur noch. Seit Monaten geht das so.«

»Das tut mir leid, Peppo.«

»Wenn ich nicht in einer solchen Not wäre, dann hätte ich nie ...« Er stoppte. Sein Kopf ging ruckartig von einer Seite zur anderen, als würde er nach jemandem Ausschau halten. »Ach, nichts.«

»Du hättest deinen Ewald mitnehmen sollen«, versuchte Mitzi ihn wieder aufzumuntern. »So eine Flussschifffahrt regt die Hormone an.«

»Um Gottes willen.« Statt auf ihren Scherz einzugehen, stolperte er nach hinten, fiel fast über den Sitzsack. »Das wäre das Schlimmste.«

»Warum das denn?«

Wieder die Kopfdrehungen. Am Ende meinte Mitzi, dass er seinen Blick statt auf sie zur Treppe, die unter Deck führte, richtete. »Weil er seekrank wird«, ergänzte Peppo.

»Ach so. Das is blöd.« Mitzi legte ihm eine Hand an den Oberarm.

Peppo zuckte zurück. »Genug gejammert. Ab nach unten.«

»Wollen wir uns an der Bar gleich gegenseitig die Bilder präsentieren? Vielleicht magst noch was trinken mit mir?«

»Nein, Mitzi. Ich bin müde. Ich geh in meine Kabine.« Er bewegte sich an ihr vorbei, blieb noch einmal stehen. »36b hab ich.«

»Wie bitte?« Mitzi machte unwillkürlich einen Schritt zurück. Doch gut, dass es so dunkel war, so konnte Peppo ihr Erschrecken nicht wahrnehmen. »Ich hab 36a.«

»Aha.«

»A und b kann man schon einmal verwechseln«, schoss es aus Mitzi heraus.

Für einen Moment schwieg Peppo, als würde er über Mitzis Satz grübeln. »Also, mir würde das nicht passieren«, stellte er schließlich fest.

»Aber lustig wär's, oder?« In Mitzis Kopf arbeitete es. Ihn direkt darauf anzusprechen war keine gute Idee. Doch die Gelegenheit einer Nachfrage vorbeiziehen zu lassen gefiel ihr ebenfalls nicht. Vielleicht klappte es mit einer Flunkerei. »Lustig is auch, was man so mitnimmt auf eine Schiffsreise. Ich, zum Beispiel, hab eine Pfanne eingepackt.«

»Wieso das denn?« Er klang ehrlich erstaunt.

»Falls ich mich verteidigen muss oder etwas Ähnliches.«

»Verteidigen? Gegen wen?«

»Nur so.«

Wieder folgte eine Pause. Mitzis Versuch war verpufft.

»Eine Pfanne. Ja, das is lustig. Sehr sogar.« Im Gegensatz dazu hörte sich Peppo überhaupt nicht fröhlich an. »Schlaf gut.«

»Du auch. Ich freu mich auf Budapest.«

»Dort bleib ich auf dem Schiff. Ich geh erst in Bratislava von Bord. Komisch, dass wir erst vorbeifahren, um dann später vor Anker zu gehen. Wundert mich jedes Mal.«

»Zum vierten Mal fährst du mit deinen Freunden schon mit, oder, Peppo?«

»Egal. Gute Nacht.«

Mitzi wollte nachfragen, warum er Budapest nicht besuchen würde, aber Peppo war schon an der Treppe. Er nahm zwei Stufen auf einmal.

Als er weg war, lauschte Mitzi eine Weile dem Motor und dem Rauschen der Wellen in der Fahrtrinne. Sie sinnierte über Peppos Weinen und den Dialog eben.

Jeder hatte sein Päckchen zu tragen, das Sprichwort passte wirklich. Allerdings fand Mitzi, dass eine verlorene Maisonette in Linz nicht so schlimm war wie der Verlust eines Menschen. Selbst bei einer Trennung gab es den Ex noch auf dieser Welt, und das war trotzdem ein Gewinn.

Hätte sie Peppo direkt auf die Waffe ansprechen sollen, als er seine Kabinennummer genannt hatte? Wobei sie sich eigentlich ja schon sicher gewesen war, sich geirrt zu haben.

Was denn nun, Mitzi?

»Waffe oder nicht Waffe, das ist hier die Frage«, wandelte sie laut das Hamlet-Zitat ab.

Auf dem Wasser spiegelte sich schimmernd die Mondsichel. Der Anblick war wunderschön, und Mitzi ließ all das neuerliche Grübeln sein. Eine Schleuse kam, und sie blieb doch noch eine Weile an Deck.

Wieder versunken, diesmal in das Heben und Absenken des Schiffes, merkte sie nicht, dass an der Treppe jemand stand und sie beobachtete.

5

Axel hielt seine Tochter im Arm und verdrehte gleichzeitig die Augen Richtung Agnes. Aber so, dass Bastian es nicht sehen konnte. Heute Morgen, nach der gestrigen späten Rückkehr von ihm, wie auch von Agnes und ihrem Chef, hatte Axel seine Partnerin mit Konstanze ins Revier begleitet. Konstanze streckte gerade ihre pummeligen Fingerchen aus und lachte. Aber sie lachte nicht ihre Mutter an, sondern Inspektor Bastian Klawinder, der neben ihr stand. Auch nicht wirklich ihn, Konstanzes ganze Euphorie galt dem Papierflieger, den er auf und ab sausen ließ.

»Ja wo is denn das Flugzeug, brumm, brumm, ja wo is es denn?« Bastian hörte sich wie eine Aufziehpuppe an, fand Agnes.

Sie hatte es nie verstanden, warum man mit Babys und kleinen Kindern oft in einer derart seltsamen Sprache redete, als wären sie nicht bei Verstand. Sie selbst war in einem lesefreudigen Haushalt groß geworden, Bücher hatten manches Mal echte Abenteuer ersetzt. Ihre Mutter Frida hatte von Anfang an bei ihren zwei Töchtern auf eine gepflegte Sprache Wert gelegt. Agnes redete bis heute, bis auf wenige Ausnahmen, keinen Dialekt. Auch mit ihrer Konstanze hielt sie es in gleicher Weise.

»Flugi, fliegi, summ und brumm.« Bastian blieb unermüdlich, der Papierflieger drehte Schleifen im Dauermodus.

Was Agnes allerdings verblüffte, war, wie euphorisch Konstanze auf ihren Kollegen reagierte, obwohl sie sonst Fremden gegenüber scheu war. »Basti, Schluss jetzt!« Sie hatte eben ein paar Spucketropfen von ihm abbekommen, er hatte vom Brummen und Summen zum Prusten gewechselt. »Mir reicht die Spucke von meinem Kind. Bitte nicht du auch noch.«

»Aber dei'm Stanzerl gefällt's.«

»Ihr gefällt es auch, die Köttelchen von Hamster Jo in den Mund zu stecken, wenn ich nicht schnell genug bin.«

»Is halt ein Baby. Gell, Stanzi-Wanzi.«

»Basti, es ist genug.«

»Darf ich sie einmal nehmen?« Er ignorierte Agnes und wandte sich Axel zu. »Griaß di, Kumpel. Sorry, dass ich dich erst jetzt wirklich wahrnehme.«

Axel grinste. »Das passiert mir ständig. Entweder ist es meine hübsche Liebste oder meine wunderbare Tochter, die im Mittelpunkt steht. Nimm sie, wenn sie bei dir bleibt.«

Die Übergabe folgte ohne Probleme, im Gegenteil, Konstanze schien sich auf Bastians Armen sofort wohlzufühlen. Sie hatte nun den Papierflieger selbst zwischen ihren Fingern und betrachtete ihn fast ehrfurchtsvoll.

»Du gfolsch ma!«, stellte Bastian fest, was auf Gegenseitigkeit zu beruhen schien. »Ein Madl mit Kufsteiner Mama und Kölner Papa. Passt.«

Axel hatte inzwischen mit seinen frei gewordenen Armen Agnes umschlungen und gab ihr einen herzhaften Kuss. »Deine Eltern bleiben noch bis heute Abend. Dein Vater lädt uns alle ein.«

»Aber Konstanze muss um sieben ins Bett.«

»Könnte Mitzi nicht?«

»Axel, Mitzi ist auf Flussschiffurlaub.«

»Stimmt, hatte ich vergessen.«

»Abgesehen davon, könnte ich sie nicht wegen eines Abendessens aus Salzburg hierherbeordern.«

»Sie würde es machen.«

»Sie schon, aber wir haben auch eine Verantwortung für unsere Mitzi.«

Agnes musste an das letzte Telefonat denken, das nach der kryptischen Mailboxnachricht stattgefunden hatte. Mitzi war ihr etwas distanziert vorgekommen und hatte sich nicht mehr zu ihrer Frage nach einem Waffenschein geäußert. So ein Verhalten legte sie nur an den Tag, wenn sie wieder einmal ein

Verbrechen vermutete und sich mit Spekulationen die Zeit vertrieb.

Doch die Reise gefiel Mitzi ganz besonders, und es gab für Agnes keinen Grund anzunehmen, dass auf dem Schiff etwas nicht mit rechten Dingen zuging. Trotzdem hatte ihr Bauchgefühl einmal kurz angeschlagen.

»Mit Mitzi hast du recht, Agnes.« Axels zweiter Kuss ging auf ihre Wange. »Aber mitnehmen können wir unsere Tochter ohne Weiteres. Sie wird im Kinderwagen schlafen, du wirst sehen. Vertrau mir, ich bin Privatdetektiv.«

Darüber musste Agnes lachen, während Konstanze den Flieger fallen ließ und Bastian auf das weiße Hemd spuckte.

»Soll ich sie wieder übernehmen?« Agnes hob das Spielzeug auf, nahm Axel das Spucktuch ab und reichte beides Bastian.

»Nein, Agnes, is alles in Ordnung. Dafür hab ich ja zu Hause eine Waschmaschine.« Er wischte den Fleck ab, legte sich das Tuch über die Schulter und startete sein Fliegerspiel erneut. »Ja wo is das Flugizeugi, wo is es?«

Das Telefon auf Agnes' Schreibtisch begann zu klingeln.

»Da muss ich ran«, sagte sie zu den Männern und beeilte sich, den Anruf anzunehmen. »Polizeiinspektion Kufstein, Inspektorin Agnes Kirschnagel am Apparat.«

»Hallo, Frau Kirschnagel.«

Im ersten Moment konnte Agnes die Stimme nicht einordnen, doch dann fiel es ihr ein. »Ah, Dr. Krempl.«

»Ich habe mein Handy geschrottet und noch kein neues. Deshalb sitze ich in meinem neuen Büro am Computer und habe die Dienstnummer in Kufstein herausgesucht.«

»Kein Problem, Dr. Krempl. Ob Handy oder Festnetz, ich stehe Ihnen zur Verfügung.«

»Danke, Frau Inspektorin. Es war schön, Sie im Spital in Wien unerwartet wiederzusehen. Leider rufe ich nicht deshalb an. Mein Kollege, der eigentlich zuständige Arzt, wird absehbar den Leiter der Soko informieren. Aber weil wir uns ja kennen und uns auch über den angeschossenen Robert Maler unterhalten haben, wollte ich Sie als Erste verständigen.« Er räusperte sich und machte eine Pause.

In dem Moment wusste Agnes es schon.

Dr. Krempl hätte nicht weiterzureden brauchen. Es traf sie wie ein Schwall kaltes Wasser. Sie sah zu den Männern, Bastian und Axel. Der eine ihr geschätzter Mitstreiter auf dem Revier, auf dessen Unterstützung sie sich immer zu hundert Prozent verlassen konnte. Der andere ihr Lebensgefährte und Vater ihrer Tochter, den sie für seinen Einsatz und seine Liebe manchmal einfach nur drücken und nicht mehr loslassen wollte.

Nicht auszudenken, wenn einem von ihnen etwas zustoßen würde. Noch schlimmer, wenn sie in Ausübung ihres jeweiligen Berufs angeschossen würden und nur an Maschinen angeschlossen überleben könnten, bis auch das nicht mehr möglich war.

Wie fühlten sich jetzt wohl Renate Koswinski und die elfjährige Hanna? Das tapfere Mädchen, das ihren Papa vermisste und bereit gewesen war, alles, was sie an dem einen Morgen beobachtet hatte, der Polizei zu erzählen. Die Männer zu beschreiben, die bei ihrem Vater in der Wohnung gewesen waren.

Wie viele Tränen würden fließen? Wie würde das Mädchen den Verlust verkraften?

Ab sofort ist es Mord, dachte Agnes weiter.

Die Soko Uhren würde die Ermittlungen um ein Kapitalverbrechen erweitern. Zum schweren Raub kam ein Tötungsdelikt dazu.

Die Arbeit würde mehr werden. Agnes weniger Zeit für ihr Kind haben, aber das hatte sie vorher gewusst. Wenn Konstanze einmal größer war, würde ihr Agnes viel über Gerechtigkeit und die Verfolgung von Straftaten erzählen. Ihr erklären, warum es wichtig war, die Schuldigen zu fassen. Es machte das Leid der Zurückgebliebenen nicht kleiner, aber ließ Schlusspunkte zu, einen Abschluss. Der Heilungsprozess konnte beginnen.

Konstanze wurde auf Bastians Arm unruhig. Als würde sie die trüben Gedanken ihrer Mutter wahrnehmen, hob sie den Kopf und sah sich suchend nach Agnes um. Ihr gerade noch lachender Mund wurde ernst, über ihr Gesicht huschte eine Traurigkeit, die mit der in Agnes' Herzen zu korrespondieren schien. Der Papierflieger trudelte zu Boden.

»Na, was is denn, mein Butzerl?«, gurrte Bastian.

»Willst du zum Papa zurück?«, flötete Axel.

»Robert Maler hat es leider nicht geschafft, Frau Kirschnagel«, fuhr am anderen Ende der Leitung Dr. Krempl trocken fort. »Er ist verstorben. Ab sofort ist es Mord.«

Christian Krempl wiederholte Agnes' Gedanken eins zu eins laut.

6

Am Morgen hatte Mitzi ihren dritten Kaffee einfach mitgenommen und sich wie gestern wieder vorn an den Bug gesetzt. Ihr auserkorener Lieblingsplatz. Hier oben würde sie das ausgiebige Frühstücksbüfett verdauen.

»Die Donau beschreibt einen fast rechtwinkligen Bogen, das Donauknie, um danach die nächsten fünfhundert Kilometer nach Süden zu fließen.« Die Lautsprecherstimme von Florian meldete sich. »Die wunderschöne Landschaft am Donauknie wird auch Ungarische Wachau genannt. Am Mittag erreichen wir Budapest.«

Wälder und Ortschaften wechselten sich ab. Einzelne Burgen waren in die Landschaft eingebettet und faszinierten Mitzi jedes Mal aufs Neue. Einmal stieg Rauch aus einem Häuschen am Uferrand, das einsam und allein dort stand und aus allen Zeiten gefallen zu sein schien. Das Dach war schief, der Eingang zugewachsen.

Mitzi hob ihre Kaffeetasse hoch. »Ich grüße das Hexenhaus mit einem Servus.«

Als wollte das Haus ihr ebenfalls die Ehre erweisen, flogen eine Handvoll Krähen vom Dach auf und krächzten. Als magisch empfand Mitzi diesen Moment. »Und das Schiff gleitet weiter. Tag und Nacht«, fügte sie hinzu.

Die Wellen der Donau säuselten im Vorbeifahren, vereinigten ihr Lied mit den Motoren der MS »Nene«.

Vor dem Einschlafen hatte sie noch über Peppo nachgedacht. Nachdem Rudolfo aus ihrer Kabine geschlüpft war. Das Weinen des großen Mannes, seine Geschichte über seinen Liebsten hatten sie beschäftigt. Und sie war erstaunt, dass er sich ihr als fremde Person derart geöffnet hatte. Heute Morgen war sie fest entschlossen, ihn bei einer nächsten Gelegenheit doch noch zu der Pistole zu befragen.

»Darf ich?« Florian, der Reiseleiter, war neben ihr aufgetaucht.

Lieber hätte Mitzi Nein gesagt, aber sie wollte nicht unhöflich sein. »Bitte.«

Er setzte sich. Doch statt mit ihr ein Gespräch anzufangen, blickte er ernst vor sich hin. Erzählte nichts und versuchte nicht, den zuvorkommenden Ansprechpartner für die Gäste zu geben.

Das Schweigen zwischen ihnen dauerte an, verband sie zugleich, wie Mitzi fand, auf eine tiefere Weise als das unpersönliche Plappern gestern Abend, später noch an der Bar. Zusammen mit Rudolfo hatten sie zu dritt einen Absacker getrunken, Mitzi ihren allerdings in Form eines alkoholfreien Biers.

Sie beobachtete ihn. Von der Seite fiel ihr Florians markantes Kinn auf, mit dem Minibärtchen, das nicht zur Knollnase passen wollte. Am linken Ohrläppchen glitzerte ein silberner Ohrring, darüber entdeckte sie eine rote Narbe, die sich in den dunklen Haaren verlor. Die Geschichte dazu hätte Mitzi interessiert, aber sie wollte das Schweigen nicht als Erste brechen.

Ein lautes Tuten ließ sie beide hochfahren. Florian stand rasch auf. »Danke, Mitzi!« Mehr kam nicht über seine Lippen, bevor er sich wieder zurückzog.

Mitzi blieb, ähnlich wie gestern bei der Begegnung mit Peppo, nachdenklich zurück.

Als die MS »Nene« schließlich Budapest erreichte und unter der imposanten Kettenbrücke hindurchfuhr, war es das erste Mal, dass Mitzi und Rudolfo nebeneinander an Deck standen.

Mit ihrem Ex-Freund Freddy, einem gebürtigen Ungarn, hatte sie die Stadt ein paarmal besucht, aber immer mit dem Wagen. Freddy war ein passionierter Autofahrer und wäre nie auf die Idee gekommen, per Flussschiff zu reisen.

Diese Ankunft war etwas Neues und absolut Beeindruckendes für Mitzi.

»Neun Brücken in Folge gibt's«, führte Rudolfo aus und griff zaghaft nach Mitzis Hand.

Dieses verstohlene Händchenhalten jetzt hatte etwas Romantisches. Dazu war eine Brücke schöner als die andere, und alle Aufmerksamkeit der anderen an Bord galt diesen Anblicken. Inzwischen war das Oberdeck wieder überfüllt mit Passagieren. Schiffe befuhren die Donau wie Autos auf einer Autobahn zu einer der Hauptverkehrszeiten.

»Schau, das Parlament. Direkt am Fluss.«

»Wie riesig. Und wunderschön mit den Türmen und Kuppeln.«

»Ein Funfact, Mitzi, hör zu: Es gibt eine Baufirma, die sich seit über zwanzig Jahren nur um dieses Gebäude kümmert. Da es aus Sandstein is, wär es sonst nicht so herrlich weiß.«

»Echt?«

»Die fahren im Kreis und machen die Fassade immer wieder sauber.«

»Ein toller Job.«

»Also, meine Jobs gefallen mir besser. In Lilienfeld als Nachtportier und die Flussschifffahrten als Pianist und Küchenhelfer, das bietet mehr Abwechslung.« Er gab ihr einen Kuss auf die Wange. »Besonders, wenn man mit seinem Spatz auf Reisen geht, der überall Verbrechen vermutet.«

Mitzi rümpfte die Nase. »Ich hadere immer noch, ob ich eine Waffe in 36b gesehen hab oder nicht. Dort residiert übrigens einer der Passagiere, die an meinem Tisch sitzen. Peppo heißt er.«

»Kenn ich nicht, Mitzi. Und ›du haderst‹ heißt, du hast dich geirrt. Lassen wir das Thema bitte.«

»Heißt es nicht, Drosselbart. Aber reden wir ein anderes Mal weiter, genießen wir lieber.« Mitzis Blick wechselte zur anderen Seite. Die Fischerbastei und die Krönungskirche zeigten im Sonnenschein ihr prachtvolles Gesicht. »Das is Buda, wo's bergiger is, und drüben Pest.«

»Oha, Spatzl, du kennst dich aber aus.«

»Ein bisserl.« Noch immer hatte Mitzi Rudolfo nicht gestanden, dass sie die ungarische Hauptstadt schon öfter besucht hatte. Es war lächerlich, aber sie konnte sich nicht dazu durchringen. »Ich hab gelesen, dass die Kettenbrücke die älteste der Brücken über die Donau is. Und eine Hängebrücke. Getragen wird sie von zwei triumphbogenartigen Stützpfeilern, beide sechseinhalb Meter breit, durch die die eisernen Ketten des Brückenkörpers verlaufen.«

Rudolfo nickte. »Graf István Széchenyi hat sie bauen lassen. Fertig is sie 1849 geworden. Wieder eine G'schicht dazu: Graf Széchenyi wollte seinen Vater beerdigen und musste eine Woche warten, bis er über die Donau konnte, weil es da noch keine Brücken gab. Dann hat er eine Kette von Booten legen lassen, damit man auf die andere Seite gelangte. Später wurde eben die Kettenbrücke errichtet.«

»Wir wären ein tolles Fremdenführer-Pärchen.«

»Das macht schon der Flori.« Mit einem schnellen Griff packte Rudolfo Mitzi und wirbelte sie einmal um die eigene Achse. »Ich hab Landgang und führ dich in eine Weinstube beim Königspalast.«

»Ich will aber ins Book Café. Dieses Buchcafé is das schönste, das ich je besucht hab. Obwohl ich das in Kufstein, das Café im Lippott-Haus, ebenfalls total mag.«

»Du warst doch schon einmal in Budapest, du Schwindlerin.«

Mitzi legte ihre Finger an die Lippen. »Ja. Es stimmt. Aber noch nie war's so schön wie mit dir.«

»Wart's ab, bis wir erst in der Stadt sind.«

Sie alberten eine Weile herum. Wieder überrollten Mitzi Glücksgefühle.

Die nächsten Stunden blieben sonnig, sowohl das Wetter als auch die Stimmung.

Mit Rudolfo lief Mitzi durch die lang gestreckten Boulevards im Stadtteil Pest, vorbei an barocken Gebäuden und einladenden Kaffeehäusern. Statt in der Weinstube machten sie an einem Stand halt und stärkten sich mit auf Papptellern serviertem Gulasch und einer Scheibe Brot.

Schon nach dem ersten Bissen schossen Mitzi die Tränen in die Augen.

»Scharf wie die Hölle«, meinte Rudolfo und tupfte sich mit der Serviette Gulaschsoße vom Spitzbart. »Das brennt zweimal.«

Unter den laufenden Tränen lachte Mitzi schallend. »Dafür schmeckt es himmlisch.«

Sie schafften es sogar, auf die Buda-Seite zu wechseln und die auf dem Schlossberg liegende Matthiaskirche anzusteuern.

»Hier hat sich die Sisi vermählt«, erklärte Rudolfo, während Mitzi sich außer Atem und verschwitzt an ihn schmiegte. »Nicht umsonst wird Budapest als die Königin der Donau bezeichnet.«

»Ihre Schwester Nene war sicher dabei, oder?«

»Ich denk schon.« Er wischte sich ebenfalls die Schweißtropfen von der Stirn. »Apropos. Ich muss zurück, Mitzi.«

»Schade.«

»Aber du gehst bitte auf jeden Fall in dein Book Café. Lass das Abendessen an Bord ausfallen. Um zweiundzwanzig Uhr geht es weiter.«

Hand in Hand begleitete Mitzi ihn noch ein Stück und wechselte dann zurück an das andere Ufer.

Keine Viertelstunde nachdem Rudolfo in der Menge der Touristen verschwunden war, rannten Peppo und Manfred an Mitzi vorbei.

»Hallo, ihr zwei. Stopp.«

Die Männer sahen sie erschrocken an, als hätte Mitzi sie auf frischer Tat ertappt. Im Gegensatz zur schönen Kulisse und all den fröhlich blickenden Menschen um sie herum muteten die zwei mehr wie Miesepeter mit heruntergezogenen Mundwinkeln an. Außerdem erinnerte sich Mitzi, dass Peppo an Bord hatte bleiben wollen.

Der fing sich als Erster. »Mitzi, servus. Is dir der Dustin untergekommen?«

»Nein. Bei den vielen Leuten is es ein Wunder, dass wir uns begegnet sind.«

»Warum bist du allein unterwegs?«, fragte Manfred unwirsch.

»Warum denn nicht?« Mitzi wunderte sich, warum Peppo und Manfred so mürrisch klangen. Kaum zu glauben bei all der Schönheit, die sie umgab. »Ich geh ins Book Café, vielleicht is er dort.«

»Hast du dich mit ihm verabredet?« Wieder so eine seltsame Frage von Manfred.

»Wieso sollt ich?«

»Hätt ja sein können.«

»Man sieht sich«, rief Peppo, und die zwei hetzten weiter, ein Anblick, der Mitzi an Leute erinnerte, die vor etwas flohen.

7

Agnes stand mit verschränkten Armen vor einem Ständer mit einer Pinnwand darauf. Daran waren mit Pushpins und bunten Nadeln Zettel befestigt, auf denen in ihrer krakeligen Handschrift einzelne Stichwörter aufgeschrieben waren. Dazu kamen Fotos, die die Leiche von Robert Maler zeigten, seine Verletzungen und die Projektile. Ebenso waren am linken Rand Bilder der vier Juwelierläden untereinander aufgereiht, die bisherigen Ziele der Uhrenbande, mit Zeit- und Ortsangaben zu den Tatorten. Mehrere Post-its bildeten eine gelbe Beflaggung, von der sich einzelne Teile allerdings bereits wieder zu lösen begannen.

Agnes' Ausblick aus dem Fenster vor ihrem Schreibtisch war durch die ausladende Korkwand verstellt. Bei der Anforderung der Tafel hatte sie sich in den Maßen verschätzt, obwohl sie den Platz darauf gut brauchen konnte. Ihr Chef hatte sie zusätzlich zu ihren Analysen und Recherchen am Computer um diese haptische Darstellung der Verbrechensfolge gebeten. Je länger sich Agnes damit beschäftigte, desto besser gefiel ihr die Übersicht.

Positiv stimmte sie auch eine Neuigkeit im Mordfall Robert Maler, die sie vorhin von den Wiener Kollegen erhalten hatten.

»Was machst du da, Agnes?« Inspektor Bastian Klawinder stellte sich neben sie. »Schaut abenteuerlich aus.«

»Rate!«

»Du pfeifst auf die Polizeiarbeit, auf Mann und Kind dazu, und schreibst deinen ersten Roman.«

Ein kleines Lächeln huschte über Agnes' Lippen. »Ich wollte, es wäre wahr. Aber ich sammle Puzzleteile zu den Raubüberfällen. Der Boss hat mich ja hinzugezogen.«

»Bin informiert. Soll dir mit Rat und Tat beistehen, wenn du was brauchst. Sepp hat mich eingeweiht.«

Ob Revierinspektor Sepp Renner Bastian ebenfalls mitgeteilt hatte, dass Agnes absehbar die Leitung übernehmen würde? Wenn ja, verhielt sich Bastian ihr gegenüber erfreulicherweise wie immer. Am Beginn ihrer Tätigkeit am Revier in Kufstein hatte sie ein Verhältnis mit ihm begonnen, aber seit sie wieder getrennt waren, verband sie eine Freundschaft, die über das Kollegiale hinausging.

»Dann lass uns zu zweit diese üppige Fall-Fetzensammlung ansehen und überlegen, ob wir nicht einen Mantel daraus schneidern können.«

»Agnes, ich mag deine Vergleiche.« Er knuffte sie in den Oberarm. »Was für Fetzerl haben wir denn?«

»Drei Überfälle auf Juwelierläden in den letzten paar Wochen. Der vierte brandneu.«

Bastian ließ seinen Blick über die Tafel gleiten. »Einmal Kufstein, einmal Linz, zweimal Wien. Die Diebstähle sind immer glattgelaufen. Nun aber ein Toter.«

»Genau, Basti. Ich suche nach einem Zusammenhang.«

»Daraus ergibt sich kein Muster, Agnes.«

»Das Muster finden wir im Ablauf der Überfälle. Eine Lieferung von Markenuhren hat stattgefunden, die Bande erscheint, trägt schwarze Wollmützen über Kopf und Gesicht, bedroht den Juwelier mit Waffen, sackt die Uhren ein und verschwindet. Einfach, aber wirkungsvoll. Keine Spur von den Tätern oder der Beute. Beim Mord an Robert Maler kippt es.«

»Du wirkst immer noch etwas geschockt.«

»Sepp und ich waren gestern in Wien im Krankenhaus. Ich hab mit seiner Ex-Frau und Tochter geredet. Hab auf dem Rückweg bereits versucht, ein paar Recherchen über diese Pokerrunden, an denen er teilgenommen hat, anzustellen. Aber es fehlen Details. Dass der Mann seinen Schussverletzungen erlegen ist, tut mir leid. Soko-Leiter Carl Manzig steht ab jetzt noch mehr unter Druck.«

»Das is der Wiener?«

»Genau, Bastian.«

»Und du pendelst ab sofort?«

»Werde ich müssen. Aber Chefinspektor Manzig hat mir zugestanden, dass ich bei den täglich angesetzten, eher kurzen Besprechungen auch von hier aus teilnehmen kann. Die nächste ist in einer halben Stunde. Ich wähle mich in Sepps Büro ein. Er ist außer Haus, hat einen Arzttermin. Ich glaube, er will, dass ich lerne, ohne ihn zurechtzukommen.«

»Wird schon viel Mehrarbeit werden für dich, Agnes. Ich hab den ersten Überfall hier vor Ort mit dem Sepp recherchiert, wie du weißt, später aber an die Wiener abgegeben. Karriere is mir nicht wichtig.«

Ob Bastian meinte, was er behauptete, konnte Agnes nicht überprüfen. Aber mit Überstunden würde sie zu rechnen haben, damit hatte er recht. »Über die virtuelle Möglichkeit bin ich echt froh. Sonst würde ich Kind und Kegel schwer unter einen Hut kriegen.«

»Ich unterstütze dich, Zukunftsboss.«

»Hör auf, Basti. Grad vorhin hab ich überlegt, ob du es schon weißt. Sepp hat es mir bei einer Wurstsemmel mit Gurkerl im Auto verkündet.«

»Na endlich. Alle wissen es. Oder ahnen es. Schon länger, Agnes. Vielleicht warst du sogar die Letzte, die es vom Sepp erfahren hat.«

Plötzlich bekam Agnes ein flaues Gefühl im Magen.

Bei Weitem nicht alle auf dem Revier waren von ihr derart angetan wie Bastian. Sepp Renner war als alter Fuchs geschätzt bei der Belegschaft, aber sie war ein junger Hupfer, der noch grün hinter den Ohren war. Drei Jahre Dienst waren nichts im Vergleich zu den Jahrzehnten des Revierinspektors.

Noch dazu war Agnes eine junge Mama. Einige der Kollegen und Kolleginnen würden missbilligen, dass sie ihr Baby wegen der Karriere hintanstellte. Dass Axel seine Elternzeit angetreten hatte, spielte nur eine untergeordnete Rolle, in

Kufstein vertraten viele noch die Ansicht, dass eine Mutter zu ihrem Kind gehörte.

In Sekundenschnelle formulierte Agnes im Kopf die ersten Sätze ihrer Antrittsrede. »Ihr kennt mich. Ich kenn euch als super Team. Und wir wissen voneinander, dass wir immer alles geben. Ich stehe für hundert Prozent Einsatz: ob als Neumama oder Neuboss. Oder sagt man Bossin?« Ein Lob, ein Aufruf und eine Auflockerung durch einen Scherz. Sie musste sich diese Worte aufschreiben.

»Erde an Agnes!« Bastian wedelte mit seinen Fingern vor ihrem Gesicht.

Sie fuhr zurück. »Entschuldige, ich war mit meinen Gedanken woanders.«

»War nicht zu übersehen, Agnes. Deshalb wiederhol ich mich: Aus diesen vier Überfällen lässt sich nicht ableiten, wo es wieder g'schehen mag. Auch wenn zwei davon in Wien waren. Zwar sind diese Juweliere in Netzwerken aktiv und tauschen sich aus, auch über neue Lieferungen und Schmuck- wie Uhrenware. Aber dort sind jede Menge Ladenbesitzer mit drinnen. Zu viele, als dass sich eine Prognose erstellen ließe. Das nächste Mal könnte überall im Land stattfinden.«

»Hör auf. Bloß kein fünfter Fall. Die Presse nimmt die Polizei in Tirol, Oberösterreich und Wien ohnehin schon auseinander.« Agnes trat drei Schritte von der Pinnwand zurück, um eine bessere Übersicht zu gewinnen. »Das Muster sind diese Anlieferungen, Basti. Jemand hat gewusst, wann die Warenübergabe stattfindet.«

»Jemand vom Großhandel oder jemand von der Sicherheitsfirma.«

»Möglich. Da sind die Kollegen aus Wien und Linz schon länger dran. Bei der Überprüfung der in Frage kommenden Firmen und Personen ist bis heute nichts herausgekommen.«

»Dann müssen wir alle anstehenden Lieferungen im ganzen Land überwachen.«

Agnes schüttelte den Kopf. »So weit war ich schon, Basti.

Die österreichischen Juweliere tätigen tagein, tagaus Einkäufe in größerem Ausmaß. Die Transporte sind mit Sicherheitspersonal unterwegs, ähnlich den Geldboten. Wir können unmöglich jeden und alles überwachen. Diese vier Geschäftsinhaber haben weder beim selben Schmuckgroßhandel bestellt, noch hatten sie dieselbe Menge an Uhren. Die Art des Diebesguts unterscheidet sich zwar nicht, aber die Summen, die sich nach dem illegalen Weiterverkauf ergeben könnten, sind unterschiedlich hoch. Auch keine Übereinstimmungen im Umfeld der Geschädigten, nicht einmal dieselbe Versicherungsgesellschaft. Außer dass der jeweilige Überfall zum passenden Zeitpunkt nach Lieferung erfolgt ist.«

»Dem Ganzen liegt eine gute Planung zugrunde. Und ein Muster, das wir nicht durchschauen. Noch nicht.«

»Du sagst es, Basti. Doch der Mord war ein unvorhergesehenes Ereignis. Immerhin haben wir ein erstes Motiv dafür.«

»Ja? Echt? Seit wann?«

»Eine interessante Neuigkeit, Basti. Chefinspektor Carl Manzig hat es vorhin an mich weitergeleitet: Robert Maler wollte sich stellen. Er hatte vor dem vierten Überfall mit der Polizei in St. Pölten, wo er gemeldet ist, Kontakt aufgenommen. Leider nur ein einziger Anruf vor vier Tagen, der zuerst nicht ernst genommen wurde. Erst durch das Geschehen in der Mariahilfer Straße erkannte man, dass der Anrufer und das Opfer identisch waren.«

»Wollt er auch seine Kumpane verpfeifen?«

»Durchaus möglich.«

»Dann haben die davon Wind bekommen.«

»Allerdings war Robert Maler selbst mit einer Spielzeugwaffe unterwegs. Schau dir das Foto davon an.«

»Unglaublich.«

»Täuschend echt, Bastian. Man könnte daraus schließen, dass es die anderen genauso gehalten haben. Und daraus könnte folgen, dass der Täter beim aktuellen Überfall möglicherweise als Überraschungsgast aufgetaucht ist.«

Bastian kratzte sich am Kinn. »Vielleicht einer, der das Hirn dieser Überfälle is, ohne selbst aktiv zu werden, bis zu dem Moment, wo Robert Maler aussagen wollte.«

»Genau das hab ich ebenfalls überlegt.«

»Vier Diebe, ein Organisator.«

»Organisator ist eine treffende Bezeichnung. Noch was: Einer von Robert Malers Komplizen ist vermutlich Tiroler. Das heißt noch nicht viel, aber ist ein Ansatz.« Agnes stockte. »Meinst du, dass jemand von der Polizei mit drinnen stecken könnte, der den Tipp zum Whistleblower an die Bande weitergegeben hat?«

»Nicht unbedingt, Agnes. Robert Maler könnt sich auch selbst verraten haben. Vielleicht hat er versucht, sich mit den anderen aus der Bande darüber zu verständigen.«

»Ebenso möglich.«

Aus der Entfernung wirkten die festgesteckten Elemente auf dem Kork der Pinnwand unvereinbar. Keine zwei Puzzleteile schienen in ein und dasselbe Bild zu gehören. Agnes kam wieder näher. In ihrer Hosentasche vibrierte ihr Handy mehrfach. Sie warf einen Blick darauf. Mitzi hatte, nach einer Sendepause gestern Abend, wieder neue Bilder von der Reise geschickt. Achtundzwanzig Stück. Noch eine Nachricht kam von Axel. Er war mit Konstanze im Supermarkt und wollte etwas kochen, war sich unschlüssig, ob Nudeln oder ein Risotto.

Agnes steckte das Mobiltelefon wieder weg.

»Eines is aber scho a bisserl seltsam.« Bastian stand immer noch an Ort und Stelle. Er hatte die Augen zusammengekniffen und fixierte das obere Drittel der Pinnwand. Dort hatte Agnes, Überschriften gleich, Zettel mit Daten, Uhrzeiten und erbeuteten Werten angesteckt.

Sie schloss zu ihrem Kollegen auf. »Was denn?«

»Schau. Im Unterschied zu den anderen hat unser Kufsteiner Juwelier wenig Verlust erlitten.«

»Stimmt, Basti. Das ist doch auch in deinem ersten Bericht

vermerkt. In der ersten Vernehmung, die du vor fünf Wochen durchgeführt hast, hat er erklärt, dass seine Lieferung nur aus einer kleinen Anzahl von Markenuhren bestand. Er hat nicht viel Kundschaft, hat er ausgesagt, die sich so einen Kauf leisten kann.«

»Is scho wahr. Ich erinner mich gut. Aber jetzt im Vergleich is er auch der Einzige, der erst in der Nacht nach der Lieferung überfallen worden is. Die war am Vortag dran. Es fällt bloß auf, weil die anderen Überfälle so synchron abgelaufen sind.«

Agnes gab ihrem Kollegen recht. Dietmar Basswerk, der Kufsteiner Ladenbesitzer, durch den die Polizei hier vor Ort überhaupt Teil dieser Ermittlungen war, bildete auf zwei Ebenen eine Ausnahme: den Zeitpunkt des Überfalls und die Höhe des Verlusts durch den Diebstahl. Dazu kam, dass die Serie mit ihm begonnen hatte.

»Könnte was zu bedeuten haben, Basti. Damit kann ich auf jeden Fall schon einmal arbeiten. Wenn ich die Schalte zur Soko Uhren nach Wien hinter mich gebracht habe, suche ich den Juwelier auf.«

»Heut wirst kein Glück mehr haben. Der macht den Laden mittwochs immer mittags zu.«

»Gut, dann eben morgen. Kommst du mit, Bastian?«

»Ich muss ans Gericht in Innsbruck. Obwohl ich gern mit dir hingehen würd, Zukunftsboss Agnes. So könnt ich mich bei dir einschleimen.«

Agnes wechselte lachend den Raum. Vom Computer ihres Noch-Chefs aus sollte die Schalte durchgeführt werden, damit Agnes nicht von den anderen im Großraumbüro gestört wurde. Ohnehin sollte sie sich langsam an den Wechsel gewöhnen. Sie würde nach Sepp Renner dort sitzen und Einsätze leiten.

Wobei es Bastian gewesen war, der die Ungereimtheit erfasst hatte. Agnes hatte es schlicht nicht beachtet. Vielleicht überschätzte sie sich, und ihr Ehrgeiz stand ihr im Weg.

Während sie auf den Beginn der Videokonferenz wartete, las sie sich noch einmal die erste Aussage des Juweliers Basswerk durch. Bei einem Satz stutzte sie und machte sich rasch eine Notiz.

Immerhin war auch ihr etwas ins Auge gesprungen.

8

»Was übrigens Inspektor Klawinder in einen Zusammenhang gebracht hat, nicht ich«, schloss Agnes ihr erstes Statement vor dem versammelten Team der Soko Uhren ab.

Der Bildschirm zeigte Agnes ein gestochen scharfes Bild der Runde, kein Ruckeln, keine Probleme mit dem Ton. Auch bei ihr selbst nicht.

Trotzdem war sie unzufrieden, denn die Tücke der virtuellen Schalte war eindeutig, dass sie sich die Namen der anderen nicht gemerkt hatte. Natürlich war ihr der von Chefinspektor Manzig längst geläufig, auch Revierinspektorin Heide Vogel kannte sie vom Besuch im Krankenhaus. Doch die Vorstellung der anderen Teammitglieder war zu rasch über die Bühne gegangen, Agnes hätte mitschreiben müssen.

»Danke, Inspektorin Kirschnagel«, sagte ihr Vorgesetzter und Teamleiter jetzt.

Heide Vogel schloss an ihr Statement an. »Das sollte in Bälde überprüft werden, Agnes.«

»Ich werde über den Verlauf der erneuten Befragung vom Juwelier Basswerk berichten. Seine erste Aussage stammt vom 10. Mai, direkt nach dem Überfall.«

Ein älterer Beamter mit einem angegrauten Bart betrat den Konferenzraum. »'tschuldigung für die Verspätung und servus in die Runde.«

Carl Manzig nickte. »Burkhard. Besser spät als nie.« Er vergaß, Agnes und den Kollegen miteinander bekannt zu machen, schenkte seine Aufmerksamkeit stattdessen sofort dem Neuankömmling.

»Zur Waffe gibt es Infos«, verkündete Burkhard. Er setzte sich an die linke äußere Ecke des Konferenztisches. »Ich bin gleich so weit, Leuteln.«

Alle Köpfe drehten sich.

In der Position konnte Agnes den Ermittler nur zur Hälfte sehen. Wieder ein Manko ihrer Nichtanwesenheit. »Über das schwarze Plastikspielzeug?«, hakte sie nach.

Carl Manzig wandte sich der virtuellen Agnes noch einmal zu. »Nein, Frau Kirschnagel. Das is tatsächlich brandneu. Ich klär Sie auf. In der Stumpergasse, einer Seitengasse ein Stück weit vom Tatort entfernt, hat eine Leergut sammelnde Pensionistin gestern am späten Abend eine echte Waffe in einem der öffentlichen Mülleimer entdeckt. Die Dame war so gescheit, diesen Fund ins nächste Polizeirevier zu bringen. Die Ballistik hat in Nachtarbeit geprüft, ob die Waffe was mit unserem Mord zu tun hat. Burkhard is dafür zuständig.«

»In der Stumpergasse soll es doch auch diese Einrichtung geben, in der Robert Maler eine Selbsthilfegruppe besucht hat. Laut seiner Ex-Frau«, ergänzte Agnes.

Burkhard legte eben ein iPad auf dem Tisch ab. »Nach einigen Tests in meiner Abteilung und dem Vergleich mit den Projektilen, die wir vom Opfer haben, sind wir uns sicher, dass der gefundene Revolver die Mordwaffe is.«

Einige machten sich Notizen, Agnes blieb ganz auf den Bericht des Ballistikers konzentriert.

In der Sekunde erklang ihr Handy. Sie hatte es achtlos neben dem Bildschirm platziert, vor Beginn der Besprechung noch versucht, den kranken Sepp Renner anzurufen. Jetzt zuckte sie zusammen und mit ihr die meisten Ermittler in der Runde. Diese Art der Aufmerksamkeit war ihr mehr als peinlich.

»Das tut mir total leid.« Mit hochrotem Kopf und dem Gefühl, voll ins Fettnäpfchen getreten zu sein, wischte Agnes den Anruf weg. Nicht ohne vorher Mitzis Foto auf dem Display aufscheinen zu sehen. Allerdings wusste Agnes, dass Mitzi es in spätestens fünf Minuten erneut versuchen würde, und drückte die Stummtaste.

Burkhard sah sich um, bis er Agnes auf dem großen Bildschirm entdeckte, der auf einem Rollwagen platziert war. »Servus. Du musst die aus Kufstein sein.«

»Bin ich. Sorry noch einmal.«

»Schon gut, griaß di!«

»Griaß di ebenfalls.«

»Also«, setzte Burkhard neu an, »das Besondere is, dass es sich bei der Waffe um eine handelt, die es wohl nur auf wenigen zivilen Märkten auf der Welt zu kaufen gibt. Eine SilencerCo Maxim 9 mit integriertem Schalldämpfer, siebzehn Schuss. Patronen mit den Maßen neun mal neunzehn Millimeter werden dafür verwendet. Im Lauf haben die sogenannten Felder und Züge beim Abschuss eindeutige Spuren auf den Patronenhülsen hinterlassen.«

»Warum ist diese Pistole derart schwierig erhältlich?« Agnes musste direkt nachfragen.

Burkhard rückte seinen Sessel nach links und war endlich für Agnes voll im Bild. »Die SilencerCo Maxim 9 is in erster Linie als innovative Kurzwaffe für den professionellen Einsatz bei Militär und Ordnungskräften gedacht.«

»Können wir davon ausgehen, dass Robert Maler von einem Angehörigen des Militärs getötet worden ist?« Ein Kollege in einem grünen Sakko stellte die nächste Frage.

Burkhard verneinte. »Die Seriennummer hat uns zur Waffenbesitzkarte geführt. Weiter nicht.«

»Wieso?« Wieder Agnes.

»Der legale Besitzer der Waffe is vor sechs Jahren verschieden. Ein August Drögbach. Ich maile euch nach der Besprechung alle Details.«

»Woran ist er gestorben?«

»Nach den ersten Erkenntnissen eines natürlichen Todes. Es war übrigens nicht seine einzige.«

»Ein Waffennarr?«

»Nein, aber ein Sportschütze. Auf ihn waren noch eine Kurzwaffe desselben Typs und zwei Langwaffen gemeldet gewesen. Die Langwaffen hat ein Jakob Enzlinger aus Meidling vererbt bekommen. Er ist Jäger und hat ein tadelloses polizeiliches Führungszeugnis sowie eine Waffenbesitzkarte von der zuständigen Waffenbehörde. Allerdings haben wir keinen neuen Eintrag für die Handfeuerwaffen gefunden. Heißt, der Verbleib der beiden ist unklar.«

»Von einer wissen wir, wofür sie benutzt worden is«, stellte Chefinspektor Manzig fest.

»Aber nicht, von wem«, fügte Burkhard hinzu. »Der verstorbene Vorbesitzer könnte sie zu Lebzeiten veräußert haben. Manche Käufer umgehen die Vorschriften.«

»Du hast eben gemeint, dass dieses Modell schwer erhältlich ist.« Agnes konnte ihre Neugierde kaum verhehlen. »Ist es auch teuer?«

»Nicht wirklich. Ich könnt mir vorstellen, dass man höchstens um die tausendfünfhundert Dollar dafür zahlt. Und im Netz bekommt man alle möglichen Waffen angeboten. Ich rede noch nicht einmal vom Darknet.«

»Verstehe. Danke, Kollege.«

Burkhard konzentrierte sich wieder auf Chefinspektor Manzig. »Wir wenden uns als Nächstes an die Herstellerfirma. Das war's für den Moment, Carl.«

»Das sind interessante Neuigkeiten, Burkhard. Bleibt dran.« Der Soko-Leiter übergab das Wort an Revierinspektorin Heide Vogel, die die Raubüberfälle von Anfang an begleitet hatte. »Heide, deine Neuigkeiten.«

Agnes war unzufrieden. Sie wäre gern rascher an weitere Erkenntnisse zu der Waffe gekommen. Besonders die Bemerkung, dass Militär und Ordnungskräfte damit umgingen, erschien ihr wichtig. Wozu brauchte überhaupt jemand eine Pistole mit Schalldämpfer? Nein, gleich zwei waren es, die fehlten.

Während Revierinspektorin Heide Vogel auf die vier Überfälle zurückkam, warf Agnes doch einen nächsten Blick auf ihr Handy. Mitzi hatte es in der kurzen Zeitspanne noch zweimal versucht. Es war die richtige Entscheidung gewesen, stumm zu schalten. Im Moment lagen Mitzis und Agnes' Welten ziemlich weit auseinander. Dafür musste Mitzi Verständnis haben.

Agnes nahm das Mobiltelefon unter dem Schreibtisch in die Finger und tippte »Mein Verbrechen geht vor!« ein. Über diesen kurzen Text würde Mitzi schmunzeln, wusste Agnes. Ob sie darauf Rücksicht nehmen würde, stand auf einem anderen Blatt. Zur Not musste Agnes streng sein und Mitzis Anrufe weiter ignorieren. Wozu gab es eine Mailbox?

9

»Mein Verbrechen geht vor!«
Agnes' kurze Textzeile und die nicht angenommenen Anrufe trübten Mitzis Budapest-Erkundung etwas. Ihre Freundin war im Stress, so viel war klar, aber das Ausrufezeichen am Ende hätte sich Agnes sparen können. Mitzi hätte so gern erzählt und Ratschläge eingeholt, doch darauf musste sie im Moment wohl verzichten.

Endlich an ihrem Zielpunkt angekommen, blieb ihr weniger Restzeit für den Aufenthalt als gehofft. Es wurde bereits dunkel.

Wobei man davon in der Weltstadt nicht sprechen konnte. Wild und herrschaftlich, beide Bezeichnungen trafen zu. Budapest war erleuchtet. Jedes historische Gebäude wurde angestrahlt, die Läden und Lokale luden mit Leuchtreklamen zum Einkaufen oder Verweilen ein. Die Menschen vollzogen den Übergang ins Nachtleben.

Mitzi hätte auch im Café Central einkehren können, in dem Literaten und Künstler sich traditionell begegneten, doch sie hatte sich entschieden. Nicht viele wussten, dass sich hinter der Fassade eines Jugendstilgebäudes das für Mitzi wunderbarste Café Europas befand. Man lief durch einen normalen Buchladen durch, dann tat sich die riesige Fläche einer Halle auf.

Über die Decke des Ladens hatte ein Student eine Dissertation geschrieben, die Mitzi korrigiert hatte. Dadurch war sie auf das Café gestoßen, das früher ein Casino, dann ein Kaufhaus gewesen war.

Die hohen Deckenbögen zierten Luster und Gemälde wie im Paradies. Auch die gebogenen großen Spiegel an den Wänden und die ausladenden Fenster beeindruckten. Schwarze Tische und Stühle boten Sitzgelegenheiten. Als Mitzi sich vor ein paar Jahren das erste Mal hier drinnen einen Cappuccino bestellt hatte, war sie bei der einen Tasse drei Stunden sitzen geblieben und hatte gestaunt.

Kaum wollte sich Mitzi heute hier niederlassen, hörte sie ihren Namen.

Diesmal waren es die zwei Frauen, Jule und Cleo, über die Mitzi stolperte. Diese beiden passten optisch nicht zusammen, auch altersmäßig nicht, aber es hatte den Anschein, als hätten sie sich trotzdem gefunden. Sie tranken Sekt.

»Hierher, MörderMitzi!«, rief Jule laut über all die Tische hinweg.

Mitzi verfluchte die Sekunde, in der sie Jule den Spitznamen verraten hatte. Mühsam gelang ihr ein Lächeln, und sie schloss zu den beiden auf. »Seid ihr auch den Griesgramen Peppo und Manfred begegnet, die Dustin suchen?«

Beide schüttelten den Kopf.

Mitzi wagte sich spontan ein Stück weiter vor. »Nur so, als Annahme. Wenn ihr euch nicht sicher wärt, ob nicht vielleicht jemand eine Waffe dabeihat, was würdet ihr tun?«

Sie erntete verständnislose Blicke.

Jule verdrehte gelangweilt die Augen. »Ein Hackebeil oder eine Axt oder was meinst du?«

»Waffe?« Cleo schüttelte sich, ihr heute hellblauer Kaftan schlug Wellen, die blauen Ohrringe wackelten. Der ebenfalls blaue Lidschatten und Lipgloss ließen ihr Gesicht gruselig bleich erscheinen. »Mir reicht schon eine Wasserspritzpistole. Hast du zu viel in deinen Krimis geschmökert, MörderMitzi?«

Der Spaß ging auf Mitzis Kosten, die zwei kicherten.

»Ach was, vergesst es. Hier gibt's so leckere Kaffees. Dazu werde ich eine Torte nehmen, jawoll. Egal, wie satt ich immer noch bin.«

Ein Themenwechsel war besser, bevor es zu Nachfragen und mehr Hänseleien kam. Der Ausklang des Ausflugs war nicht das, was Mitzi sich vorgestellt hatte, aber nach dem ersten Unmut über Jules Rufen amüsierte sie sich mit den ungleichen Frauen dann doch.

Cleo erzählte Witze, die Mitzi erstaunlich lustig fand, mit treffenden Pointen. Jule schwärmte von ihrer Oma, die sie in Bratislava besuchen würde, und verriet deren Rezept für Szegediner Gulasch. »Im heißen Schmalz muss man das Gulasch richtig scharf anbraten. Mit dem Mehl bestäuben, dann Zwiebeln, Salz, Kümmel, Rosenpaprika und Tomatenmark, aber keine Tomaten, und gepresste Knoblauchzehen zufügen. Das Pampige verliert sich später beim Schmoren total, keine Angst, es wird richtig cremig. Mit Gemüsebrühe auffüllen. Noch etwas Joghurt dazugeben. Durchschmoren, so dreißig Minuten. Das Sauerkraut in den Topf, gut unterrühren und wieder dreißig Minuten weiterschmoren. Binden tut's die Oma mit einer geriebenen rohen Kartoffel.«

»Das koch ich nach, super.« Mitzi versuchte sich alles zu merken, während Cleo in ihr Handy tippte.

»Es ist spät, Ladys, zurück aufs Schiff«, verkündete sie im Anschluss.

Als Mitzi nach diesem Tag voller Sehenswürdigkeiten und ein paar Merkwürdigkeiten zurück an Bord war, bemerkte sie am Oberdeck Florian, der weit vorgebeugt an der Reling stand und stumm auf die Donau und das Stadtpanorama starrte.

Von ihm hatte sie in der folgenden Nacht sogar einen Alptraum. In dem stand sie am Schiebefenster und sah nach unten ins Wasser. Darin trieb ein länglicher Gegenstand. Zuerst war es ein Stück Holz, dann aber verwandelte es sich in den Reiseleiter Florian Pechstein, der wohl wirklich Pech gehabt haben musste. Seine Augen waren geöffnet, aber die Pupillen starr. Und auf seiner Narbe hatten es sich winzige rosa Krabben gemütlich gemacht.

Nach dem erschreckten Aufwachen um drei Uhr morgens musste Mitzi aufstehen, ans Fenster gehen und nachsehen, ob nicht tatsächlich Floris Körper in der Donau trieb.

10

Bei all der Aufregung und den Missverständnissen erschien es Mitzi wie ein Lichtblick der Entspannung, als sie am nächsten sonnigen Vormittag sah, dass der Whirlpool frei war. Trotz des wieder strahlenden Wetters waren die anderen anwesenden Gäste mit einer Tombola beschäftigt, die Florian nach dem Frühstück ausgerufen hatte. Langer Applaus war gefolgt. Anscheinend liebten die Flussschiffreisenden neben Peter-Alexander-Schlagern kleine Gewinnspiele. Die Preise bestanden aus allerlei Krimskrams wie einem Schlüsselanhänger mit MS-»Nene«-Emblem.

Schon bei ihrem ersten Rundgang hatte Mitzi am hinteren Ende des Sonnendecks die winzige, mit einem Netz umzäunte Minigolfanlage, bestehend aus drei Einlochmöglichkeiten, amüsiert. Direkt daneben war der hellblaue Whirlpool platziert.

Niemand der Passagiere hatte bisher Lust gehabt, Minigolf zu spielen, auch die Yogastunden waren einzig von Gisa und Gerry besucht worden, aber whirlen wollten sie anscheinend alle. Jedes Mal wenn Mitzi daran vorbeigelaufen war, war das runde Becken mit sechs Personen belegt gewesen, dementsprechend randvoll.

Das warme Wasser lachte Mitzi regelrecht an. Aus den Düsen kamen vereinzelt Blasen, die an der Oberfläche platzten. Ein Gurgeln war zu hören, das wie eine gemurmelte Einladung klang. Mitzi drehte sich einmal um die eigene Achse. Tatsächlich saß nur die Damenrunde der achtzigjährigen Freundinnen an einem der Tische, die Tombola in der Lounge hielt die anderen in Atem. Eine bessere Gelegenheit würde sich vielleicht nicht mehr ergeben.

Zwar trug Mitzi genau diesmal keinen Badeanzug unter ihrer Shorts und dem T-Shirt, aber das Risiko, beim Wiederausstieg in nasser Unterwäsche gesehen zu werden, würde sie eingehen. Rasch zog sie sich bis auf Höschen und BH aus, setzte sich an den Rand, drückte den Startknopf und rutschte hinein.

Es war eine Offenbarung. Sie hätte sich ihren gesamten Kurzurlaub in einer solchen Wonne und in einer solchen runden blauen Wanne vorstellen können. Die Düsen massierten ihren Körper, ein wohliges Gefühl breitete sich aus. Die Kabinenverwechslung samt Gespräch mit dem langen Peppo fielen von ihr ab, das bisher Angenehme der Minireise blieb.

Mitzi legte den Kopf in den Nacken, sah in den Himmel. Der war übersät mit Schäfchenwolken, die in die andere Richtung als das Schiff zu ziehen schienen.

Unter all den Schafen dort oben meinte sie eine Katze, eine Schnecke und ein Buch zu erkennen. Sie dachte an das Book Café gestern Abend in Budapest und das Buch-Café im Lippott-Haus in Kufstein. Rudolfo tauchte in ihrem Kopf auf, der durch den zweiten Job an Bord leider viel weniger Zeit für sie hatte und schuften musste, obwohl er heute Morgen mit Kopfschmerzen erwacht war. Agnes gesellte sich in ihren Gedanken dazu, die ebenfalls schwer beschäftigt zu sein schien mit einer neuen Verbrechensaufklärung. Und natürlich Konstanze, das süßeste Kind der Welt, ach was, des ganzen Universums. Wenn Mitzi noch Axel hinzurechnete, hatte sie in diesem beginnenden Sommer vier Lieblingsmenschen in ihr Leben integriert.

Es war wunderbar und beängstigend zugleich.

Was, wenn der neue Fall Agnes wieder in Lebensgefahr brachte? Was, wenn Rudolfos Kopfschmerzen mehr als nur Migräne waren? Und was, wenn dem Stanzerl etwas zustieß oder das Baby krank wurde?

Bleib ruhig, hab Vertrauen, meldete sich die Stimme von Oma Therese in Mitzis Gedanken. Weit über ihren Tod hinaus war sie für ihre Enkelin Mitzi stets präsent und hatte für jede Gelegenheit einen guten Rat parat.

»Omilein, ich vermisse dich«, flüsterte Mitzi. »Dich und all die anderen da oben im Himmel.«

Wir dich auch, schienen die blubbernden Blasen ihr zu antworten.

Schließlich knackte Mitzis Nacken, und sie begann mit kreisenden Kopfbewegungen.

Die Frauenrunde erhob sich und verließ unter Geschnatter und Gelächter das Oberdeck. Bis auf die Crewmitglieder, die im Steuerhaus unermüdlich ihren Dienst taten, blieb Mitzi allein zurück. Ein seltenes Ereignis, fast ein wenig unwirklich.

Das Schiff durchfuhr eine Schleife, und die grünen Hügel wurden von einem nächsten Dorf mit Kirchturmspitze abgelöst, das sich zwischen Weinberge schmiegte. Mitzi freute sich auf den nächsten Stopp in Bratislava, ein Besuch auf der Burg stand zuoberst auf ihrem Sightseeingprogramm. Alles war gut, ihre Lieblingsmenschen gesund und wohlauf, die Massagedüsen voll in Aktion und Mitzi rundum zufrieden.

»Volle Fahrt voraus!«, rief Mitzi, streckte beide Arme nach oben und ließ sie mit einem Klatschen zurück ins Wasser plumpsen.

Etwas blitzte an der Ecke des Steuerhauses auf. Mitzi hob ihre Hand an die Stirn, doch die Sonne, die gerade zwischen den Schäfchenwolken hervorkam, blendete sie dennoch.

Nun bewegte sich das Blitzen. Als Nächstes vernahm sie ein Sirren an ihrem rechten Ohr, als ob eine Wespe mit überhöhter Geschwindigkeit an Mitzi vorbeiraste. Ein kurzer brennender Schmerz an der oberen Ohrmuschel ließ sie aufquieken.

Hinter ihrer Schulter erfolgte zeitgleich ein Krachen. Instinktiv duckte sie sich, tauchte mit Oberkörper und Kopf unter Wasser. Der Lärm der Düsen verstärkte sich, und das Brennen am Ohr wurde stärker.

Was war geschehen?

Der Wohlfühlmoment war schlagartig vorbei, schlug um ins Gegenteil. Ihre Herzschläge übertönten die Pumpen, sie presste die Lippen aufeinander und versuchte, so lange wie möglich unter Wasser zu bleiben. Zur Unterstützung begann sie im Kopf zu zählen, schaffte es gerade bis dreißig, dann musste sie Luft holen. Vorsichtig streckte sie erst nur das Gesicht aus dem Wasser, spuckte aus, atmete ein und verharrte in der Stellung.

»Auf Tauchgang, Süße?«

Die Männerstimme überrumpelte Mitzi. Sie schluckte Wasser und kam mit Schwung weiter hoch. Noch einmal musste sie spucken. Rotz kam aus ihrer Nase.

»Eklig, Süße, das muss ich schon feststellen.« Ganz klar ein Mann. »Aber die nasse Wäsche auf deinem Körper entschädigt mich.«

Mitzi blinzelte und erkannte Dustin. Er hatte sich am Rand des Whirlpools niedergelassen und sich über sie gebeugt. Seine Gesichtszüge lagen im Schatten. Den durchaus begehrlichen Blick seiner graublauen Augen konnte sie sich hingegen mühelos vorstellen.

»Was hast du g'macht?«, fauchte Mitzi ihn an. »Bist deppert?«

Er fuhr sich durch die braunen Haare und blickte weiter auf Mitzi herunter. »Nichts. Ich bin von unten hoch. Dann hab ich dich in Tauchstellung bemerkt. Was regst du dich auf?«

Jetzt erst registrierte Mitzi, dass nicht nur Dustin zurück am Oberdeck war. In den wenigen Sekunden hatten sich wieder einige der Passagiere eingefunden. Als hätten sie gewartet, bis das Schauspiel um Mitzi vorüber sein würde. Keiner sah in ihre Richtung, niemand schien etwas bemerkt, gesehen oder gehört zu haben.

Es war unheimlich.

Vorn am Steuerhaus stand Jule und hatte sich bei Florian untergehakt. Ein Quartett an der Reling hatte Champagnergläser in der Hand. Auf der Couch am Bug meinte Mitzi, die Mütze des Kapitäns herausragen zu sehen. Neben ihm bewegte sich ein gelber Sonnenhut, der zu Cleo gehören mochte.

Mitzis Ohr brannte immer noch.

Sie tastete mit dem Zeigefinger die Ohrmuschel entlang, und als sie die höchste Stelle berührte, schrie sie erneut vor Schmerz auf. Auf ihrer Fingerspitze war ein leicht rötlicher Tropfen haften geblieben, und auch im Wasser zeigte sich eine blassrosa Spur, die schon dabei war, sich aufzulösen.

»Hast du dir wehgetan, du Tschopperl?« Dustins Besorgnis klang nicht echt, und seine Anrede Mitzi gegenüber war ziemlich unhöflich.

Immer noch konnte Mitzi sein Gesicht im Gegenlicht nicht deutlich wahrnehmen. Er war bloß ein grauer Umriss, der über die letzten Blasen im Whirlpool seinen Schatten warf. Die Pumpen standen still, harrten auf ihren nächsten Einsatz.

Ohne auf seine Frage einzugehen, rollte sich Mitzi auf den Bauch. Wieder knackte es in ihrem Nacken, als sie die Umrandung des Pools abzusuchen begann. Was sie hinter sich entdeckte, ließ ihr trotz der hohen Wassertemperatur eine Gänsehaut über den Rücken laufen.

Ungefähr auf der Höhe, auf der sie vorhin Nacken und Schulter angelehnt hatte, war jetzt ein dunkles Loch im Plastik des Beckens sichtbar. Die Größe schätzte Mitzi auf die eines Zehn-Cent-Stücks. Winzige blaue Teile der Verschalung schwammen im Wasser darunter.

Mitzi schloss die Augen, öffnete sie, sah wieder hin. Das Loch war noch da. Vorhin, beim Einsteigen, war die blaue Randfläche unversehrt gewesen. Ein Irrtum war möglich, aber unwahrscheinlich.

Oder?

»Was ist denn los?«, setzte Dustin ungeduldig nach. »Worauf stierst denn?«

Bevor sie antworten konnte, musste sich Mitzi kräftig räuspern. »Ich glaub, auf mich is g'schossen worden.«

11

Bis das einsetzende Zittern nachließ, dauerte es. Nach dem ersten Schrecken und nachdem die Erkenntnis in all ihren Hirnwindungen angekommen war, dass eine Kugel sie möglicherweise fast getroffen hatte, war Mitzi übel und schwindlig geworden.

Obwohl ihr Dustin nicht geheuer war und sie anfangs noch mehr verängstigt hatte, fand sie es jetzt rührend, dass er ihr nicht nur ein Handtuch besorgt und über die Schultern gelegt hatte, sondern auch ein Glas Wasser vor die Nase hielt.

»Trink, Mitzi.« Er setzte sich dicht neben sie auf den Bretterboden, der den Whirlpool umgab.

Mitzi musste das Glas mit beiden Händen halten, sonst hätte sie alles verschüttet. »Danke, Dustin.«

»Mein Dad sagt, Wasser trinken beruhigt das Gemüt. Leider tu ich es selten, meistens bevorzuge ich einen Whiskey. Jack Daniel's. Den hätte Daddy auch gemocht, glaube ich zumindest.«

»Wieso redest du manchmal in der Gegenwart, dann wieder in der Vergangenheit von deinem Papa? Is er tot?« Übergangslos vergaß Mitzi für Sekunden ihre eigene Not und fühlte eine spontane Milde für den aalglatten Verführer Dustin.

Er schüttelte den Kopf. »Es ist kompliziert. Ich kenne meinen Vater nicht. Angeblich stammt er aus Texas, lebt aber seit Langem in Köln. Meine Mutter hat das stets behauptet. Die ist bereits verstorben.«

»Tut mir leid, Dustin. Der Freund meiner Freundin kommt auch von dort. Also aus Köln, nicht Texas.«

»Behalte es für dich. Und noch ein Geheimnis, Mitzi«, er neigte seinen Oberkörper nah zu ihr, »weil du so eine Hübsche bist. Ich rede in Gedanken mit meinem Daddy. Hin und wieder singt er sogar in meinem Kopf. Schräg, oder?«

»Nein, gar nicht. Ich hab da oben mehr als eine Stimme.«

»Ehrlich?«

»Ehrlich, Dustin. Als meine Großmutter längst schon dement war und auch später, nach ihrem Tod, hat sie sich oft als Gedanken-Oma zu Wort gemeldet. Ich glaub, damit hab ich den Verlust verkraftet.«

»Das finde ich rührend.« Sein Lächeln war zum ersten Mal nicht lasziv. »Angeblich war mein Dad Musiker. Meine Mutter hat mir erzählt, dass er Harley gefahren ist und eine Sammlung von Lederjacken gehabt hat. Dass er auf Tour war, als sie sich kennengelernt haben. Mehr weiß ich nicht. Wegen dieser Dad-Stimme hab ich schon überlegt, ob mit mir etwas nicht stimmt.«

»Blödsinn. Wenn es einem Trost spendet oder hilft, is es in Ordnung. Sagt auch mein Therapeut.« Mitzi schmunzelte. »Jetzt is es übrigens meistens meine Freundin Agnes, die mich im Kopferl mahnt. Die lebt aber. Und is Inspektorin bei der Polizei.«

»Oha!«

Als hätte Mitzi einen Schalter gedrückt, war der alte Dustin zurück. Mit einem gierigen Blick auf ihre Brüste, die durch die Nässe sichtbar waren, stoppte er abrupt den begonnenen Austausch. Er begann Mitzis Oberarme zu reiben.

Mitzi schüttelte ihn ab. »Lass das, Dustin.«

»Stell dich nicht an«, meinte er unfreundlich.

Sie drückte ihn weiter weg. »Dustin! Zurück zum Wichtigen. Zu der Attacke eben. Dem Vorfall, Überfall. Dem Schuss.«

»Überfall? Attacke? Schuss? Wie sich das anhört. Was ist denn wirklich passiert?«

»Hab ich doch gesagt, Dustin.« Sie berührte erneut ihr Ohr. Das Bluten hatte aufgehört. »Ich denke, dass jemand auf mich geschossen hat.«

»So ein Blödsinn.«

»Am Rand vom Whirlpool is ein Einschussloch im Plastik.«

»Das ist ein Materialfehler, nichts weiter.« Er warf einen

schnellen Blick zum Beckenrand. »Auf keinen Fall ein Einschuss. Außerdem hätte man einen Knall gehört. Laut und deutlich. Jeder an Deck wäre zusammengezuckt.«

»Stimmt.«

Dustins Argument war gewichtig. Die Idee eines Schusses auf sie war schwer fassbar und zugleich beängstigend. Mitzi mochte es glauben und auch nicht. »Aber das schwarze Loch war vorher nicht da. Es hat gesirrt. Dann gekracht. Mein Ohr hat geblutet. Ich muss zu Kapitän Brown.«

»Du reagierst hysterisch, Mitzi. Wahrscheinlich bist du im warmen Wasser eingenickt und hast geträumt.«

Cleo näherte sich in Begleitung des älteren Ehepaares Gisa und Gerry. Alle drei trugen die flauschigen Bademäntel, die es in den Kabinen im Badezimmer gab. Das Trio streifte die Mäntel ab und wollte in den Whirlpool steigen. Cleos Badeanzug war pink mit gelben Querstreifen. Auf der Stirn hatte sie eine Schwimmbrille, die wie ein zweites Paar Augen aussah. Der Sonnenhut darüber verlieh ihr das Aussehen einer Außerirdischen.

»Bitte nicht. Nicht in den Pool!« Mitzi stellte sich auf die oberste Einstiegstreppe. Immer noch trug sie nur ihre nasse Unterwäsche, was die drei durchaus registrierten, wie Mitzi ihren Blicken entnehmen konnte.

Cleos Augenbrauen gingen in die Höhe. »Was ist los? Schlechte Wasserqualität? Jemand hat reingekackt? Treibt eine tote Ratte da drinnen?«

Dass Cleo ausgerechnet auf diese Auswahl kam, fand Mitzi befremdlich. Rasch überlegte sie, ob ihr eine Ratte oder Kacke lieber gewesen wären als ein Attentat auf sie, aber das waren törichte Gedanken. »Der Pool könnte ein Tatort sein.«

»Ein Tatort?« Nun mischte sich Gisa ein, sie grinste. »Einen Krimi zu viel gelesen? Heißt es in Wahrheit ›Ohne Krimi geht die Mitzi nie ins Bett‹?«

Gerry und Gisa fassten sich wieder an den Händen, wie eine Version weißhaariger, gealterter Hänsel und Gretel.

»Abgesehen davon, liebe MörderMitzi«, Gerry sprach den bösen Spitznamen süffisant aus, und Mitzi ärgerte sich ein weiteres Mal über ihre offenherzige Preisgabe, »die Wasserqualität wird täglich gecheckt. Zweimal am Tag wird hier gesäubert. Der optimale Chlorgehalt im Pool liegt zwischen null Komma drei und null Komma sechs Milligramm Chlor pro Liter Wasser. Das wird ebenfalls nachgeprüft, wurde uns versichert.«

»Selbst ich wage mich in diese Lache«, fügte Cleo hinzu und zog sich die Schwimmbrille über die Augen. »Weil ich den Boden unten erkennen kann und Gerry mich beatmen könnte, wenn ich untergehe.«

Diesmal lachten Gerry und Gisa, aber Cleo blieb ernst.

Noch wollte Mitzi nicht aufgeben. »Es könnte etwas passiert sein, das untersucht werden muss. Deshalb meine Bitte.«

»Von wem untersucht?«, schaltete sich Dustin ein.

»Na ja, von der Polizei.«

»Es reicht, Mitzi!« Dustin stand auf und zog sie mit hoch. »Komm. Lass solche Spielchen.«

»Aber es is wichtig.«

»Ist wer nach ein paar Marillenschnapserln besoffen hineingestürzt und musste abtransportiert werden?« Cleo schien eigentümliche Katastrophen zu mögen. »Das hätten wir mitgekriegt. Nicht wahr?«

Gerry und Gisa nickten im Gleichklang.

»Keiner is zu Schaden gekommen.« Mitzi ballte die Hände. Sie hatte keine Ahnung, wie sie die drei davon abhalten konnte, ins warme Sprudelwasser zu steigen, bis sie zumindest den Kapitän informiert hatte. Wieder einmal. »Es geht grad nicht. Bitte erst mal nicht whirlen.«

Unerwartet kam ihr Dustin diesmal zu Hilfe. »Vielleicht spielen wir vier eine Partie Backgammon im Schatten? Cleo? Gerry und Gisa? Bei der Hitze noch in heißes Wasser zu tauchen finde ich komisch.«

»Aber ich wollte sprudeln«, beharrte Cleo, schlug hinter

ihrer Schwimmbrille die Lider einmal auf und nieder und lächelte Dustin schelmisch an. »Gerne auch mit dir.«

Mitzi fragte sich, ob Cleo mit dem smarten jungen Mann nun einen Flirt startete, trotz des Altersunterschieds, aber das ging sie nichts an.

»Das ist ja mehr ein Angebot für später, denk ich.« Nichts erinnerte mehr an den nachdenklichen Dustin von vorhin, als er über seinen Vater erzählt hatte. Seine Lässigkeit war vollends zurück. »Ich bespreche mich rasch mit Mitzi, und ihr setzt euch schon an einen der Tische im Schatten. Bestellt uns allen Aperol Spritz. Ich bin wie der Wind bei dir, Cleo, und puste dich um.«

»Okay«, hauchte diese zurück. Sie wandte sich dem Ehepaar zu und änderte in einer Zehntelsekunde den Ton. »Gerry! Gisa! Wir whirlen später. Kommt mit.«

Synchron schlüpften die drei zurück in die Bademäntel und entfernten sich.

»Zieh dir was an.« Dustin warf Mitzi ihre Kleidung zu. »Nicht meinetwegen, aber wegen der anderen.«

Etwas ungelenk schlüpfte Mitzi zurück in T-Shirt, Shorts und Sandalen. »Wenn man das Plastik entfernen würde, könnte man dahinter nach einer Kugel suchen.«

»Du lässt nicht locker, was?« Dustin ging in die Knie, Mitzi folgte. Beide neigten sie die Köpfe, so weit es ging, nach unten. Das schwarze Loch hatte rissige Ränder und wirkte in dem hellen Blau der Verkleidung unpassend hässlich.

»Ein Fehler im Plastik.« Dustin strich mit der Kuppe seines Daumens darüber. »Niemand würde deshalb den Pool kaputt machen.«

Mitzi wagte es nicht, hinzufassen. »Es is ein Einschuss.«

»Glaub ich nicht. Wie gesagt, es hätte knallen müssen.«

»Beim Steuerhaus hat es davor ein Aufblitzen gegeben, dann hat es laut gesirrt und mich gestreift. Am Ohr.«

»Lass sehen.«

Mitzi schob die blonden Haare nach hinten. »Es hat geblutet.«

»Sieht wie ein frischer Kratzer aus.« Er rutschte auf den Knien wieder ganz nah zu ihr. »Als ich meine Kabine gestern Abend mit einem anständigen Schwips betreten hab, hab ich mir auch den Kopf gestoßen. Ich bin im Übrigen in der 13a, die Zahl soll bekanntlich Glück in der Liebe bringen. Du bist einfach wo angeschrammt.«

»Oder ich bin beim Baden angeschossen worden.«

»Von wem denn?«

»Keine Ahnung.«

»Warum?«

»Weil, weil …« Sie hätte gern von der Waffe und von Peppos Weinen berichtet, aber Peppo war der Kumpel von Dustin, und wenn Mitzi sich irrte, wurde alles noch komplizierter.

»Ich bin verwirrt, Dustin. Und fassungslos. Und zittrig.«

»Mitzi, Mitzi, Mitzi.«

Mit dem Folgenden hätte Mitzi niemals gerechnet, obwohl es zu ihrer Einschätzung über Dustin passte. Der Kuss, den er ihr gab, kam derart rasant, dass es Mitzi einzig gelang, die Lippen zusammenzupressen, bevor seine Zunge die ihre berührte.

Jemand hinter ihnen keuchte.

»Hab ich eine Halluzination, oder was?«

Mitzi sprang hoch, wischte sich gleichzeitig über den Mund. Rudolfo stand am Whirlpool, und seine Gestalt verdunkelte die Sonne. Auch seine Miene war finster. »Was is denn hier los?«

Bevor Mitzi zu einer Erklärung ansetzen konnte, kam auch Dustin zum Stehen. »Wer bist du denn?«

»Mitzis Freund.«

»Das ist ja neu.«

»Neu oder nicht, was soll das?«

Dustin grinste frech. »Sorry. Vergiss es.« Dann ging er seelenruhig an Rudolfo vorbei und Richtung Tisch, an dem Cleo und das Ehepaar gerade die Getränke bestellten.

»Drosselbart«, Mitzi spürte Hitze auf ihren Wangen, »wenn du wüsstest, was passiert is.«

»Will ich nicht wissen, Mitzi.« Er stemmte die Hände in die Hüften. »Is mir egal. Wurscht. Grab doch an, wen du magst, derweil ich in der Küche schufte und am Klavier die Wünsche der Gäste erfülle.«

»Rudolfo, hör mir bitte zu.«

»Hast du wieder eine Waffe oder so was entdeckt? Diesmal eine Harpune im Whirlpool?«

Sein Ton verletzte sie mehr als das Geschehen vorhin. »Das war ein Missverständnis eben. Der Kerl hat mich überrumpelt.« Mitzi umrundete den Whirlpool und versuchte, ihren Freund zu umarmen.

Er machte einen Schritt nach hinten. »Jetzt sag ich sorry. Ich muss zurück in die Küche. Sofort.«

»Aber wir müssen reden. Das lass ich nicht so stehen, Rudolfo. Und davor, da hat jemand auf mich –«

Diesmal war es Jule, die Mitzi in die Quere kam. »Mitzi, ich hab eben von der Oma erfahren, dass es in Bratislava heute in der Altstadt einen so tollen Künstlermarkt gibt. Jungdesigner, Maler, Kleinkunstwerk, Musik. Dort müssen wir hin.«

»Jule, grad is es schlecht. Ich muss mit Rudolfo was besprechen.«

»Später, Mitzi.« Rudolfo nutzte die Gelegenheit. »Ich muss, wie gesagt, wieder an die Arbeit.«

»Aber sicher später, versprochen?« Mitzi spürte Tränen hochkommen. »Versprochen?«

Er machte doch noch eine Bewegung auf Mitzi zu und gab ihr einen Kuss auf die Wange. »Wir sehen uns abends.« Dann war er ebenso rasch verschwunden, wie er aufgetaucht war.

Jule klatschte in die Hände. »Ich hab es geahnt, dass sich zwischen euch was anbandelt. Das ging aber schnell.«

»Es geht schon länger, Julchen. Schon vor der Fahrt. Wir wollen keinen großen Bahö daraus machen. Bitte, tratsch nicht bei Cleo.«

»Ich doch nicht.« Sie giggelte. »Der ist echt niedlich. Ihr passt zueinander.«

Bis ein möglicher Schuss oder ein falscher Kuss uns ent-
zweit, setzte Mitzi in Gedanken fort.

Diesmal brauchte sie nicht Agnes' Stimme, die ihr sagte,
dass einiges auf dieser Reise gründlich schieflief.

12

Bevor Agnes den Juwelierladen am Oberen Stadtplatz in Kufstein betrat, sah sie sich das Gebäude genauer an. Das angrenzende Haus war ein Stück zurückgesetzt. Sie bog um diese angelegte Ecke und entdeckte unter einem Mauerbogen einen Seiteneingang, der auch zu den oberen Stockwerken und Wohnungen des Geschäftshauses führte. Auf dem dritten Schild bei den Klingelknöpfen stand »D. Basswerk«, der Goldschmied und Juwelier wohnte über seinem Laden.

Hier hatte der allererste Raubüberfall stattgefunden. Um drei Uhr morgens.

Agnes hatte noch einmal nachgelesen. Bei seiner ersten Aussage hatte Dietmar Basswerk angegeben, er wäre durch ein Klingeln geweckt und mit einem angeblichen Unfall aus seinem Appartement im ersten Stock nach unten gelockt worden. Die Uhrenlieferung hatte bei ihm, als Einzigem, am Vortag stattgefunden. Die wertvollen Zeitmesser hatten bereits sicher im Safe gelegen, außer einem Ausstellungsstück, das er in seiner Vitrine platziert hatte. Die Alarmanlage war aktiviert gewesen.

»Ich hatte mein Smartphone in der Tasche meines Morgenmantels, wollte den Notruf wählen, aber vorher schauen, was denn passiert is«, hatte er weiter zu Protokoll gegeben. »Ich war erst halb aus der Tür unten, schon hat mir ein ziemlich großer Kerl etwas gegen die Nieren gedrückt und gesagt, ich soll den Laden aufsperren und die Alarmanlage deaktivieren, sonst würd er abdrücken. Und ja nicht schreien oder es wagen, mein Handy zu benutzen. Da hab ich erst realisiert, dass es eine Waffe war, mit der er mich bedroht hat. Kaum hatt ich aufgeschlossen, sind hinter dem Großen noch zwei andere aufgetaucht und mit mir in den Laden hinein. Drinnen dann durft ich erst nicht Licht machen, sondern wir sind direkt ins Hinterzimmer. ›Safe auf, dalli, dalli!‹, hat einer geschrien. Durch die Wollmasken hat sich der komisch angehört. Die ganze Zeit hat einer mit einem Revolver vor meiner Nase gewedelt. Danach ging's ganz schnell. Die haben die Uhren in einen Sack geworfen und waren wieder weg. Zuerst bin ich vor Aufregung fast ohnmächtig geworden. Es hat ein paar Minuten gedauert, bis ich den Alarmknopf betätigen konnte. Als die Polizei da war, waren die drei schon über alle Berge.«

So weit, so plausibel. Aber einige Fragen waren für Agnes, auch durch Bastians Blick auf das Geschehen, noch offen. Sie kehrte zum Haupteingang zurück, und als sie schließlich eintrat, bimmelte hell ein Glöckchen.

Nur eine Person war anwesend. Eine junge Frau in Agnes' Alter, die sofort auf sie zukam. »Schönen guten Tag, Gnädigste. Herzlich willkommen beim Juwelier Basswerk. Wie kann ich helfen?«

Agnes, die es noch nie gemocht hatte, von Verkäuferinnen direkt angesprochen zu werden, reagierte schroff. »Eine Gnädigste bin ich nicht, sondern Inspektorin Agnes Kirschnagel, Polizei. Es geht um den Überfall am 10. Mai.«

Sie hob ihren Ausweis vor das Gesicht der jungen Frau, die erschrocken zurückzuckte, als wäre Agnes eine Riesenspinne.

»Schon wieder?«

»Ja, schon wieder, Frau …?«

»Romy. Romy Mitterhammer. Ich arbeite seit drei Jahren im Laden, aber war natürlich mitten in der Nacht nicht anwesend. Ich hab eh nur eine halbe Stelle und fang immer erst um eins an, wenn der Herr Basswerk in die Pause geht. Mittwochs hab ich ganz frei, bin aber damals trotzdem hergekommen, als ich es in den News gehört hab, weil ich dem Herrn Basswerk beistehen wollt. Schrecklich. Das alles hab ich schon mehrfach erzählt. Auch was dazu unterschrieben. Ich bin unbescholten und hab noch nie auch nur einen Strafzettel gekriegt.«

Agnes schlug einen sanfteren Ton an. »Keine Sorge, Frau Mitterhammer. Ich will ohnehin mit Ihrem Chef sprechen.

Wenn er nicht schon in der Mittagspause ist. Sonst komme ich später noch einmal. Das Polizeirevier ist ja nicht weit entfernt.«

Die Angestellte atmete hörbar auf. »Er is in der Pause, aber hinten. Dort hat er einen Ruhesessel stehen. Oft schnarcht er, dass man es bis hierher hört. Dort is übrigens auch der Safe. Ich hol ihn.«

Sie lief nach hinten, stolperte fast, als sie einen dicken goldenen Vorhang zur Seite schob und in einem kurzen Gang dahinter verschwand.

Agnes sah sich um. Der Laden war schick eingerichtet. Zwischen den einzelnen Schauvitrinen waren Mosaike in die Mauer eingelassen, die einen exotischen Flair erzeugten. Hinter der Verkaufstheke stand erhöht ein Sockel, auf dem sich, ebenfalls in einem Glaskubus, ein mit Steinen besetztes Armband drehte.

Bei aller Eleganz war der Raum allerdings klein. Ein Geschäft in dieser Größe hatte keine allzu großen Mengen an Schmuck und auch nicht an Markenuhren. Die Beute damals hatte vielleicht genau aus dem Grund einen Schätzwert von dreißigtausend Euro gehabt. Agnes teilte die Summe im Kopf durch vier, dabei blieb für den Einzelnen nicht viel übrig. Noch dazu, wo die Polizei davon ausging, dass der illegale Wiederverkaufswert für die einzelnen Stücke niedriger ausgefallen war. Und möglicherweise das größte Stück vom Kuchen einem möglichen Organisator, wie Bastian diese unbekannte Größe betitelt hatte, vorbehalten war.

War demnach der Überfall eventuell eine Art Generalprobe für die folgenden gewesen? Gerade bei den letzten beiden in Wien hatte der Wert der erbeuteten Ware den vom ersten Diebstahl um das Zehnfache übertroffen. Beim letzten Raubüberfall, der mit Mord geendet hatte, war auch erstmals zusätzlich eine Perlenkette gestohlen worden.

Der goldene Vorhang bewegte sich, und der Juwelier erschien, ohne die junge Frau.

Dietmar Basswerk war ein rundlicher Mann, Mitte fünfzig, mit ergrauten Haaren und Brille, den Agnes vom Foto sofort wiedererkannte. Er trug einen blauen Anzug, doch die Krawatte war gelockert und das Hemd unordentlich in die Hose gesteckt, als hätte er sich eben hastig angezogen.

»Was verschafft mir die Ehre, Frau ... ich meine, Inspektorin? Bei dem schönen Juniwetter sollte selbst die Polizei ein bisserl halblang machen.«

War seine Angestellte nervös gewesen, schien der Ladenbesitzer über Agnes' Besuch sogar in leichter Panik zu sein. Hinter den Brillengläsern waren seine Augen weit aufgerissen, sein Teint war bleich, und er tupfte sich mit einem Tuch die Stirn ab. Seine Hand zitterte dabei. Dieses Gebaren kam Agnes eigenartig vor, er hätte keinen Grund gehabt, in eine derartige Aufregung zu verfallen.

»Kirschnagel, Herr Basswerk. Inspektorin Kirschnagel.«

»Freut mich sehr.« Er sah nach dem Gegenteil aus. »Ich hab die Rosie, ich meine, die Romy, in eine unverhoffte Pause in den Innenhof hinten geschickt, damit wir uns *entre nous*, wie es so schön heißt, unterhalten können. Wobei es mich wundert, dass überhaupt noch gefahndet wird.«

Warum war der Mann so angespannt? Agnes war bei Weitem nicht die erste Beamtin, die den Juwelier und sein Umfeld vernommen hatte.

»Herr Basswerk, Sie wundern sich? Wir sind selbstverständlich immer noch an den Überfällen dran. Dieser und die anderen Diebstähle sind längst nicht aufgeklärt. Da können wir bei unseren Ermittlungen nicht nachlassen.«

»Das is toll, wirklich. Hut ab.« Er zog einen imaginären Hut vom Kopf. Es wirkte erneut eigentümlich.

»Herr Basswerk, komme ich ungelegen? Sie scheinen sich unwohl zu fühlen.«

»Aber nein, Inspektorin, wie kommen S' denn auf so was? Fragen Sie mich alles, was Sie möchten.«

In dem Moment erklang das Glöckchen, und eine Kundin trat ein. Dietmar Basswerk hob abwehrend beide Hände. »Gnädigste, bitte! Wenn Sie in einer halben Stunde wiederkommen würden. Hier findet grad eine Besprechung statt. Bitte, trinken S' einen Kaffee, essen S' einen Kuchen. Dann bringen Sie mir die Rechnung, und ich übernehme.«

Die Kundin drehte sich auf dem Absatz um und verließ den Laden, ohne sich zu äußern, ob sie das Angebot annehmen würde. Kaum war sie draußen, hechtete der Juwelier hinter ihr her und verschloss die Tür.

»So, Inspektorin, ab sofort stört keiner mehr. Was gibt es denn noch? Von meiner Seite aus is alles vorbei, ich will nicht mehr daran denken.« Er tupfte sich wieder die Stirn ab. »Das Leben geht halt weiter.«

»Ich komme direkt auf Ihre Aussage zurück, Herr Basswerk.« Agnes verschränkte die Arme. »Wenn bei mir jemand um drei Uhr früh klingelt und mich bittet, nach unten zu kommen, würde ich es nicht einfach tun. Selbst als Polizeibeamtin nicht.«

Jetzt knüllte er das Schweißtuch zwischen den Fingern. »Aus Schaden wird man klug, Frau Inspektor. Seit dem Überfall hab ich Alpträume. Wollen Sie mich verhaften, weil ich ein Depp bin?«

»Deshalb sicher nicht, Herr Basswerk. Sie leben allein?«

»Ja, seit Jahren schon, leider. Ich glaub ja, dass ich ausspioniert worden bin. Die wussten das. Hab ich der Polizei schon beim ersten Gespräch erklärt.«

»Genau davon gehen die Beamten aus, Herr Basswerk. Anders wäre es unlogisch, ehrlich gesagt. Denn auf gut Glück können sich Diebesbanden nicht verlassen.«

Mit einer raschen Geste nahm er die Brille von der Nase und begann sie mit dem Schweißtuch zu putzen, was die Gläser jedoch mehr verschmierte. Am Ende ließ er die Sehhilfe in seinem Jackett verschwinden. »Glück im Unglück überhaupt, weil nichts zerstört worden is. Ich hab gelesen, dass bei einem anderen Überfall in Deutschland die Diebe mit einem schweren Auto in die Scheibe hineingefahren sind. Das wär erst eine Katastrophe. So hab ich nur drei Tage schließen müssen.«

»Um deutsche Verbrechen kümmern sich die dortigen Beamten.«

»Sicher, sicher, Frau Inspektorin.«

»Die Versicherung wird für Ihren Verlust aufkommen, nicht wahr?«

»Wenn das Verfahren endlich abgeschlossen is. Es zieht sich. Für einen Selbstständigen wie mich is das schwierig. Meine Zwischenhändler warten auf die Bezahlung. Ich muss meinen Uhrenbestand auffüllen, ohne vorher die Einnahmen aus dem Verkauf zu haben. Herrje, da wird's einem übel.«

»Wahrscheinlich setzen Ihnen auch die Schlagzeilen zu?«

Unvermutet lächelte er. »Das grad nicht. Weil mein Juwelierladen auch durch die weiteren Diebstähle immer wieder neu in den Medien genannt wird, hat sich meine Kundschaft sogar mehr als verdoppelt.«

»Erstaunlich.«

»Es passt in unsere Zeit, Frau Inspektorin. Manche wollen nur den Ort eines echten Verbrechens besuchen, aber einige sehen sich dabei auch den Schmuck an, und manche kaufen.«

Was das Verhalten von Schaulustigen anging, wunderte sich Agnes über nichts mehr. Sie holte ihr Handy aus der Jackentasche und öffnete die Notizfunktion. »Eine weitere Nachfrage, Herr Basswerk. Mir ist beim Durchlesen Ihrer zweiten Aussage, später am Revier, ein Satz im Protokoll aufgefallen. ›Wir haben nicht lang auf die Polizei gewartet.‹ Aber als die Beamten in der Nacht eingetroffen sind, waren Sie allein im Laden. Wer ist mit ›wir‹ gemeint? Wie Sie angegeben haben, leben Sie allein.«

Sein Lächeln verschwand, das Zittern seiner Hand kam zurück. »Das muss ein Schreibfehler sein.«

»Diese Aussage wurde aufgezeichnet, dann schriftlich verfasst, am Ende von Ihnen unterschrieben.«

»Dann hab ich mich versprochen. Ich stand immer noch

unter Schock.« Sein Blick ging nach unten rechts. Obwohl Agnes wusste, dass man nach neuesten Erkenntnissen Lügen nicht von den Augen ablesen konnte, hatte sie doch das starke Gefühl, dass sich Dietmar Basswerk bei dem Thema unwohler fühlte als ohnehin schon. »Ich war an dem Morgen allein unten.«

»Keine Frau oder Freundin? Oder einen Freund?«

»Geschieden. Zweimal. Trotzdem glaub ich an die Liebe.«

»Das klingt, als wären Sie doch wieder liiert?«

»Nein, nichts dergleichen. Schon länger nicht. Ich bin in Therapie.« Mit einem erschrockenen Ausdruck sah der Juwelier Agnes wieder an. »Also nein, ich meine, ich war. Aber ich wollte nicht … Eigentlich geht das niemanden etwas an.« Er biss sich auf die Lippen.

Für Agnes ein willkommener Versprecher des Mannes. »Therapie? Wegen Depressionen?«

»Muss ich das sagen?«

»Müssen nicht.«

»Nur so viel, Frau Inspektorin. Ich hatte einen Psychologen. Inzwischen fahre ich unregelmäßig nach Wien. Gehe dort hin und wieder in eine Selbsthilfegruppe. Auf Anraten einer lieben Freundin. Deren Namen ich nicht nennen möchte, Sie brauchen erst gar nicht zu fragen.«

Die Angabe ließ Agnes aufhorchen. »Haben Sie mit Spielsucht zu kämpfen? Oder Probleme mit Alkohol oder Drogen?«

»Um Himmels willen, sind Sie hartnäckig.« Er verdrehte die Augen, als würde er gleich ohnmächtig werden. »Ich bin in einer Gruppe mit Menschen, die Probleme mit dem Loslassen haben. Loslassen in Liebesdingen.«

»Beziehungssüchtig, das meinen Sie, oder?«

»Bitte, behandeln Sie das vertraulich.« Er sah an Agnes vorbei nach draußen. »Schon wieder Kundschaft. Es tut mir leid, aber länger kann ich nicht geschlossen lassen.«

»In Ordnung, Herr Basswerk.« Agnes nickte ihm zu. »Würden Sie mir, ebenfalls vertraulich, mitteilen, wo Sie die Selbsthilfegruppe besuchen?«

»Das möchte ich nicht. Muss ich auch nicht. Bitte verstehen Sie das.«

»Ja und nein. Denn Sie wissen doch, dass es seit dem letzten Überfall der Serie zusätzlich um ein Tötungsdelikt geht.«
Agnes hätte schwören können, dass seine Gesichtsfarbe von bleich zu superbleich wechselte.

»Tötung …?«

»Es war in allen Nachrichten. Einer der Räuber wurde erschossen.«

»Damit hab ich nichts zu tun.« Er spuckte beim Reden. »Nichts.«

»Also, Herr Basswerk.« Sie startete einen weiteren Versuch. »Ich nenne Ihnen eine Adresse in Wien, und Sie nicken oder schütteln den Kopf.«

»Na gut. In Ordnung.«

»Stumpergasse.«

»Woher …?« Er nickte nicht, aber das war auch nicht mehr nötig. »Egal. Bitte behandeln Sie das diskret. Es hat seinen Grund, warum ich bis Wien fahre, um mir Hilfe zu holen. Die Leute tratschen gern und oft bös.«

»Mein Wort darauf, Herr Basswerk. Gleich sind Sie erlöst.«
Agnes entschied sich für einen weiteren Testballon. »Kennen Sie einen Manfred? Ein Mann von hier. Höchstwahrscheinlich aus Kufstein. Halbglatze, buschige Augenbrauen. Spitzname Radi?«

Jetzt schien Dietmar Basswerk ehrliche Verwunderung zu zeigen. »Was soll mit dem sein?«

»Kennen Sie so jemanden?«

»Nein. Nie von einem Radi gehört.«

»Ganz zum Schluss: Könnten Sie mir zuflüstern, ob es nicht doch eine neue Liebe in Ihrem Leben gibt?«

»Sie lassen nicht locker, oder?« Er seufzte. »Es gab eine. Vergangenheitsform.«

»Oje.«

»Ja, oje. Es is wieder schiefgegangen. Egal, was ich tu. Immer überrollt es mich. Meine Herzensmenschen sind meine Untergänge.« Mit einem Kopfschütteln wandte er sich ab. »Nur die Freundschaft is geblieben. Immerhin. Aber ich nenne keine Namen. Werde nicht einmal nicken.«

»In Ordnung. Fürs Erste war es das.«

»Sie kommen wieder?«

»Durchaus möglich. Deshalb auf Wiedersehen, Herr Basswerk.«

»Hoffentlich ein Adieu, Frau Kirschnagel. Ich begleite Sie hinaus.« Bevor er losging, schob er den Krawattenknoten an den Kragen und richtete sein Hemd. Nun war dem Juwelier die Erleichterung deutlich anzumerken.

»Allerletzte Frage«, setzte Agnes noch einmal an.

Der Juwelier rieb sich die Stirn. »Versprochen?«

»Für heute, ja. Wo haben Sie denn Ihre letzte Liebe kennengelernt? In der Stumpergasse?«

Zu Agnes' Überraschung lachte Dietmar Basswerk unerwartet auf. »Nein, natürlich nicht. Sondern auf einer Kreuzfahrt.«

»Weit weg?«

»Aber nein, in Österreich is es doch am schönsten. Adieu endgültig.«

Er öffnete die Tür und komplimentierte Agnes förmlich hinaus.

Unter dem Bimmeln des Glöckchens trat Agnes zurück auf den Gehweg und in den Sonnenschein. Nachdenklich überquerte sie die Straße, blieb an einem Brunnen stehen und sah zur Festung hoch.

Bei ihrer Rückkehr an den Schreibtisch würde sie sich direkt dieses Haus in der Stumpergasse näher vornehmen. Die Wiener Kollegen konnten dort vorbeischauen. Wobei sie es beim kommenden Hauptstadtbesuch lieber selbst in die Hand nehmen würde.

Denn etwas arbeitete in ihr, wenn sie an das Gespräch mit Dietmar Basswerk dachte. Dass er sich bei dem »Wir« vertan hatte, glaubte sie nicht. Dazu kam, dass er vorhin zwar betont hatte, dass er in der Nacht allein unten gewesen war, aber nicht erwähnt hatte, wer vielleicht oben in seiner Wohnung bei ihm gewesen sein mochte.

Ob die neue Liebe vor oder nach dem Überfall zerbrochen war, hätte Agnes ebenfalls brennend interessiert.

13

»Rudolfo, was schmollst du denn immer weiter?« Mitzi lief ihrem Freund hinterher. »Rede mit mir, du Sturschädel.«

Sie durchquerten den Speisesaal. Noch war keiner der Gäste anwesend, sondern nur das Servicepersonal, das das Salatbüfett auf dem langen Tisch in der Mitte nach und nach aufbaute. Zwei junge Männer ließen sich überhaupt nicht stören. Die junge Frau zwischen ihnen, die eben zwei Platten mit Rohkost platzierte, hob ihren Kopf und beobachtete, wie Mitzi mehr und mehr die Fassung verlor. Alle drei trugen, wie auch Rudolfo, schwarze Hosen und weiße Kurzarmhemden, darüber dunkelrote Gilets.

»Ich will dir alles erklären, und du rauschst ab.« Mitzi wurde lauter. »Du bist mehr wie die heikle Prinzessin im Drosselbart-Märchen als wie der Prinz. Und jetzt halt an, verdammt.«

»Mitzi, bitte, brüll nicht so herum. Ich bin nicht zum Vergnügen an Bord.« Er blieb abrupt stehen.

Sie rannte in seinen Rücken hinein, redete aber einfach weiter. »Ich bin auf dem Schiff, weil ich mit dir zusammen sein will, wann immer es geht. Du hast mich grad abblitzen lassen.«

»Ich dich? Du hast vorhin einen fremden Mann geküsst.« Er warf der Kollegin vom Servicepersonal einen bösen Blick zu. Die senkte den Kopf und zupfte das Tuch der Dekoration zurecht. »Ich muss das erst verdauen.«

Als er seinen Spurt Richtung Küche fortsetzen wollte, hielt ihn Mitzi am Ärmel des weißen Hemdes fest. »Wir haben ein paar Tage, Drosselbart. Die nicht einmal ganz. Du weißt, wie sehr ich dich mag. Wie sehr ich mich auf den Urlaub gefreut hab. Warum, zum Teufel, sollte ich mit einem anderen busseln? Noch dazu mit so einem Lackaffen. Er hat seine Lippen auf meine gepresst, ohne dass ich es wollte. Das is es gewesen, nicht mehr. Wenn du dich nicht auf der Stelle mit mir versöhnst, muss ich weinen. Aber so richtig. Mir is egal, ob das alle mitkriegen.«

»Mitzi, hör auf.«

»Ich hab noch gar nicht angefangen, Rudolfo.«

»Können wir das nicht später bereden?«

»Die Details schon. Aber das große Ganze will ich vor dem nächsten Vier-Gänge-Menü klären, sonst kann ich nichts essen, obwohl ich schon wieder Hunger hab. Die Donauluft regt meinen Appetit an. Dazu das Schlimme, was vorhin geschehen is. Also wäre es schade um das tolle Büfett, das ihr gerade aufbaut.«

»Ach, Mitzi!« Rudolfo drehte sich endlich um. Er versuchte, nicht zu lächeln, obwohl es ihm sichtlich schwerfiel. Seine Kollegin am Büfett und nun auch die beiden Männer hatten alle ein Grinsen im Gesicht. »Auf dich böse zu sein is Schwerstarbeit. Was willst du?«

Nach einem Seufzen senkte sie die Lautstärke. »Dass du mir verzeihst, auch wenn es nichts zu verzeihen gibt. Dass du mich weiterhin magst, wie schon die ganze Zeit über. Abgesehen davon, es hat fast ein Unglück gegeben. Zumindest könnte es ein Verbrechen sein.«

»Ein was?«

»Ich erzähl es dir unter vier Augen.«

»Mitzi! Ich muss arbeiten.«

»Dann sag mir wenigstens, dass du weißt, ich mag nur dich.«

»Ihr hört euch an, als würdet ihr gerade ein Shakespeare-Stück spielen. ›Sommernachtstraum‹: Hermia ist hinter Lysander her.« Die junge Frau klatschte. »Süß!«

Mitzi erinnerte sich, dass Rudolfo sie ihr vorgestellt hatte. Nesrin hieß sie, stammte aus Ankara und studierte Literatur. Mit dem Küchen- und Servicejob auf dem Flussschiff verdiente sie Geld für ihr Studium dazu. »Siehst du, die Nesrin findet uns süß und literarisch.«

»Vor allem aber, weil du tropfst, Mitzi.« Nesrin brach in lautes Gelächter aus.

Mit einem Blick an sich hinunter stellte Mitzi fest, dass die junge Frau mit den schwarzen Locken recht hatte. Vorhin hatte Mitzi ihre Kleidung einfach über die nasse Unterwäsche gezogen. Dass ihr das Wasser in dünnen Rinnsalen aus den Shorts floss, hatte sie überhaupt nicht registriert.

Die ganze Situation brachte nun auch Rudolfo zum Losprusten. »Alles wieder gut. Jetzt sag: Was für ein Unglück oder Verbrechen denn?«

Nesrin unterbrach ihn mit einem Zischen. »Achtung, der Kapitän naht.«

»Mist!« Rudolfo schob Mitzi Richtung hinterem Teil des Schiffes, dort, wo nicht nur die Küche war, sondern auch die Crew ihre Unterkünfte hatte. »Nimm die Tür rechts. In den Gang, die paar Stufen hinunter. Weiter bis zu meiner Bleibe. Mitzi, schnell. Die fünfte Kajüte links. Warte dort. Ich geb dir Bescheid, wenn die Luft rein is und du zurück in deine Kabine kannst. Sonst krieg ich noch Schwierigkeiten.«

Das Letzte, was Mitzi wollte, waren Probleme für Rudolfo. Trotzdem musste sie mit Kapitän Brown schnellstmöglich reden, ihn über den Vorfall am Whirlpool informieren. Auch hierbei lag es an ihm, die Sache zu verfolgen, nach einer möglichen Kugel zu suchen und final zu entscheiden, ob es nicht doch Zeit war, die Polizei zu informieren, wie Frau Klaudia bereits anfangs vorgeschlagen hatte. Doch sich Kapitän Brown tropfend und aufgewühlt zu zeigen war keine gute Idee. Ohnehin würde sich Mitzi wieder lieber der Co-Kapitänin offenbaren. Deren leichte Ähnlichkeit mit Agnes machte sie für Mitzi zu einer Vertrauensperson.

Apropos Agnes: Was würde ihre beste Freundin unternehmen, wenn sie davon erfuhr?

»Mitzi, lauf.« Rudolfo gab ihr einen Schubs.

Sie sprintete los. Einer der beiden jungen Männer hielt ihr sogar die Tür auf. »Danke!«, hauchte sie und verschwand im Gang.

Zuerst konnte sie überhaupt nichts sehen, weil es viel dunkler als im Speisesaal war. Sie stoppte, um nicht die Treppen hinunterzustürzen, und tastete sich an der Wand entlang. Ihre Finger berührten einen Lichtschalter. An der Decke ging ein Strahler an.

Mitzi war zum ersten Mal im Mannschaftsquartier. Bisher war Rudolfo jedes Mal zu ihr in die Kabine gekommen.

Im Personaltrakt war es schmuckloser als in den eleganten Schiffsräumen der Passagiere. Die Wände und Türen waren in schlichtem Weiß gehalten, keine Verzierungen, keine Goldapplikationen, kein Teppich und schon gar kein Marmorboden. Sie trippelte die Stufen nach unten, zählte sich durch bis zur fünften Tür und drückte die Klinke. Rudolfos Kajüte war nicht verschlossen.

Auch seine Unterbringung unterschied sich von ihrer. Eine einfache Lampe an der Decke, die eher ein trostloses Licht als eine schöne Beleuchtung ausstrahlte. Den Raum selbst hätte Mitzi als Kämmerchen bezeichnet. Ein Schrank, ein schmales Bett, ein Schreibtisch an der Flussseite. Darüber ein schmales Fenster, das sich nicht öffnen ließ. Der Blick nach draußen reichte nicht bis zur Landschaft am Ufer, sondern zeigte bloß ein Stück Donauwasser. Nicht einmal einen Fernseher gab es.

Unvermutet brach sie doch in Tränen aus. Nicht weil sie glaubte, dass Rudolfo ihr den ungewollten Kuss mit Dustin nicht verzeihen würde, sondern weil sie sich vorhin kindisch und ungerecht verhalten hatte. Sie würde es wiedergutmachen.

Mitzi beschloss, ihm schon einmal vornweg eine liebevolle Nachricht zu hinterlassen. Am besten auf seinem Kopfkissen. Wenn er von seinem Dienst zurückkam, würde er sich sicher über eine solche Liebesbotschaft freuen.

Der Schreibtisch war leer. Weder Papier noch Stift lagen darauf, nur eine Packung Taschentücher. Mitzi öffnete den Schrank. Dort hingen Rudolfos Kleider, unten standen seine Wanderschuhe, die er immer privat trug, ob er nun in den Bergen war oder nicht.

Zu ihrer Überraschung entdeckte sie dort auch seine Lederhose, in der sie ihn kennengelernt hatte. Vielleicht hatte er sie doch eingepackt, weil er plante, am vorletzten Abend am Klavier neben den Standardstücken auch ein paar Volkslieder zum Mitschunkeln zu spielen. Zu der Musik würde das Kleidungsstück passen. Wenn das Schiff die Wachau erreichte, wollte der Küchenchef dazu Marillenknödel als Dessert servieren, hatte Rudolfo ihr im Vorfeld verraten.

Sie setzte ihre Suche fort. In den Schubladen seitlich waren Rudolfos Unterwäsche, Socken und ein paar T-Shirts für die freie Zeit eingeordnet. Zuunterst gab es noch eine längliche und schmale Lade, die letzte Ablage, in der Mitzi Stift und Papier vermutete.

Das Springmesser war jedoch der einzige Gegenstand, der sich dort befand.

Mitzi zuckte zurück, als hätte sie eine giftige Schlange aufgespürt, die sie gleich beißen konnte. Sie kannte eine solche Art Messer von Bildern her, hatte aber noch keines in natura gesehen.

Es war ausgeklappt und hatte einen dunkelroten Griff mit silbernem Abschluss. Dahinein war in Schwarz eine Schlange eingeritzt, in der Form ähnlich Rudolfos Lindwurm-Tattoo. Das Messer wirkte durch und durch edel. Die Klinge hingegen glänzte gefährlich unter dem Licht, das von der Lampe in den Schrank fiel. Sie hatte eine Länge von schätzungsweise zehn Zentimetern.

Mit vielem hätte Mitzi bei Rudolfo gerechnet, aber niemals mit einer Waffe. Zwar kein Revolver wie in Peppos Kabine, aber genauso tödlich, wenn man es darauf anlegte, jemanden damit zu attackieren.

»Was?« Ihre Lippen formten die Frage. Ihr Hirn vollendete sie. Was wollte Rudolfo mit einem Springmesser? Wozu brauchte er es?

Dies zog weitere Fragezeichen nach sich. Fühlte sich Rudolfo bedroht? Hatte er Angst? Was verbarg er vor Mitzi?

Oder tat sie ihm hierbei unrecht, und das Springmesser gehörte ihm nicht? War einfach in der untersten Lade deponiert und vergessen worden vom vorherigen Bewohner? Durchaus möglich.

Allerdings lag es genauso im Bereich des Wahrscheinlichen, dass das Messer ihrem Liebsten gehörte. Er vielleicht nicht der freundliche und friedfertige Kerl war, in den sie sich verliebt hatte. Bei ihrer bisherigen Männerauswahl jedenfalls nicht von der Hand zu weisen.

Frag ihn.

Agnes in Mitzis Kopf hatte sofort die klarste Ansage parat. Wie sehr Mitzi die Freundin vermisste! Gerade in ihrer Funktion als Inspektorin hätte sie Agnes dringend an Bord gebraucht.

Konfrontier ihn. Los!

Doch Mitzis Verhaltensmuster waren nicht dafür gemacht, direkte Wege einzuschlagen. Neben einer erneuten Gänsehaut ploppten in ihren Gedankengängen schon ein paar Phantasien auf, wie Rudolfo ihr das Messer in der Hand vorführte, vornübergeneigt, bereit für einen Angriff. Sie schob sie nach hinten, aber konnte sie nicht mehr löschen.

Schritte draußen ließen sie einen leisen Schrei ausstoßen.

Sie schob die Schublade zu, schloss den Schrank, drehte sich und sprang mit einem Hechtsprung aufs Bett. Dabei stieß sie sich den Ellbogen an und biss sich auf die Zunge. Zweimal Schmerzen, bei denen sie gern aufgejault hätte, es sich aber verkniff.

Die Tür ging auf, Rudolfo trat ein. »Mitzi! Die Luft is rein. Erzähl mir kurz, was passiert is, dann lauf rasch in deine Kabine, bevor die ersten Gäste im Speisesaal auftauchen.«

»Bin schon weg.« Sie rollte sich vom Bett, hinterließ dabei nasse Flecken auf der Decke. »Und alles schildern kann ich später. So wichtig is es nicht.«

Mitzi versuchte sich mit gesenktem Kopf an Rudolfo vorbeizuquetschen, damit er ihr nicht in die Augen schauen und dort ihren Schrecken erkennen konnte.

Im Vorbeihuschen drückte er ihr einen Kuss auf die Wange. »Mach dir bitte keine Gedanken mehr, Spatzl. Es is alles wieder gut zwischen uns.«

Mitzi spürte einen Kloß im Hals. Nix war gut, ab sofort würde sie ihrem Drosselbart nicht mehr trauen können.

14

Das nächste Gefühl vergaß Agnes nie.

Genau in dem Augenblick, als sie am Buch-Café im Lippott-Haus vorbeiging, dem Ort, an dem sie schon oft mit Mitzi Kaffee getrunken und Kuchen gegessen hatte, packte sie eine undefinierbare Furcht. Sie spürte einen Druck in ihrem Bauch, als ob sie dringend auf Toilette müsste.

Direkt vor der gläsernen Eingangstür blieb sie stehen und legte eine Hand auf ihre Leibesmitte. Mit der anderen stützte sie sich an einem Aufsteller ab, der als Tagesgericht Kaspressknödel in der Suppe oder mit Salat ankündigte.

Mitzi, dachte Agnes in dem Moment, Mitzi, Mitzi, Mitzi ...

Nur den Namen der Freundin, sonst nichts.

Das Gesicht tauchte vor Agnes auf, die blonden, kurzen Haare, die meist verstrubbelt waren, die grünen Augen, die in letzter Zeit zum Glück ihren traurigen Ausdruck verloren hatten. Dazu Mitzis Lächeln, ihr Mund, der sich in zwei Stufen nach oben zog. Erst wurden die Lippen schmal, und die Mundwinkel hoben sich, dann entstanden leichte Grübchen an den Wangen, die das Lächeln über ihre Augen bis zur Stirn schoben, an der sich ebenfalls eine Lachfalte zeigte.

Das nächste Einatmen fiel Agnes schwer, als würde eine Last auf ihrer Brust liegen. Ihre Hand wanderte vom Bauch zu ihrem Herzen.

Mitzi, Mitzi, Mitzi, tönte es in ihren Ohren. Dreimal, als würde eine Beschwörungsformel vorgelesen werden.

Dann war der Spuk vorbei.

Als wäre nichts geschehen, war das Bauchgefühl verschwunden, der nächste Atemzug leicht und die Enge in der Brust aufgelöst. Die Sonne kitzelte Agnes in der Nase, sie musste niesen.

»G'sundheit!«, rief ihr einer der Passanten in der Fußgängerzone zu.

»Dankschön.«

Als Nächstes griff sich Agnes ihr Handy und sah sich alle Bilder und Textnachrichten von Mitzi an, die sie seit dem Beginn der Donaureise von ihr erhalten hatte. Wenn sie von dem Anruf auf der Mailbox am Tag, als Mitzi an Bord ging, absah, gab es nichts Auffälliges.

Schließlich drückte sie auf den grünen Knopf. Es klingelte. Einmal, zweimal, dreimal ... bis die Mailbox ansprang.

Dass Mitzi sich jetzt, mit neuem Freund und auf einer Urlaubsreise, nicht auf Knopfdruck meldete, verwunderte Agnes nicht. Mitzi war dabei, sich zu emanzipieren, die Welt mehr und mehr mit Sinnen wahrzunehmen, die nicht von ihren kindlichen Schuldgefühlen geprägt waren. Dazu gehörte, dass sie Agnes auch einmal beiseiteließ, ja ein Stück weit erwachsener geworden war.

Trotzdem war da eben dieses Bauchgefühl gewesen.

»Alte Gewohnheiten sind wie alte Schuhe«, hatte Agnes' Vater einmal gesagt. »Man zieht sie an, weil sie bequemer sind, und vergisst, dass die Sohle bereits ein Loch hat.«

Agnes beendete den Anruf, ohne eine Sprachnachricht zu hinterlassen. Es war richtig, dass Mitzi in neuen Schuhen unterwegs war. Stattdessen fotografierte Agnes ihrerseits den Aufsteller mit dem Tagesgericht. »Das kochen wir demnächst miteinander, Mitzi«, schrieb sie darunter. »Nur wir zwei bei einem Mädelsabend. Was meinst?«

Sie sendete Foto und Text und wartete eine Weile. Nichts kam zurück. Dann klingelte es. Revierinspektor Sepp Renner versuchte sie zu erreichen. Darüber vergaß Agnes vorerst die Vorahnung.

Nicht eine einzige Sekunde kam ihr der Satz mit dem Wort »wunderlich« in den Sinn, den sie beim letzten Frühstück vor Mitzis Aufbruch von sich gegeben hatte.

15

Genau dieser Satz allerdings hinderte Mitzi daran, Agnes zurückzurufen.

Die MS »Nene« hatte die Puszta, die Pannonische Tiefebene, durchfahren, wie Florian den Gästen über Lautsprecher erklärt hatte. Die Aussicht auf die flache Steppenlandschaft hatte Mitzi von ihrem Zimmer aus zu genießen versucht, dem Schuss und dem Springmesser zum Trotz.

Fast war es ihr gelungen.

Dreimal hatte sie das Handy zwischen den Fingern gehabt, dreimal hatte sie das Mobilteil wieder neben sich gelegt. Warum sie zögerte, obwohl sie das dringende Bedürfnis hatte, ihrer besten Freundin alles zu schildern, und noch dazu Kaspressknödel liebte, hätte sie selbst nicht sagen können. Vielleicht lag es an der stetigen Vorwärtsbewegung, die Mitzi in ihren Bann zog und die Welt am Ufer verblassen ließ.

Sie hatte das Gefühl, dass Agnes mit der Wiederaufnahme ihrer Arbeit und der Familie ausgelastet war und Mitzi mit der damaligen Bemerkung signalisieren wollte, sich zurückzuhalten.

»Ich komme erst mal allein damit zurecht«, hatte Mitzi ihrem Spiegelbild schließlich mitgeteilt, während sie die nasse Unterwäsche zum Trocknen aufgehängt hatte. Spiegel-Mitzi hatte aufmunternd genickt.

Die aufregenden Ereignisse hatten Mitzi auch nicht den Appetit verdorben. Ihr Magen schien sich auszudehnen, sonst nahm sie höchstens zwei Mahlzeiten am Tag zu sich.

Dustin war nicht beim Essen aufgetaucht, dafür Peppo und Manfred. Gerry hatte einen Vortrag über eine Flussfahrt auf der Rhône gehalten, Gisa Fotos herumgezeigt. Danach hatte sich Mitzi wieder in ihre Kabine zurückgezogen, sich aufs Bett gelegt und war direkt eingenickt. Erst ein lautes Tuten von draußen hatte sie hochschrecken lassen. Ein wahrlich riesiges Kreuzfahrtschiff hatte den Weg der MS »Nene« gekreuzt.

Die Lust auf Koffein trieb sie zurück aufs Sonnendeck. Mitzi näherte sich Jule und Cleo. Die beiden ungleichen Frauen hatten es sich nebeneinander auf je einer Sonnenliege bequem gemacht. Schon in Budapest waren sie zusammen unterwegs gewesen. Mitzi tippte darauf, dass Jule einen Mama-Ersatz suchte.

Der Nachmittag war eingetrübt, aber die Temperatur warm. Die Luft hatte diesen Geruch, der den späten Frühling verabschiedete und den Sommer bereits willkommen hieß.

Mitzi nannte es die Glücksfarbenzeit.

Wenn sie sonst um diese Jahreszeit in Salzburg oder Tirol wandern ging, erfreute sie die üppige Blumenpracht auf den Almen. Glockenblumen, die weißen Blüten des Fettkrauts oder auch die Rosetten der Gemskresse. Dazu Enzian, den sie in den letzten Jahren immer seltener entdeckt hatte.

Die beiden auf den Liegen zu sehen erinnerte sie ebenfalls an erblühte Gewächse, denn Jule trug ein bunt getupftes Badekleid, und die üppige Cleo unterstrich ihre Kurven mit einem grasgrünen Kaftan mit roten Querstreifen. Die dunkle Sonnenbrille hatte die Schwimmbrille ersetzt und war riesig, verdeckte das halbe Gesicht. Der Sonnenhut war wie immer der gelbe, die Lippen glänzten unter einer Schicht Lipgloss. Mitzi mochte Gelb und auch Bunt im Allgemeinen, wie ihr gelbes Kleid bewies, aber man konnte es auch übertreiben.

Im Whirlpool saßen eng gedrängt sogar sieben Leute. Mitzi wendete den Blick rasch wieder ab. Der Schrecken kam ihr wie weit entfernt vor, als hätte sie den möglichen Schuss vor Jahren erlebt und in ihrem Gedächtnis als inszeniertes Schauspiel abgespeichert.

Doch das Springmesser, das sie in Rudolfos Kajüte entdeckt hatte, stand ihr glasklar vor Augen. Wie die Klinge geglitzert hatte. Eine Konfrontation mit Rudolfo stand noch aus. Mitzi wusste einfach nicht, wie beginnen, ohne erklären zu müssen, warum sie in seinen Sachen gewühlt hatte. Was, wenn das Messer gar nicht seines war, dann würde sie sich beschämt entschuldigen müssen. Nach dem ungewollten Kuss von Dustin der nächste Grund für einen Zwist. Viel schlimmer aber, wenn es ihm gehörte, dann, ja dann …

Weiter kam sie mit dem Denken nicht.

»Ah, unsere MörderMitzi!«, rief Jule.

Cleo schob sich die Sonnenbrille auf den Kopf. Sie stieß ein Ächzen aus, als wäre das Schwerstarbeit. Dann klopfte sie auf eine dritte, noch leere Liege. »Setz dich zu uns.«

»Nur, wenn mich keine von euch mehr MörderMitzi nennt.«

»Ich dachte, du magst diesen Namen.« Cleo nahm den Sonnenhut vom Kopf und fächelte sich Luft zu. »Keine Sonne, aber schwül. Wenigstens ist die Donau ruhig. Bei Wind und Wellengang würde ich mich in meine Kabine verkriechen.«

»Ich finde es herrlich windig.« Mitzi hatte gerade das Bedürfnis, allem und jedem zu widersprechen. Dazu musste sofort eine Klarstellung her. »Und ich wiederhole es, bitte nennt mich Mitzi. Basta!«

»Basta! Wie energisch du sein kannst, Mitzi.« Jule kicherte.

»Ich meine es ernst, Julchen.«

»Das haben wir schon bemerkt, Fräulein Mitzi.« Auch Cleo schmunzelte. »Oder ist dir das Fräulein ebenfalls zu viel?«

Mitzi überlegte, ob sie die beiden nicht einfach wortlos in ihren Liegestühlen zurücklassen und ganz nach vorn gehen sollte. Auf einem der Sitzkissen am Bug hätte sie ihre Ruhe.

»Sei kein zwiedernes Nockerl, Mitzi. Bleib bei uns. Ich verspreche dir, ich nenne dich nie wieder Mö… eben so.« Mit einer Hand auf dem Herzen sah Jule sie treuherzig an, was Mitzi versöhnlich stimmte.

Sie zog sich die Sandalen aus und nahm auf der dritten Liege Platz. Die Frauen hatten recht. Es war gemütlich. Ein Kellner kam, und Mitzi bestellte sich eine Melange. Wieder war es beruhigend schön, die Welt an sich vorüberziehen zu sehen.

Florian meldete sich über Lautsprecher. »Meine Herrschaften! Wir passieren die Burg Visegrád. Siebenhundert Jahre alt is diese Ruine, aber sogar teils noch intakt. Wenn von dort jemand zu uns rüberschaut, sieht er nicht nur die MS ›Nene‹, sondern über das Donauknie. Die ungarische Walachei.«

Mitzi legte ihre Hand an die Stirn. Die Burg auf dem schroffen und nur zum Teil bewaldeten Hügel ließ sie an Ritterturniere und Burgfräulein denken.

»Weiter geht es dann nach Esztergom, eine von Ungarns ältesten Städten. Dort haben die Herrscher des Landes lange Zeit residiert.«

Es knackte, und Flori verstummte.

»Schaut, am Ufer bewegt sich eine Pferdekutsche«, meldete sich Jule und kam aus dem Liegen hoch.

Auch Cleo stellte die Lehne höher. »Ja, stimmt. Schöne Art, sich fortzubewegen. Ich tippe auf eine Touristenattraktion. In Wien hab ich eine Kutschfahrt mitgemacht.«

Bei Mitzi überwog der Gedanke, dass es für die Pferde sicher nicht angenehm war, Touristen en masse herumzuziehen.

»Wir machen ein Spiel.« Jules Stimme wurde aufgeregt. »Jeder von uns erfindet eine böse Geschichte zu der Kutsche.«

»Warum denn böse, Julchen?«

»Geh, Mitzi. Das gibt mehr Nervenkitzel.«

»Ich bin dabei.« Cleo richtete sich vollends auf.

Mitzi schloss die Augen. »Lieber genieße ich den Wind und die frische Luft.«

»Wenn du ohnehin viele Krimis liest, dann magst du doch Mord und Totschlag.«

»Cleo: Ich lese viel und hin und wieder Krimis.« Mitzi bereute ihre Schwindelei immer mehr.

»Küss die Hand«, sagte jemand, und Mitzi öffnete die Augen wieder.

Dustin flanierte vorbei. Er hatte sich umgezogen, trug eine Leinenhose in Beige und ein Leinenhemd, das halb zugeknöpft war und den Blick auf eine trainierte Brust mit dunklen Haaren freigab. »Die Ladys sind ein viel schönerer Anblick als jedes alte Gemäuer.« Er wandte sich an Mitzi. »Auch dir einen herrlichen Tag, Mitzi.«

»Danke.«

»Alles wieder gut? Alles geklärt?« Er blinzelte verschwörerisch, was Mitzi nach seinem Kuss erneut als unangenehm empfand.

»Noch nicht. Aber es wird.«

»Bestens. Ich schick ein Bussi an Sie alle, meine Hübschen.« Cleo brach neben ihr in ein Gekicher aus, das Mitzi ihr niemals zugetraut hätte. »Danke, wie nett. Charmant, der Herr.«

»Wenn's wahr ist, ist es nicht nett, sondern eine Tatsache.« Er hob die Hand zum Gruß. »Wir sehen uns. Vielleicht bei einem Aperitif?«

»Aperol Spritz natürlich«, antwortete Cleo wie aus der Pistole geschossen. »Ich ziehe mich um und komme an die Bar.«

Dustin lächelte das schiefste Lächeln, das Mitzi je untergekommen war. »Verstanden.« Und schlenderte weiter.

Cleo stand auf, als hätte sie es plötzlich eilig, nickte den anderen beiden zu. »Ich ziehe mich zurück. Diese Schwüle macht mir Kopfweh.« Dann trippelte sie davon.

Mitzi sah ihr sprachlos nach, aber Jule erhob sich ebenfalls. »Was war das denn? Da braucht man sich keine gruseligen Geschichten mehr ausdenken. Die Cleo macht unseren Harry Styles an. Unverschämt und unpassend.«

»Eher umgekehrt.«

»Wurscht!« Jule rümpfte die Nase. »Ich brauche eine Abwechslung nach diesem Vorkommnis. Begleitest du mich in den Whirlpool?«

Mitzi stieß einen Schrei aus. »Auf keinen Fall.«

»Kein Grund zu schreien, Mitzi. Dann geh ich allein.«

Als auch Jule entschwunden war und Mitzi sich gerade wieder angelehnt hatte, räusperte sich hinter der Liege jemand. Mitzi wirbelte herum. Kapitän Brown stand wohl bereits länger hinter ihr. »Frau Schlager, alles in Ordnung?«

»Ja. Danke der Nachfrage.«

»Keine besonderen Vorkommnisse mehr?«

»Kapitän Brown, wo soll ich beginnen –«

»Das beruhigt mich.« Er ließ sie nicht ausreden. »Schönen Tag, schöne Aussicht, schöne Reise, Madame, und wenn Sie ein Problem haben, bitte, jederzeit melden.«

Mitzi wollte ihn am liebsten zurückhalten, ihn aufklären und direkt zum Pool schleifen, um ihm das Loch am Rand zu zeigen, doch Gisa und Gerry tauchten links und rechts neben Bruno Brown auf und starteten ihren nächsten Vortrag.

Mitzi spürte, dass sie feuchte Augen bekam. Die Sehnsucht nach einem Austausch übermannte sie so sehr, dass es ihr körperlich wehtat. Ein viertes Mal nahm sie ihr Handy, scrollte durch die Fotos und zwei Filmchen, die ihr Agnes von Konstanze geschickt hatte. Nicht nur die Nähe fehlte Mitzi, auch das Gefühl der Verbundenheit. Doch ein weiteres Mal hielt sie der von Agnes beim gemeinsamen Frühstück achtlos ausgesprochene Satz davon ab, zurückzurufen.

»Und unsere Freundschaft sollte nicht wunderlich werden«, sagte Mitzi laut Richtung Wasser. »Ich geh meinen eigenen Weg, wie gewünscht.«

Sie wollte nicht schmollen, aber tat es doch. Mit Wehmut stellte sie sich diesmal vor, wie Agnes mit ihren Ermahnungen losratterte.

Am Ufer lief gerade eine Pferdeherde entlang, diese Tiere waren frei, ohne an eine Kutsche gebunden zu sein. Ein wunderbarer Anblick.

16

Keine zwei Stunden später kniete er nackt auf dem Bett, den Blick Richtung Fluss und Landschaft.

Doch Dustin war noch nicht ganz bereit. Er bemühte seine Phantasie, um auf Touren zu kommen. Die Blondine mit dem großen Busen, die gefiel ihm. Auch die jüngere Rothaarige mochte er. Einem Dreier mit den beiden wäre er nicht abgeneigt gewesen. Wobei er auch den Pianisten mit dem Spitzbart klasse fand. Der Gedanke, sie alle drei in diesem Bett zu haben, brachte immerhin ein wenig Erregung in das Spiel.

Eigentlich fühlte er sich müde und erschöpft. Der Tod von Robert hatte ihm in Wahrheit ein wenig mehr zugesetzt, überlegte er. Seit Dustin vorhin die Kabine betreten und den Oberboss wartend vorgefunden hatte, drängte sich das Bild des angeschossenen Burschi in den Vordergrund.

Der Oberboss, obwohl nur mit einem der Gästehandtücher bekleidet, ließ Dustin an die graue Aufmachung am Tatort denken. Dazu die echte Pistole. Das Sirren der Schüsse.

»Es hat gesirrt«, etwas in der Art hatte heute auch diese Blondine, diese Mitzi gesagt. Dazu das Blut an ihrem Ohr und das Loch am Rand vom Whirlpool.

Hatte der Oberboss erneut zur Waffe gegriffen? Wenn ja, warum sollte die unbeteiligte, naive Mitzi ein Ziel geworden sein?

»Warst du heute an Deck?«, fragte Dustin jetzt.

»Nein.«

»Sicher nicht?«

»Nein.«

»Die Waffe, mit der du den Robert …« Dustin wollte es nicht aussprechen. »Na, du weißt schon.«

»Was soll damit sein, Estragon?«

Mit dem Namen, den er sich bei den Überfällen gab, angesprochen zu werden passte nicht zu dem Ort. Hier war er Dustin. »Die hast du doch entsorgt?«

»Hab ich.«

Eine ungewohnte Erleichterung machte sich in Dustins Herz breit. Noch ein Todesopfer war selbst für ihn zu viel. Der Oberboss nahm das Handtuch von den Hüften und stieg auf das Bett. »Wer sagt denn, dass ich nur dieses eine wunderbare Schießeisen besitze.«

Nach der Aussage war es mit Dustins Erregung fast gänzlich vorbei. Auch mochte er das Wippen der Matratze nicht, als der Oberboss ihn umrundete. »Kann ich aufstehen?«

»Wage es nicht!« Der Oberboss hatte die Befehlsstimme aufgesetzt und kam dadurch höchstwahrscheinlich in Fahrt. Wenn sich nicht bald das richtige Spielchen entwickelte, würde es wohl nichts mehr mit ihnen werden. Es wäre das erste Mal, dass Dustin es nicht zu Ende bringen würde.

Seine Dad-Stimme begann tief und sonor »In the Ghetto« zu intonieren, was Dustins Laune noch mehr herunterfuhr. »Daddy, Schnauze.«

»Was hast du gesagt, Estragon?«

»Die Uhren sind gut verpackt. Du kannst alles direkt mitnehmen.«

Unerwartet mischte sich in Dads Elvis-Interpretation ein zweiter Sänger ein. Der tote Robert. Er und Dustins Vater sangen im Duett. Robert klang dabei wie Frank Sinatra. Eine Liebesschnulze, die Dustin allerdings in eine leichte Panik versetzte. »Mach zu. Oder wir lassen es.«

Hinter ihm entstand ein Luftzug, als würde etwas herumgewirbelt. Dustin begann den Kopf zu bewegen. Es knirschte ordentlich in seinem unteren Rücken. Die kniende Stellung wurde immer unbequemer.

»Rühr dich nicht von der Stelle, verstehst?« Der Oberboss klatschte mehrfach auf Dustins Hinterteil.

Auch das half nicht, wie Dustin feststellte. »Komm, wir machen es nullachtfünfzehn, okay?«

»Halt das Maul! Halt das Maul, Estragon!« Der Oberboss wurde in der Lautstärke höher und schriller, was in Dustins Ohren schmerzte. Er sah wieder nach draußen.

Das Schiff fuhr an einem Campingplatz vorbei, eine Horde Kinder stand winkend am Ufer. Gedämpft klang Gejohle von dort bis in die Kabine, obwohl das Fenster geschlossen war. Dustin hätte es gern geöffnet, eine frische Brise hereingelassen. Er schwitzte, obwohl er keinen Fetzen Stoff am Leib hatte.

In Zeitlupe drehte er seinen Kopf nun doch ein winziges Stück zur Seite, und sein Blick fiel auf die blau-gelbe Papiertüte neben dem Bett, die er sich in der Küche geholt hatte. Darin wurde den Gästen Brunch mitgegeben, wenn ein Ausflug länger dauerte. Als ob einer der vollgestopften Flussschifffanatiker verhungern würde, wenn er bei mehr als drei Stunden kein Fresspaket dabeihatte.

In diesem speziellen Sackerl waren hingegen wertvollere Dinge als Buttersemmerln und Kuchenstücke in Stanniolpapier eingewickelt.

Wieder war Dustin der Einzige der Bande, der wusste, dass die Luxusuhren im Wert von mehreren hunderttausend Euro ihren weiteren Weg erst in Melk antraten. Peppo und Manfred glaubten immer noch, dass die Beute im Beutel mit dem doppelten Boden verblieben und bereits in Budapest von Dustin in ein Depot verfrachtet worden war.

Gott, wie blöd waren diese Männer.

Nun, deshalb hatte er sie ja angesprochen und unter all den Verlorenen in den Selbsthilfegruppen auserkoren. Liebeskrank und/oder spielsüchtig, am besten beides, und obendrein verschuldet. Perfekte Auswahlkriterien. Idioten allesamt.

Berauschend, mit dem Oberboss gemeinsame Sache zu machen. Nicht nur im Bett. Der Gedanke wirkte endlich wie ein Aphrodisiakum.

Wobei der Robert dabei draufgegangen war. Seine Tochter würde ihren Papa nie mehr wiedersehen. Das war schon schlimm.

Anfangs, nachdem Dustin dem Oberboss von Roberts Vorhaben, sich zu stellen, berichtet hatte, hatte er es noch als okay empfunden, dem Verräter das Maul zu stopfen. Allein aus Selbsterhalt musste Robert ausgeschaltet werden. Am Ende wären sie alle aufgeflogen, egal, wie sehr Robert geschworen hatte, er würde keinen verpfeifen, aber er müsse seinem Gewissen folgen.

Wie hatte es danach der Oberboss formuliert: Ein kleines Leck genügte, und ein Boot begann vollzulaufen und unterzugehen – schöner Vergleich. Im richtigen Licht betrachtet, hatte Robert sein Ableben selbst verschuldet. Oder?

Dustin riss sich von diesen Überlegungen los, die seine Lust wieder sinken ließen.

Apropos Licht, ein Sonnenstrahl fiel durch das Fenster auf genau das gelb-blaue Sackerl. Darin die Uhren, die, zu Geld gemacht, Dustin schließlich seine Wünsche erfüllen würden. Ein Leben ohne Sorgen, Gspusis ohne Ende, eine Zweitwohnung in Köln, eine Reise nach Texas, auf Dads Spuren. Vielleicht würde er nach diesem Coup aussteigen. Der Oberboss sollte mit den anderen Deppen weitermachen.

Oje, oje, ojemine – kam jetzt ein völlig ungewohnter Sprechgesang aus einer hinteren Ecke seines Hirns. Ein melodisches Flüstern: Schau, was aus dem Robert geworden ist, als er aussteigen wollte, Dustin. Und jetzt du?

Plötzlich wollte Dustin nicht mehr. Überhaupt nichts mehr. Er versuchte ein Bein anzuheben, um sich vom Bett zu schwingen. Doch es war durch das Verharren in der ungemütlichen Stellung taub geworden und gefühllos, gehorchte ihm nicht.

»Hab ich nicht gesagt, du sollst eine Ruh geben, du Wanzen.« Der Oberboss zischte. Das war neu. Beschimpfungen gehörten sonst nicht ins Liebesspielrepertoire. »Fetzenschädel, Volldilo, Beidl.«

»Lass das. Das bringt nichts mehr.«

Ein Lachen, das sich verächtlich anhörte. »Warum denn nicht? Vaterloser Depp!«

»Es reicht. Meine Füße sind eingeschlafen und was anderes längst auch. Von mir aus probieren wir es später noch einmal. Aber ich glaub, heut wird das nichts mehr. Überhaupt, ich …« Dustin stoppte sich selbst ab. Es war nicht der richtige Zeitpunkt, um über seinen Ausstieg aus allem zu reden.

Das Licht wurde unerwartet dunkler. Den Campingplatz hatte die MS »Nene« hinter sich gelassen. Wieder zeigten sich draußen am Ufer Wäldchen und Wiesen abwechselnd. Auf gleicher Höhe war ein Ruderboot auf dem Wasser zu sehen. Vier Männer, die sich abrackerten, aber keine Chance gegen das Schiff hatten. Die Wellen ließen das Bötchen schwanken.

»Ich kann dir final Abhilfe verschaffen, Dustin.«

Final, was für ein Ausdruck. Das erneute Flüstern in seinem Kopf war wie ein kalter Hauch.

Final hatte auch für Robert gegolten. Oder endgültig oder unwiederbringlich. Schöne Wörter, aber nicht wünschenswert.

Dustin spürte ein Zittern, obwohl ihm immer noch heiß war.

»Nicht wünschenswert«, sagte er laut und streckte den linken Fuß durch. Ein Gefühl, als ob eine Horde Ameisen unter seiner Haut krabbelte, setzte ein. »Es geht heut nicht, und du kannst nichts dagegen machen.«

Was als Nächstes geschah, kam für Dustin so überraschend, dass er im ersten Moment keinen Widerstand leistete. Ein Griff an die Kehle oder auch eine schnelle Seitenbewegung hätten ihm wahrscheinlich das Leben gerettet. Zumindest hätte er eine minimale Chance gehabt, sich zu wehren.

Aber stattdessen zögerte er. Auch, weil er es im ersten Moment für ein neues Liebesspiel hielt, dem dunklen Wispern nicht glauben wollte und überhaupt niemals damit rechnete, so jung und mit voller Haarpracht zu sterben.

Plötzlich war etwas an seinem Hals, um seinen Hals geschwungen. Er meinte, Frottee zu spüren, und tippte auf das Handtuch. Der Oberboss musste es zusammengerollt haben. Der Effekt war, dass ihm spontan die Luft abgeschnitten wurde. Erst ein Stechen, dann ein Brennen, dann kein Sauerstoff mehr.

Was?

Du stirbst.

Ein Murmeln aus dieser dunklen Gedankenecke, doch als Roberts Stimme zu erkennen. Kein Gesang, nur kaltes Raunen. In Wahrheit war dieses Ende von Anfang an klar. Glaubst du, der Oberboss lässt auch nur einen einzigen Mitwisser zu? Niemals.

Dustin öffnete seinen Mund, aber außer Gurgeln und Ächzen kam nichts mehr über seine Lippen. Doch, seine Zunge schob sich vor. Schien dicker zu werden, immer dicker, wie ein Wurm, der sich vollsaugte.

Woher hatte der Oberboss diese Kraft?

Um einen zu erdrosseln, braucht's nicht viel, setzte der tote Robert hinterher.

Dad! Daddy! Wo bist du? Hilfe!

Jemand lachte. In seinem Hirn oder außerhalb.

Das Schiff überholte nun das Ruderboot. Die vier Männer darin waren viel zu weit entfernt, um zu erkennen, was sich in einer Kabine bei geschlossenem Fenster ereignete.

Vier waren wir auch, dachte Dustin. Seine Arme waren nach vorn gestreckt. Er konnte sich nicht erinnern, wann er seinen Muskeln diesen Befehl gegeben hatte. Das eine Bein begann ebenfalls unkontrolliert zu zucken. Seine Lungen schrien nach Luft, sein Kehlkopf stand in Flammen.

Hilf mir!, flehte Dustin das Robert-Raunen an.

Das kann ich nicht. Aber ich bleibe an deiner Seite, versprochen.

Dann wurde es ein wenig schmerzhafter und ein wenig schlimmer – immerhin dauerte es nicht lang.

Das Letzte, was Dustin spürte, war eine ziemliche Regung im Unterleib. Zu spät, um damit noch etwas anzufangen.

III.
Einspänner Verhängnis

Zur Primetime im TV: Der dritte Fall in der Reihe »Die selt-
samen Verbrechen der Mitzi Schlager« – einschalten!

Dass die Mörder Mitzi jemals als Hauptverdächtige in einem
Mordfall gelten soll, hat sie sich in ihren schlimmsten Alpträu-
men nicht vorgestellt. Ein lieber Freund ist getötet worden, ihre
Fingerabdrücke sind auf der Tatwaffe. Das kann nicht sein!

Es kommt noch schlimmer. Als sie sich auf die Suche nach
dem wahren Täter begibt, geschehen noch zwei Kapitalverbre-
chen, und erneut gerät Mitzi unter Verdacht. Nur ihr Pflicht-
verteidiger und natürlich ihre beste Freundin, die Inspektorin
Agnes Kirschnagel, schenken ihr Glauben. Agnes, die eben
erfahren hat, dass sie schwanger ist, setzt alles daran, Mitzi zu
entlasten. Dabei gerät sie selbst in eine heikle und bedrohliche
Situation.

Mitzi indessen ist dem Bösen näher, als sie ahnt.

1

Nach allem, was Mitzi auf dieser Flussschifffahrt bereits untergekommen war, war es für sie nur natürlich, dass sie am nächsten Morgen nach dem Vielleicht-Schuss und der Springmesserentdeckung alles und jeden zu verdächtigen begann. Nachts hatte sie schlecht geschlafen. Zuerst hatte sie sich herumgewälzt und die Szene im Whirlpool immer wieder rekapituliert. Einmal mit dem Ergebnis, dass sie sich geirrt haben musste und das Loch bereits vor ihrer Ankunft auf dem Schiff in der Randverschalung gewesen war. Dann mit der sicheren Überzeugung, dass auf sie wirklich und wahrhaftig ein Schuss abgegeben worden war.

Wenn sie die letzte Annahme weiterspann, kam unweigerlich die Zusatzfrage nach dem Warum auf. Es konnte mit ihrer anfänglichen Sichtung der Waffe zu tun haben, was wiederum bedeutete, jemand wusste Bescheid. Neben Rudolfo kamen der Kapitän und die Co-Kapitänin in Frage, und auch bei Cleo und Jule hatte Mitzi Andeutungen gemacht. Doch aus welchem Grund sollte einer von denen auf sie schießen?

Es war verrückt. Und auch wieder nicht. Einen Sinn darin zu suchen und zu finden war das Gebot der Stunde.

Sie hatte Rudolfo erst nach seiner Zeit am Klavier spätabends schließlich in die Whirlpoolsache eingeweiht. Wie sie es erhofft hatte, hatte er zuerst erschrocken, dann tatkräftig reagiert. Mit einer Taschenlampe hatte er sie an Deck begleitet und sich das Loch angesehen.

»Das is Materialverschleiß«, hatte er danach leider sofort behauptet. »Du hast dich, Gott sei Dank, geirrt, Spatzl.«

Mitzi hatte nicht widersprochen, denn ihr Liebster hatte müde und erschöpft ausgesehen. Rudolfo hatte im Anschluss zwar bei ihr die Nacht verbracht, sich aber frühmorgens zum Küchendienst aus der Kabine geschlichen. Keine Silbe hatte

Mitzi über das Springmesser verloren, was ihr nun leidtat. Dann wäre wenigstens diese Sache geklärt gewesen.

Oder auch nicht. Denn selbst wenn er sich ahnungslos gegeben hätte, wäre Mitzi misstrauisch geblieben.

In ihren Gedanken liefen die Fäden kreuz und quer weiter. Rudolfos Einschätzung konnte richtig sein, aber auch nicht. Jemand konnte beobachtet haben, wie sie nach dem Boarding die falsche Kabine betreten hatte, und der Jemand hatte die richtigen Schlüsse gezogen. Doch wer? Peppo? Sie musste noch einmal unter vier Augen mit dem großen Mann reden. Unbedingt.

Auch Dustin stand auf ihrer Liste. Doch sein Benehmen hielt sie davon ab, einfach an seine Kabinentür zu klopfen. Er würde es mit Sicherheit missverstehen.

Am besten war, sich zu überwinden und Kapitän Brown doch über den neuerlichen Vorfall zu informieren. Er würde Mitzi fragen, warum sie fast vierundzwanzig Stunden gewartet hatte mit ihrer Meldung, dann würde er zwar höflich, aber ähnlich ungläubig wie Dustin und Rudolfo reagieren. Wahrscheinlich hielt er sie für eine dieser überspannten Touristinnen, die sich wichtigmachen wollten. Trotzdem ging es um mehr. Wenn das Loch kein Materialfehler, sondern ein Einschuss war, gab es vielleicht eine Bedrohung, der auch andere Passagiere ausgesetzt sein konnten.

Es sei denn, Mitzi allein war die Zielscheibe.

An der Stelle biss sich die Schlange in den Schwanz, alles drehte sich im Kreis ohne einen Anhaltspunkt. Mitzi hatte einfach zu wenige Informationen, um aus den Vermutungen und Möglichkeiten ein Gesamtbild formen zu können.

Am meisten setzte ihr zu, dass sie Agnes gegenüber eine Blockade zu haben schien. Je öfter ihr der Wunderlich-Satz aufstieß, desto mehr hielt sie sich zurück. Ihrer Freundin reinen Wein einzuschenken wäre das Gebot der Stunde, aber Mitzi konnte sich nicht überwinden. Was wiederum bedeutete, sie stand ohne Hilfe da und musste Phantasie von Realität strikt trennen. Gar nicht so einfach für Mitzi.

Mit grimmiger Miene stellte sie sich ans Frühstücksbüfett. Der Mann neben ihr, der eben Lachs und Senf und Brötchen auf seinen Teller lud, war zu alt und zu gebrechlich, um ein Kerl zu sein, der um sich schießen könnte. Genau dasselbe galt für das Gros der Passagiere. Der Altersdurchschnitt war hoch bis betagt, damit hatte Jule absolut recht. Einige gingen bereits am Stock oder gebeugt. Agil und beweglich war nur eine minimale Anzahl. Die meisten anderen aßen und tranken gern, machten in aller Gemächlichkeit die Ausflüge mit und genossen ansonsten das gemütliche Luxusleben an Bord.

Doch, auch das überlegte Mitzi, eine Waffe halten und zielen, das hätten sie alle noch gekonnt.

Warum sollte der alte Herr neben dir oder die ältere Dame, die sich gerade Kaffee einschenken lässt, es auf dich abgesehen haben?, hielt die Agnes-Stimme in Mitzis Kopf skeptisch dagegen.

Aber das Personal in der Küche, beim Service und auch die Schiffsbesatzung bestand aus jüngeren Leuten. Die hätten auf jeden Fall die Energie, Kraft und Ausdauer für einen Schurkenstreich.

Welchen denn? Agnes hörte sich ungeduldig und genervt an. Um welches Delikt soll es sich denn handeln?

Keine Ahnung.

Mitzi fand die Kellnerinnen und Kellner, die sie umschwirrten und ihr Kaffee servierten, sie nach ihrem Befinden fragten oder ihr behilflich waren, schlicht und einfach nett. Keinem von ihnen hätte sie eine Attacke mit einer Schusswaffe zugetraut. Barkeeper Luis, Gästebetreuer Florian, Kapitän Bruno Brown und Co-Kapitänin Frau Klaudia eingeschlossen.

Herrje, ich bin in einer Zwickmühle, Agnes.

Dann zwick dich und schaff Klarheit statt noch mehr Chaos.

»Guten Morgen, Mitzi!« Peppo erschien und schaufelte sich den ersten Teller voll. Sein Appetit war im Gegensatz zu seinem traurigen Gemüt bestens. Schon gestern war er dreimal ans Büfett gegangen und hatte sich sogar ein Semmerl mit Schinken eingepackt.

Ihn und seine beiden Kumpels hatte Mitzi von Anfang an merkwürdig gefunden. Wie hieß schnell noch mal der dritte? Manfred.

Die drei sind nicht koscher, Agnes. Peppo mit seinen Andeutungen und dem Weinen, Manfred, der schweigsame Cowboy am Tisch, und Dustin ein Hallodri, wie er im Buche steht. Ein Trio der möglichen Missetaten.

Mitzi, wo sind deine Beweise? Namen, Mitzi, nichts als Namen ohne ein einziges handfestes Indiz.

Rudolfos Springmesser wäre so eines, herrje zum Zweiten.

Du weißt nicht mit Sicherheit, ob es ihm gehört, wenn ich dich erinnern darf, oder ob es bloß von jemand anderem in der Schublade vergessen worden ist. Abgesehen von allem, Missetat und Schurkenstreich sind Bezeichnungen, die in einen alten Mantel-und-Degen-Film passen, aber nicht hierher.

»Morgen, Peppo. Wie geht es dir?« Mitzi nahm ihrerseits von der Käseplatte, dazu ein gekochtes Ei, Butter und Honig und zwei Kipferl.

»Geht.«

»Du kannst mir alles erzählen, Peppo. Heul dich gern weiter aus. Ich schweige wie ein Grab.«

Seine Miene verfinsterte sich. »Bitte, sag nicht Grab.«

»Warum nicht?«

Er legte sich zu den Köstlichkeiten auf seinem Teller eine ganze Stange Baguette und bewegte sich ohne Antwort Richtung Tisch. Dort saß schon Manfred und mümmelte an einem Müsli. Fehlte noch Dustin, der länger zu schlafen schien.

Ich schwör dir, Agnes, bei denen schlägt mein Bauchgefühl an.

Bei wem nicht, Mitzi?

»Guten Morgen! Eingefroren?« Gästebetreuer Florian grinste sie an.

Mitzi verzog das Gesicht, ohne auf seinen Gruß einzugehen. »Versteh ich nicht.«

»Du stehst vor den Kaffeekannen und stierst ein Loch hinein.«

»Weil ich nicht erkennen kann, wo Kaffee, Tee oder Kakao drinnen is. Das is alles.«

»Heute mit dem falschen Fuß aufgestanden?«

»Mit beiden gleichzeitig.«

»Wo is denn dein Liebster?«

Überlegt sich, wann er endlich sein Springmesser benutzen kann. Hat vielleicht auch einen Revolver, mit dem er sein Spatzl abschießen wollte.

Mitzi – hör sofort auf!

»Pscht, Flori. Rudolfo is in der Küche, weißt du doch. Er is ja nicht zum Vergnügen an Bord wie ich.« Sie zwang sich zu einem Lächeln. »Aber du hast recht, ich will nicht schlechte Laune verbreiten. Schönen guten Morgen, Florian.«

Cleo kam die Treppe zum Speisesaal herunter in einem schreiend pinken Kleid. Neben ihr war Jule, die trotz gepunkteter Bluse und gestreiften Hotpants dezent aussah.

Jule sprang förmlich auf Mitzi zu. »Hast du Dustin schon getroffen?«

»Keine Ahnung, wo der sich herumtreibt.«

»Aber er wollte mit mir den Sonnenaufgang an Deck genießen.«

»Der Kerl is nichts für dich, Julchen. Der is ein Strizzi.«

»Ich find ihn cool.« Ermahnungen und Ratschläge schienen an der jungen Frau abzuprallen. »Mitzi, ich pass schon auf mich auf.«

»Glaub ich dir nicht.«

Ähnlich laufen unsere Dialoge meistens auch ab, Mitzi. Meldete sich Agnes in Mitzis Kopf zurück.

Mitzi fiel ein, dass Dustin ihr ebenfalls von einer solchen inneren Stimme erzählt hatte, der seines Vaters.

Cleo zwängte sich zwischen Mitzi und Jule. »Gibt es heute

endlich wieder Würstchen im Schlafrock?« Die schrille Farbe ihres Kleides tat in den Augen weh.

»Ganz vorne, Cleo, eine ganze Platte voll.« Mitzi entfernte sich vom Büfett.

Am Tisch wandte sie sich noch einmal zu Peppo hin. »Wenn dir noch etwas am Herzen liegt, ich hör zu.«

»Was liegt dir denn am Herzerl, Langer?« Manfred bewegte seine buschigen Augenbrauen auf und nieder. Seinen Augenringen nach hatte auch er schlecht geschlafen. »Sag's halt vor uns allen.«

»Geh, Radi. Es is nix. Es is nix. Mitzi plaudert nur, plaudert nur.« Peppo begann seine Sätze zu wiederholen.

»Radi? Langer?« Mitzi fixierte Peppo weiterhin. »Was bedeutet das?«

Der wurde sichtlich nervöser. »Einfach Spitznamen. Einfach Spitznamen. Und Dustin is der Estragon. Lustig, oder?« Er lachte, aber seine Augen taten es nicht.

Da stimmt etwas gewaltig nicht, Agnes.

Noch einmal, Mitzi: Liefere Beweise. Dann bin ich als Inspektorin dabei. Wenn du keine hast, lass es bleiben.

Mitzi stöhnte laut auf. »Herrje zum Dritten!«

Die andern drehten sich ihr alle zu.

In der Not und als Übersprunghandlung schwang Mitzi ihre Tasse in die Höhe. »Der Kaffee is echt zu schwach, deshalb brauche ich mindestens vier Tassen davon. Und dann muss ich ständig Pipi«, erklärte sie der Runde. »Das macht mich ganz narrisch.«

Oh ja, sie war zu einer exzentrischen Touristin mutiert.

Höchste Zeit, etwas zu unternehmen.

2

Auf dem Weg zur nächsten Besprechung, die der Soko-Leiter überraschend doch in Präsenz aller involvierten Ermittler im Bundeskriminalamt in Wien machen wollte, erfasste Agnes eine seltene Melancholie. Ihr Noch-Chef, Revierinspektor Sepp Renner, hatte sich mit einer beginnenden Sommergrippe aus der Affäre gezogen. Agnes konnte gut verstehen, dass er nicht binnen kürzester Zeit zum zweiten Mal die Strecke von Kufstein nach Wien fahren wollte. Deshalb hatte sie die Fahrt allein angetreten. Sie hatte in der Tiefgarage geparkt, sich aber trotzdem von außen dem imposanten Gebäude des Bundeskriminalamts genähert. Hinter dem Brunnen des Bildhauers Adolf Frohner kam ein offener Treppenaufgang, der zur Anmeldung führte. Die Fensterfront über dem Eingangsbereich, rot umrahmt und in Trapezform, verlieh der Fassade die Aura einer Kunstinstallation. Auf der ersten Treppenstufe blieb Agnes stehen.

Seit Beginn ihrer Ausbildung hatte sie sich gewünscht, hier einmal tätig zu sein. Ihr erster Anlauf war gescheitert, jetzt könnte sie es wieder versuchen, aber das Angebot ihres Chefs war dazwischengekommen. Noch war sie unschlüssig, ob sie tatsächlich Sepp Renners Nachfolgerin in Kufstein werden wollte. Außerdem musste sie die Sache mit Axel besprechen. Sie ging nicht mehr allein durch die Welt, ihr Partner war gerade dabei, sich in Tirol ein zweites Standbein aufzubauen.

Von ihren eigenen Zukunftsüberlegungen schweifte sie ab zur Ex-Frau und Tochter des erschossenen Robert Maler. Das Mädchen sah sie mit aller Deutlichkeit vor sich, die traurigen Augen, die in sich gekehrte Körperhaltung. Für sie und die Mutter würde es eine schwierige Zeit der Trauer geben.

Von der elfjährigen Hanna Maria war es wie immer nicht

weit zu Mitzi. Noch einmal: Wieso hatte Mitzi zu Beginn der Reise nach einem Waffenschein gefragt?

Dass Agnes darüber reflektierte, hatte vielleicht weniger mit Mitzi als vielmehr damit zu tun, dass sie bei ihren Ermittlungen mit einem Tod durch Erschießen konfrontiert war. Nachdem die Ballistiker sich auf die im Müll entdeckte SilencerCo Maxim 9 mit integriertem Schalldämpfer festgelegt hatten, waren die Spekulationen gestartet. Auch, weil die Kurzwaffe für den professionellen Einsatz beim Militär gedacht war, was die Möglichkeiten der Beschaffung einschränkte. Allerdings konnte sich im Darknet jeder ein Schießeisen seiner Wahl besorgen, das musste man stets berücksichtigen.

Überhaupt war es schwierig, erste Vermutungen anzustellen. Robert Malers Ermordung konnte mit den vorausgegangenen Raubüberfällen genauso gut zusammenhängen wie mit seinen Pokerschulden. Doch die Wahrscheinlichkeit, dass ihn eines der anderen Bandenmitglieder ins Jenseits befördert hatte, war Agnes' Meinung nach am größten. Die Sache mit der Spielzeugwaffe, täuschend echt der Anblick, aber eben bloß Plastik und aufgepinselte Farbe, passte ihr hingegen nicht ins Bild.

Was hatten diese Erkenntnisse miteinander verbunden zu bedeuten?

Dazu kam das Haus in der Stumpergasse. Im Internet hatte sich Agnes bereits Informationen beschafft. Bei ihrer Recherche war sie auf den Gründer gestoßen, einen Markus Lampe, der die Einrichtung erst vor drei Jahren ins Leben gerufen hatte. Er war es auch, der die Räumlichkeiten ohne Miete zur Verfügung stellte.

»Hilfe zur Selbsthilfe – in der Stumpergasse!« Mit dieser Eröffnung startete die schlicht gehaltene Seite. »Jede Selbsthilfegruppe bestimmt ihre Organisationsform und ihr Vorgehen selbst. Wir konzentrieren uns auf die Themen Spielsucht und Beziehungssucht. Trotz aller Unterschiede zwischen den einzelnen Gruppen gibt es aber auch viele Gemeinsamkeiten.

Das offene und absolut vertrauensvolle Gespräch spielt bei uns eine zentrale Rolle.«

Neben einem Foto mit einer Außenansicht des Gebäudes war die Homepage mit einer Wegbeschreibung und einigen ermutigenden Sprüchen bestückt. Mehr Informationen gab es nicht. Am Ende folgte ein Hinweis, dass die Einrichtung ohne Spenden und ohne staatliche Förderung auskam. Im Impressum wurde einzig jener Markus Lampe angeführt.

Einen Besuch wert, wie Agnes fand, den hatte sie sich nach der Besprechung im BKA vorgenommen. Obwohl die Herfahrt verkehrsmäßig anstrengend gewesen war, freute sie sich, die neuen Kollegen, schneller als erwartet, nun doch persönlich zu treffen und über ihre Befragung des Juweliers wie auch ihre nächsten Schritte berichten zu können. Immer noch spukte die Idee, dass Dietmar Basswerk in der Nacht des Überfalls nicht allein gewesen war, in Agnes' Kopf herum.

Wie eben auch die leise Beunruhigung um Mitzi, für die es keinen Grund zu geben schien.

Auf der Treppe stehend, wurde Agnes' Bedürfnis, Mitzi anzurufen, übermächtig. Ein paar Minuten Verspätung nahm sie in Kauf. Sie zückte das Handy. Mitzi plauschen zu hören würde sie erheitern. Bevor sie jedoch Mitzis Nummer antippte, summte das Gerät, und Axels Gesicht erschien auf dem Display. Sie nahm sofort an.

»Alles okay bei euch?«

»Du gehst ran, bevor es einmal klingelt.« In seiner Stimme schwang ein Lächeln mit.

Plötzlich wünschte sich Agnes, zu Hause zu sein. Bei ihrem Partner und ihrer Tochter. Nichts mehr von Tod und Verbrechen, von Schusswunden und Schalldämpferpistolen zu hören. »Ich wollte eben Mitzi anrufen.«

»Mach das. Ich wollte rasch Bescheid geben, dass mit Jo alles in Ordnung ist.«

Der Hamster hatte die letzten zwei Tage kaum gefressen und apathisch gewirkt. Agnes hatte schon das Schlimmste befürchtet. Auch wenn Hamsterleben kurz waren, musste es nicht gerade jetzt sein, dass er sich verabschiedete.

»Was war mit ihm?«

»Er hatte eine Stuhlverstopfung.«

Obwohl Jo sicher darunter gelitten hatte, musste Agnes über die Diagnose lachen. »Zum Glück nur das.«

»Allerdings wird er wirklich alt, Agnes«, fügte Axel hinzu. »Der Tierarzt meint, den Herbst wird er wohl nicht mehr erleben.«

»Das werden wir noch sehen.«

»Wie wäre es mit Hund oder Katze nach Jo?«

Ihr Leben ähnelte immer mehr dem ihrer Eltern, sinnierte Agnes. Obwohl sie es nie in der Form geplant hatte. Sie war mit ihrer Schwester Katja und einem Familienhund aufgewachsen. Behütet, geordnet und ein Stück weit bieder. Darin sah Agnes auch die Basis ihres Wunsches, eine andere Richtung einzuschlagen und zur Polizei zu gehen. Mehr Aufregung, mehr Action und die Möglichkeit, Gerechtigkeit in die Welt zu bringen.

Abrupt setzte ein Wechsel ihrer Gefühle ein. Nein, sie wollte auf keinen Fall in einer noch so verlockenden Idylle Däumchen drehen. Oder hinter einem Schreibtisch sitzen und Anweisungen geben. Ob nun dieser Fall oder ein anderer, Agnes hatte vor, die Aufgaben, die sich ihr stellten, zu meistern.

Achtung, ihr bösen Buben und Mädels dieser Welt, hier kommt die Inspektorin, die cleverer ist als ihr und euch dingfest machen wird.

Dieser Aufruf würde Mitzi gefallen, überlegte Agnes.

»Du musst dich nicht sofort für ein neues Haustier entscheiden, Liebling«, unterbrach Axel Agnes' inneren Umschwung.

Sie schickte ihm einen Kuss. »Gib den an Konstanze weiter. Ich melde mich, bevor ich wieder auf der Autobahn bin.«

»Bleib über Nacht, Agnes. Gönn dir auf Kosten der Polizei ein Hotel. Wir hier kommen zurecht.«

»Du hast prinzipiell recht, aber ich denke, ich werde mich

aus Sehnsucht doch auf den Weg zu euch machen. Kann aber spät werden.«

Nach einem raschen Blick auf die Uhrzeit wurde Agnes klar, dass für ein Telefonat mit Mitzi schlicht keine Zeit mehr blieb. Schon jetzt waren die Minuten, die sie erübrigen konnte, verstrichen. Als Ersatz knipste sie ein Foto vom Bundeskriminalamt und schickte es der Freundin.

Bis sie am Konferenztisch im dritten Stock saß, kam keine Rückantwort. Ungewöhnlich für Mitzi. Doch bevor Agnes sich zu wundern begann, begrüßte sie Chefinspektor Carl Manzig. Sie wurde diesmal persönlich allen weiteren Kollegen der Soko vorgestellt. Der Austausch begann, die Berichte der Ermittler reihten sich aneinander. Noch tat sich kein Gesamtbild auf, aber einzelne interessante Linien wurden aufgezeigt.

Als Agnes aufstand und ihr Kufsteiner Puzzleteil beitrug, verabschiedeten sich Mitzi und ihr Nichtantworten zum wiederholten Mal in den Hintergrund.

3

Wien präsentierte sich Agnes nach der Besprechung im Sonnenschein. Sie ließ ihren Wagen in der Tiefgarage des Bundekriminalamts und benutzte die Öffis, um zur Mariahilfer Straße zu gelangen.

Dort war ihr erstes Ziel der Tatort, den sie bisher lediglich von den Fotos her kannte. Ein Absperrband verhinderte immer noch den Zugang zu dem Geschäft und einem Teil des Bürgersteigs. Ein Streifenwagen parkte in der Fußgängerzone direkt davor.

Sie blieb stehen, mit ihr zwei Männer in ihrem Alter.

»Was da wohl g'schehn is?«, überlegte der eine laut.

»Erschossen haben s' einen«, erklärte der andere. »Dann in aller Ruh den Laden ausgeraubt, bevor s' abpascht sind.«

»Und die Kieberer?«

»Die Polizei war wie immer zu spät.«

Nichts davon stimmte, und Agnes hätte sich gern in den Dialog eingemischt, ahnte aber, dass es sinnlos gewesen wäre.

Ein paar Meter weiter stoppte sie vor einem Spielzeugladen. Sie suchte die Auslage nach Spielzeugwaffen ab. Es gab eine bunte Wasserspritzpistole, ein Gummischwert und die üblichen kleinen Figuren, die zum Merchandising der Superhelden gehörten.

Sie trat ein. Eine Verkäuferin mit einer grünen Haarsträhne und einem T-Shirt mit Bären darauf kam ihr entgegen. »Wollen Sie sich umschauen, oder suchen Sie etwas Bestimmtes?«

»Haben Sie Pistolen aus Plastik?«

»In mehreren Größen und Farben.«

»Auch eine in Schwarz, so groß?« Agnes zeigte mit beiden Händen das ungefähre Maß eines Revolvers an.

Die Verkäuferin schaute skeptisch. »Also wie eine echte Waffe?«

»Genau das suche ich. Es ist für eine Party als Gag, nicht für ein Kind.« Eine bessere Erklärung fiel Agnes nicht ein.

»Ach so.« Die junge Frau wirkte erleichtert. »Das führen wir nicht. In einem Partyshop vielleicht, sonst im Internet. Dort gibt es alles.«

Damit hatte die Verkäuferin absolut recht.

»Danke für die Auskunft.«

»Bittschön.«

Agnes ging weiter, am Westbahnhof vorbei und bog schließlich in die Stumpergasse ein.

Das Haus lag neben einem Parkplatz, der durch eine Bretterfront nicht einzusehen war. Auf einem Schild an der Einfahrt stand »Dauerparkplätze zu vermieten« und eine Handynummer. Darüber hatte jemand »Oida, Oida!« gekritzelt.

Agnes klingelte an der hohen Eingangstür beim untersten Knopf, alle anderen waren abgeklebt. Von außen machte das Gebäude einen etwas vernachlässigten Eindruck, der sich aber änderte, als sie nach einem Summton das Innere betrat.

Ein breiter Gang führte erst über drei Stufen, dann zu einer Treppe. Der Boden glänzte blitzsauber, und die hohen Wände mit Stuck sahen wie frisch geweißelt aus. Vor dem Treppengeländer war eine Tafel aufgestellt, auf der ein Pfeil zu einer Anmeldung wies.

Der Angabe folgend, kam Agnes zu einer nach hinten offenen Theke, die mit Holzleisten umrandet war. Dahinter konnte sie einen ausladenden Raum mit einem Schreibtisch und Regalen voller Bücher sehen. Die Tür zum Zimmer war angelehnt, auf einem Schild stand das Wort »Büro«.

»Hallo?« Agnes wartete keine ganze Minute, dann umrundete sie die Theke und steckte ihren Kopf in den Raum.

Rechter Hand rauschte es, eine nächste Tür an der Seite öffnete sich. Ein Mann, der sich die Hände mit einem Handtuch trocknete, sah sie erstaunt an.

»Entschuldigung, vorne war niemand.« Agnes zuckte mit den Schultern.

Der Mann, geschätzt an die sechzig, mit dunkelblonden, angegrauten Haaren und einem ebensolchen Vollbart, der an der linken Wange unterbrochen war, lächelte. »Das liegt daran, dass freitags keine Gruppentreffen stattfinden. Ich dachte, es ist meine Nachbarin, sie kommt manchmal auf ein Plauscherl vorbei.«

Zuvor hatte sich Agnes noch überlegt anzurufen, aber einen spontanen Auftritt vorgezogen. »Im Internet steht nichts von einem freien Tag.«

»Das stimmt«, sein Lächeln wurde breiter, »aber da wir hauptsächlich über Mundpropaganda weiterempfohlen werden, ist das bisher nie ein Problem gewesen. Der Freitag ist mein persönlicher Ruhetag, müssen Sie wissen. Ich wohne unterm Dach. Dass ich gerade im Büro war und Sie eingelassen habe, war reiner Zufall.«

»Also Glück gehabt.« Agnes wartete mit dem Zücken ihres Dienstausweises. Erst einmal sollte ihr Gegenüber sie als interessierten Neuankömmling einschätzen. »Muss ich wieder gehen?«

»Niemand muss gehen, wenn er es nicht freiwillig tut.« Der Mann warf sich das Handtuch über die Schulter, kam einen Schritt näher und streckte seine Hand aus. »Schönen guten Tag.«

Jetzt erst registrierte Agnes, dass die Lücke in seinem Bart durch eine Narbe kam, die ungefähr einen halben Zentimeter breit war und, sich verengend, bis zu seiner Schläfe reichte. Sofort überlegte Agnes, was ihm passiert sein könnte, während sie ihm die Hand schüttelte.

»Grüß Gott. Diese Einrichtung gibt es erst seit Kurzem, oder?«

»Drei Jahre können eine lange Zeitspanne sein, glauben Sie mir. In der Theorie habe ich es mir leichter vorgestellt.«

»Sie sind hier der Boss?«

Sein Lächeln wurde von einem Auflachen abgelöst. »Oh nein. Ich verwalte, organisiere, höre zu, sitze bei, leite einige

Gruppen, gehe selbst zu anderen. Ich sehe mich als Initiator, der sein Haus zu einem Ort der Gemeinschaft umfunktioniert hat. Ich halte die Einrichtung in Schuss, bin quasi das Mädel für alles, wenn man so will. Nur für die Finanzbehörden lasse ich schon einmal den Gründer und Besitzer der Immobilie heraushängen.«

Agnes sammelte die Details, die er freimütig preisgab, in ihrem Kopf. »Sehr lobenswert.«

»Es ist einfach die Hilfe, die ich erhalten habe und die ich damit weitergebe.«

»Deshalb stellen Sie Ihr Heim zur Verfügung?«

»Ich würde sonst allein leben. Mein Oben genügt vollkommen. Nach einer schmerzhaften Trennung war das Haus riesig. Ohne eine Therapie und später die Gruppenarbeit wäre ich hier in der Leere ertrunken.«

»Das heißt, Sie sind selbst ein Betroffener.«

»Bin ich.«

Es wunderte Agnes etwas, dass er sich derart offen gab. Doch somit war es kinderleicht, weiterzubohren. »Alkoholproblematik? Verzeihen Sie, aber auf der Webseite stand nichts über die psychischen Leiden, über die die Gruppenmitglieder sich austauschen.« Die vorgegebene Unwissenheit gehörte zu ihrer Taktik.

»Dann haben Sie es überlesen. Keine Drogen, kein Alkohol. Spielsucht und Beziehungssucht sind unsere Themen. Getrennt, versteht sich. Aber so mancher Besucher, wenn ihn dunkle Gedanken überfallen, kommt einfach und nimmt teil. Jedes Gespräch hilft.«

Dunkle Gedanken hatte wohl auch der Mörder von Robert Maler gehabt. »Ich verstehe.«

Er verschränkte die Finger. »Was kann ich denn für Sie tun, junge Frau? An diesem herrlich sonnigen Tag? Meine Dachterrasse ruft nach mir.«

»Kann ich nähere Informationen zu den Gruppensitzungen bekommen?«

»Oh! Und wieder muss ich Sie enttäuschen. Ich kann Ihnen gern unseren Wochenplan für ein Familienmitglied oder einen Freund mitgeben, aber nicht mehr.«

»Warum nicht?«

»Weil dieses Haus ausschließlich für männliche Hilfesuchende gedacht ist. Ein Detail, das Sie leider tatsächlich nicht im Internet finden konnten.« Er wurde ernst. »Das ist weder ausgrenzend noch irgendwie böse gemeint. Aber so sind die Regeln. Meine Regeln.«

»Sie sind Markus Lampe.«

Er nickte. »Bin ich. Und Sie?«

»Agnes Kirschnagel. Inspektorin Agnes Kirschnagel.« Nun kam der Ausweis zum Einsatz.

Markus Lampe warf allerdings keinen einzigen Blick darauf.

»Von der Baupolizei?«

»Wie kommen Sie darauf?«

»Weil der Parkplatz nebenan zu Baugrund umgewidmet werden soll. Und die Erbengemeinschaft des verstorbenen Eigentümers miteinander im Clinch liegt.«

»Nein, ich bin von der Kriminalpolizei. Ich ermittle zu dem brandaktuellen Raubüberfall nicht weit von hier auf der Mariahilfer Straße.«

Kein Zucken in seinen Augen, kein Blick nach unten. Entweder hatte der Mann früher oder später mit einem Polizeibeamten gerechnet, oder er hatte nichts zu verbergen.

»Furchtbar. Ich habe es in den Nachrichten gehört. Bitte, stellen Sie mir Ihre Fragen, Frau Inspektorin.«

»Sie sagen, dass sich hier ausschließlich Männer treffen. Sonst noch Auswahlkriterien?«

»Nein. Betroffene jeden Alters und jeglicher Profession. Ob alt oder jung, arm oder reich. Jeder ist willkommen mit seiner Geschichte. Entweder gehört er selbst zu den Betroffenen oder lebt mit so jemandem zusammen. Lebt oder auch lebte. Die Vergangenheit hat unsere Gegenwart manchmal ebenso im Griff.«

In genau dem Moment strich er sich unbewusst über die Narbe.

»Gibt es zeitliche Begrenzungen, was die Teilnahme angeht?«

»Ich lasse es auch völlig frei, ob jemand einmal die Woche, einmal im Monat oder täglich teilnehmen möchte. Außer natürlich am Freitag.« Das Lächeln war zurück. »In Österreich herrscht Versammlungsfreiheit. Sie können sich mit anderen Menschen treffen, warum, wo und wie Sie wollen – sofern Sie nicht, und das sind die einzigen Ausnahmen, unser Grundgesetz oder unsere Demokratie in Frage stellen wollen oder gefährden. Das will in diesem Haus niemand. Gleichbetroffene finden sich und verabreden sich zu wiederkehrenden gemeinschaftlichen Treffen, somit sind die Gruppen existent. Und wir sind nicht in einem Verein organisiert, falls Sie das ebenfalls wissen wollen. Ich benötige keine finanziellen Zuschüsse aus öffentlichen Kassen. Was unsere Treffen allerdings mit dem Raub zu tun haben, müssen Sie mir jetzt erklären, Inspektorin Kirschnagel.«

»Sie wissen, dass dabei ein Mann ermordet wurde?«

Es war das erste Mal, dass er an Agnes vorbei Richtung Treppe sah. Seine Mundwinkel gingen nach unten. »Auch das wurde in den Medien breitgetreten.«

»Robert Maler.« Agnes preschte vor. »Seine Ex-Frau hat der Polizei von seiner Spielsucht erzählt, seiner Teilnahme an illegalen Pokerspielen. War er in einer Ihrer Gruppen?«

Markus Lampe nahm den direkten Blickkontakt wieder auf. »Selbst wenn ich wollte, dürfte ich nicht. Wir bewahren strikte Anonymität, ein kostbares Gut.«

»Ich könnte einen Gerichtsbeschluss erwirken.«

»Nur bei begründetem Verdacht, soweit mir bekannt ist.«

»Die Ex-Frau des Toten hat uns Ihr Haus in der Stumpergasse genannt.« Gern hätte Agnes auch die SilencerCo Maxim 9 ins Gespräch eingebracht, dieses Fundstück gehörte jedoch zu den Interna der Polizei. »Der Umstand wird für einen Richter genügen. Besonders bei einem Tötungsdelikt.«

»Mag sein. Allerdings tragen sich viele der Teilnehmer nicht mit ihrem echten Namen ein. Manche kommen einfach, ohne sich zu registrieren. Ich habe das von Anfang an so gehandhabt, damit sich jeder meiner Besucher sicher aufgehoben fühlen kann. Dazu kommt, dass meiner Erfahrung nach gerade Beziehungssüchtige öfter die Gruppen wie auch die Einrichtungen wechseln. Manches Mal auch nur einmal erscheinen oder lange Pausen einlegen. Dieses seelische Leiden hat seine ganz eigenen Tücken.«

»Ihrer Erfahrung nach, Herr Lampe?«

»Auch mein Schicksal sollte ganz allein mir gehören.«

»Ich darf Sie dennoch fragen, wo Sie am 13. Juni am frühen Morgen gewesen sind, Herr Lampe?«

»Wie früh?«

»Fünf Uhr.«

»Sie erwarten wahrscheinlich, dass ich etwas wie ›allein in meinem Bett schlafend‹ antworte. Aber tatsächlich war ich Anfang der Woche nicht in Wien, sondern noch in Tirol. Ein verlängertes Wochenende zu einer Wanderreise bei einem Freund. Dienstag bin ich erst gegen Mittag dort aufgebrochen. Alles nachprüfbar, Frau Kirschnagel. Mein Stellvertreter hat hier die Stellung gehalten.«

Noch wollte Agnes nicht aufgeben. »Heißt der Freund zufällig Dietmar Basswerk und lebt in Kufstein? Oder vielleicht Manfred, Radi gerufen?«

»Weder noch. Ich war mit einem Günter in Vomp verabredet. Den Ort werden Sie nicht kennen.«

»Doch, das tue ich. Ich bin Tirolerin.«

»Hätte ich nicht gedacht.« Er schüttelte den Kopf. »Verzeihen Sie mir noch einmal, dass ich Ihnen in nichts weiterhelfen kann.«

Es würde auf einen richterlichen Beschluss hinauslaufen, ahnte Agnes. Obwohl sie Markus Lampe in seiner Einschätzung recht geben musste, dass es schwierig werden würde, damit jemanden herauszufiltern. Wenn sich überhaupt ein Richter darauf einlassen würde. Trotzdem wollte Agnes Chefinspektor Manzig hernach direkt in Kenntnis setzen, damit er Weiteres in die Wege leiten konnte.

Einen letzten Vorstoß versuchte sie doch. »Hatten Sie einmal mit Militär zu tun oder haben für die Ordnungskräfte gearbeitet, wie ich?«

»Mein bescheidenes Vermögen habe ich mir mit meiner Marketingfirma aufgebaut.« Wieder zuckte er nicht einmal mit der Wimper. »In meiner Familie war es einzig mein Großcousin, der vor seinem Tod eine solche Zugehörigkeit hatte.«

»Würden Sie mir zu ihm Details nennen? Wie er heißt? Wo er gelebt, was er gearbeitet hat und wann er verstorben ist?« Sofort erschien der letzte Besitzer der Waffe, August Drögbach, in Agnes' Denken. Den Namen selbst zu nennen würde sie sich für ein nächstes Treffen vorbehalten. Wenn möglicherweise eine direkte Verbindung recherchiert worden war. Ein nächster Punkt auf Agnes' Ermittlungsliste, den es abzuarbeiten galt.

»Liebe Inspektorin Kirschnagel.« Markus Lampe streckte ihr erneut seine Hand entgegen. Diesmal, um sich zu verabschieden. »Es ist nicht böse gemeint, aber da ich tatsächlich nicht erkennen kann, was meine Einrichtung wie auch meine Familie mit Ihren Ermittlungen zu tun haben könnten, verneine ich jede weitere Auskunft.«

»Eine letzte Frage, wenn Sie mir gestatten.«

»Fragen Sie, was immer Sie möchten. Ich antworte, wenn ich es für richtig empfinde und niemand dadurch in seiner Privatsphäre verletzt wird.«

»Haben Sie selbst eine Waffe?«

»Ja.«

»Auch einen Waffenpass dazu?«

Er blinzelte, wie Agnes auffiel. »Selbstverständlich. Eine Walther PK 380. Und die hat mir jemand geschenkt. In schwierigen Zeiten, auf die ich nicht näher eingehen möchte. Doch inzwischen verstaubt sie in einem gut abgeschlossenen Schrank in meinem Keller. Ende meiner Geschichte.«

»Das wird überprüft werden, Herr Lampe. Ich werde wiederkommen. Oder Sie werden eine Aufforderung zu einer Befragung erhalten.«

»Beides kein Problem, Frau Kirschnagel. Für den Moment würde ich mich gern zurückziehen. Ihr unerwarteter Besuch hat mich angestrengt. Wie schon gesagt, auch ich besuche regelmäßig eine Gruppe im Haus und muss auf mein Seelenleben achten.«

»Als Betroffener?«

»Als ehemaliger Partner eines solchen.«

Ein zweites Mal berührte er mit dem Handrücken die Narbe. Inzwischen hatte sein Gesichtsausdruck etwas Gequältes angenommen.

An Agnes zerrte unverhohlen die Neugier, wodurch er sich verletzt oder wer ihm die Verletzung zugefügt haben könnte.

4

In Bratislava regnete es zur selben Zeit, als Agnes durch den Wiener Sonnenschein trabte.

Mitzi hatte sich die Kapuze ihres Sweaters über den Kopf gestülpt und genoss trotz des schlechten Wetters die Aussicht von der Burg Bratislava über die Altstadt. Die Strecke von der MS »Nene« zur Burg war in fünfzehn Minuten erledigt gewesen, aber die vielen Treppenstufen nach oben hatten Mitzi keuchen lassen.

Aus den geplanten drei Stunden mit Rudolfo – gemeinsames Essen und anschließendes Bummeln – war nichts geworden. Mitzis Liebster war von Co-Kapitänin Klaudia zurückgerufen worden. Wegen des schlechten Wetters hatte sich eine viel größere Anzahl an Passagieren entschlossen, zu Kaffee und Kuchen doch an Bord zu bleiben. Er wurde als Unterhalter am Klavier gebraucht.

In der arg verkürzten Zeit ihres Zusammenseins hatte Mitzi weiterhin jegliches Thema vermieden, das mit der Waffe, dem Schuss und auch dem Springmesser zu tun hatte. Es schien ihr nicht der richtige Moment zu sein. Abgesehen davon wollte sie ihr Bild von Rudolfo nicht weiter beschädigen.

Mit »Mylady, Ihr Drosselbart zieht sich zurück« hatte er sich verabschiedet. Eine Anrede, die er bei ihrer ersten Begegnung in Lilienfeld verwendet hatte und die später vom Kosewort Spatzl abgelöst worden war. Immerhin hatte es Mitzi ein Stück weit ihre Heiterkeit zurückgebracht.

Eine Weile sah sie aus der Höhe auf die Viertel der Stadt herunter. Die Gassen und Häuser wirkten aus dieser Perspektive wie Miniaturen, die Probleme und Sorgen schrumpften für den Moment.

»Fünfundachtzig Meter hoch is der Felsen, auf dem die Burg thront«, sagte eine Stimme hinter ihr.

Eine Reisegruppe von einem der anderen Schiffe hatte sich um Mitzi herum versammelt. Eine ältere Frau führte sie, einen Schirm hochhaltend, an. »Bratislava, oder auch Pressburg genannt, liegt in der fruchtbaren Donauebene südlich der Kleinen Karpaten in unmittelbarer Nähe zu Österreich und Ungarn. Damit ist es die einzige Hauptstadt der Welt, die an zwei Staaten grenzt.« Sie schwang den Schirm gefährlich nah an Mitzis Kopf vorbei. »Alle wieder runter und weiter geht's, Herrschaften.«

Spontan schloss sich Mitzi der Gruppe an, keinem schien es aufzufallen. Ähnlich, wie sich auch keiner tiefergehend für ihre Erlebnisse interessierte oder ihr einfach nur Glauben schenkte.

Das Mitlaufen erwies sich hingegen rasch als goldrichtig. Die Gruppe besichtigte die Altstadt mit den Bauten aus Mittelalter, Barock und k. u. k. Donaumonarchie. Auf dem Rundgang spazierte Mitzi am Alten Rathaus aus dem 14. Jahrhundert vorbei, dessen spitzer Turm sie an einen Bleistift erinnerte, und durchschritt das Michaelertor, das letzte Zeugnis der mittelalterlichen Stadtbefestigung. Sie bestaunte das schmalste Haus Europas mit nur hundertdreißig Zentimetern Breite, und gegen Ende bewunderte sie das Innere des Martinsdoms mit seinen hohen Bogengängen, den bunten Glasfenstern und der Orgel.

»Die dreischiffige gotische Kathedrale aus dem 15. Jahrhundert is dem heiligen Martin geweiht. Sie war die Krönungskirche der ungarischen Könige«, erläuterte die ältere Frau der Gruppe. »Ludwig van Beethoven hat hier zum ersten Mal sein Werk ›Missa solemnis‹ aufgeführt. Einige Jahre später dirigierte Franz Liszt eine ungarische Krönungsmesse. Die Kathedrale zählt zu den größten und am besten erhaltenen gotischen Sakralbauten.«

»Franz Liszt hat einmal einen Ton als Dunkelviolett anstatt Rosa bezeichnet. In seinem Kopf haben sich Töne mit Farben verknüpft«, fügte Mitzi laut hinzu und erntete ein paar erstaunte Blicke.

Ziemlich zufrieden kam Mitzi aufs Schiff zurück.

Ihr erster Weg führte in die Lounge, um Rudolfo beim Klavierspielen zuzuhören und sich bei einem Kaffee vom Nieselwetter aufzuwärmen. Aber die Tour durch Bratislava war wesentlich länger gewesen als gefühlt. Der Nachmittagskaffee war bereits vorbei.

Doch Mitzi entdeckte Peppo, der allein an einem der Tische am Fenster saß und in den Regen starrte.

Das war die Gelegenheit für Mitzi.

»Nicht auf Erkundungstour, Peppo? Ich war grad auf der Burg und in der Altstadt.«

Er hatte ein elegantes Teegedeck vor sich stehen. Die weiße Kanne mit den blauen Applikationen, dazu Tasse, Untertasse, Döschen mit Zucker und eine aufgeschnittene Zitrone auf einer silbernen Ablage passten nicht zu dem Bild, das der groß gewachsene Mann abgab. Wie bereits bei ihrer ersten Begegnung schien er geweint zu haben, seine Augen waren gerötet, seine Miene strahlte einiges an Elend aus.

»Mitzi!« Er blinzelte sie an, als würde er aus einem Traum erwachen. »Schön, schön. Aber ich kenn alles schon. Es is ja nicht meine erste Flussschiffreise, wie du weißt.«

»Darf ich mich zu dir setzen?«

Er nickte, Mitzi nahm Platz. Auf dem Tisch stand eine zweite Teetasse. Unbenutzt zwar, aber möglich, dass Peppo auf jemanden wartete. Zu sehen war außer ihm niemand.

»Herrlich war's. Trotz des Regens. Allerdings war ich solo unterwegs, hab auch keinen vom Schiff getroffen. Sag einmal: Kennst du eigentlich den Rudolfo, den Pianisten? Vielleicht von den früheren Fahrten her?« Mitzi merkte, dass ihr diese Frage schon die ganze Zeit auf dem Herzen gelegen hatte. Wenn es eine Verbindung zwischen den Männern gab, konnte das Springmesser am Ende mehr zu bedeuten haben.

Peppo schüttelte den Kopf. »Wen?« Er sah ehrlich überrascht aus, worauf Mitzi ein Stein vom Herzen fiel.

»Rudolfo Sommer, der hier so schön in die Tasten haut. Mit

dem Spitzbart. Er und ich, wir sind zusammen. Halten uns aber bedeckt, weil ich Passagierin bin und er Crewmitglied is. Wobei ich denk, langsam weiß es eh schon ein jeder, ha, ha.«

»Ah ja.« Peppo wischte sich über die Augen und zwang sich zu einem schmalen Lächeln. »Und ich hab mich schon gewundert, warum ein so hübsches und junges Dirndl allein auf eine Flussschiffreise mit alten Leuten geht.«

»Peppo, hör auf, wie Dustin zu schleimen.«

»Niemals.« Das Lächeln verschwand augenblicklich. »Nie und nimmer bin ich auch nur ein Prozent wie Dustin. Erstens grab ich nicht Männlein und Weiblein an, sondern bin meinem Ewald treu ergeben. Zweitens hab ich Gefühle und Mitleid für meine Mitmenschen. Der Dustin is ein Futkarli und ein Puderant.« Die schlimmen Schimpfwörter spuckte Peppo förmlich aus.

»Sag nicht solche Sachen, Peppo. Das passt nicht zu dir. Du bist immerhin mit Dustin an Bord gegangen. Ihr seids doch Kumpels.«

»Weder Kumpels noch Freunde, nicht einmal Bekannte.«

»Warum dann dieses Theater?«

»Weil … weil …« Peppo stöhnte. »Ich kann es dir nicht sagen, Mitzi. Du würdest es mir A nicht glauben, und B würd ich dich damit in Gefahr bringen.«

»Es könnte sein, dass ich das eh schon bin.«

»Was?«

Nach einer raschen Abwägung beschloss Mitzi, Peppo vom Whirlpool zu erzählen. Sie redete leise, obwohl sie allein waren. Aber sie fügte einige »Vielleicht« und »Möglicherweise« ein, denn weiterhin hatte sie keinen einzigen Beweis.

Während sie berichtete, starrte Peppo sie an, doch am Ende senkte er den Kopf und vermied weiteren Augenkontakt.

»Was für ein Pallawatsch. Du kannst nichts dafür, Mitzi. Wenn es stimmt, was du sagst, dann is das ebenfalls unsere Schuld.« Peppos erneutes Stöhnen war laut und hörte sich verzweifelt an.

»Die vom Dustin, vom Manfred und von mir«, fuhr er fort. »Zuerst der Robert, jetzt du. Wahrscheinlich hat der Oberboss Wind davon bekommen, dass ich vorgestern an Deck mit dir geredet hab. Ich Volldepp hab's auch später dem Dustin erzählt. Der hat's sicher weitergegeben. Der hat das Kontakthandy. Der hat uns die Plastikwaffen besorgt. Wenn's vorbei is, kümmert sich stets der Dustin um die Beute. Je mehr ich drüber grüble, desto mehr glaub ich, dass Dustin weiß, wer der Oberboss is. Wir anderen sind die Dummen, die Fetzenschädeln. Wenn uns der graue Mann holt, is es der Welt egal. Verstehst?«

»Ich verstehe nichts, Peppo. Überfälle? Beute? Oberboss? Plastikwaffen? Kontakthandy? Grauer Mann?« Sie begann all die Informationen an den Fingern mitzuzählen. »Das is mehr, als ich grad verarbeiten kann.«

Zugleich wurde ihr jedoch bewusst, dass es, als sie die Waffe in Peppos Kabine entdeckt hatte, keine Verwechslung gewesen war. Was kein Grund zum Jubeln war, wenngleich einer zum Aufatmen. Denn wenn sie Peppos Gestammel richtig deutete, war der Revolver aus Plastik.

Aber mit einem Spielzeug war sicherlich nicht auf sie geschossen worden. Was für ein Spiel wurde hier überhaupt gespielt?

In einem Zug trank Peppo seine Tasse leer. »Vergiss es, Mitzi! Es is mit mir durchgegangen. Du bist eine so freundliche Person, und ich hab so dringend jemand zum Reden gebraucht. Ich werd gleich auch noch eine Perlenkette in die Donau werfen. Wegen, wegen … – ah, wegen nix. Nimm auch das einfach so als Rederei.«

»Eine Perlenkette ins Wasser schmeißen? Peppo! Ich vergesse nichts und trieze dich so lang, bis du mir alles erklärt und mich komplett eingeweiht hast. Ich häng in der Geschichte drin, dabei weiß ich nicht einmal, warum. Es is längst zu spät für mich, eine Ruh zu geben.«

»Nix zu spät. Zu spät is es für den Robert. Gott, jetzt schwätz ich schon wieder. Ab sofort schweige ich.«

»Keine Chance. Wer sind bittschön der Robert und der Oberboss? Ein und dieselbe Person? Oberboss, wie das klingt!« Fast hätte Mitzi wegen dieses Titels kichern müssen. Sie hielt sich zurück. »Noch mal von vorn, bitte schön. Um was geht's eigentlich?«

Peppo hob die Teekanne mit beiden Händen an, als wollte er sich an ihr wärmen. Dann goss er Tee nach, in seine und die unbenutzte Tasse. »Trink. Is Kamille. Schmeckt gräulich, aber mein Magen spielt verrückt. Alles wird mir zu viel. Vorhin hab ich den meinigen, den Ewald angerufen. Hab ihm alles gebeichtet. Er hat mir spontan verziehen, weil ich es ja nur für uns getan hab.«

»Was denn bloß, Peppo? Ich kann dir nicht helfen, wenn du mir nicht reinen Wein einschenkst.«

»Keiner kann das. Es is ohnehin gefährlich, wie du am eigenen Leib erfahren hast. Jeder könnte der Oberboss sein.«

»Spuck es bitte endlich aus.«

»Pass auf, Mitzi. Wir haben einen Diebstahl begangen. In Wien. Also nicht nur einen, aber beim letzten is etwas völlig schiefgegangen, bevor wir aufs Schiff sind.«

Mitzi öffnete ihren Mund, schloss ihn wieder, ohne etwas herauszubringen.

Dafür kam Peppo erneut in Fahrt. »Wir haben uns davor flüchtig gekannt. Waren alle in Selbsthilfegruppen im selben Haus. Mein Gott, ich hab's für Ewald getan und bin dorthin. Lange Geschichte, traurig und krank. Ich erdrück ihn mit meiner Liebe, hat er gemeint. Dort beichtet man seine Probleme in der Runde. Dafür sitzt man ja dort überhaupt. Hernach is einem leichter, weil man verstanden wird. Und oft geht es auch besser im Leben. Ich hab bei den Treffen alles erzählt, wirklich alles. Auch von den finanziellen Problemen und dass ich nach einer Lösung dafür suche.« Er stockte.

Mitzi packte seine Hand und drückte sie fest. »Weiter, nicht nachlassen, Peppo.«

Sie hätte ihre eigenen Erfahrungen mit Gruppentreffen und

der Therapie bei Dr. Rannacher ausbreiten können, aber wollte Peppos Redefluss am Laufen halten.

»Der Dustin hat uns vier zusammengebracht.« Peppo schniefte. »Alle brauchen wir Geld. Ich für meinen Teil bin noch nie mit der Polizei in Konflikt geraten. Bei der ersten Diebestour bin ich vor Angst fast gestorben. Wenn ich nicht gewusst hätt, dass unsere Pistolen aus Plastik und harmlos sind, hätt ich es nie getan, das musst du mir glauben. Ich bin kein schlechter Mensch, war ich nie. Deshalb werde ich mich der Polizei stellen. Sobald ich wieder zu Hause bin. Wenn ich die Fahrt überlebe und mich der Oberboss nicht killt.«

»Stopp, Peppo.« Mitzi hob die Hand. »Ich komm einfach nicht mit. Ihr seid doch nur drei. Um welche Diebstähle geht es? Und wer, verdammt, is denn jetzt dieser Oberboss?«

In der Sekunde krachte es hinter der Bar. Mitzi und Peppo sprangen gleichzeitig hoch.

Der helle Schopf von Barkeeper Luis tauchte auf. »Noch einen Tee, der Herr? Madame? Oder darf es etwas anderes sein?«

Peppo begann am ganzen Körper zu zittern, er ließ sich zurück auf den Sessel fallen. »Nirgends is man sicher«, japste er. »Nirgends.«

Mitzi fasste sich schneller, obwohl ihre Knie weich waren. »Wo bist du denn so plötzlich hergekommen, Luis?«

Luis, der von Rudolfo als Klaus-Kinski-Imitator bezeichnet worden war, grinste wirklich ein kleines bisschen diabolisch. »Verzeihung, wenn ich die Herrschaften erschreckt habe. Im hinteren Teil der Bar geht eine Wendeltreppe nach unten in die Küche. Die ist allerdings für das Personal gedacht. Ich als Ihr Barkeeper darf Sie nicht zu lange auf dem Trockenen sitzen lassen. Was kann ich Ihnen demnach Gutes tun?«

»Nix mehr für mich«, erwiderte Peppo.

Mitzi verneinte ebenfalls.

Luis begann hinter dem Tresen zu werkeln, keine Sekunde später erfüllte Peter Alexanders Gesang über das kleine Beisel in unserer Straße die Lounge.

»Ich will mich mit Manfred kurzschließen, Mitzi«, setzte Peppo flüsternd neu an.

»Der gehört auch dazu?«

»Hab ich eben doch gesagt. Wir vier. Oder jetzt nur noch drei. Es is genug, höchste Zeit, dass es vorbeigeht!« Peppo beugte sich zu Mitzi hin. »Gemma.«

»Wohin?«

»In meine Kabine. Er wollt sich dort ohnehin mit mir treffen. Ich vermute, ihm reicht es auch. Nach der schrecklichen Sache mit Robert is nur noch der Dustin so gierig, dass er weitermachen will.«

»Was soll ich dabei?«

»Zuhören. Im Geheimen. Du willst ja alles wissen.« Für eine Sekunde meinte Mitzi, einen neuen Zug auf Peppos Gesicht zu erkennen, eine Art Verschlagenheit. »Kommst du oder nicht?«

5

Binnen kürzester Zeit war Mitzi schweißgebadet. In dem engen Ankleideraum war es stickig, und es herrschte Sauerstoffmangel. Zumindest kam es ihr so vor. Noch etwas gestaltete sich schwieriger als gedacht: das Lauschen und Aufnehmen. Kaum dass sie mit Peppo in der 36b gelandet war, hatte er den begehbaren Kleiderschrank geöffnet. »Versteck dich dort drinnen. Nimm alles mit dem Handy auf, was du hörst. Dann haben wir gleich Beweise. Okay?«

»Ich bin dabei, Peppo, gute Idee!«

Jetzt war sie über ihre Entscheidung ziemlich unglücklich. Manfred und Peppo waren zwar weder leise noch vorsichtig in ihren Äußerungen, aber die Stimmen vermischten sich und drangen in einem kaum im Einzelnen zu erfassenden Klangteppich an Mitzis gespitzte Ohren. Egal, wie sie versuchte, sich auf einzelne Sätze zu konzentrieren, es war mehr ein Brei, als dass sie Informationen herausfiltern konnte.

»Sakra noamal eini!«, rief höchstwahrscheinlich Manfred in seinem Tirolerisch. Doch Mitzi hätte nicht einmal das Fluchen mit Sicherheit zuordnen können.

Es war davon auszugehen, dass sie deshalb mit ihrer Handyaufnahme ebenfalls nicht weit kommen würde. Sie strich über das Display, das in der dunklen Kammer umso heller leuchtete. Die Audiokurve des Programms lief zwar, zeigte aber nur minimale Ausschläge an.

So ein Mist.

Sie musste ihre Position ändern. Vom Sitzen in der Ecke kam sie auf die Knie und weiter in Bauchlage und robbte im Schneckentempo bis an die Tür, rollte sich auf die Seite und presste das rechte Ohr an den Spalt darunter. Mit der rechten Hand hielt sie vorsichtig das Handy vor die Öffnung. Die

Haltung war extrem unbequem, schon nach einer halben Minute wurden ihre Pobacke und ihr Oberarm gefühllos.

Aber sie verstand das Streitgespräch mit einem Mal besser. So konnte endlich eine bessere Aufnahme gelingen.

»Der Oberboss hat angeordnet, wie wir es handhaben sollen. Danach richten wir uns, verstehst.« Manfred klang ziemlich wütend. »Hernach erst is Schluss.«

Peppo hatte wieder seinen gehetzten Ton aufgesetzt. »Noch einmal: Wir sollten abbrechen. Was dem Robert g'schehen is, kann uns auch passieren.«

»Was meinst du mit abbrechen? Ich geh nicht ins Gefängnis.«

»Manfred, überleg, bitte. Wenn wir aufgeben und uns stellen, werden wir strafmindernd davonkommen.« Peppo flehte jetzt. »Glaub es mir. Keiner von uns kennt den Oberboss. Somit kann ihn auch keiner von uns verraten. Der sitzt vielleicht hier in der Slowakei oder arbeitet von Ungarn aus, wer weiß. Wenn wir abspringen, juckt den das nicht, glaub ich. Und wenn Dustin weitermachen möchte, sucht er sich eben andere.«

»Bei dir klingt das, als täten wir von einer Kaffeefahrt zurücktreten. Wir sind straffällig geworden, Herrgott! Außerdem brauch ich immer noch Geld. Die Mütter meiner Kinder sind mit den neuesten Barzahlungen einverstanden, aber verlangen Unterhalt aus den letzten Jahren.«

»Ich will nichts mehr.«

»Aber geh! Bisher hast du dich ohne Murren vom Dustin auszahlen lassen.«

»Hast du dich nie gefragt, wie er an das Bargeld kommt? Wer schanzt es ihm zu?«

»Na, der Oberboss.«

»Den Dustin angeblich genauso wenig kennt wie wir. Da is einiges faul, und wir sind am Ende die Deppen.«

»Bald is es vorbei, Peppo. Es wären zwar weitere zwei Touren geplant. Hat Dustin gesagt. Oder der Oberboss ihm. Das is mir aber wurscht.«

»Weitere zwei Touren? Niemals. Manfred, hör zu. Der Ewald hat gemeint, wenn wir uns stellen, wird es zu unserem Vorteil ausgelegt.«

»Du hast deinem Freund was erzählt?«

»Alles, Manfred, alles.«

»Kruzifix!«

»Manfred! Für den Mord am Robert is ganz allein der Oberboss verantwortlich. Keiner von uns hatte eine Ahnung. Neuer Plan: Wir halten jetzt noch dicht. Zurück in Wien gehen wir zwei geschlossen zur Polizei. Wenn wir das nicht tun, sind wir die Nächsten, die abkratzen. Ich spür das.«

Ein gehässiges Lachen von Manfred folgte. »Wo spürst du es denn? In deinem feigen Herzen oder deinen geschrumpften Eiern, Arschloch?«

»Wenn du nicht mit dabei bist, dann zieh ich es allein durch. Ohne dich oder den Dustin zu verpfeifen, ich schwör es.«

»Ich schlag dich windelweich, wenn du einen Alleingang machst.« Manfred wurde leiser und schärfer im Ton, was Mitzi nicht gefiel. »Nur zu deiner Info, du debiler Peppo. Der Oberboss sitzt nicht in der Slowakei oder Ungarn, das hat er nie getan. Der is dir näher, als du ahnst. Das weiß ich vom Dustin höchstpersönlich.«

»Was? Der Dustin hat dir …? Du weißt, wer …? WER?«

Mitzi, an den Türspalt gepresst, hielt die Luft an.

Manfred machte eine Sprechpause. »Blödsinn. Keiner kennt den Oberboss. Aber der Dustin hat mit gesteckt, dass die Übergabe der Beute immer auf dem Schiff stattfindet.«

»Was?«

»Da schaust, Peppo.«

Mitzis Bauch verkrampfte sich. Wegen ihrer Position und der Information. Der Oberboss war an Bord. Die ganze Zeit schon. Schlagartig waren auch letzte Zweifel, was den Schuss am Whirlpool anging, ausgeräumt. Sie war wahrhaftig attackiert worden. Das hieße weiter, der Oberboss war auf sie aufmerksam geworden. Anzunehmen, dass er die drei Männer beobachtet, belauscht und ausspioniert und dabei Mitzis Wege gekreuzt hatte.

War der Schuss demnach eine Warnung gewesen, sich auf keinen Fall einzumischen? Zu spät.

Manfred redete weiter. »Ich werde Dustin stecken, dass du eine Meuterei anzetteln willst, Peppo.«

»Das tust du nicht.«

»Wetten? Im Gegensatz zu dir bin ich kein Verräter.«

»Nenn mich nicht so.« Auch Peppo wurde hörbar ärgerlicher. »Sonst setzt es was!«

»Ich hab keine Angst, vor niemandem. Vor dir schon gar nicht, du Goschata. Nur weil du lang bist, Langer, bist du nicht stärker als ich.«

»Wollen wir's ausprobieren, Radi?«

Mitzi begann inständig zu beten, dass die zwei sich nicht prügelten. Eine Rauferei würde jegliches Gespräch und damit eine weitere Aufnahme unmöglich machen. Abgesehen davon, war Gewalt immer schrecklich.

Was dann passierte, war selbst für Mitzi viel später noch, im Rückblick, ein unglaublicher Ablauf.

Manfred machte die Tür zum begehbaren Kleiderschrank auf.

Mitzi hatte weder die Zeit noch die Reaktionsschnelligkeit, ins hinterste Eck zurückzukriechen. Sie erstarrte einfach. Bewegte sich nicht. Schloss nicht einmal die Augen. Vor sich sah sie die offenen Sandalen von Manfred und Zehennägel, die gereinigt gehörten.

Es war vorbei. Aufgeflogen war sie.

Wie würde Manfred reagieren? Sie herauszerren und zur Rede stellen? Würde Peppo sie verteidigen oder so tun, als hätte er selbst keine Ahnung gehabt? Würden ihr die Männer wehtun?

Agnes, hilf, dachte sie.

»Also, im Schrank wirst du die Lösung für unser Dilemma nicht finden, Manfred«, hörte sie Peppo sagen. Seine Stimme klang versöhnlicher. »Das wär zu einfach.«

Die Tür schloss sich wieder. Vor Mitzis Nase.

Der Dialog zwischen den Männern ging weiter. Einfach so.

Mitzi hingegen konnte nichts mehr wahrnehmen. Ein Sausen in beiden Ohren hatte eingesetzt. Sie hatte das Gefühl, dass ihr Kopf explodieren würde, während inzwischen beide Beine und beide Arme eingeschlafen waren.

Mit letzter Kraft rollte sie sich einmal um die eigene Achse und landete mit dem Gesicht auf einem Paar Sneaker. Die rochen gruselig nach altem Käse. Aber damit konnte sie in dem Moment gut leben.

6

Axel kannte die Nummer auf seinem Diensthandy nicht. Er war gerade von einem Nickerchen erwacht, dass er sich zusammen mit Konstanze gegönnt hatte. Seine Tochter schlief immer noch friedlich. Die Zeit davor war allerdings anstrengend gewesen. Konstanze zahnte zum zweiten Mal und hatte Axels Gefühl zufolge nach der Rückkehr vom Tierarzt stundenlang durchgeweint. Er war mit dem Baby auf dem Arm durch die Wohnung gelaufen und hatte mit allen Liedern und Songs, an die er sich erinnern konnte, versucht, sie zu beruhigen. Erst bei einem Kölner Karnevalslied war sie endlich eingeschlummert. Das ist das kölsche Blut in meinem Mädchen, hatte er erschöpft, aber glücklich gedacht.

Vor dem Schläfchen hatte sich sein erwachsener Sohn Patrick zu einer – wegen Konstanzes Weinen – sehr kurzen Videokonferenz gemeldet. Er leitete inzwischen die Kölner Detektei, aber Axel war immer noch als Chef angeführt. Alle investigativen Aufträge der vier Mitarbeiter wurden mit ihm besprochen.

In Kufstein selbst lief die Dependance, die Axel gegründet hatte, nur schleppend an. Immer noch gab es bürokratische Hürden, und somit konnte er sich noch nicht voll auf die Akquise konzentrieren. Daher hatte er mehr Zeit für Konstanze, was unterm Strich auch ganz befriedigend war. Außer die Kleine zahnte, hier schloss sich der Kreis.

Er schüttelte die Reste von Benommenheit ab. »Detektei Brecht, Axel Brecht am Apparat.«

Zuerst folgte ein hörbares Durchatmen, dann die Stimme der Anruferin, leise und vorsichtig. »Servus, Axel, ich bin's.«

»Mitzi?« Axel erkannte die beste Freundin seiner Liebsten, aber wollte zur Sicherheit nachfragen. »Du?«

»Ja, schon richtig, ich.«

»Du hast die Nummern verwechselt. Das ist mein Diensthandy, nicht das private. Und Agnes ist in Wien. Kommt aber
heute wieder spät nach Hause.«

Erneut das schwere Atmen. »Aha.«

»Mitzi, ist alles bei dir in Ordnung?«

»Super. Das Schiff is toll. Dazu die herrliche Landschaft.
Auch die Städte sind so schön. Wenn ich auf dem Bett liege,
bei offenem Fenster, und alles langsam, aber unaufhaltsam an
mir vorbeigleitet, hab ich das Gefühl, die Welt dreht sich nur
um mich. Ich bin upgegradet worden auf eine noch schönere
Kabine, stell dir vor. Und erst das Essen, Axel. Dreimal am Tag.
Nein, vier Mal, wenn man Kaffee und Kuchen mitzählt. Sonst
drei Menüs zur Auswahl, vier Gänge. Wenn ich länger als die
paar Tage an Bord wäre, würd ich echt zunehmen. Zu allem
läuft ständig über Lautsprecher Peter Alexander, oder ich hör
immer nur hin, wenn die was von ihm spielen. Bald kann ich
jedes Liederl mitsingen. Es gibt Schlimmeres, denk ich.«

Sie redete drauflos, was Axel nicht sonderlich überraschte.
Agnes hätte sofort geahnt, dass Mitzi bald auf eine wichtige
Botschaft umschwenken würde. Er indessen unterbrach sie.

»Klasse, Mitzi. Aber um mir darüber zu berichten, hättest
du ganz sicher die andere Nummer wählen sollen. Ich werde
gern alles an Agnes weitergeben. Leider ist sie voll ausgelastet, vor heute Abend werde auch ich nicht mit ihr sprechen
können.«

Diesmal trat am anderen Ende der Leitung eine Stille ein.

»Mitzi?« Axel fühlte sich ähnlich hilflos wie vorhin mit
Konstanze auf seinem Arm. Er überlegte für einen Moment,
es bei Mitzi ebenfalls mit einem kölschen Lied zu versuchen,
verwarf den Gedanken mit einem Schmunzeln. »Bist du noch
dran?«

»Ja, schon.« Mitzi klang kurzatmig. »Ich hab es die Tage
bei der Agnes versucht, da war sie mitten in Besprechungen
und Ermittlungen. Blöd, dass ich sie gestört hab. Wunderlich,
wie es eben zwischen uns so is.«

»Wunderlich, Mitzi?«

»Nix, vergiss es.«

Der Groschen fiel bei Axel. Mitzi hatte etwas zu erzählen, das über einen normalen Reisebericht hinausging. Irgendetwas belastete oder beschäftigte sie, und Agnes stand nicht zur Verfügung.

Durch seine Liebesgeschichte mit Agnes hatte Axel wohl auch Mitzi geerbt. Er mochte sie, verstand sie jedoch nicht wirklich. Ihr Trauma aus der Kindheit bedauerte er, hätte sich jedoch gewünscht, dass die Zeit und die Jahre Mitzi zu einem erwachseneren Menschen ohne die manchmal merkwürdigen Angewohnheiten, die sie an den Tag legte, geformt hätten. Die tiefe Verbundenheit aber, die sich zwischen Agnes und Mitzi entwickelt hatte, erkannte er an.

»Was ist geschehen, Mitzi? Magst du es mir sagen, auch wenn ich nicht Agnes bin.«

»Ich glaub, auf mich is geschossen worden.«

»Wie bitte?« Axel setzte sich auf die Couch. Die Ansage barg Sprengstoff. »Wann? Wer? Hast du die Polizei verständigt?«

»Als ich im Whirlpool gesessen bin. Ein Surren an meinem Ohr vorbei, mehr hab ich nicht mitbekommen. Wer das gewesen sein könnte, liegt im Dunkeln. Beim Warum gibt es eine Mutmaßung meinerseits. Und nein, ich hab niemandem Bescheid gegeben, weil ich keine Beweise hab.«

»Wenn du dich nicht geirrt hast, muss es einen Einschuss und eine Patrone geben. Mein Gott, Mitzi.«

»Der Whirlpool hat ein Loch am Rand, und mein Ohr war leicht blutig. Das is wieder gut, schaut aus wie ein Kratzer. Mehr gibt es nicht.«

»Warst du beim Kapitän? Die Reise müsste unterbrochen werden.«

»Ja … äh, nein.« Sofort wurde Mitzi wieder schmallippig. »Der Kapitän muss sich um wichtigere Angelegenheiten kümmern.«

»Was kann wichtiger sein als Sicherheit? Die Sicherheit der Passagiere plus Crew. Und vor allem deine.«

»Lieb, dass du das sagst. Aber deshalb hab ich dich nicht angerufen.«

Mit jeder weiteren Wendung wurde Axel verwirrter. »Weswegen denn?«

»Folgendes, Axel.« Jetzt holte Mitzi lautstark Luft, als würde sie die nächsten Minuten vor lauter Reden nicht zu Atem kommen können. »Ich hab nachgedacht, auch weil ich mich wegen der Umstände nicht wie gewohnt mit Agnes austauschen kann. Bei der Sache mit dem Whirlpool und dem Drumherum wird es freilich immer seltsamer, das is eine Tatsache. Dabei geht es um mehr als mich. Normalerweise hätt ich Agnes direkt nach dem Geschehen angerufen, das wollte ich jedoch nicht. Weil ich sie gar nicht brauche, sondern dich.«

»Mich?«

»Deine Dienste. Als Privatdetektiv. Schau mich als Kundin an.«

Hätte Mitzi am anderen Ende der Leitung nicht todernst geklungen, hätte Axel lachen müssen. Er verkniff es sich. »Okay. Was kann die Detektei Brecht für dich tun?«

»Zwei Sachen. Kannst du die Passagierliste von der MS ›Nene‹ herausfinden? Dazu ebenso die Namen der Crew? Einige kenne ich, die kann ich dir schicken, die meisten leider nicht. Such sie bitte alle heraus. Wie illegal das is, weiß ich nicht, aber du machst doch ständig solche Sachen. Sei bitte dezent.«

»Mitzi, ich gehe höchst selten illegal vor oder umgehe Gesetze. Das wäre unlauter.«

»Entschuldige.«

»Schon gut. Um wie viele Personen handelt es sich ungefähr?«

»Es sind achtzig Gäste an Bord, hat Rudolfo mir erzählt. Mich kannst du abziehen, also neunundsiebzig. Bei der Crew müsste ich nachzählen, schätzungsweise dreißig.«

»Mitzi, ich kann mich dahinterklemmen, aber ehrlich gesagt, das dauert.«

»Echt?« Ihre Enttäuschung war deutlich hörbar. »Dann wenigstens einen Peppo, einen Manfred und einen Dustin durchchecken?«

»Du kennst nur die Vornamen?«

»Peppo is in Kabine 36b mir gegenüber. Dustin in 13a. Von allen dreien kann ich die Nachnamen erfragen. Die sind in Wien zugestiegen, wie ich.«

»Willst du mir nicht wenigstens erläutern, wonach ich suchen soll?«

»Diebstähle.«

»Diebstähle?« Mitzis Ansagen wurden immer kryptischer.

»Wenn ich mehr wüsste, wär es leichter. Es is wie bei dem Schuss auf mich. Das Loch am Rand vom Whirlpool kann auch schon vorher da gewesen sein, und ich steigere mich in etwas hinein. Jessas, Axel!«

»Mitzi, Kopf hoch. Erkundige dich und schick mir die vollständigen drei Namen per Nachricht. Mal schauen, was ich erreichen kann. Trotzdem wirst du wieder zu Hause sein, bevor ich dir Informationen liefern kann.«

»Oje.«

»Einen Vorschlag, der dir gefallen könnte, hätte ich. Ich kann einen Bekannten bei der Polizei bitten, die Namen in die polizeiliche Datenbank einzugeben und zu prüfen.«

»Super. Das gefällt mir.« Von Frust zu Euphorie in nicht einmal einer Minute, das passte zu Mitzi.

»Mitzi, das würde Agnes ebenso für dich tun.«

Ihre Stimme kehrte zur Vorsicht des Anfangs zurück. »Ich möchte dich bitten, Agnes nichts davon zu sagen.«

»Warum das?«

»Wie ich es vorhin gemeint hab.«

»Mitzi, das ist –«

»Bitte, versprich es mir.«

»Ungern, Mitzi.«

»Ein Deal, Axel. Wenn nichts vorliegt, dann belassen wir es unter uns. Wenn was aufscheint, dann kannst du Agnes einbeziehen. Und wenn du schon dabei bist. Da gibt es noch einen Robert, der zu den dreien gehört. Zu dem weiß ich, dass er kürzlich verstorben sein muss.«

»Noch mal zu dem Stichwort Diebstähle. Was genau meinst du?«

»Vielleicht eben nix. Wie mit dem Schuss. Verstehst du?«

In Wahrheit verstand Axel nicht, aber er kannte Mitzi inzwischen gut genug, um zu wissen, dass sie sich nicht abhalten lassen würde, auf eigene Faust zu recherchieren. »Zwei Versprechen musst du mir geben, Mitzi, dann stimme ich dem Deal zu. Auch in Agnes' Namen.«

»Welche denn?«

»Dass du nichts Unvernünftiges tust. Plus, dass du zum Kapitän gehst. Abgemacht?«

»Schon.«

»Ein klares Ja, oder ich rufe Agnes direkt an.«

»Deine Klienten genießen Schweigepflicht und Datenschutz.«

»Das ist wahr und witzig. Doch dann musst du mich bezahlen.«

»Tu ich, wirst sehen.«

»Versprich mir die zwei Sachen einfach.«

»Okay, ja.«

Nachdem Mitzi sich verabschiedet hatte, bekam Axel eine Vorahnung davon, wie es ihm, als Mitzis nächstem Vertrauten nach Agnes, in Zukunft immer wieder einmal ergehen könnte. Ob ihm das gefiel oder nicht.

7

Wieder war Mitzi mit Kapitän Brown und Co-Kapitänin Kramp-Peterle zusammen. Diesmal hatte Bruno Brown sie in sein Büro eingeladen, das im Personalteil des Schiffes lag, der Mitzi in keiner guten Erinnerung geblieben war. Trotzdem hatte sie nicht Nein sagen wollen, nachdem er sie gebeten hatte, ihm und Frau Klaudia zu folgen.

Das Kapitänsbüro ähnelte vom Innendesign einer der Passagierkabinen, war aber funktionaler eingerichtet und kleiner. Es lag eine Etage höher als Rudolfos Kajüte. Statt eines Bettes gab es ein Regal an der hinteren Wand, gefüllt mit Büchern und Ordnern. Der Schreibtisch aus dunklem Holz mit gedrechselten Beinen, der eine Antiquität sein mochte, stand direkt am einzigen Fenster. Dieses war aufgeschoben, und der Fahrtwind ließ die Vorhänge nach oben wehen. Ein Hefter auf der Schreibtischplatte wurde durch den Luftzug aufgeblättert. Bruno Brown machte ihn hastig wieder zu und legte einen Zierstein darauf, als wollte er vermeiden, dass Mitzi den Inhalt lesen konnte. Mit einer nächsten Handbewegung schloss er auch den Laptop, der ebenfalls dort deponiert war.

Dann zeigte der Kapitän auf einen runden Tisch mit drei Stühlen, die allesamt modern gestylt waren. Auf dem Tisch standen eine Wasserkaraffe und Gläser. »Bitte, nehmen Sie Platz, Frau Schlager.« Er wandte sich an Frau Klaudia. »Du bitte auch.«

»Wollt ihr euch nicht unter vier Augen unterhalten?« Frau Klaudia sah besorgt aus. »Was Frau Schlager eben angesprochen hat, sollte vielleicht zuerst einmal in Ruhe zwischen euch geklärt werden.«

»Nein, du bist meine Vertretung, und ich werde nichts ohne dein Einverständnis entscheiden.«

Die Frauen setzten sich. Mitzi hätte gern von dem Wasser getrunken, das die Co-Kapitänin sich eben eingoss, aber sie musste vor Aufregung bereits auf die Toilette, traute sich jedoch nicht zu fragen. In seinem persönlichen Bereich war es dem Kapitän sicher nicht recht, wenn jemand von den Gästen sein Bad benutzte. Sie würde durchhalten, bis er ihr Glauben schenkte.

Denn nach allem, was Mitzi erlebt und gehört hatte, war die Lage ernst.

Sie hatte zwar überlegt, ob ihr Peppo und Manfred nicht einen bösen Scherz gespielt hatten, aber diese Theorie wieder verworfen. Peppos Trauer und Angst konnten nicht vorgetäuscht sein, und Manfred hatte nicht gewusst, dass Mitzi im begehbaren Schrank lauschte.

Erneut wogte die Sehnsucht nach Agnes und einem Austausch mit ihr in Mitzi hoch. Doch hätte Agnes zu den Geschehnissen an Bord nicht wirklich etwas beitragen können. Höchstwahrscheinlich war in dem Fall die Wasserpolizei zuständig, mutmaßte Mitzi. Es war an der Zeit, dass der Kapitän übernahm, er trug die Verantwortung, wie er selbst bereits betont hatte.

»Nun denn«, fuhr Bruno Brown fort. »Bevor ich Sie hier bitte, noch einmal im Detail zu schildern, was Ihnen passiert und zugetragen worden is, Frau Schlager, möchte ich uns allen zur Beruhigung einen Einspänner kredenzen.«

Frau Klaudia lächelte und beugte sich zu Mitzi. »Die Spezialität unseres Kapitäns. Kein Konflikt und kein Problem, das sich nicht bei diesem Getränk lösen lassen würde.«

»Du hast es erfasst, liebe Klaudia.« Er nickte.

Mitzi drehte sich um, und jetzt erst entdeckte sie die schmale Anrichte hinter dem Tisch. Darauf standen eine elegante Kaffeemaschine, eine Reihe von doppelwandigen Kaffeegläsern, Servietten und eine Zuckerdose.

Kapitän Brown bückte sich und holte aus einer gut gefüllten Minibar darunter einen silbernen Rührbecher heraus.

»Das Schlagobers fürs Hauberl hab ich schon fertig. Da bin ich wie der verstorbene Biolek, Gott hab ihn selig. Vorbereitung is alles. Ich hoffe, Frau Schlager, Sie haben keine Allergie und sind nicht auf Diät. Denn nur mit fetten Prozenten beim Schlagobers gelingt es perfekt.«

»An Bord auf Diät zu sein hätt keinen Sinn. Das Essen is phantastisch. Und Allergien hab ich keine.« Mitzi empfand den kurzen Umschwung zu einem angenehmen Thema als Wohltat.

»Wunderbar. Dann erwartet Sie beide gleich ein Hochgenuss, meine Damen.«

Zuzusehen, wie Bruno Brown die drei Einspänner kreierte, und das mit Hingabe, entspannte das Zusammensein. Allein das Ritual, wie er den Mokka jeweils erst in die Tasse goss, dann die dicke weiße Obershaube kunstvoll darübergab, wirkte beruhigend.

»Der Name kommt tatsächlich von den einspännigen Pferdefuhrwerken. Der Kutscher hält die Zügel in einer Hand und in der anderen das Glas mit dem Kaffee. Wussten Sie das, Frau Schlager?«

»Nein. Aber ich trinke ihn immer gern.«

»Mir bricht es das Herz, wenn manche der Gäste nach dem Servieren umzurühren beginnen. Schließlich macht es den typischen Geschmack aus, dass er durch das kalte Obers getrunken wird.«

»Stimmt.«

Er stellte ein Glas nach dem anderen auf den Tisch, dann folgte die Zuckerdose. Daneben legte er drei weiße Servietten.

»Staubzucker zum Süßen, falls Sie wollen.«

»Ich will«, erwiderte Frau Klaudia und machte sich den Löffel aus der Dose voll.

Mitzi verneinte. »Ich mag ihn bitter und sahnig pur.«

Kapitän Brown rieb sich die Hände. »Wie schön, Frau Schlager. Wir genießen. Im Anschluss, und bitte in aller Ruhe, wiederholen und schildern Sie so exakt wie möglich.«

Das Schlagobers schmeckte süß, der Mokka bitter. Genau so, wie Mitzi sich fühlte. Nach den ersten Schlucken begann sie alles zu offenbaren und versuchte nichts auszulassen. Angefangen noch einmal bei der Sichtung der Waffe, hernach über den möglichen Schuss bis hin zu dem Gespräch mit Peppo. Sie endete mit ihrem verkorksten Spionageversuch und der missglückten Handyaufnahme.

Als Mitzi »Das war's« sagte, sprang die Co-Kapitänin von ihrem Stuhl hoch, rannte ans Fenster und wieder zurück.

»Wenn nur die Hälfte von dem stimmt, was Frau Schlager ausgebreitet hat, müssen wir direkt die Fahrt unterbrechen und die Polizei an Bord holen.«

Wieder erinnerte Frau Klaudia Mitzi an eine ältere Agnes. Energisch und bereit, sofort zu handeln. Für einen Augenblick stellte sie sich vor, dass Agnes lila Nagellack mit einem lila Lippenstift kombinieren würde, aber das war wohl doch zu weit von der Art entfernt, wie Agnes sich stylte. Der Pferdeschwanz hingegen passte zu beiden Frauen.

»Bitte, nimm wieder Platz, Klaudia.« Kapitän Brown wirkte mehr und mehr wie der bittere Teil des Einspänners, depressiv und frustriert. Daran hatte auch sein Kaffee-Ritual nichts ändern können. »Dein Ausbruch hilft uns nicht.«

Als die Co-Kapitänin wieder am Tisch saß, nahm er einen Schluck aus seinem Wasserglas. »Ich spreche freiheraus, leg alles offen, auch wenn einiges nicht für die Ohren von Frau Schlager bestimmt is.« Sein Blick wanderte von Klaudia zu Mitzi. »Die Schifffahrtsgesellschaft, zu der auch die MS ›Nene‹ gehört, steht kurz von der Insolvenz.«

»Also stimmen die Gerüchte, Bruno.« Die Co-Kapitänin verdrehte die Augen. »Ein wenig mehr Ehrlichkeit der Crew gegenüber hätte ich von der Reederei schon erwartet.«

»Darum geht es jetzt nicht, Klaudia.«

»Darüber wird aber noch zu beraten sein.«

»Ja, aber nicht jetzt!« Er raufte sich die dunklen Haare. Ohne seine Kapitänsmütze wirkte er unsicherer. »Wenn wir sofort die Polizei verständigen, bedeutet das, dass die Passagiere aufgeschreckt werden.«

»Nicht unbedingt.« Erneut unterbrach Frau Klaudia ihn. »Bei unserem ohnehin vororganisierten Halt in Melk morgen holen die Beamten die drei Männer, die Frau Schlager benannt hat, vom Schiff. Wenn wir die Aktion während der Besichtigung der Stiftskirche in die Ausflugszeit legen, wird kaum einer hier sein.«

»Ich hab es bereits gedanklich durchgespielt, Klaudia.« Sein Ton wurde ungeduldiger. »Und falls ich mich für diese Lösung entschieden hätte, wären nicht nur Frau Schlager und du, sondern alle Offiziere in meinem Büro versammelt, um den Vorgang vorzubereiten.«

»Was sonst, Bruno? Zuwarten, bis vielleicht diese Leute unsere Gäste ebenfalls ausrauben?«

»Das haben die nicht vor.« Zum ersten Mal nach ihren Schilderungen mischte sich Mitzi in den Dialog. »Die Sache is längst gelaufen, aber woanders. Etwas is dabei schiefgegangen. Peppo will bloß wieder nach Hause und sich stellen.«

»Peppo Preding aus 36b«, ergänzte Frau Klaudia.

Mitzi spitzte die Ohren. »Der Zweite is Manfred und der Dritte Dustin.«

»Manfred Husska.« Wieder die Co-Kapitänin. »Beim Dritten muss ich selbst noch nachsehen.«

Mitzi merkte sich schon einmal die beiden Nachnamen und würde sie hinterher direkt an Axel senden. »Ich denke, Peppo sollte man die Chance geben.«

»Sie klingen, als hätten Sie Verständnis für diese Typen und ihre Taten, Frau Schlager.«

»Frau Klaudia, für die Taten sicher nicht. Aber für die Menschen dahinter. Peppo is vom Weg abgekommen und bereut.«

»Ich für meinen Teil finde, die gehören hinter Gitter.«

Genauso hätte Agnes argumentiert, dachte Mitzi. Sie wollte ausholen, ihre eigenen Beweggründe auf den Tisch legen, aber Kapitän Brown ergriff wieder das Wort.

»Klaudia, ich bin ganz deiner Meinung. Aber ich gehe von der geschäftlichen Seite aus an das Problem. In Melk beträgt die Zeit, in der die Passagiere von Bord gehen können, magere drei Stunden. Viele werden bleiben. Wenn die Sache deswegen schiefläuft, die Gäste doch Wind davon bekommen, wird es zu einer Rückforderungswelle der Reisekosten kommen. Außerdem kann uns die Polizei am Weiterfahren hindern, dessen bin ich mir sicher. Das heißt, die Reise wäre verfrüht zu Ende. Erinnere dich an den verdorbenen Fisch letztes Jahr. Auch jeder und jede, die dieses Menü gar nicht gewählt hatten, haben Regress gefordert. Viele dazu noch Schmerzensgeld. Sollte wieder ein Eklat passieren, sind wir alle arbeitslos. Mehr noch, die letzten Gehälter können dann nicht mehr ausbezahlt werden. So is es.«

Eine spannungsgeladene Pause trat ein. Mitzi überlegte, ob ein zweiter Einspänner helfen würde.

Doch dann nickte Klaudia unerwartet. »Was hast du vor, Bruno? Ich höre es mir an.«

»Ich danke dir.« Der Seufzer aus der Brust des Kapitäns war laut und schwer. »Also, mein Vorschlag. Wir werden nicht in Melk halten, damit die drei Männer nicht die Gelegenheit ergreifen, sich doch noch aus dem Staub zu machen.«

»Aber dann werden die Gäste ebenfalls Regress fordern, Bruno?«

»Lass mich ausreden, Klaudia. Als Erklärung geben wir Schwierigkeiten beim Manövrieren und Steuern an. Bei technischen Problemen bleiben die Passagiere meist milde gestimmt, vor allem, wenn wir sie augenscheinlich rasch wieder in den Griff bekommen. Einige werden sich aufregen, aber um die kümmere ich mich persönlich. Für eventuelle Nachfragen werden wir uns absprechen. Mit dem technischen Offizier kläre ich es ab. Wir geben Gutscheine für die nächste Fahrt mit unserem Dampfer aus. Eine freie Übernachtung oder etwas in der Art. Und wir veranstalten statt Ausflug einen bunten Nachmittag an Bord mit einem tollen Kuchenbüfett.

Alle Getränke frei. Der Pianist spielt, es kann getanzt werden. Das werden die Gäste lieben. Hingegen in Passau, wenn wir abschließend vor Anker gehen, machen wir es, wie du es vorgeschlagen hast, Klaudia.«

»Melk oder Passau, Hauptsache, die Polizei nimmt sich der Sache an.«

»Das bedeutet, du stimmst zu, Klaudia?«

»Du trägst das Risiko, Bruno.«

Er fixierte nun Mitzi. »Frau Schlager?«

Nach dem Einspänner war Mitzis Blase inzwischen derart voll, dass sie dachte, einfach loslassen zu müssen, egal, wie schlimm das Malheur dann sein würde.

Sie hätte viel dafür gegeben, wenn dieses unvorhersehbare Abenteuer schon am folgenden Tag in Melk vorbei wäre. Aber wer war sie, dass es an ihr liegen mochte, wenn die Crew nicht ihr hart verdientes Geld bekommen würde, Arbeitsplätze vernichtet würden. Rudolfo hätte sich umsonst jeden Abend und jeden Nachmittag die Finger auf den Tasten wund gespielt. Ganz zu schweigen vom Küchendienst, den er mit übernommen hatte. Das alles ihretwegen.

»Was aber machen wir die restliche Zeit mit den Männern?« Bevor Mitzi ihre Sicht darlegen konnte, sprach die Co-Kapitänin ein weiteres Problem an. »Wenn wirklich einer auf Sie geschossen hat, Frau Schlager, dann gibt es neben der Plastikpistole, die der eine Passagier vor Ihnen erwähnt hat, eine echte. Das bedeutet eine Gefahr für uns alle.«

»Aber Frau Schlager is sich diesbezüglich ja nicht sicher«, warf Bruno Brown als Gegenargument ein.

Plötzlich hatte Mitzi Angst, dass ihre Geschichte doch noch ins Unglaubwürdige rutschte und damit auch Bruno Brown und Frau Klaudia die Anwesenheit der drei Diebe einfach als Hirngespinst einer überdrehten Passagierin abtun würden.

»Wir überprüfen den Whirlpool, so dezent wie möglich. Nur ein Crewmitglied und ich.« Der Kapitän beugte sich verschwörerisch vor, obwohl niemand außer ihnen anwesend war.

»Und was die mögliche Gefahr angeht, Klaudia, hab ich mir ebenfalls schon den Kopf zerbrochen. Ich tendiere auch hier zu einer einfachen Lösung. Wir belassen die Lage, wie sie is. Wobei ich die drei im Auge behalte, ohne Aufsehen zu erregen. Nichts, was sie oder die Gäste dazu veranlasst, Beschwerde einzulegen. Wenn diese Tour vorbei is, mach ich drei Kreuze und zünd in der Kirche eine Kerze an, das schwör ich euch.«

Frau Klaudia nagte an ihren Lippen, das Lila blätterte ab. »Ich weiß nicht, Bruno. Ich weiß nicht.«

Mitzi hob die Hand wie bei einer Abstimmung. »Ich bin mit Kapitän Browns Vorgehen einverstanden.« Sie setzte ein Ächzen hinterher. »Kann ich bitte Ihre Toilette benutzen, Herr Kapitän?«

8

Der nächste Morgen.

»Entschuldigung?«

Mitzi stoppte die Kellnerin, die nach dem Absetzen der Kaffeekanne an Tisch sieben weiterlaufen wollte.

»*Yes please?* Alles in Ordnung, Madame?«

In den Augen der jungen Frau, die, laut Rudolfo, Vera hieß und aus Bulgarien stammte, flackerte direkt Besorgnis auf. Dieses leicht ängstliche Verhalten war Mitzi bereits einige Male beim Personal aufgefallen. Sie dachte an Rudolfos Ansage, dass der Kapitän vor der Crew oft nicht dasselbe charmante Gesicht zeigte wie den Gästen gegenüber.

Mitten in der Nacht war Mitzi hochgeschreckt und hatte das Vorgehen von Bruno Brown wieder anzuzweifeln begonnen. Neben ihr hatte ahnungslos Rudolfo geschnarcht.

Eine Weile hatte sie sich ans Fenster gestellt. Obwohl das Wasser der Donau in der Dunkelheit schwarz aussah, hatte es seine besänftigende Wirkung nicht verloren. Dazu der Sternenhimmel, einzelne Lichter am Ufer und hin und wieder ein Schiff, das den Weg der MS »Nene« kreuzte. Es hätte alles wunderbar sein können, stattdessen hatte sich die Reise zu einer turbulenten Achterbahnfahrt der Gefühle und Ereignisse entwickelt.

Noch vor dem Zubettgehen hatte Agnes Bilder von Konstanze gesendet und eine harmlose Sprachnachricht hinterlassen. Das bedeutete, dass Axel sich an die Abmachung gehalten hatte. Die Antwort von Mitzi an Agnes war ebenso unverfänglich gewesen. Doch Mitzis Herz und Hirn hatten im Duett geseufzt.

»Alles bestens, Sie machen das sehr gut, liebe Vera. Aber Sie brauchen mich nicht Madame zu nennen.«

»*Thank you.* Noch Rühreier, Madame?«

»Keine Eier, nein. Ich wollte nach dem Herrn fragen, der dort seinen Platz hat.« Mitzi deutete auf den ungedeckten Tischabschnitt ihr gegenüber. »Hat er schon gefrühstückt?« Zusätzlich zu allem anderen schien gerade von Dustin jede Spur zu fehlen.

Mitzi erinnerte sich, dass sie ihn das letzte Mal mit Cleo und Jule gesehen hatte, danach hatte keine Begegnung mehr stattgefunden. Konnte es sein, dass Dustin das Schiff in Bratislava verlassen hatte und in der Slowakei geblieben war? Hatte er gerochen oder gespürt, dass sich das Blatt gegen ihn wendete?

Durchaus auch möglich, dass Peppo nach Manfred noch mit Dustin geredet hatte. Oder dass die drei wieder zusammengefunden hatten. Peppo und Manfred hatten sich ebenfalls bisher nicht im Speisesaal blicken lassen. Am Ende waren sie von Bord gegangen. In einem der Rettungsboote abgehauen, mitten in der Nacht. Waren diese Boote denn bewacht?

Und über allem dieser Oberboss.

Diese Figur in dem ganzen gefährlichen Spiel hatte Mitzi im Büro des Kapitäns nicht zur Sprache gebracht. Allein die Bezeichnung klang nach einem schlechten Scherz. Konnte sie dabei auf Peppos Worte vertrauen? Wenn ja, dann war der Fädenzieher im Hintergrund gefährlicher als die drei Kumpels.

Eine nächste Ungeheuerlichkeit schoss Mitzi durch den Kopf. Was, wenn Kapitän Brown in seiner Angst um die Pleite den dreien geholfen hatte, sich aus dem Staub zu machen, und damit das Problem von seinem Schiff ausgelagert hatte?

Vielleicht würde Mitzi sich bei Florian oder Frau Klaudia erkundigen, wie viele Rettungsboote es gab, und dann nachzählen. Hatte nicht Cleo von der Sicherheitseinweisung berichtet? Nein, das war Gerry, der Mann von Gisa, gewesen. Wo war das ältere Ehepaar? Wo überhaupt Julchen? Und eben auch die üppige Cleo in bunter Tracht fehlte.

Mitzi wurde schwindlig von all den Unsicherheiten.

»… bisserl übel.«

Vera riss Mitzi aus ihrer Gedankenachterbahn.»Bitte? Ich hab nicht richtig zugehört, tut mir leid.«

Der ängstliche Blick wechselte zu einem, den Mitzi bei der Crew im Umgang mit Cleo einige Male beobachtet hatte: einem genervten.»Herr Czeld wollte weder Abendessen noch Frühstück. Ihm is ein bisserl übel, hat er gemeint.«

Mitzi nahm direkt ihr Handy zwischen die Finger und notierte sich den dritten und letzten Nachnamen für Axel.»Sie haben mit ihm gesprochen?«

Ein ungeduldiges Lächeln erschien auf den Lippen der Kellnerin.»*No, not me.* Ich nicht. Ich habe vom Gästebetreuer Bescheid erhalten.«

»Den Florian, meinen Sie?«

Jetzt entkam Veras Brust ein leiser Seufzer.»Soll ich ihn holen, Madame?«

»Nein, nein. Nicht nötig.«

»Rühreier?«

»Aber gern.«

Kaum hatte Mitzi den Speisesaal verlassen, schallte zum x-ten Mal Peter Alexanders Stimme aus den Lautsprechern.»Hier ist ein Mensch, der will zu dir. Du hast ein Haus, öffne die Tür ...«

Dieses Mal brachte Peters Liedtext Mitzi auf eine Option, die sie bisher nicht in Betracht gezogen hatte. Direkt zu Dustins Kabine 13a zu gehen. Sie erinnerte sich, dass er die Zahl als Glückszahl ansah. Fortuna brauchten sie vielleicht alle an Bord, inklusive der Schifffahrtsgesellschaft. Glück und ein wenig Nachhilfe dazu.

Sie durchquerte den Empfang, trippelte die Treppen nach oben und stand wenige Sekunden später vor der Tür.

»Bitte nicht stören!« Das Schild baumelte am Türgriff.

Dass Dustin leicht übel war, hatte er Florian mitgeteilt, der es an die Kellnerin weitergegeben hatte. Durchaus möglich, dass ihm etwas auf den Magen geschlagen war, obwohl er gestern bei der Begegnung an Deck munter und aufdringlich wie immer gewirkt hatte.

Mitzi hob die Hand. Sie würde klopfen und ihn fragen. So einfach war es.

»Was machst du denn da?«

Erschrocken wirbelte Mitzi herum. Jule stand keinen Meter hinter ihr. Mitzi hatte sie nicht kommen gehört, was an dem Teppichboden im Gang liegen konnte.

»Hallo, Jule. Ich wollte mich nach Dustin erkundigen. Er war weder beim Abendessen noch beim Frühstück. Angeblich is ihm übel.«

Jule legte den Kopf schief. Ihr roter Zopf baumelte über ihrer Schulter. Heute trug sie wieder einmal ihre absolut knappen Shorts und das bauchfreie T-Shirt, und das, obwohl die Temperaturen morgens ziemlich frisch waren. »Geh, sei ehrlich, Mitzi. Du bist unserem Dustin ebenso verfallen wie wir anderen auch. Der hat einfach einen Esprit, würde meine Mama sagen. Harry Styles und Dustin könnten Brüder sein.«

»Ich finde Dustin anlassig und unangenehm. Blöde Sprüche und blödes Benehmen.«

»Warum willst du dann an seine Kabinentür klopfen?«

»Hab ich doch gesagt. Ich mach mir Sorgen.«

»Glaube ich dir nicht.«

»Doch, Jule.«

»Habe ich etwas Wichtiges verpasst?« Nun war es Cleo, die Jule und Mitzi überraschte. Ihr lautes Organ war sicherlich in allen Kabinen zu hören. Mitzi überlegte, dass Dustin allein schon deshalb öffnen und sich nach dem Lärm erkundigen könnte.

»Unsere Mitzi wollte zu Dustin.« Jule kicherte.

»Nur um ihn zu fragen, ob alles in Ordnung is, nix sonst.« Mitzi spürte Ärger hochkommen. Es war nicht leicht, mit Jules pubertärem Gehabe klarzukommen.

Ob Mitzi auf Agnes ähnlich nervig wirkte? Der Gedanke kam wie ein Pfeil geschossen und raste durch Mitzis Denken, einmal von einer Seite zur anderen. Nein, sie würde bis zur Rückkehr keinen Mucks über die Geschehnisse an Bord von sich geben und Agnes erst nach dem Erscheinen der Polizei und nach dem Ende der Reise von all den Erlebnissen an Bord berichten. Auch das nüchtern, ohne den üblichen Schnickschnack.

»Schnickschnack«, setzte Mitzi laut hinterher.

»Was?«

»Wie bitte?«

Beide Frauen redeten gleichzeitig.

»Stopp!« Mitzi klatschte in die Hände. »Lasst uns an die frische Luft gehen. Sonst wecken wir alle hier auf.«

»Da schläft doch keiner mehr«, behauptete Cleo, die das Sonnenblumenkleid von der ersten Begegnung trug. Es war das bisher einzige Mal, dass sich ein Outfit bei ihr wiederholte. »Abgesehen davon bitte ich dich, Mitzi, bei mir nicht zu klopfen, sollten wir uns einmal ein paar Stunden nicht über den Weg laufen. Ich mag klebrige Leute noch weniger, als ich Wasser mag.«

»Cleo, mein Auftauchen hier hat andere Gründe.«

»Ha, was du nicht sagst.«

»Was wolltest du eigentlich hier, Cleo? Deine Kabine ist doch unten, wo es komische Bullaugen und keine Schiebefenster gibt?« Jule sprach aus, was Mitzi ebenfalls gerade aufgefallen war. »Du willst mit Dustin anbandeln oder hast es schon getan. Gib es zu. Die Mitzi und ich, wir schweigen wie die Steine am Grund der Donau, aber erzähl uns alles.«

Mit einer ausladenden Geste machte Cleo kehrt. »Ich habe mich im Gang geirrt, sonst nichts.«

Dann vollführte sie eine schnelle Drehung, die man ihr bei der Fülle nicht zutraute. Sie packte mit ihrer linken Hand Mitzis Oberarm, mit der rechten den von Jule und zog beide Frauen nah zu sich. Dabei senkte sie ihre Sprechlautstärke auf ein Hauchen herunter.

»Ich sage es euch nur einmal: Ich bin an Bord, um mich

nach einem neuen Mann umzuschauen. Obwohl ich panische Angst vor jedem Gewässer habe, nicht schwimmen kann und sekündlich gegen eine Ohnmacht ankämpfe. Dustin ist ein niedliches Kerlchen, aber nicht mein Beuteschema. Ich will was Älteres mit einer guten Pension. Nun wisst ihr es, und ich will keine einzige dumme Frage mehr hören. Jetzt brauche ich dringend Frühstück.«

Sie ließ die zwei anderen los und stolzierte den Flur entlang zur Treppe.

Jule gab Mitzi unvermutet einen Kuss auf die Wange. »Siehst du, wenn du die MörderMitzi bist, dann ist Cleo die Mörderwitwe. Frauen morden eh besser, wenn du mich fragst. Aber ich mag euch beide. Kommst? Lass den armen Dustin in Frieden ruhen. Beziehungsweise ausschlafen.«

Bevor Mitzi auf Jule reagieren konnte, lief diese hinter Cleo her.

Mitzi blieb noch eine Weile vor der Kabinentür stehen, doch sie klopfte nicht.

Nach all den Überlegungen der letzten Stunden und Tage gab es eine neue Idee, eine heiße Spekulation in ihrem Kopf.

Was, wenn der »Oberboss«, von dem Peppo geflüstert hatte, eine Frau war?

9

Dass Agnes unvermittelt in Tränen ausbrach, überraschte sie selbst wahrscheinlich am meisten.

Axel hatte Konstanze auf seinem Schoß und versuchte sie dazu zu bewegen, die neueste Muskreation aus Birnen, Äpfeln und Heidelbeeren zu essen. Die Lätzchen, die er sich und seiner Tochter umgebunden hatte, sahen aus, als hätte jemand Unmengen dunkles Blut verloren, fand Agnes. Was aber auch daran liegen konnte, dass sie der Fall intensiv beschäftigte. Rasch griff sie nach einer Serviette und bedeckte ihre Augen.

»Weinst du, Liebling?« Axel hatte es dennoch bemerkt.

Er legte den Löffel ab, entfernte die Lätzchen und brachte Konstanze zum Kinderlaufstall, der im Wohnzimmer neben der Residenz von Hamster Jo aufgebaut war. Die offene Küche war perfekt, um die Kleine jederzeit im Auge behalten zu können.

Einen Moment lang schien Konstanze zu überlegen, wie sie auf den Ortswechsel reagieren sollte. Doch der neue Plüschbär, der sogar brummen konnte – ein Geschenk von Axels Mutter –, faszinierte sie zu sehr, als dass sie mit Geschrei protestierte. Ihre Fingerchen umschlossen das Spielzeug und begannen es zu kneten. Damit brachte sie sich selbst zum Lachen, was bei ihrer Mutter ein weiteres Schniefen auslöste.

»Was ist denn los?« Axel kam zurück an den Tisch und zog sich einen der Stühle ganz nah zu Agnes hin. »Du und Tränen, kenn ich gar nicht.«

»Nichts.« Sie schnäuzte sich.

Er nahm ihr das Taschentuch aus der Hand. »Etwas aber doch. Spuck es aus, mein Lätzchen ist bereits bekleckert.«

Eine Mischung aus Lachen und Schluchzen entlud sich bei Agnes. »Ich war glücklich, dass es mit meiner Arbeit wieder losgegangen ist. Aber es läuft nicht richtig. Ich bin müde, wenn ich aufstehe, müde, wenn ich ins Bett gehe. Es war toll, die Kollegen in Wien persönlich zu treffen. Und ich möchte es bald wieder tun, auch weil es dort noch einiges zu ermitteln gibt. Das will ich selbst übernehmen. Trotzdem möchte ich auch in Kufstein sein. Ich will nichts von Konstanzes Entwicklung verpassen, liebe es, wenn wir als kleine Familie zusammen sind. Doch die Lust auf Verbrecherjagd und Ermittlungen ist genauso da. Diese Überfälle und dieser Mord – ich denke, ich kann einen Beitrag leisten. Aber kaum zu Hause mit dir, will ich lieber einen Ausflug mit euch machen. Meine Eltern besuchen, meine Schwester und Mitzi.«

»Du hast das Dilemma einer arbeitenden Mutter eben mit vielen Worten umschrieben, Agnes.«

»Was, wenn diese Zerrissenheit schlimmer wird, wenn mein Boss in Pension geht und ich das Revier leite.«

»Dann schlag die Stelle aus.«

»Will ich nicht.« Sie zog einen Schmollmund, der dem ihrer Tochter in nichts nachstand. »Kannst du das verstehen?«

»Klar. Deshalb mache ich weiter Elternzeit, bis du dich eingependelt hast. Sobald die Kooperation mit dem Bundeskriminalamt in Wien und der Fall abgeschlossen sind, wird es leichter werden. Dann bist du dauerhaft hier vor Ort. Erst dann reise ich wieder einmal nach Köln. Modernes Familienleben eben. Et es, wie et es, wie der Kölner in mir sagen würde.«

Sie sah ihn skeptisch an. »Warum bist du dauernd relaxt, Axel? Ich hab das Gefühl, dich stört es überhaupt nicht, dass deine Detektei in Köln ohne dich läuft und du hier Babybrei verfütterst.«

»Erstens bin ich älter als du. Zumindest ein paar Jahre mehr Lebenserfahrung.« Er zwinkerte ihr zu, was Agnes lächeln ließ. »Zweitens leitet mein Sohn Patrick die Detektei richtig gut. Drittens klappt es mit dem Homeoffice. Ich bin selbst erstaunt, wie viel ich allein vom Computer aus für den reibungslosen Ablauf in meiner Firma leisten kann.«

»Trotzdem.«

»Agnes, was steckt noch dahinter?«

Mit einem Blick zu Konstanze, die weiter mit dem Bären beschäftigt war, senkte sie ihre Stimme. Auch wenn ihre Tochter noch keinen einzigen Satz über Mordermittlungen verstanden hätte, widerstrebte es Agnes, laut vor dem Stanzerl darüber zu berichten.

»Robert Maler, das eine erschossene Mitglied der Bande, hinterlässt eine Tochter. Hanna. Das geht mir nahe. Ich sollte längst noch einmal die Ex-Frau angerufen haben, aber ich zögere es hinaus. Etwas, das ich von mir nicht kenne.«

»Zeigt mir, dass du zu einer noch besseren Ermittlerin geworden bist, als du ohnehin bereits warst.«

»Eher das Gegenteil.«

»Ich widerspreche der zukünftigen Revierinspektorin.« Erneut brachte er Agnes zum Schmunzeln. »Mitgefühl gehört unbedingt dazu. Selbst in meinem Handwerk ist eine Portion Einfühlungsvermögen nötig, ob wir nun einen fremdgehenden Ehemann auskundschaften oder einen Betrug aufzudecken versuchen.«

Sie löste ihre Hand aus der seinen, stand auf und holte sich eine Apfelhälfte, die nicht für Konstanzes Obstmus verwendet worden war. Nach einem herzhaften Biss fuhr sie weiter fort. »Ich war noch nicht fertig mit meiner Aufzählung von allem, was mich beschäftigt, Axel.«

»Ich höre zu und verkneife mir zu sagen, dass man mit vollem Mund nicht spricht.«

Jetzt musste Agnes laut lachen. Einzelne Apfelstücke sprangen über ihre Lippen und landeten am Boden. »Tut mir leid. Ich mutiere zu einem Dreckspatzen.«

»Gefällt mir. Dann bin ich das einzige große Vorbild für Konstanze.«

»Lass mich ausreden, Axel.« Sie hob die Teilchen auf und warf sie in den Biomüll. »Es ist mir wichtig.«

»Klar doch, Liebling.«

»Ich will auch eine gute Freundin sein. Unserer Mitzi gegenüber. Sie schickt mir Fotos und Filmchen von der Reise, und außer Daumen hoch und die Videos, die du vom Stanzerl gedreht hast, kommt von meiner Seite viel weniger als sonst. Sie hat sich gemeldet, als ich in der digitalen Besprechung war, danach hab ich sie nicht zurückgerufen. Weil mir eben alles über den Kopf wächst. Sie ist ganz sicher traurig, was ich daran merke, dass sie sich ihrerseits nicht meldet. Ich hab kaum eine Ahnung, wie es ihr auf dem Schiff und mit Rudolfo wirklich geht.«

Axels Blick ging zu Boden. »Mach dir um Mitzi keine Gedanken, Agnes. Sie ist auf einem Ausflugsdampfer auf der Donau. Was soll dort schon geschehen außer viel Essen und Beschallung mit Peter Alexander? Noch dazu hat sie ja ihren Rudolfo an Bord, der auf sie aufpassen kann.«

»Axel?« Agnes stutzte und fixierte ihren Partner. »Alles okay?«

»Bestens, Liebling.«

»Ich meine, mit Mitzi. Weißt du etwas über sie, das ich nicht weiß?«

»Na, wenn schon.«

»Axel!« Eine unerwartete Empörung breitete sich in Agnes' Bauch aus. »Was passiert hinter meinem Rücken?«

»Hinter deinem Rücken? Nun sei nicht albern.«

»Woher weißt du von Peter Alexander? Mitzi hat es mir geschrieben, aber ich hab es dir gegenüber nicht erwähnt. Ich bin Ermittlerin, vergiss das nicht.«

»Und ich Privatdetektiv, Agnes. Die Privatsphäre meiner Kunden ist bei jeder einzelnen Person geschützt. Egal, ob ich oder du diese Person kennen.«

Agnes' Entrüstung kippte in Ärger. »Willst du damit andeuten, dass Mitzi eine Klientin in der Detektei Brecht ist?«

»Sie könnte uns nicht bezahlen.«

»Du weichst mir aus.«

»Agnes, bitte.«

»Wenn du Informationen von oder über Mitzi hast, musst du sie mir weitergeben. Ich bin ihre beste Freundin, nicht du.«

»Ich werde sie dir nicht wegnehmen.«

»Aber sie hat sich bei dir gemeldet, stimmt's oder nicht?«

»Ja. Aber mehr werde ich nicht sagen. Wie jeder andere auch genießt deine Mitzi bei mir Schweigepflicht.«

»Schweigepflicht ist ein Wort, das nicht zu meiner Mitzi passt.«

»Im Zusammenhang mit einer Bitte oder besser einem kleinen Auftrag schon.«

»Ein Auftrag?«

»Lass das Nachbohren, Agnes. Allein zuzugeben, dass sie mich angerufen hat, ist eine Offenbarung zu viel. Verpfeif mich nicht.«

»Herrje.« Agnes stand auf und begann auf und ab zu laufen. Jedes Mal wenn sie am Laufstall und bei Konstanze vorbeikam, hielt ihr die Kleine ihren Bären entgegen. Agnes bemerkte es nicht.

»Reg dich nicht auf, Liebling.« Axel hob beschwichtigend die Hände. »Es ist alles gut.«

»Dann sag mir, wieso Mitzi dich anruft und nicht mich.«

»Sie wollte dich nicht stören.«

»Hätte sie nicht.«

»Du hast gerade gemeint, dass du überhaupt keine Zeit für sie hast. Deshalb lass es mich übernehmen. Ich kümmere mich um Konstanze und um Mitzi. Vertrau mir.«

Am Durchgang zwischen Küche und Wohnzimmer hielt Agnes an. Ihre Gefühlslage wechselte vom Ärger zurück zu der anfänglichen Traurigkeit. Sich derart wenig unter Kontrolle zu haben gefiel ihr ebenso wenig wie die Tatsache, dass Mitzi tatsächlich nicht sie, sondern Axel kontaktiert hatte.

Sie schluckte die neuen Tränen hinunter.

Es gab nur die Wahl, Mitzi sofort anzurufen und sich der Sache anzunehmen, egal, um was es dabei ging, oder Axel wirklich übernehmen zu lassen. Das Arbeitspensum, das Agnes sich vorgenommen hatte, gab den Ausschlag.

Mit wenigen Schritten war sie bei Axel, fasste sein Gesicht, drückte ihm einen Kuss auf die Lippen. »Ich vertraue dir Mitzi an, Axel. Aber wenn du das Gefühl hast, es läuft bei ihr tatsächlich etwas schief, dann musst du mich einbeziehen. Sofort.«

»Versprochen. Nach der kölschen Weisheit: Et hätt noch immer jot jejange.«

Konstanze brüllte los. Sie hatte es geschafft, sich den Bären auf den Kopf zu werfen.

»Ach, mein Stanzerl!«, rief Agnes und hechtete zum Laufstall. »Die Mama ist ja schon da.«

Da passierte es Agnes unbewusst schon wieder. Ihre Schuldgefühle, ihre Tränen und auch ihre Besorgnis um Mitzi traten in den Hintergrund. Zumindest für den Augenblick.

10

Auf dem Revier drängte sich die Konfrontation mit Axel, Mitzi betreffend, zurück in Agnes' Bewusstsein. Jetzt würde sie sich die Zeit nehmen, nichts konnte sie mehr abhalten. Weil sie auf die Anrufe ihrer Freundin bisher nur knapp reagiert hatte, hatte sie erwartet, dass Mitzi sofort beim ersten Klingeln ans Handy gehen würde. Und wenn Agnes, ohne Axel zu verpfeifen, nachgehakt hätte, wäre Mitzi direkt ins Erzählen gekommen.

Doch keine ihrer Voraussagen traf ein. Mitzi ging nicht ans Telefon, und ihre Mailbox sprang ebenfalls nicht an. Auch hatte es in den letzten Stunden keine neuen Flussbilder und Donauvideos gegeben.

Was war los?

»Verdammt«, stieß sie vor der Pinnwand stehend aus. Hier die Raubüberfälle und der Mord, dort Mitzi mit einem neuen Geheimnis.

»Am Ende hängt noch beides zusammen, ha, ha«, sagte Agnes laut mit einem falschen Lachen Richtung Notizen. Sie klopfte auf den Kork vor ihr, das Geräusch war dumpf, als würde sich dahinter ein Hohlraum befinden. »Das wäre eine unfassbar depperte Gschaftlhuabarei!«

Es kam äußerst selten vor, dass Agnes ein Dialekt- oder Schimpfwort benutzte, doch es traf die Sache genau.

»Himmelhergottzagramentkruzifixhallelulijalecktsmiamarschscheißglumpverreckts!«, erklang es hinter ihr von Bastian, der eben das Großraumbüro betreten hatte. »Der längste und sprachlich tollste Fluch, den die Welt je gehört hat. Du darfst ihn verwenden und mich zitieren, Kollegin.«

Agnes wandte sich ihm zu. »Ich bin etwas am Verzweifeln, Basti.« Sie überlegte, ob sie ihm von Mitzi erzählen sollte, doch entschied sich um. »Keinen Millimeter komme ich weiter. Ich fühle mich wie ein nutzloses Mitglied der Soko Uhren.«

»Was redest du?« Wie bereits neulich stellte Bastian sich neben sie. »Die Wiener sind seit fünf Wochen dran und keinen Schritt weiter. Du bist bloß seit ein paar Tagen im Team und hast mehr herausgefunden als alle anderen.«

»Hast du meinen Bericht zum Juwelier Basswerk gelesen?«

»Genau den meine ich. Du warst bei einem, den die Beamten, sprich auch ich, bereits vernommen hatten, wobei aber nichts herausgekommen is. Du hast erste Anhaltspunkte gefunden.«

»Auf deine Spürnase hin. Mach dich nicht klein, Bastian.«

»Wurscht, wer es entdeckt. Ob aus dem Team oder nicht.«

»Da hast du recht, Basti. Aber leider nützt uns das nichts. Nachzuweisen ist dem Mann nichts. Dann habe ich nach einem Manfred geforscht, allein im Raum Kufstein ist der Vorname häufiger, als ich Zeit hätte, zu jedem hinzugehen und ihn mir anzusehen. Und bei Radi tauchen nichts als Radieschen auf.«

»Wenn wir bald ein Phantombild hätten, wäre es einfacher.«

»Darum kümmere ich mich noch.« Sie stieß einen Seufzer aus. »Übrigens: Nach der Konferenz mit Anwesenheitspflicht in Wien war ich bei einem Haus für Selbsthilfegruppen in der Stumpergasse. Dort war Robert Maler wegen seiner Spielsucht. Hat mir auch seine Ex-Frau erzählt. Und unser Kufsteiner Juwelier ist ebenfalls dorthin gefahren.«

»Von Kufstein bis nach Wien wegen solcher Treffen?«

»Hier würde er gesehen werden, es würde sich herumsprechen, und sein Ruf wäre dahin. Du weißt doch, wie die Leute über Seelenleiden oft noch denken.«

»Stimmt. Meine Mutter meint auch, wer sich therapieren lässt, is merkwürdig. Ein Vorurteil, dass sich immer noch in den Köpfen hält. Schön blöd, sag ich, auch wenn's meine Mutti is.«

»Jedenfalls gibt es vom Hausbesitzer und Initiator der Gruppen keine Chance auf eine Namensliste der Teilnehmer bei den Zusammenkünften. Beziehungssucht und Spielsucht. Ausschließlich für männliche Betroffene. Chefinspektor Manzig versucht, einen Beschluss von der Staatsanwaltschaft zu erwirken. Was schwierig wird, weil wir auch dafür zu dürftige Argumente haben. Bloß die beiden in die Raubüberfälle involvierten Männer, die in der Stumpergasse an Treffen teilgenommen haben. Von denen wissen wir leider nicht einmal, ob sie in ein und derselben Gruppe waren.«

»Was is mit der Pensionistin, die die Schalldämpferpistole vor Ort entdeckt hat?«

»Aber nicht vor genau diesem Haus. Daher lässt der Fund nicht direkt darauf schließen. Die Stumpergasse hat ja über sechzig Hausnummern, das Krankenhaus der Barmherzigen Schwestern und das Geburtshaus von Franz Eybl stehen ebenfalls dort. Ich bin die Straße entlanggelaufen. Wir bräuchten schon einen dringenden Tatverdacht. Den haben wir jedoch nicht.«

»Spielsucht versteh ich. Aber beziehungssüchtig, was heißt das?«

»Jemand, der keine Sekunde ohne seinen Partner sein kann. Eifersucht, die jedes gesunde Maß übersteigt. Ein Mensch, der tatsächlich zu viel liebt, wie mir Dr. Rannacher erklärt hat. Das ist der Wiener Therapeut, der uns schon beraten hat. Bei dem hab ich mich erkundigt. Der psychisch Kranke würde alles dafür tun, um das Objekt seiner Liebe bei sich zu behalten.«

»Auch morden?«

»Dietmar Basswerk können wir für den Mord definitiv ausschließen. Er steckt zwar meiner Meinung nach bei dem ersten Überfall in seinem Laden mit drin, aber damit endet zumindest vorläufig seine Beteiligung. Die wir ihm auch noch nachweisen müssen, versteht sich. Am Tag der tödlichen Schüsse in Wien hat er früh sein Geschäft in Kufstein geöffnet, hat schon morgens Kunden bedient. Eine zu knappe Zeitspanne für einen Abstecher. Ein wasserdichtes Alibi.«

»Was is mit dem Menschen, den du in der Nacht bei ihm vermutet hast?«

»Ist leider ausschließlich eine Spekulation meinerseits.« Agnes setzte sich an ihren Schreibtisch. Mit ihrem Bürostuhl begann sie sich zu drehen und Kreise zu ziehen.

Das Fenster, davor ihr Schreibtisch, die Arbeitsplätze der Kollegen und schließlich die Pinnwand zogen an ihren Augen vorbei. Plötzlich bremste sie ab. »Bin ich jetzt verrückt, oder könnte was dran sein?«

Bastian zuckte mit den Schultern. »Verrückt warst du noch nie, Agnes. Also klär mich auf, was wo wann und wie dran sein könnte.«

»Pass auf.« Sie stand ruckartig auf und kam ganz nah an die überdimensionale Korkwand mit all den Fotos und Zetteln voller Informationen. In der unteren Hälfte hatte Agnes eine Karte angepinnt und Verbindungslinien zwischen den einzelnen Orten der Überfälle eingezeichnet. Die roten Striche bildeten ein schräges Trapez. Die Schmuckgeschäfte in Kufstein, Linz und zweimal Wien. »Wenn ich Kufstein als Probelauf der Bande einstufen würde und außen vor lasse, ergeben die drei anderen Überfälle ein ungleichmäßiges Dreieck.«

»Auf was willst du hinaus? Das is ja logisch.«

»Schon, aber hast du nicht das Gefühl, dass die Juwelierläden in Städten mit Flussschifffahrt liegen?«

»Welcher Fluss?«

»Die Donau, Bastian. Dreimal die Donau. Und Dietmar Basswerk hat auch etwas von einer Kreuzfahrt in Österreich erzählt.«

Er deutete Richtung Pinnwand. »Das is sehr weit hergeholt. Die Donau fließt an unzähligen Orten vorbei.«

»Stimmt, war nur ein Gedanke. Der hat wahrscheinlich mehr mit meiner Freundin Mitzi zu tun, die gerade dort auf Urlaub ist und …« Agnes winkte ab. »Vergiss es.«

Ihr Handy klingelte. Sofort holte sie es ans Ohr, es musste endlich Mitzi sein. Agnes sah schon Gespenster wegen ihr. »Mitzi? Warum erst jetzt?« Am anderen Ende der Leitung hustete jemand, der nicht Mitzi war. Agnes schlug sich an die Stirn. »Sorry, Inspektorin Agnes Kirschnagel am Apparat, ich hatte einen anderen Anrufer erwartet.«

»Renate Koswinski hier.« Agnes standen Ex-Frau und Tochter des Opfers Robert Maler direkt vor Augen. »Entschuldigen Sie die Störung.«

»Überhaupt kein Problem. Wie geht es Ihnen in der schweren Zeit?«

»Ja, schwer is es, Inspektorin Kirschnagel.« Sie atmete hörbar aus. »Ich hab die Beerdigung vororganisiert. Mein Ex hat ja sonst keinen mehr. Wenn seine Leiche von der Polizei aus freigegeben wird, kann es rasch gehen. Is auch für meine Tochter wichtig. Dann kann sie sich verabschieden.«

»Wie geht es Hanna Maria?«

»Es geht. Sie is gefasster als ich.«

»Kinder sind stärker, als wir denken, Frau Koswinski.«

»Ich hab ein paar Papiere aus der Wohnung holen dürfen, ein Polizist hat mich begleitet. Er hat gemeint, es wird noch dauern.«

»Richtig. Die Ermittlungen haben gerade erst begonnen. Meine Kollegen von der Spurensicherung sind dabei, alles zu durchforsten. Ein Gerichtsbeschluss steht noch aus, um die Telefonverbindungen wie auch die Bankauszüge Ihres Ex-Mannes einsehen zu dürfen. Ihre Tochter sollte bald mit dem Polizeizeichner zusammenkommen. Aber bitte zum Grund Ihres Anrufs, Frau Koswinski, ich bin ganz Ohr.«

»Eine Sache, Inspektorin Kirschnagel. Mir is eingefallen, wie der eine Kumpel von meinem Ex mit vollem Namen geheißen haben könnte.«

Mit einem Mal wurde es Agnes von den Füßen aufwärts heiß. Es ging doch ein Stück voran. »Sprechen Sie, ich bin an meinem Schreibtisch und notiere.«

»Peppo Preding oder Preling. Ich glaub aber, Preding war es eher.«

»Sonst noch?«

»Nur der Name. Robert hat ihn einmal mir gegenüber erwähnt.«

»In welchem Zusammenhang, Frau Koswinski? Und wann?«

»Vor über einem Monat, als ich mich wegen der ständig ausbleibenden Unterhaltszahlungen mit ihm treffen wollte. Da hat er gemeint, er wär zu dem Zeitpunkt auf Urlaub. Ich weiß noch, dass ich mich furchtbar geärgert hab, weil er Geld für einen Kumpelstrip hatte, aber nichts für Hanna springen lassen wollt.«

»Kumpelstrip?«

»Er wollt wohl mit ein paar Freunden ein paar Tage weg. Als ich gefragt hab, mit wem, hat er mir schließlich den einen Namen genannt, dann aber gemeint, ich kenn eh keinen von denen.«

»Wo er mit diesen Kumpels hinwollte, hat er auch erwähnt?«

»Nix Genaues, tut mir leid. Nur von einem Schiff hat er geredet.«

»Ein Schiff zum Mieten? Ein privates Boot? Eine Kreuzfahrt?«

»Tut mir leid. Nur Schiff.« Sie seufzte. »Das war's. Ach, und dass er für unser Hannerl bald viel Geld weglegen würde, hat er hinzugefügt. Das hab ich ihm nicht geglaubt.«

»Danke, Frau Koswinksi, Sie haben uns auf jeden Fall weitergeholfen. Grüßen Sie mir Hanna Maria. Wobei Hannerl mir noch besser gefällt.«

»Richte ich aus, Frau Kirschnagel.«

Nachdem Agnes aufgelegt hatte, machte sie um den notierten Namen einen Kreis. »Wieder ein Stückerl weiter, Basti.«

Bastian klopfte ihr auf den Rücken. »Siehst, was ich g'sagt hab. Kaum bist du mit im Team, gehen die Dinge voran.«

Agnes zog den Kugelschreiber vom Notizblock zurück, riss den Zettel ab und heftete ihn an die Pinnwand. »Ich setz mich direkt an die Suche nach diesem Peppo Preding. Oder Preling. Hast du Zeit, mich zu unterstützen, Basti?«

»Zuerst brauch ich mal einen Kaffee. Is der Sepp weiter krankgemeldet?«

»Bis nächste Woche, ja.«

»Dann schleich ich mich in sein Büro und zu seiner kleinen privaten Maschine. Die macht den besten. Is so. Magst auch einen?«

Bei dem Stichwort war sofort wieder Mitzi präsent.

Hatte Agnes nicht vorhin wegen der Flussreise, wegen Axel und wegen des fehlgeschlagenen Anrufs einen Zusammenhang zwischen den Fällen und Mitzi erzwingen wollen? Konnte es nicht doch sein, dass …?

»Jetzt aber Schluss mit dem Schwachsinn, Agnes!« Sie schüttelte vehement den Kopf.

Bastian blieb noch einmal stehen. »Was meinst?«

»Nichts, Basti. Ich hab ein Selbstgespräch geführt. Und bitte ja, Kaffee mit viel geschäumter Milch.«

So, wie ihn Mitzi bevorzugt trank.

11

»Mitzi, ich hab dich schon überall gesucht.«

Jule trug ein Minikleid in Leopardenoptik, das Mitzis Meinung nach wieder zwei oder drei Zentimeter zu kurz geschnitten war. Anscheinend hatte sie das stetige Umziehen von Cleo übernommen.

Überhaupt war Mitzi, was Jule betraf, hin- und hergerissen. Ihr Beschützerinstinkt sprang auf das Mädchen an, das sie zumindest ein wenig an sich selbst erinnerte. Nach all den verwirrenden Ereignissen an Bord hätte Mitzi Jule am liebsten in eines der Rettungsboote gesetzt und höchstpersönlich an Land gerudert. Dazu deren Mutter angerufen, dass das kleine Julchen abgeholt werden sollte.

Auf der anderen Seite war es gerade Jules Beharrlichkeit, ständig Mitzis Nähe zu suchen, gepaart mit ihren Unverschämtheiten, die ihr auf die Nerven ging. Bei dem, was sich Mitzi vorgenommen hatte, konnte sie den lästerfreudigen Twen nicht an ihrer Seite brauchen.

»Jule, du hast mich gefunden. Wieder einmal.«

Der Schmollmund, den Jule nun zeigte, war neu. Mitzi mutmaßte, dass sie ihn vor dem Spiegel geübt hatte. Der Lipgloss in Kirschrot wirkte zu üppig aufgetragen und glänzte. Diese Neuerung ging wohl ebenfalls auf das Zusammensein mit Cleo zurück. »Du hast dich vor mir in der hintersten Ecke versteckt.«

»Nein, Jule.« Mitzi rollte mit den Augen. »Ich sitze in der Lounge, in aller Öffentlichkeit.«

»Aber jetzt ist hier drinnen keiner. Alle sind oben und genießen die herrliche Landschaft. Flori hat eben einen Exkurs darüber gehalten. Das Donautal mit seinen Terrassen und dem Weinanbau ist wirklich traumhaft schön, du verpasst etwas. Plus das Tollste: Wenn wir durch die Wachau gondeln, wird uns der Küchenchef Marillenknödel kredenzt. Auch ist von einer Überraschung für alle die Rede gewesen. Gott, meine Wamp'n wächst und wächst.« Sie strich sich über ihren absolut flachen Bauch. »Wir sind auf direktem Kurs nach Melk. Dort geht es wieder an Land.«

»Kann sein.«

Wie es schien, hatte der Kapitän seinen Entschluss, in Melk nicht anzulegen, noch nicht verbreitet. Auch Rudolfo hatte Mitzi gegenüber nichts von einer Änderung im Ablauf erzählt. Sie würde sich bei der Co-Kapitänin erkundigen, was später in Passau geplant war. Dass es schwierig war, eine polizeiliche Aktion ohne großes Aufsehen durchzuziehen, wusste Mitzi von Agnes' bisherigen Einsätzen. Allerdings war Florian als Gästebetreuer ein Meister und würde die Passagiere mit Neuigkeiten wie einem Kuchenbüfett nebst Tanz in der Lounge in perfekter Manier ablenken.

»In Melk gibt es das Stift mit der herrlichen Stiftsbibliothek. Meine Mama hat beim letzten Chat gemeint, ich soll unbedingt eine Führung mitmachen.« Jules Augen glänzten. »Vielleicht kommt ja der Dustin mit.«

Aufs Stichwort tauchte zumindest Peppo auf. Noch dazu mit Manfred im Schlepptau. Ohne auf Jule zu achten, zog er Mitzi zur Seite. »Der Manfred und ich wollen nicht länger warten.«

Ein Schreck fuhr Mitzi durch alle Glieder, die Männer würden wahrscheinlich doch von Bord gehen wollen. Noch dazu hatte Peppo keine Ahnung, dass Mitzi beim Kapitän gewesen war. »Peppo, ihr könnt nicht einfach abhauen. Ich muss mit dir gleich allein reden, unter vier Augen. Aber nicht hier.«

»Abpaschen?« Peppo stutzte. »Warum sollt ich das denn vorhaben? Dann wär ich ja ein flüchtiger Straftäter und könnt meinen Ewald überhaupt nicht mehr wiedersehen.«

»Ich nehm's zurück. Klär mich auf, Peppo.«

»Der Manfred is auf meine Seite gewechselt, Mitzi. Er hatte die Nacht über Alpträume, dass er seine fünf Kinder nie wiedersehen wird. Heut Morgen hat er seine Meinung geändert.

Er will sich mit mir der Polizei stellen, und wir hoffen auf Strafminderung. Wir scheißen auf den Oberboss, wir warten nicht mehr und gehen direkt zum Kapitän.«

»Das is ja was ganz Neues.« Mit dieser Entwicklung hatte Mitzi nicht gerechnet, obwohl es sie erleichterte. Mit etwas Glück konnten alle profitieren. Zumindest würde den Dieben ihr Einsehen angerechnet werden, Kapitän Brown könnte die Verhaftung in aller Stille durchziehen, die Reederei würde nicht pleitegehen, das Schiff in Melk halten, und Mitzi könnte mit Jule die Stiftskirche besuchen. Ihre Reise würde auf den letzten Metern herrlich entspannt werden.

»Aber der Dustin fehlt«, fuhr Peppo fort. »Ihn wollen wir ebenfalls überzeugen.«

Jule zwängte sich zwischen sie. »Was ist mit Dustin?«

Peppo kam Mitzi zuvor. »Was soll sein? Wir sind Kumpels und müssen etwas besprechen. Einen Ausflug in Melk.«

»Genau darüber will ich ebenfalls mit ihm plaudern. Ihr wisst also, wo er ist?«

Mitzi wedelte über Jules Kopf hinweg mit den Armen, um Peppo zu signalisieren, dass er der neugierigen Jule keinerlei Auskunft geben sollte. Zu spät.

»Wir sind auf dem Weg zu Dustins Kabine. Der hat sicher verschlafen.«

»Ich komme mit.« Jule verschränkte die Arme. »Ich will wissen, wie es ihm geht. Mitzi hat erzählt, dass ihm übel ist.«

Halt bitte den Mund, wollte Mitzi sagen, hielt sich aber zurück. Manfred und Peppo wechselten viel zu auffallende Blicke, als dass Mitzi die Situation noch hätte bereinigen können.

»Gehen wir doch alle vier«, schlug sie als Ausweg vor. »Wir klopfen und wecken ihn. Wenn er nicht öffnet, flanieren Julchen und ich übers Sonnendeck und suchen ihn dort.«

»Dort war ich schon, Mitzi.«

»Zweimal kann nicht schaden, Jule.«

»In Ordnung.« Peppo nickte. »Los.«

»Aber wieso schließen wir uns den Mädels an? Was is mit dem Kapitän und der Polizei?«, zischte Manfred viel zu laut in Peppos Ohr.

»Was? Was?« Jule drehte den Kopf von links nach rechts. »Polizei? Was ist passiert? Was habe ich verpasst?«

»Jule, alles in Ordnung.« Mitzi hob beschwichtigend die Hände. »Es handelt sich um eine Angelegenheit zwischen den drei Kerlen.«

»Welche Angelegenheit? Habt ihr etwas angestellt?« Jule fixierte Manfred.

Das genügte. Manfred verlor nun die Nerven. »Seit der Robert gestorben is, kann ich an nichts anderes als an meine fünf Kinder denken. Sie dürfen ihren Vater nicht verlieren, Kruzifix noch amol.« Seine Stimme schwoll dramatisch an, seine buschigen Augenbrauen hoben sich.

»Wer ist bitte schön Robert? Warum ist er tot?« Jule behielt Manfred fest im Blick. »Und du hast echt fünf Kinder?«

»Hab ich. Drei Buben, zwei Mäderl.«

»Zurück zu diesem toten Robert.«

Mitzi ertappte sich bei der Überlegung, ob Manfred allen fünfen die gleichen Augenbrauen vererbt hatte. Aus purer Not packte sie Jule am Handgelenk und zog sie von den Männern fort, bis an die Treppe. Jule stolperte mit.

»Bitte, Jule …« Mitzi flüsterte. Sie konnte sehen, wie einige der Gäste zwischen Sonnendeck und Kabinen hin- und herwechselten. Gerry und Gisa waren darunter.

Gisa wedelte mit beiden Händen. »Wenn wir in der Wachau von Bord gehen, holen mein Gatte und ich uns bei einem speziellen Bauern einige Flaschen mit Marillenlikör. Der schmeckt himmlisch. Wollt ihr mit?«

»Danke, Gisa. Wir geben später Bescheid.« Mitzi winkte zurück.

Ihr fiel wieder ein, dass der Oberboss eine Frau sein könnte. Aber Gisa? – Niemals.

Trotzdem durfte sie kein Aufsehen vor noch mehr Leuten

erregen. Leise nahm sich Mitzi weiter Jule vor. »Es is einiges im Argen auf dem Schiff, Jule.«

So knapp wie nur möglich schilderte sie ihr die Vorkommnisse.

Jules Augen wurden immer größer, während Mitzi redete, obwohl sie vieles ausließ, um die junge Frau nicht zu sehr zu verstören.

»Deshalb, bitte, Jule, lass mich lieber mit Peppo und Manfred allein zu Dustins Kabine gehen. Setz dich zu Cleo oder Florian. Alles regelt sich, wenn die Polizei erst erscheint.«

»Diebe? Die drei sind waschechte Diebe?«

Es schien, als wäre Jule nicht erschrocken, sondern, im Gegenteil, sogar besonders interessiert. Wieder ähnelte das Mädchen einer jüngeren Mitzi-Ausgabe.

»Jule, ich bestehe darauf, dass du uns machen lässt. Es könnte gefährlich werden.«

»Schluss, Mitzi!« Jule streckte sich und stemmte die Hände in die Hüften. Obwohl sie nicht so groß wie Peppo war, überragte sie Mitzi um mindestens zehn Zentimeter. »Ich bin erwachsen, schon längst. Vielleicht bin ich manchmal naiv, okay. Aber ich habe eine Mama, ich brauche keine zweite. Verstehst du?«

Diesmal war es Mitzi, die große Augen machte. »Julchen!«

»Nix Julchen. Ich mag dich, Mitzi, trotzdem, komm mir nicht in die Quere.«

»Wobei in die Quere?«

»Wenn ich bei dem, was gleich stattfinden soll, dabei sein möchte, bin ich dabei.«

»Hast du mir eben nicht zugehört?«

»Sogar ganz genau.« Ohne eine Antwort abzuwarten, drehte sich Jule mit Schwung von Mitzi fort. Ihre roten Locken touchierten Mitzis Gesicht. »Auf geht's.«

Jule stapfte Richtung Treppe und Kabinen davon. Manfred und Peppo liefen ihr hinterher.

Mitzi, der die Worte fehlten, nach kurzem Zögern ebenfalls.

12

Eine Stunde später waren Jule, Peppo und Manfred zurück in der Lounge und saßen am Tisch neben der Bar, an dem Mitzi bereits die Unterhaltung allein mit Peppo geführt und Tee getrunken hatte. Dustin war anscheinend weder in seiner Kabine noch an einem anderen Ort auf dem Schiff. Sie hatten sich nach dem vergeblichen Klopfen getrennt und nach ihm gesucht. Auch vergebens.

»Abgehauen is er«, hatte Peppo am Ende frustriert festgestellt.

Manfred hatte zugestimmt.

»Vielleicht macht er nicht auf, weil er Schiss vor euch hat«, hatte hingegen Jule argumentiert. »Schade, dass wir nicht von der Flussseite aus durchs Fenster hineinklettern können, ohne Aufsehen zu erregen. Einfach kurz nachschauen.«

Damit hatte Jule Mitzi auf eine Idee gebracht. In Windeseile hatte sie einen neuen Plan entwickelt. Jetzt kam sie mit Rudolfo im Schlepptau zurück zu den anderen.

Rudolfo war blass und hatte hektische rötliche Punkte auf Stirn und Wangen. Er zupfte an seinem Spitzbart.

Mitzi warf einen strengen Blick in die Runde. »Keiner von euch braucht sich zu echauffieren, dass ich meinen Freund hergebracht hab. Er wird uns – mir zuliebe – helfen herauszufinden, ob Dustin sich möglicherweise doch in seiner Kabine verschanzt hat. Die Putzfrau is gestern und heut auch nicht rein, weil das Bitte-nicht-stören-Schild draußen hängt. Manche Gäste bevorzugen die Zurückgezogenheit, deshalb is das nichts Außergewöhnliches, hab ich eben erfahren. Für uns aber gibt es eine Option.«

Jule zwinkerte Rudolfo zu, Peppos und Manfreds Mienenspiel war eine Mischung aus skeptisch und unsicher.

»Ihr bringts mich in Teufels Küche, Leute.« Rudolfo sah beim Reden nur Mitzi an. Dann holte er eine Magnetkarte aus der Hosentasche, wie sie die Passagiere hatten. »Und ich muss gleich wieder in die Küche. Bitte, bringt mir das Ding ganz schnell z'rück. Wenn Mila von der Putzkolonne entdeckt, dass ihr Generalzugang zu den Kabinen fort is, macht sie einen Aufstand.«

»Zehn Minuten reichen«, erklärte Mitzi.

Rudolfo stöhnte.

»Mein Drosselbart.« Mitzi tätschelte seine Wange. »Ich flehe dich an, vertrau mir. Am Ende klärt sich alles.«

»In Ordnung, Mitzi. Weil du es bist.« Weitere rote Punkte erblühten auf seinem blassen Teint.

Rudolfos Gesicht erinnerte Mitzi an die Geschichte vom Sams. Vielleicht sollte sie sich einen, nur einen ruhigen Urlaubstag auf den letzten Metern auf der Donau wünschen.

»Wollt ihr mir nicht sagen, was genau vor sich geht?« Jetzt wandte er sich doch an die beiden Männer. »Wehe, wenn meiner Mitzi etwas passiert!«

»Rudolfo, du musst rasch zurück in die Küche, hast du gesagt.« Mitzi streichelte ihn sanft am Oberarm. »Ich bring dir die Karte zurück, versprochen. Bald berichte ich dir auch haargenau alles, was vorgefallen is, während du gekocht oder Klavier gespielt hast.«

»Okay. Wenn ich es überhaupt wissen will. Mein Job is mir nämlich wichtig.« Er drückte Mitzis Finger auf ihre Handfläche, sodass sie die Magnetkarte umschlossen, die alle Kabinentüren der Gäste öffnete. »Zehn Minuten!«

Dass er ihretwegen dieses Risiko einging, fand Mitzi bemerkenswert. Sie umarmte ihn spontan und küsste ihn.

»Du bist der Beste, Rudolfo«, hauchte sie ihm nach dem Kuss ins Ohr. Aber über das Springmesser reden wir noch, fügte sie in Gedanken hinzu.

13

Was mit Dustins Körper in der Zeit nach seinem Tod geschah oder in welche Stadien seine Leiche eintrat, nachdem das Herz aufgehört hatte zu schlagen, der letzte Atemzug getan war und das Hirn nicht mehr mit Sauerstoff versorgt werden konnte, also der Hirntod eintrat, hätte ihm, dem hübschen Kerl, nicht gefallen.

Totenflecken sind die ersten sichtbaren und auch sicheren Todeszeichen. Sie treten nach etwa dreißig Minuten auf. Dabei handelt es sich um Verfärbungen, die durch Ansammlung von Blut, das durch die Schwerkraft nach unten sinkt, in einzelnen Körperteilen entstehen. Anfangs ist ihre Farbe hellrot, im weiteren Verlauf werden sie größer und blauviolett. In den ersten Stunden sind sie noch wegdrückbar, nach ungefähr vierundzwanzig Stunden nicht mehr.

Nach dem Versterben eines Lebewesens, ob Mensch oder Tier, ob auf natürliche Art oder durch Fremdeinwirkung, beginnen in dessen Körper außerdem Zersetzungsprozesse. Sie führen zum Abbau organischer Substanzen. Die körpereigenen Mikroorganismen, zu denen Bakterien und Pilze gehören, übernehmen das Steuer – um beim Schiffsjargon zu bleiben – und starten mit ihrer Arbeit. Diese Entwicklung wird als Verwesung bezeichnet.

Die Stoffwechselfunktionen des Körpers haben ausgesetzt. Das wiederum führt dazu, dass sich die Muskeln verhärten und die Leichenstarre einsetzt. Rigor Mortis. Erst nachdem die sich wieder gelöst hat, beginnt die Selbstauflösung, die als Autolyse bezeichnet wird. Durch bestimmte Enzyme werden abgestorbene Körperzellen wie auch die inneren Organe nach und nach verflüssigt. So entsteht der Leichen- beziehungsweise Verwesungsgeruch.

Die Zeitspanne bis zum Ende der Totenstarre beträgt meist zwischen vierundzwanzig bis höchstens achtundvierzig Stunden.

Ist der Todesfall eingetreten, beginnt der Körper auch schnell auszutrocknen. Die Haut und die Schleimhäute werden nicht mehr mit Feuchtigkeit versorgt. Es wird kein Schweiß mehr gebildet, jegliche Art von Flüssigkeit verdunstet. Am besten zu bemerken am Kopf und den Extremitäten.

Die Augen eines Toten können zu sein, ohne dass jemand sie explizit schließt. Nach ein bis zwei Stunden setzt eine Trübung der Hornhaut ein. In den meisten Fällen bleibt jedoch der offene und starre Blick, auch weil sich Mörder selten Zeit für das Zuklappen der Lider nehmen. Es kommt zu Vertrocknungen, auch »Tache noir« genannt. Während des Prozesses werden die Bindehäute zunächst weißlich, im weiteren Verlauf färben sie sich rot und schwarz. Die Lippen trocknen ebenfalls aus. Auch die Fingerkuppen werden rötlich bis braun.

Der Prozess der Fäulnis hingegen setzt erst später ein.

Handelt es sich bei dem Kapitalverbrechen um eine Strangulation, sind weitere signifikante Merkmale an der Leiche zu entdecken. Postmortal können Brüche von Zungenbein und Kehlkopf und Würgemale am Hals festgestellt werden.

Was jedoch hierbei typisch ist, ist die Ausbildung von punktförmigen Einblutungen, den Petechien, in den Augenlidern, den Bindehäuten, den Mundvorhofschleimhäuten, der Haut vor und hinter den Ohren oder auch einfach in der gesamten Gesichtshaut.

Dustins Anblick war also wahrlich keine schöner.

Bei seiner Art der Tötung gab es eine klassische Dunsung. Heißt, seine Augäpfel quollen hervor, bedingt durch den Sauerstoffmangel beim Tod durch Ersticken. Die Zunge hing wie ein zu dicker bläulicher Fleischklumpen aus seinem Mund.

Armer vaterloser Dustin.

Übrigens wird zwischen Erwürgen und Erdrosseln unterschieden. Bei Ersterem nimmt der Täter seine beziehungsweise die Täterin ihre bloßen Hände als Tatwerkzeug, oft allerdings mit Handschuhen versehen. Beim Zweiten wird ein Hilfsmittel wie Schnur, Gürtel oder eben auch Handtuch benutzt.

14

Dann sah Mitzi den Fleck.

Ein unbedeutendes Detail in all dem Chaos, das in Mitzis Denken und um sie herum herrschte.

Peppo schluchzte, Manfred keuchte, und Jule war alles andere als ein kesser Twen, sie quiekte schrill in den höchsten Tönen.

»Er is tot, er is tot«, begann Peppo zu stammeln. »Zuerst der Robert, jetzt der Dustin, dann wir alle.«

»Ich bin zu jung zum Sterben«, piepste Jule wieder, noch höher im Ton, wenn das überhaupt möglich war.

»Jessas, was für ein Verhängnis.« Manfreds Bass wirkte dagegen angenehm, wenn auch seine Stimme dieselbe Panik wie die der anderen ausdrückte.

Mitzi klatschte mehrfach in die Hände. »Ruhe! Allesamt, Ruhe.«

Dass wirklich alle auf ihr Kommando den Mund hielten, überraschte Mitzi. Sie suchte nach den richtigen Worten. »Also, ich denke, nein, ich finde ... Hört mir zu, ich meine ...«

Erneut wanderte ihr Blick zu der Leiche auf dem Bett und zu dem Fleck. Unbedeutend vielleicht, und möglicherweise verknüpften sich in Mitzis Hirn gerade die falschen Fäden. Aber wenn nicht, dann wusste sie in diesem Augenblick, wer Dustin erwürgt hatte.

Wahnsinn, darauf wäre sie niemals gekommen. Im Leben nicht. Dustin im Tod möglicherweise genauso wenig. Denn er hatte seinen Mörder davor anscheinend arglos in die Kabine gelassen.

Der Grund für die Tat war im Moment nicht zu eruieren, überlegte Mitzi weiter.

Kein Diebstahl, kein Geld, keine Sache der Welt war es wert, dafür einen Menschen ins Jenseits zu befördern. Es musste mehr dahinterstecken. Doch mit dieser Recherche würde nicht sie sich beschäftigen, auch wenn es Mitzi sofort und brennend interessierte.

Dieser Fleck. Dieser kleine, unbedeutende Fleck. Unverwechselbar, oder? So ein Fleck war nicht leicht wegzukriegen, dazu benötigte man ein Fleckenputzmittel. Das ganze Bett hätte abgezogen werden müssen und die Wäsche in die Reinigung gemusst. Selbst dort blieben solche Flecken manchmal sichtbar zurück.

Dieser Fleck!

Fast sicher war sie sich.

Nein, ganz sicher.

Jesusmariaundjosef, wer hätte das gedacht. Mitzi nicht.

Sie schluckte. Wie konnte es sein, dass sie derart danebengelegen hatte! Dass sie nicht den Hauch einer Ahnung gehabt hatte. Was der Fleck erzählte, war schockierend und unfassbar. Denn nicht nur Dustin ging auf das Konto dieses finalen Bösewichts, sondern auch Robert, den Mitzi nie gekannt hatte, der aber genauso tot wie Dustin war.

Und noch eine Tatsache mischte sich in ihre Überlegungen. Wenn die Kugel, die neben ihrem Kopf im Whirlpool eingeschlagen war, sie getroffen hätte, wäre sie Opfer Nummer drei geworden. Oder besser gesagt: Nummer zwei in der Reihe, wenn sie genau war.

Agnes!

Das Einzige, was Mitzi nun tun musste, so schnell wie möglich, war, Agnes reinen Wein einzuschenken und ihr das polizeiliche Handeln zu überlassen. Schluss musste sein. Vollkommen egal, wie verärgert die Passagiere sein würden, egal, ob die Gesellschaft pleitegehen würde, es galten ab sofort andere Gesetzmäßigkeiten.

»Wir müssen runter vom Schiff.« Manfred meldete sich, noch bevor Mitzi sich gesammelt hatte. »Ich spring ins Wasser, schwimm ans Ufer und mach mich aus dem Staub. Geld is niemals so was wert. Komm mit, Peppo.«

»Ich kann doch nicht schwimmen. Ich kann doch nicht schwimmen.«

»Tut das nicht!« Jules Organ erreichte neue Höhen. Sie hätte locker die Königin der Nacht singen können. »Die Donau ist gefährlich. Kann sein, dass einen ein Strudel erfasst und man untergeht. Die besten Schwimmer sind schon so ertrunken. Denk an deine Kinder, Manfred.«

Manfred drehte sich zu den anderen um. »Aber unser Plan mit dem Sich-Stellen geht nicht auf. Dazu noch könnte einer von euch der Killer sein.«

»Oder du! Oder du!«, ächzte Peppo.

»Nein«, Jule fasste sich erstaunlich rasch, »das geht nicht. Keiner von uns hat das getan. Wir waren die letzte Stunde alle zusammen.«

Peppo schnäuzte sich in seinen Ellbogen. »Nicht die ganze Zeit. Wir haben Dustin getrennt gesucht. Mitzi is zwischendrin ja auch noch einmal verschwunden, um ihren Freund zu holen.«

»Der Dustin is schon ein bisserl länger tot«, stellte Mitzi klar und deutlich fest. »Jeder von uns könnte der Täter sein, das is richtig. Doch jeder andere an Bord auch. Schreit nicht rum. Beruhigt euch. Vertraut mir.«

Sie war über sich selbst verblüfft, wie gelassen sie hier mit den dreien stehen und reden, ja sogar Anweisungen geben konnte, mit einem Toten hinter sich.

Es musste an dem Fleck liegen und den Rückschlüssen daraus.

Wie genau war Dustin erwürgt worden? Womit? Vielleicht mit bloßen Händen? Niemals. Eher erdrosselt mit einem Gürtel oder einer Schnur, jedenfalls mit etwas, das man leicht mitnehmen konnte, wenn man die Kabine verließ, und später entsorgt hatte. Mitzi schob auch diese Spekulationen weg, das Ermitteln war nicht ihre Aufgabe. »Riecht ihr es nicht?«, fragte sie stattdessen.

Obwohl das Schiebefenster ein Stück zur Seite geschoben

war, hatte sich ein süßlicher Geruch in der Kabine gesammelt. Auch waren an Dustins nacktem Körper bereits dunkle Verfärbungen zu sehen. Totenflecken, dachte Mitzi, sprach es aber nicht laut aus.

»Ich hab beim Reinkommen an Schokopudding gedacht, aber nun muss ich gleich erbrechen.« Jule wandte sich Richtung Bad.

Mitzi hielt sie zurück. »Nein, Julchen. Reiß dich zusammen. Bleibt alle noch eine Minute, wo ihr seid, hört mir zu.«

Der Fleck zog sie magisch an. Mitzi wollte nicht zu lange daraufstarren, um keinen von den anderen darauf aufmerksam zu machen, der dadurch die gleichen Schlüsse wie sie selbst ziehen konnte. Aber er faszinierte sie. Dass sie ihn überhaupt derart rasch entdeckt hatte, obwohl ihre gesamte Konzentration auf den Ermordeten gerichtet war, war ein kleines Wunder.

War der Fleck nach der Tat übersehen worden?

Nein, das war nicht anzunehmen.

Am Ende hätte wohl ein Zimmer mit einem Toten, aber von allen Spuren befreit, übrig bleiben sollen. Wie viele Fingerabdrücke, Hautschuppen, Haare und sonstige DNA waren es außer dem Fleck? Noch war nicht gründlich sauber gemacht worden, auch darüber berichtete der Fleck. Das wiederum machte die Anwesenheit der Gruppe gefährlich. Weil jederzeit jemand … Das sirrende Geräusch am Whirlpool raste durch Mitzis Gedanken und Empfinden.

Also mussten sie alle wieder hinaus. Doch nicht, bevor Mitzi mit ihrer Ansprache fertig war.

Zeit schien überhaupt eine wichtige Rolle zu spielen.

Wären sie nicht mit der Generalkarte in die Kabine gekommen, hätten sie es schließlich aufgegeben. Die Leiche wäre erst durch eine Reinigungsfrau gefunden worden, die vielleicht morgen doch einmal die Tür geöffnet hätte, trotz des Schilds. Oder noch später, denn wegen des Nicht-stören-Aufhängers hätte möglicherweise erst nach dem Ende der Reise in Passau jemand nachgesehen.

Die Ermittlungen zum Mord hätten also erst dort begonnen, mit einer Leiche, die am Verwesen war, und einer langen Liste von möglichen Verdächtigen: Passagiere, Crew, Personal. Nicht zu vergessen, dass sich in Budapest, in Bratislava oder bald auch Melk ein Außenstehender an Bord hätte schleichen können, ein erboster Ehemann oder Freund von einem der vielen Verhältnisse des Verführers Dustin.

Viele Gelegenheiten für den Schuldigen, sich aus dem Staub zu machen.

Oder sollte Dustin am Ende in der Donau landen? Sehr riskant, aber machbar. Am besten mitten in der Nacht oder in den frühen Morgenstunden.

Wie auch immer: Das penible Saubermachen war hier drinnen noch nicht durchgezogen worden. Demzufolge hatte auch keiner den Fleck weggeputzt, ausradiert, entfernt. Noch nicht!

Mitzi tat gut daran, sich zu beeilen.

»Das is ein Tatort.« Sie hob die Hände wie bei einer Ansprache. »Wir gehen wieder raus aus dem Zimmer, fassen nichts an. Draußen geht ihr zurück in die Lounge. Bleibt einfach dort sitzen. Trennt euch nicht. Manfred, du springst nicht ins Wasser, Peppo, du heulst nicht. Und Jule, du redest leiser und quietschst nicht mehr wie eine Gummiente. Tut nichts, diskutiert auch nicht mehr untereinander darüber, was wir hier gefunden haben. Wartet nur.«

»Wenn aber uns jemand anquatscht?«, hauchte Jule, ein paar Töne tiefer.

Mitzi überlegte kurz. »Holt euch vom Barkeeper Karten. Spielt oder tut so, als ob. Kein Wort über das hier. Egal, zu wem, verstanden?«

Alle nickten.

Jule, fast unhörbar: »Was is mit dir, Mitzi?«

»Ich werde einen Anruf machen.«

Mitzi wartete auf Nachfragen, auf Proteste, zumindest darauf, dass Manfred seine Idee vom Sprung in die Donau wiederholen würde, aber keiner der drei sagte ein einziges Wort.

Wie eine Neonreklame leuchtete in Mitzi eine Erkenntnis auf. Sie hatte ganz klar die Führung übernommen. Sie war in gewissem Sinn wie der ominöse Oberboss. Was für ein erschreckender Gedanke. Doch im Moment war diese ihre Rolle wichtig für den weiteren Verlauf. In weniger als zwei Stunden würden sie Melk erreichen. Bis dahin musste Agnes die Kavallerie organisiert haben. Die Wasserpolizei würde das Schiff stoppen, keiner würde mehr ohne Genehmigung von Bord gehen können. Dustins Tod hatte alles zum Schlimmsten verändert.

»Abgang, Leute!« Mitzis Ton ließ keine Widerrede zu.

Es funktionierte wie geschmiert. Stumm drehte sich als Erster Peppo Richtung Tür und öffnete sie. Jule lief ihm auf Zehenspitzen hinterher, einem Hündchen gleich, Manfred folgte mit gesenktem Kopf.

Als Letzte verließ Mitzi die Kabine. Sie zog ihr eigenes T-Shirt lang und wischte innen über den Türknauf. Außen würde sie es noch mal tun.

Ihr Blick zurück galt nicht dem toten Dustin, der mit hervorgequollener blauer Zunge und mit zur Ewigkeit aufgerissenen Augen Richtung Wasser starrte, sondern dem Fleck.

Er war klein und verwischt, aber auf dem weißen Laken neben dem, selbst im Tod immer noch knackigen, Po von Dustin in seiner Einzigartigkeit gut zu erkennen.

IV.

DonauSchreck

Das Highlight des Fernsehabends – heute wieder um 20:15 Uhr im TV!

»Die seltsamen Verbrechen der Mitzi Schlager« – der 4. Teil: Was macht am meisten Angst? Schlagzeilen über einen Serientäter, der umgeht und mordet.

Und mit so einem bekommt es Inspektorin Agnes Kirschnagel zu tun.

Mitzi kämpft derweil mit Enthüllungen, was ihre Vergangenheit betrifft. Je weiter sich der Schleier lüftet, desto mehr ahnt Mitzi, dass das vergangene Unglück und die Serientäterverbrechen zusammenhängen könnten.

Dann geschieht das Unfassbare: Agnes, inzwischen hochschwanger, verschwindet spurlos. Mitzi setzt alles aufs Spiel, um ihre einzige und beste Freundin zu retten. Auch ihr eigenes Leben würde sie dafür geben.

Also, einschalten!

1

»Du musst mir jetzt zuhören, Agnes. Du musst, du musst, du musst. Und es is mir total egal, wo du bist und mit wem.«

»Mitzi. Na endlich. Ich dachte schon –«

»Du musst die Kavallerie zur Donau rufen, Agnes.«

»So etwas gibt es nicht, Mitzi. Was ist denn los?«

»Ich meine die Wasserschutzpolizei oder die Donaugendarmerie oder wie auch immer die heißen, die für den Fluss zuständig sind.«

»Mitzi, alles gut. Atme nicht so schnell, du hyperventilierst. Dabei kannst du ohnmächtig werden.«

»Wäre nicht das Schlechteste. Ich fang noch mal von vorne an. Bist du mit der Konstanze unterwegs? Dann sag ich nix, damit sie sich nicht erschreckt.«

»Mitzi, Konstanze ist ein Baby, die versteht dich nicht. Abgesehen davon ist Axel bei ihr zu Hause.«

»Du nicht?«

»Ich bin in Ermittlungen am Revier tätig. Aber heute einmal nicht direkt in einer Besprechung. Ich hab Zeit für dich. Und ich freu mich sehr, dass wir uns wieder austauschen können.«

»Gott sei Dank. Ich wäre wirklich ohnmächtig geworden, wenn deine Mailbox angesprungen wär.«

»Ich bin da und höre dir zu.«

»Agnes. Vorneweg: Ich wollte mich raushalten. Wollte ein paar Urlaubstage genießen. Mit Rudolfo.«

»Geht es dem gut?«

»Ja, der hat … Ach, wurscht. Agnes, es is mir wieder passiert. Vollkommen egal, wohin ich gehe, das Böse folgt mir.«

»Lass bitte das Theatralische außen vor. Okay?«

»Wenn du gleich erfährst, was hier los is, dann kippst du genauso um.«

»Mitzi, wir kennen uns jetzt seit über drei Jahren. Das einzige Mal, dass ich umgekippt bin, war nach K.-o.-Tropfen.«

»Daran will ich nie mehr denken.«

»Ich sage es zum letzten Mal, Mitzi. Atme durch und erkläre mir die Sache langsam, genau und ohne kryptische Andeutungen, mit denen ich nichts anfangen kann.«

»In Ordnung. Allein deine Stimme zu hören is toll.«

»Dann los.«

»Als ich die Waffe gesehen hab, hätte ich sofort ehrlich zu dir sein sollen.«

»Du hast eine Waffe auf dem Schiff gefunden?«

»Nein. Ja. Gesehen. Weil ich mich in der Kabine geirrt habe.«

»Bist du sicher, dass die echt war, Mitzi?«

»Genau das hat mich der Kapitän auch gefragt. Wir haben uns darauf geeinigt, dass er sich darum kümmert.«

»Wer?«

»Der Kapitän Brown. Es is sein Schiff, also das der Reederei, die vor der Pleite steht, aber –«

»Mitzi!«

»Ich komme auf den Punkt. Ich hatte keine Ahnung, dass es so gräulich enden wird.«

»Weiter.«

»Dann hab ich mich mit dem Peppo angefreundet, der mit seinen Kumpels Diebstähle durchgezogen hat.«

»Was, was, was? Welche Diebstähle?«

»Genaues hat er mir nicht verraten, nur, dass er und die anderen drei auf die schiefe Bahn gekommen sind.«

»Welcher Art?«

»Er hat mir nichts im Detail erklärt. Bloß, dass er aussteigen will. Er hat einen Freund, den er liebt und wegen dem er Schulden gemacht hat. Alle haben es wegen Geld gemacht. Wie so oft war es deshalb, Agnes.«

»Nicht abschweifen, Mitzi.«

»Doch dann is ein gewisser Robert ermordet worden.«

»Aber nicht ein Robert Maler?«

»Äh, weiß ich nicht. Den hab ich nie kennengelernt. Aber er is nicht auf dem Schiff gestorben, sondern sein Tod hängt anscheinend mit den Überfällen zusammen. Bevor die drei Kerle mit mir zugestiegen sind, is es passiert. Das war in Wien. Wenn ich dran denke, wird mir schlecht. Verstehst du?«

»Ich glaube langsam, ich verstehe dich besser, als du ahnst. Trotzdem kann ich es grad nicht fassen. Weiter.«

»Hernach is auf mich g'schossen worden.«

»Wie bitte? Bist du verletzt?«

»Keine Sorge, Agnes. Ich bin mir auch nicht wirklich sicher, ob es so war. Da is ein Loch im Whirlpool, das wie ein Einschuss aussieht. Mein Ohr hat geblutet, aber nur kurz. Der Rudolfo meint, es könnte auch ein Materialfehler sein. Jedenfalls wollten sich Peppo und Manfred inzwischen beide stellen, aber der Dustin is plötzlich verschwunden gewesen. Bis wir ihn gefunden haben – tot. Jetzt kommt es noch schlimmer: Der Oberboss, der der eigentliche Bösewicht is, is an Bord. Direkt am Schiff, Agnes. Leider hab ich mehrmals die Falschen verdächtigt.«

»Stopp, stopp, Mitzi. Nicht plappern. Zu viel Information. Aber ich bin alarmiert. Direkt nach unserem Telefonat leite ich den offiziellen Einsatz ein. Bitte nur noch die nackten Fakten.«

»Ein Toter, Agnes. Der Dustin liegt in der Kabine 13a.«

»Ganz sicher kein natürlicher Tod?«

»Niemals. Dem hängt die Zunge raus, der is erwürgt oder erdrosselt oder so was in der Art worden. Ich bin gerade wieder zurück in meiner Kabine und hab eine Heidenangst.«

»Wo ist Rudolfo?«

»Nicht da, Agnes. Noch weiß außer unserer Gruppe niemand etwas von dem Mord.«

»Gruppe?«

»Erklär ich dir später. Es war übrigens Rudolfo, der uns die Generalkarte besorgt hat, damit wir nachschauen konnten.«

»Erste Anweisung meinerseits, Mitzi: Bleib drinnen. Schließ

ab. Rühr dich nicht, bis die Polizei das Schiff anhält, an Bord kommt und übernimmt.«

»Okay.«

»Versprochen?«

»Ja, Agnes.«

»Mit wem hast du über den Toten gesprochen?«

»Mit dem Peppo und dem Manfred. Der Jule. Die waren beim Finden dabei. Das is diese Gruppe.«

»Ich rate einmal ins Blaue hinein, ja? Obwohl ich es immer noch nicht glauben will. Heißt der Peppo mit Nachnamen Preding?«

»Ja, stimmt. Aber Agnes, woher –«

»Egal, Mitzi.«

»Wieso kennst du Peppo, Agnes? Hat der Axel es dir gesagt?«

»Mitzi, ich muss ein paar Fakten zusammenbringen. Mich um den Einsatz kümmern. Ich gebe dir gleich meinen Kollegen Bastian ans Handy, den kennst du ja. Ihm schilderst du die Abläufe noch einmal chronologisch. Er erkennt, was wichtig ist. Fang mit den Namen an.«

»Ich hab schon alle drei zu Axel gesendet.«

»Bestens. Ihn ziehe ich auch hinzu. Wir zwei reden in Kürze ausführlicher.«

»Ich muss dir noch viel mehr –«

»Später, Mitzi. Sag mir jetzt, wo sich das Schiff zurzeit befindet?«

»Ich glaub, wir sind bald in der Wachau. Wunderschön, die Weinreben, die Felder und Hügel. Sonniges Wetter, aber windig.«

»Mitzi!«

»Spielt keine Rolle, klar – aber beruhigt mich, Agnes.«

»Halt die Ohren steif, Mitzi. Bastian und Axel übernehmen.«

»Wart, Agnes. Das Wichtigste musst du noch hören: Ich weiß, wer den Dustin umgebracht hat.«

2

»Agnes, was gibt's Dringendes? Jetzt wär die Gelegenheit,
schon einmal ohne mich auszukommen. Wie es aussieht, bleib
ich die nächste Woche weiter im Krankenstand.«
Sepp Renner hörte sich etwas heiser, dazu noch verschlafen an. Agnes mutmaßte, dass er ein Nickerchen gemacht
hatte. Auch spekulierte sie, dass er sich aus dem laufenden
Fall, der von Raubüberfällen zu einem Mord übergegangen
war, herausziehen wollte. Dabei kam ihm der grippale Infekt
zupass. Kapitalverbrechen waren nie seine Vorliebe gewesen,
im Gegensatz zu Agnes mochte er die Gemütlichkeit.

Ob sie als junge Mutter nicht ebenso mehr nach Flitzern
und Trickbetrügern Ausschau halten sollte, als nach Serien-
tätern und Auftragskillern zu fahnden, ließ sie in der momen-
tanen Situation fürs Erste unbeantwortet. Und sie korrigierte
sich: nicht ein Mord, sondern, wenn Mitzi recht hatte, zwei.

»Verzeih mir, dass ich dich aus der Idylle mit Tee, Honig
und Wärmekissen hole. Aber es ist dringend. Chefinspektor
Manzig ist ebenfalls in der Leitung, Sepp. Ich telefoniere aus
dem Auto. Danke, dass Sie direkt der Schalte zugestimmt haben, Chefinspektor.«

»Kein Problem, Inspektorin Kirschnagel. Neuigkeiten zu
unseren Ermittlungen sind stets was Gutes für die Soko.« Carl
Manzig hörte sich hingegen topfit an, was daran lag, dass er
jünger und ehrgeiziger als Agnes' Kufsteiner Vorgesetzter war.
»Weihen Sie uns in Gänze ein.«

Agnes schluckte. Ihr Vorgehen war nicht ganz korrekt angelaufen. Zumindest bis hierhin.

Sie saß einmal mehr in ihrem Wagen und steuerte, vom Navi
geleitet, dieses Mal Melk an. Im Polizeirevier hielt Bastian
die Stellung. Axel hatte sie mit einer Textnachricht auf den
neuesten Stand gebracht.

»Sei achtsam und vorsichtig«, hatte er zurückgetextet. Und: »Pass auf unsere Mitzi auf!«

»Ich muss ein Schiff stoppen!«, war Agnes' knappe Erklärung an ihren Partner gewesen. Mit einem »Ich melde mich, sobald ich kann!« hatte sie geendet.

Danach hatte Agnes Dienstwaffe, Ausweis, ihre Lederjacke und den Autoschlüssel geschnappt und war aus dem Büro hinausgestürmt. Dass sie dabei hinter sich Bastian mit Mitzi telefonieren hörte, hatte sie als gutes Omen genommen. Egal, was zwischen Mitzi und ihr in den letzten Tagen an Kommunikation schiefgelaufen war, nun waren sie wieder auf einer Linie – was Agnes sogar gefiel, wie sie sich eingestand. Auch wenn die Lage brenzlig war.

Kurz nach dem Losfahren hatte sie noch zwei Anrufe an die Polizei in Melk und die Wasserschutzpolizei getätigt, bevor sie schließlich am Standstreifen anhalten musste, um die Telefonkonferenz mit den beiden Vorgesetzten zu starten. Es war das erste Mal, dass sie eine Dreierverbindung über die Lautsprecheranlage durchführte, und sie war heilfroh, dass es auf Anhieb gelang.

Kaum stand die Leitung, war Agnes wieder angefahren.

»Also«, nach dem Schlucken hustete Agnes, ein Kloß schien in ihrem Hals zu stecken, »ich brauche dringend eine richterliche Verfügung für mehrere Haftbefehle, Chefinspektor Manzig. Dazu einen Durchsuchungsbeschluss für ein Flussschiff.«

»Für was?«

»Ich habe die Kollegen angewiesen, die MS ›Nene‹, ein Ausflugsschiff auf der Donau, bei Melk zu stoppen und die Anlegestelle abzusperren. Wenn ich dort aufschlage, will ich den Verantwortlichen die Dokumente in die Hand drücken können. Was aber auch heißt, alles sollte, von einem Richter unterschrieben, schnellstmöglich vor Ort sein.«

»Mit welcher Begründung?«

Nun wurde es knifflig. Zwar hatte Agnes in den letzten

Tagen einiges recherchiert und war durch den Besuch bei Dietmar Basswerk und Markus Lampe bei den Ermittlungen Schritt für Schritt vorangekommen, aber den entscheidenden Hinweis für eine unerwartet rasche Lösung hatte ihr Mitzi gegeben. Ihre Freundin. Das konnte Agnes nicht angeben, ohne dass ein Anwalt sofort mit Befangenheit argumentieren könnte. Sämtliche Beweise, die sie an Bord vorfänden, würden für ungültig erklärt werden.

»Gefahr in Verzug kann man getrost als Argument für eine sofortige Ausstellung anführen. Nicht nur die Juwelierdiebe sind an Bord, sondern auch der Kopf der Bande.«

»Alle Achtung, Agnes. Wie hast du denn das so schnell herausgefunden?« Sepp Renner schaltete sich dazwischen, er klang stolz und verwundert zugleich. »Kannst du uns das erläutern?«

»Die Gründe würde ich dem Team nach den Verhaftungen schicken. Die Details bei unserer nächsten Zusammenkunft darlegen.« Sie hoffte, dass sich die beiden auf ihren Vorschlag einlassen würden, damit hätte sie etwas Zeit gewonnen, ihre bisher gesammelten Indizien zu ordnen. »Die Namen für die Haftbefehle wird in Kürze Inspektor Klawinder durchgeben. Mein Kollege ist in Kufstein am Revier geblieben.«

Die Leiche verschwieg Agnes. Ein Risiko, das sie auf sich nahm.

Kaum an Bord, würde sie sich von Mitzi zu dem Tatort führen lassen. Da die Schuldigen allesamt keine Ahnung von der bevorstehenden Polizeiaktion hatten, ging Agnes das Vabanquespiel ein.

Es war schlicht unmöglich, am helllichten Tag einen leblosen Körper aus einer Kabine herauszuschaffen, um ihn woanders zu verstecken oder in der Donau zu versenken. Demnach würden die Melker Beamten, allen voran Agnes, den Toten an Bord entdecken. So konnte es gehen – hoffte Agnes.

Viel schwerer zu lösen würde bei Agnes' Ankunft ein anderes Problem sein. Sie musste ihre Puzzleteile mit Mitzis

Angaben verbinden, sodass die bevorstehende Großaktion im Nachhinein gerechtfertigt werden konnte.

Der erste Schritt war allerdings die Kooperation mit dem Soko-Leiter Manzig und ihrem Noch-Chef Renner.

»Hervorragend, Inspektorin Kirschnagel. Falls Sie noch mehr Verdächtige aufspüren, immer melden.« Carl Manzig lachte laut über seinen eigenen Scherz. »Is denn einer darunter auch der Mörder von Robert Maler?«

»Könnte sein.« Gern hätte Agnes den Namen genannt, den Mitzi ihr durchgegeben hatte, aber auch das würde sie später erst durch eine gezielte Befragung herauskitzeln müssen.

Revierinspektor Renner war wieder an der Reihe. »Wie hast du dir die Aktion vorgestellt?«

Diese Frage konnte Agnes ihm ohne Umschweife beantworten. »Das Flussschiff wird demnächst in Melk einfahren. Ich bin ja schon unterwegs und werde so schnell wie möglich ebenfalls vor Ort sein. Die Wasserschutzpolizei wird das Schiff stoppen, dann auf mich warten. Mit dem Durchsuchungsbeschluss gehen die Kollegen und ich an Bord. Die unbeteiligten Passagiere werden geordnet an Land geführt. Chaos muss unbedingt vermieden werden.«

»Ich breche ebenfalls auf, Inspektorin Kirschnagel.« Chefinspektor Manzig überrumpelte Agnes etwas mit seiner Ansage. »Von Wien aus is es nicht weit bis Melk. Die richterlichen Dokumente sind kein Problem. Ich verbinde mich mit der Staatsanwaltschaft in Wien, die wiederum werden sich an das Bezirksgericht in Melk wenden. Bei Gefahr in Verzug is das eine Sache von weniger als einer Stunde.«

»Sie müssen nicht extra kommen, Chefinspektor. Eine Streife kann alles beim zuständigen Richter abholen.«

»Wie bitte? Die Überfälle beschäftigen meine Soko Uhren schon seit Wochen. Bisher kein Erfolg – und ein Mord dazu.« Er schnaubte hörbar. »Dann nehm ich Sie ins Team auf, und ein paar Tage später scheint alles geklärt zu sein. Inspektorin Kirschnagel, entweder sind Ihnen Details aufgefallen, die wir alten Hasen übersehen haben, oder Sie irren sich, und es gibt ein Nachspiel wegen Verschwendung von Steuergeldern. Natürlich werde ich höchstpersönlich dabei sein. Das lasse ich mir nicht entgehen. Was is mit dir, Sepp?«

»Ich bin krank, Carl. Könnte dich anstecken.«

»Dann bleib im Bett, Sepp. Du würdest eh zu spät dran sein. Inspektorin Kirschnagel wird uns verblüffen, nicht wahr?«

»Auf jeden Fall.« Mit fester Stimme versuchte Agnes, sich selbst zu überzeugen.

Nach der Schalte rief sie noch Axel an. Konstanze im Hintergrund grummeln zu hören versetzte Agnes einen leisen Stich im Herzen.

»Es geht ihr bestens«, sagte Axel am Ende des Informationsaustauschs. »Rette du die Welt und Mitzi, ich wechsle Konstanzes Windel.«

Schließlich kam ein nächstes Mal Mitzi an die Reihe. Agnes brauchte jede kleinste Beobachtung, jedes erinnerte Wort von ihr.

Wenn sie erst vor Ort war, durfte nichts schiefgehen.

3

In der ablaufenden Zeit, die es noch dauern würde, bis die Polizei in Melk das Schiff nun doch gegen den Plan von Kapitän Brown zum Halten bringen würde, glich Mitzi einer verlorenen Seele, die den Weg ins Licht nicht finden konnte. Agnes hätte es erraten können, dass Mitzi sich nicht in ihrer Kabine einschloss.

Nach dem Kontakt zu Bastian und Axel und dem längeren nächsten Telefonat mit Agnes hatte sich in Mitzis Kopf mehr und mehr ein merkwürdiger Nebel gebildet. Er erinnerte sie an die Nebeltage in Salzburg, wie sie im Herbst oder auch in der Adventszeit vorkamen.

Manchmal war der Nebel so dicht, dass Mitzi das Gefühl hatte, in eine andere Dimension gefallen zu sein. Alles wirkte dann verwunschen und etwas unheimlich. Straßen und Gassen, durch die sie gefühlt schon tausend Mal gelaufen war, erschienen ihr fremd. Das Auftauchen von Menschen erschreckte sie, und Geräusche hörten sich wie aus weiter Ferne an. Selbst die Schönheiten der Stadt wie die Festung Hohensalzburg, die neue Residenz oder die Getreidegasse verbargen sich dann unter dem grauen Schleier.

Obwohl sich auf der MS »Nene« nicht die Spur eines Nebelfetzens zeigte, irrlichterte Mitzi durch das Schiff.

Vom Bug zum Heck. Einmal über das Sonnendeck und zurück, durch die Lounge und retour, an der Reling entlang und wieder durch das Innere. Sie kreiste mehrmals durch den Speisesaal, der eigentlich noch geschlossen war, aber über das Kordelseil zu steigen war eine leichte Übung. Einzig vom Whirlpool hielt sie Abstand, keine zehn Pferde hätten sie dort erneut baden lassen.

Treppauf und treppab stieg sie, schlich die Gänge entlang, an deren Seiten die einzelnen Kabinentüren abgingen. Vor 13a bliebt sie stehen und starrte eine Weile auf das Holz und das Türschloss. An der Zahl 13 musste dem Geschehnis nach etwas dran sein. Viele Hotels hatten keinen dreizehnten Stock, von der zwölften Etage gelangte man direkt in die vierzehnte. Auch gab es nicht überall ein Zimmer 13. Auf dem Schiff schon. Vielleicht hätten die Gesellschafter daran denken sollen und damit sogar die Pleite abgewendet.

Mitzi hob die Hand, krümmte die Finger und war kurz davor, zu klopfen. In letzter Sekunde stoppte sie ab.

Wie makaber war diese Idee gerade. An eine Tür zu klopfen, hinter der ein Toter lag. Noch eine Überlegung schloss sich nahtlos an. War inzwischen bereits alles sauber gemacht worden? Alle Spuren beseitigt? Gab es überhaupt noch diesen Fleck, diesen grausamen, alles erklärenden Fleck?

Was hatte Mitzi zusätzlich in der Hand, wenn der Fleck weg war? Was konnte sie Agnes anbieten, außer sie zum ermordeten Dustin zu führen. Und wenn der vielleicht entgegen aller Annahmen fortgeschafft worden war, was dann? Wer, außer Agnes, würde ihr glauben? Ein Aufgebot an Polizei und keine Leiche? Ohne Fleck keine Aufklärung.

Mitzi mochte sich nicht mit solchen Eventualitäten herumschlagen. Denn Agnes würde es richten. Darauf vertraute Mitzi hundertprozentig. Kaum zu fassen, dass sie mit Peppo und Manfred genau hier eingedrungen war und sie den grausigen Fund gemacht hatten.

Ach ja, Jule war ebenfalls dabei gewesen. Jule, die wieder dieses Glitzern in den Augen gehabt hatte, das Schwierigkeiten in ihrer nahen Zukunft verheißen konnte.

Wo waren sie überhaupt alle? Jedenfalls nicht in der Lounge wie verabredet. Jetzt erst wurde Mitzi bewusst, dass sie die drei vorhin nicht gesehen hatte. Andere Gruppen, darunter eine mit Gerry und Gisa, hatten Spiele gespielt. »Mensch ärgere Dich nicht« und Halma.

Allerdings konnte es sein, dass Mitzi in diesem Gedankennebel, der sich ebenso auf ihr Sehvermögen auszuwirken schien, an einem oder allen dreien vorbeigelaufen war. Nur Cleo hatte sie wahrgenommen, in einem blutroten Kleid und ihrem Sonnenhut, an der Bar bei Luis, ein Glas Sekt schwenkend. Sie hatte Mitzi einen Blick zugeworfen, der wohl aufmunternd sein sollte, aber sein Ziel verfehlt hatte.

»Na, Mitzilein, heut so vergrübelt?«, hatte Cleo nachgeschoben, als Mitzi bereits an ihr vorüber war.

Wenn du wüsstest, was ich weiß, hatte Mitzi gedacht, doch trotzdem nicht weiterdenken können. Immer stoppte sie am selben Punkt: Dustin mit den hervorquellenden Pupillen, der bläulichen Zunge und dazu der Fleck.

Fleck.

Und weg.

Das reimte sich.

Mitzi verzog ihre Lippen zu einer Grimasse, die beim besten Willen nicht als ein Lächeln zu erkennen war.

Zurück aufs Deck. Die Sonnenstrahlen kamen nicht mehr zu ihr durch. Der Gedankennebel hatte die Umgebung verdüstert. Derart erging es ihr auch mit den Menschen, an denen sie in stetiger Bewegung vorbeilief.

Ein Offizier, zwei Kellner. Florian, der mit den Gästen spaßte und bald seine Durchsage machen würde, dass sie leider wegen technischer Probleme nicht in Melk halten konnten. Dafür würde es ein Kuchenbüfett geben mit Klavier, Spielen und Freigetränken. Er würde große Augen machen, wenn die Polizei die MS »Nene« entgegen dieser Auskunft zum Halten zwingen würde.

Auch all die anderen würden staunen. Die netten Ehepaare, die Freundinnen, die einen achtzigsten Geburtstag feierten, der Rentner, der Mitzi gern in Salzburg wiedergetroffen hätte. Mit Eigentumswohnung und Ersparnissen. Als ob Geld einen vor Mord schützen könnte. Eher das Gegenteil war der Fall, wie Mitzi in diesen Tagen erneut gelernt hatte. Doch zugegeben, mit einem solchen älteren wohlhabenden Mann an ihrer Seite hätte Mitzi keine finanziellen Sorgen mehr.

Wobei man als Alternative ebenso stehlen konnte, wie die drei. Vielleicht hatten sich Peppo und Manfred in ihre Kabinen verkrochen. Mitzi könnte zu 36b gehen und zumindest dort klopfen und erzählen. Denn weder der eine noch der andere der Männer hatte eine Ahnung von dem, was sie bereits wusste. Oder zu Rudolfo schleichen, ihn an sich ziehen, ohne ein einziges Wort. In seinen Armen könnte sie liegen, Tragödien und Dramen an sich vorüberziehen lassen. Wenn … ja, wenn. Ihr Drosselbart war kein wohlhabender Mann, er besaß höchstens ein Springmesser, ha, ha. Vielleicht kein Scherz.

Eine Flussschifffahrt mit ihrem Freund hatte sie erleben wollen, nicht mehr und nicht weniger. Warum gönnte ihr das Schicksal nicht eine solche Kleinigkeit?

Weil du die MörderMitzi bist, flüsterte hinter ihr jemand.

Jule mochte es sein oder Cleo, am Ende sogar Agnes. Oder der tote Dustin, aufgedunsen und irgendwie wieder auf den Beinen.

Sie wirbelte herum.

Keiner da.

Alle fort – von diesem Ort.

Wieder ein Reim.

Aus unerfindlichen Gründen war Mitzi erneut vor der Kabine 13a gelandet. Das Bitte-nicht-stören-Schild bewegte sich leicht, als gäbe es im Flur einen Durchzug, oder Mitzis Atemluft hatte es in Schwingung versetzt. Unwillkürlich kletterte eine Gänsehaut von ihren Zehen den Po und Rücken hinauf, endete an ihrer Kopfhaut. Es fühlte sich an, als stünden ihr die Haare zu Berge.

Plötzlich nahm Mitzi Lärm an Deck und von draußen wahr. Das Schiff wurde langsamer.

Es war so weit.

Mörderzeit.

Agnes betrachtete die Verdächtige, von der sich Mitzi sicher war, dass es die Täterin sein musste.

Dass Mitzi damit richtiglag, war inzwischen immer stichhaltiger geworden. Axel hatte den Namen gecheckt und war auf eine Verbindung zu Markus Lampe gestoßen, die zu einem Motiv führen konnte. Diese Information plus Mitzis Schilderungen hatte Agnes in das Puzzle um die Aufklärung mit eingesetzt.

Also war die Frau nicht nur die Initiatorin einer Serie von Überfällen und der Kopf der Bande, sondern mit großer Wahrscheinlichkeit auch eine Mörderin, die zwei Männer kaltblütig beiseitegeschafft hatte.

Es war ihr nicht anzusehen, damit hatte Mitzi absolut recht. Aber, auch das wusste Agnes aus Erfahrung, in den seltensten Fällen stimmten die Taten mit dem äußeren Bild des jeweiligen Täters überein. Meistens zeigten sich gerade die verbittertsten Seelen der Gesellschaft gegenüber von einer zuckersüßen Seite.

Nachdem die Leiche entdeckt worden war, hatten Agnes und Chefinspektor Carl Manzig nach einer Beratung beschlossen, die ersten Vernehmungen vor Ort in der Schiffslounge durchzuführen.

Dustin Czeld war von Peppo Preding und Manfred Husska identifiziert worden. Beide hatten sich ohne Umschweife verhaften lassen und ihre Beteiligung an den Juwelendiebstählen gestanden. Peppo Preding hatte sich oft wiederholt und wie ein Wasserfall geredet. Manfred Husska stetig dazu genickt.

Auch waren Crew und Passagiere tatsächlich in einem geordneten Zug von Bord gegangen. Sie alle mussten am Kai warten. Die Polizisten vor Ort waren an der Anlegestelle damit beschäftigt, die Personalien der Reisenden aufzunehmen, aufgeregte Personen zu beruhigen und die Lage unter Kontrolle zu halten.

Damit ließ sich verhindern, dass sich einige womöglich absetzen konnten. Denn es war nicht auszuschließen, dass neben Peppo Preding und Manfred Husska andere an der Planung und Durchführung der Raubüberfälle beteiligt gewesen waren. Zusätzlich war der Mord an Dustin Czeld während der Reise ein gewichtiges Argument, niemanden fortzulassen. Erste Aussagen wurden bereits protokolliert.

Dass Agnes' Kalkül aufgegangen war, hatte sie nur kurz erleichtert. Die schwierige Aufgabe, die wahrscheinlich wahre Mörderin zu einem Geständnis zu bewegen oder sich zumindest in falsche Aussagen zu verstricken, stand auf wesentlich wackligeren Beinen.

Auch um die Verdächtige ein wenig in Sicherheit zu wiegen, hatte Agnes zuerst den Kapitän, zwei Offiziere und den Gästebetreuer Florian Pechstein befragt. Der Soko-Leiter hatte von sich aus vorgeschlagen, Agnes dabei den Vortritt zu lassen. Den vier Crewmitgliedern hatte bei den Vernehmungen der Schock im Gesicht gestanden. Der nautische Offizier hatte danach einen Schwächeanfall erlitten und vom Notarzt versorgt werden müssen.

Jetzt lag es an Agnes, die mögliche Schuldige zu einem Geständnis zu bringen. Der harte Brocken lag beziehungsweise saß vor ihr.

»Oberboss«, was für eine schräge Bezeichnung, dachte Agnes, bevor es losging. Doch wie es schien, hatte keiner der Diebesbande die Autorität der anonymen Führungsperson angezweifelt.

In der Lounge waren Chefinspektor Manzig und der Einsatzleiter der Melker Truppe anwesend, zusätzlich ein Polizist und eine Polizistin in Uniform, beide ebenfalls von der hiesigen Belegschaft. Eva hieß die weibliche Beamtin, mehr wusste Agnes nicht von ihnen.

Nach einem Blick zu Carl Manzig, der sich vorn auf einem

Stuhl an der Treppe niedergelassen hatte, fühlte sich Agnes bereit. Sie hatte durch Mitzis Beobachtung und finale Erkenntnis den Vorteil des Überraschungsmoments auf ihrer Seite. Hoffte sie zumindest.

»Also, lassen Sie uns beginnen.«

»Warum dauert das überhaupt so lange?« Die Frage kam vorsichtig von der rechten Seite, von einem der Tische neben der Bar. »Mir ist nach allem, was geschehen ist, nicht gut.«

»Möchten Sie einen Schluck Wasser?«

»Das wäre sehr nett.« Die Frau nickte und senkte den Kopf. »Und wenn ich bitte meine Familie verständigen dürfte. Die Medien sind bereits an der Anlegestelle eingetroffen. Wenn etwas über die MS ›Nene‹ in den Nachrichten kommt, machen sie sich meinetwegen Sorgen.«

Agnes griff nach einem der Gläser, die man den Beamten zur Verfügung gestellt hatte, und goss aus einer Plastikflasche ein. Ein Blick aus dem Fenster auf die ersten Presseleute draußen ließ vermuten, dass es nicht mehr lange dauern würde, bis das polizeilich gestoppte Flussfahrtschiff als Eilmeldung über die Newsticker laufen würde. Wenn nicht ohnehin schon Crewmitglieder wie Reisende ihre Posts abgesetzt hatten, auch wenn man sie gebeten hatte, es vorerst nicht zu tun.

»Wir sind bald fertig.« Eine kurze Antwort, mit der Agnes versuchte, weiterem Widerspruch vorzubeugen.

Sie brachte das Wasser zur möglichen Täterin, blieb neben ihr stehen und wartete, bis sie es in mehreren Schlucken geleert hatte. Dann schaffte Agnes das Glas außer Reichweite. Man konnte nie wissen, wie Beschuldigte reagierten, wenn Fassade und Alibis zertrümmert wurden. Es ging auch hier darum, den begründeten Verdacht zu bestätigen. Kein einfaches Unterfangen.

Spontan beschloss Agnes, sich der Frau gegenüberzusetzen. »Kommen wir direkt zu den Überfällen in den Juwelierläden.«

Die Angesprochene zuckte zurück. »Wie bitte? Überfälle? Juwelierläden? Ich dachte, ich werde zu meinen Personalien befragt, zur Reise und zu dem schrecklichen Mord an diesem jungen Mann. Mir ist in der Aufregung der Name entfallen.«

»Czeld. Dustin Czeld.«

»Ach ja.« Sie begann ihre Finger zu kneten. »Schrecklich.«

»Beginnen wir in Kufstein mit dem Juwelier Dietmar Basswerk.«

»Wer soll das sein?«

Die Gegenfrage kam für Agnes zu rasch, als dass sie der Frau geglaubt hätte.

»Ein recht erfolgreicher Einzelhändler, wenn man die Verluste durch den Raub abzieht. Allerdings wird ihm die Versicherung den Schaden ersetzen, also war die Sache zwar grausig, wie er selbst erzählt hat, aber finanziell nicht einschneidend.« Agnes faltete ihrerseits die Hände. »Doch privat kämpft Herr Basswerk schon lange mit psychischen Problemen. Um die in den Griff zu bekommen, ist er eine Zeit lang extra nach Wien gefahren, der arme Mann. In die Stumpergasse. Zum Haus von Markus Lampe. Der Name aber sagt Ihnen etwas?«

»Muss ich antworten?«, fragte die Frau leise zurück. Ihr waren weder Nervosität noch Unbehagen anzumerken, höchstens Ungeduld.

»Müssen nicht, aber Sie können, wenn Sie nichts zu verheimlichen haben.« Agnes blieb ebenfalls gelassen. »Wir reden ja nur.«

»Ich habe nichts zu verbergen, Frau Inspektorin. Trotzdem mache ich von meinem Recht zu schweigen Gebrauch.«

»Wie Sie wollen.« Agnes ließ eine Pause. »Dann erzähle ich meinerseits weiter über Dietmar Basswerk. Inzwischen gehe ich davon aus, dass der Überfall auf seinen Laden ein erster Testlauf war für die weiteren Diebstähle. Eine Art Generalprobe, aber nicht für den Juwelier. Sondern für die Männer, die für diese Verbrechen rekrutiert worden sind. Keine Profis, allerdings verzweifelt genug, um mitzumachen.«

»Wer würde sich denn auf so etwas einlassen?«

»Meinen Sie die Männer?«

»Nein, den Schmuckhändler. Lächerlich.«

»Genau diese Überlegung hatte ich auch«, gab Agnes zu. »Aber Dietmar Basswerk leidet seit Langem unter Beziehungssucht. Zwei Ehen gescheitert, dann endlich wieder ein neuer Anlauf. Dafür tut ein über die Maßen verliebter Mann alles. Er war nicht allein in der Nacht des Überfalls. Ich denke, seine damalige neue Liebe war bei ihm. Die er übrigens bei einer Schifffahrt kennengelernt hat. Wie dieser.«

Agnes' Gegenüber lächelte matt. »Das kommt vor. Ich begreife leider immer noch nicht, worauf Sie hinauswollen, Frau Inspektorin.«

»Ich komme gleich zum Punkt. Wieder liebte er obsessiv, wie er mir verraten hat. Richtig gefruchtet haben die Besuche bei der Selbsthilfegruppe also nicht. Und für die Liebe tut ein beziehungssüchtiger Mensch manchmal dumme Dinge, nur um den Herzensmenschen zu gefallen.«

Die Frau unterbrach Agnes. »Ich lausche, aber bin verwirrt. In diesem Leben habe ich keinen Dietrich Wassberg getroffen. Er mag bedauernswert sein, mehr kann ich dazu nicht sagen.«

»Seien Sie so lieb und hören Sie mir noch ein wenig zu. Ja?«

»Wenn ich danach von Bord und nach Hause kann, Frau Inspektorin, bitte. Erzählen Sie mir von dem unbekannten Herrn.«

Nicht vehement, sondern immerfort freundlich klang die mutmaßliche Täterin. Es würde schwierig werden, sie zu entlarven, aber noch hatte Agnes keinen ihrer Trümpfe gezogen.

»Dietmar Basswerk«, Agnes betonte den richtigen Namen, »hat sich nicht nur auf den riskanten Plan des arrangierten Diebstahls eingelassen, nein, er hat seiner geliebten neuen Flamme auch andere Lieferungen von Luxusuhren verraten, in anderen Läden. Bei einem Juwelier in Linz und zwei in Wien. Wer weiß, ob nicht noch ein paar Überfälle geplant waren bei Geschäftsfreunden, mit denen er in internen Netzwerken verbunden war. Ein ganz normaler Austausch, den Basswerk als Informationsquelle benutzt hat. Leider wurde sein Einsatz nicht belohnt. Inzwischen ist er wieder allein.«

Sie setzte eine nächste Pause, wohl wissend, dass diese Angaben zum Großteil auf Annahmen zu ihren bisherigen Ermittlungen beruhten und sich noch nicht bestätigt hatten.

»Trotzdem ist er in einer besseren Lage als die wirklichen Opfer, die nicht finanzielle Verluste erlitten, sondern ihr Leben verloren haben.«

»Opfer? In der Mehrzahl?« Die Verdächtige richtete sich auf. Wieder schien sie ehrlich betroffen zu sein.

Gern hätte auch Agnes einen Schluck Wasser getrunken. Ihre Kehle fühlte sich trocken an. »Mordopfer, genau gesagt. Doch bleiben wir bei der Uhrenbande, wie sie die Presse nennt. Geniale Kriminelle oder Marionetten? Letzteres, würde ich meinen. In den Selbsthilfegruppen wurden Männer von dem verstorbenen Dustin Czeld kontaktiert. Männer mit finanziellen Schwierigkeiten. Ihnen wurde ein einfacher Deal angeboten. Überfälle, schnell und ohne Komplikationen, Bargeld auf die Hand aus der Veräußerung von Luxusuhren. Alles perfekt geplant von einem, der im Hintergrund sein Netz gesponnen hat. Der Oberboss, wie er sich nennt. Ein Übeltäter, den angeblich nicht einmal Dustin kannte, aber als dessen Sprachrohr er diente. Jeder Kontakt lief über ein anonymes Prepaidhandy. Jede Information wurde erst kurz vor dem Überfall bekannt gegeben. Damit keiner bei einem der Überfälle zu Schaden kommen würde, waren die Waffen aus Plastik. Allein zum Zweck der Bedrohung. Wenigstens das. Drei zogen den Coup durch, einer wartete im Fluchtwagen. Für das weitere Entkommen der Diebe wurde vorgesorgt. Sie wurden zu einer Fahrt auf einem Flussschiff eingeladen. Dort wurde die Beute jeweils deponiert. Als Bonus kam eine hübsche Reise dazu. Das Geld wurde später, wieder vom verstorbenen Dustin Czeld, ausgezahlt.«

Eine andere Art von Lächeln huschte über das Gesicht der Frau, sie gab sich belustigt. »Spielzeug? Und Oberboss?

Verzeihen Sie, Inspektorin Kirschnagel, aber das klingt wie die Story eines TV-Krimis am Sonntagabend. Eine kriminelle Version des ›Traumschiffs‹.«

»Da gebe ich Ihnen absolut recht.« Mit der Erwiderung versuchte Agnes, die Verdächtige weiter in der Position der Zuhörenden zu halten. »Es geht wirklich drehbuchmäßig voran. Die Überfälle gelingen tatsächlich. Die Polizei hechelt hinterher, ohne Anhaltspunkte. Dann bricht jedoch einer der Handlanger des Oberbosses ein. Robert Maler, den das schlechte Gewissen seiner Tochter gegenüber plagt. Er will sich stellen.«

»Oh, eine Wendung.« Das Fingerkneten der möglichen Täterin endete.

Obwohl es sonst keine signifikante Veränderung in Ton und Haltung der Frau gab, meinte Agnes zu spüren, dass die Fassadenschale zu bröckeln begann. Es konnte sich nur noch um Minuten handeln, bis sie nach einem Anwalt verlangte.

»Ich begebe mich nun ins Reich der Spekulation«, setzte Agnes ihren Vortrag fort, »und vermute, dass Robert Maler sich Dustin anvertraut hat, ohne zu ahnen, dass der junge Mann den Oberboss die ganze Zeit über kannte. Nicht nur das. Sogar ein Liebesverhältnis mit dem Oberboss hatte. Das war Roberts Todesurteil. Roberts Tochter verlor ihren Vater. Aus den Diebstählen wurde der erste Mordfall.«

»Eine Lovestory zwischen zwei Männern? Wie modern, und ein wenig rührend.«

»Eine Liebesgeschichte, ja, aber zwischen Mann und Frau. Ganz klassisch. Der Oberboss ist weiblich, müssen Sie wissen.«

»Darf ich Sie unterbrechen und noch einmal insistieren? Ich mag Ihre Stimme, Frau Inspektorin. Ich finde es spannend, was Sie erzählen. Aber nichts davon hat mit mir zu tun. Ihre Fragen an mich. Bitte, stellen Sie die, und dann möchte ich gehen.«

Der Zeitpunkt war gekommen, das Drumherumgerede zu

beenden. Agnes stieß in medias res vor. »Warum der erste Mord geschehen ist, liegt auf der Hand. Aber bei Dustin bin ich mir nicht sicher, ob Sie ihn getötet haben, weil er wusste, dass nur Sie als die Person in Frage kommen, die Robert Maler erschossen hat, oder ob Ihre eigene Eifersucht Ihnen in die Quere gekommen ist.«

»Meine was?« Die Frau zuckte wieder, diesmal aber nicht zurück, sondern zusammen. »Und wovon reden Sie da überhaupt?«

Plötzlich war Agnes klar, dass Mitzi ins Schwarze getroffen hatte. Ihre letzten Zweifel waren verschwunden, wie auch jegliche Belustigung der Täterin.

»Auf dem Weg hierher hat mich ein Detektivbüro über eine Anzeige gegen Sie informiert. Ihr Ex-Mann hat sich bedroht gefühlt und vor Jahren ein Annäherungsverbot gegen Sie durchgesetzt. Kurz nach der Scheidung. Haben Sie ihn danach attackiert und ihm die Narbe hinterlassen oder bereits davor? Ziemlich schlimm, derart die Kontrolle zu verlieren, kann ich mir vorstellen. Und bei Dustin? Er war von Anfang an ein Draufgänger. Es war wahrscheinlich wenig schmeichelhaft, dass der fesche Kerl rundum gebaggert hat. Vor allem jüngere Frauen hatten es ihm angetan.«

»Was erlauben Sie sich, Sie impertinente Person?« Die Beschuldigte schoss hoch und auf Agnes zu.

Carl Manzig und der Melker Einsatzleiter sprangen ebenfalls von ihren Sitzen auf, waren allerdings zu weit entfernt, um einzugreifen. Stattdessen reagierten beide uniformierten Polizisten in der nächsten Sekunde und packten die nun Hauptverdächtige an den Oberarmen.

Auch Agnes war vorbereitet. Aus ihrer Jacke holte sie Einweghandfesseln und legte sie um die Handgelenke der Frau. »Ich werte das als Widerstand gegen eine Polizeibeamtin. Sie sind vorläufig festgenommen. Alles, was Sie ab jetzt sagen, kann gegen Sie verwendet werden. Setzen Sie sich wieder.«

»Sie können mich loslassen.« So schnell, wie die Frau

ausgerastet war, beruhigte sie sich wieder. »Ich will einen Anwalt.«

»Das ist Ihr gutes Recht.«

»Ich kenne meine Rechte. Sie haben für nichts auch nur einen einzigen Beweis. Alles ein Märchen, liebe Frau Inspektorin.« Hinter der Fassade kam die Kaltblütigkeit zum Vorschein.

Agnes führte sie zurück an ihren Platz. Die Kollegen nahmen ihre vorherigen Positionen ein.

»Was glauben Sie, was die Spurenermittler in dem Moment in Dustin Czelds Kabine machen?« Agnes legte nach. »Eine Hautschuppe, ein Haar genügt uns. Oder ein einfacher Fleck, den Sie auf dem Leintuch übersehen haben. Mit Ihrer DNA.«

Endlich blitzte auch Furcht in den Augen der Frau auf. »Ein Verhältnis zu haben ist weder unmoralisch noch gegen das Gesetz. Ich war in Dustins Kabine, wir hatten Sex. Aber wir haben uns erst auf dieser Reise lieben gelernt, obwohl ich ihn von den anderen Fahrten her kannte. Das alles gebe ich gern zu, um mich Ihrem Wahnwitz entgegenzustellen, Inspektorin Kirschnagel.« Verachtung mischte sich in ihre Ansprache an Agnes. »Sie werden mir nichts unterjubeln. Ich habe Rechte.«

»Von Unterjubeln kann keine Rede sein. Nicht nur diese Kabine, das ganze Schiff wird von der Forensik auf den Kopf gestellt. Da Sie nicht mit dem ungeplanten und vorzeitigen Stopp in Melk gerechnet haben, werden wir die Beute und ebenso die Waffe finden. Eine Passagierin hat uns vorhin informiert, dass während der Fahrt ein Schuss auf sie abgegeben wurde. Am Whirlpool. Ich bin gespannt auf das Projektil. Für den Moment bitten wir Sie, kurz zu warten, bis Sie auf das zuständige Revier gefahren werden. Dort können Sie dann einen Anwalt hinzuziehen. Sollten Sie nicht die Mittel haben, wird Ihnen vom Gericht ein Pflichtverteidiger gestellt.«

Agnes wartete auf eine nächste Erwiderung, doch die Frau schwieg. Chefinspektor Manzig erhob sich, zusammen mit dem Melker Einsatzleiter verließ er die Lounge. Agnes gab den beiden Streifenpolizisten ein Zeichen, bevor sie sich anschickte, den Beamten nach draußen zu folgen.

Als sie an der Treppe war, holte sie ein Flüstern ein: »Sie werden sich noch wundern, Inspektorin Kirschnagel.«

»Ja? Worüber denn?« Agnes hielt inne, drehte sich um. Ein neuer Ausdruck war auf dem Gesicht der Täterin erschienen. Verschlagenheit. »Niemand wird mich kriegen, niemand.« Das Flüstern war einem Zischen gewichen.

»Wir haben Sie doch schon, Frau Kramp-Peterle. Hübscher lila Lippenstift, wenn ich das noch hinzufügen darf.«

5

Später machte sich Agnes Vorwürfe. Obwohl es nicht ihre Schuld war.

In der Rückblende, in der sie alles, was schiefging, immer wieder Revue passieren ließ und eine Verantwortung übernahm, die in Wahrheit nicht ihre war, musste sie oft an Mitzi als Mädchen denken.

An die kleine Mitzi, die mit sieben ihre Familie verloren hatte und sich bis heute eine Mitschuld daran gab. Agnes ahnte, dass es diese kaum zu bewältigende Tragödie gewesen war, die Mitzi in der Gegenwart zu ihren Handlungen trieb. Würde auch Agnes für die nächsten Jahre mit einer Bürde leben, die zu tragen sie keiner zwang, die sie aber trotzdem verspürte?

Höchstwahrscheinlich.

Es war ihr Einsatz, ihre Vorgehensweise gewesen. Sie hatte den Raum verlassen, hatte die Gefährlichkeit der Täterin zu gering eingeschätzt. Nicht nur sie allein, aber das spielte keine Rolle.

Die blutjunge Melker Neupolizistin Eva stand mit verschränkten Armen ein paar Meter vom Tisch in der Lounge entfernt, an dem die Schuldige saß.

Inspektorin Agnes Kirschnagel, die sie erst kurz vor dem Einsatz kennengelernt hatte, gab ihr ein Zeichen, denn Evas Vorgesetzter, der Melker Einsatzleiter, sowie Chefinspektor Manzig aus Wien verließen den Raum, Agnes schloss sich ihnen an. Eva blieb zusammen mit ihrem vier Jahre älteren Kollegen Jan zur Bewachung zurück.

Die Frau am Tisch wirkte unbeteiligt. Nach der Befragung war sie verstummt und sah nun starr aus einem der Fenster, hinaus auf die Donau. Ihre Hände waren immer noch mit den

Einweghandschellen gebunden. Sie machte keine Anstalten, sich von ihrem Platz zu erheben. Eher wirkte sie so, als würde sie die ganze Ermittlung nichts angehen.

Ein Fluchtversuch würde im Prinzip ohnehin sinnlos sein. Das Schiff ankerte am Anleger in Melk, und auf dem Kai davor standen eine Menge Polizeiwägen plus ein Rettungswagen. Sobald die Schuldige abgeführt war, würde sich die Kavallerie draußen zurückziehen. Neue Einsätze würden folgen.

Eva selbst war erst seit wenigen Wochen im Team unterwegs und heute das dritte Mal mit Jan zusammen eingeteilt worden, der schweigsam war und ihr wenig Spielraum ließ, etwas zu lernen. Umso spannender fand sie den heutigen Ablauf des Verhörs. Der Vernehmung, wie es richtigerweise hieß, beizuwohnen hatte Eva darin bestärkt, die Karriereleiter weiter hochzuklettern und sich nicht mit dem Job als Streifenpolizistin zufriedenzugeben. Sie würde in die Kriminalistik eintauchen. Wie geschickt Agnes die Täterin dazu gebracht hatte, die Beherrschung zu verlieren und das Pokerface aufzugeben, hatte Eva beeindruckt.

Das Sprechfunkgerät des Kollegen knackte. Jan drückte einige Male auf den Knopf, doch zu vernehmen war ein unverständliches hohes Gemurmel, das sich wie Entengequake anhörte, unterlegt von Rauschen. Schließlich zog er die Schulter weiter nach oben und legte den Kopf schief. Dabei grinste er ohne Grund.

Eva fand diese Haltung amüsant. Es war, als würde er in ein Babyfon hineinhören und sich über das Quengeln seines Kindes freuen. Zwei war der Bub und Jan ganz vernarrt in ihn.

Evas Aufmerksamkeit galt völlig Jans Gesichtsausdruck und den Störgeräuschen des Funkgeräts.

Die Situation eskalierte derart plötzlich, dass Eva für Sekunden wie gelähmt vor Überraschung war. Während ihr Kollege durch den Schlag mit der Flasche auf den Kopf ohne weiteren Laut zu Boden ging und sich mehrere Blutstreifen über sein

Gesicht verteilten, war Eva wie einst Lots Weib zur Salzsäule erstarrt.

Frau Klaudia, wie die Flussschiffgäste sie nannten, seit Jahren geschiedene Lampe, die nach der Trennung wieder ihren Mädchen-Doppelnamen Kramp-Peterle angenommen hatte, hatte nur für den Moment aufgegeben. Sie wusste, wenn das Spiel vorerst verloren war. Dann hieß es abwarten.

Mit der Inspektorin zu reden war sogar erheiternd gewesen, auch wenn es mit einer Niederlage geendet hatte. Klaudia hatte sich einschüchtern und fast zu einem Geständnis hinreißen lassen. Fast.

In ihrem Kopf ging sie die Optionen durch. Ein Anwalt könnte gegen die Vernehmung vorgehen.

Aber was war mit der Pistole und dem Sackerl mit den Uhren? Beides würde die Polizei in dem kleinen Wertschutztresor in ihrer Kajüte finden, der leicht aufzubrechen war. Ihre Abdrücke auf der Waffe, auf den gestohlenen Wertgegenständen. Nein, es sah wahrhaftig nicht rosig aus. Doch mit der Pistole, die sie an Bord hatte, war niemand getötet worden, und bei den Uhren konnte sie immer noch Dustin ins Spiel bringen. Dass er sie überredet hätte, die Beute für ihn aufzubewahren, und sie in ihrer durchaus krankhaften Zuneigung alles für ihn getan hätte.

Das Gute daran war, dass er ihr nicht widersprechen konnte. Und zwischen illegalem Waffenbesitz beziehungsweise Diebesgut und Mord lagen immer noch Welten.

Mit der Beziehung zu Dustin ließen sich auch ihre DNA in seiner Kabine und der Fleck, den ihr lila Lippenstift hinterlassen hatte, erklären. Klaudia gestand sich zudem ein, dass sie tatsächlich längst nicht mit dem Auftauchen der Polizei gerechnet hatte. Erst in Passau sollte die Leiche ihres Liebhabers, des untreuen Dustin, entdeckt werden.

Um Peppo und Manfred musste sie sich keine Gedanken machen, die hatten überhaupt nichts in der Hand, das bewies, dass Frau Klaudia als Oberboss die Fäden gezogen hatte.

Trotzdem hatte sie ihr Glück einmal zu oft strapaziert. Dustins Tod war überflüssig gewesen. Oder sie hätte auf eine bessere Gelegenheit warten sollen, weit abseits vom Schiff. Wenn sie denn hätte warten können.

Seit Dustin tot war, fühlte sie sich besser. Wie jedes Mal, wenn sich ihre überbordenden Emotionen in einer Eruption entladen hatten. Keine Therapie hatte ihr je geholfen, dieses Problem in den Griff zu bekommen.

Sie war eine Frau, die liebte. Innig, leidenschaftlich, heiß und eben auch tödlich, wenn es nicht so lief, wie sie es erwartete. Sie hatte gewusst, dass Dustin ihr Unglück sein würde. Für die Überfälle und das Anwerben der Männer war er jedoch perfekt gewesen. Hier bestätigte sich die alte Weisheit, dass man Gefühl und Geschäft trennen sollte.

Er war es gewesen, der die Plastikpistolen, das Prepaidhandy und auch den Stimmverzerrer besorgt hatte. Er hatte die Kontakte aufgetan, die ihr die wertvollen Uhren abgenommen hatten, ohne Fragen zu stellen. Der fesche Dustin mit seinem manchmal unverschämten Charme eines bösen Buben.

Jetzt, wo er am Verwesen war, dachte sie mit Wehmut an ihn, ohne Groll. Ihre Tat erschien ihr als logische Konsequenz seiner Untreue.

Derart war es auch bei Markus gewesen, damals in Wien, nachdem sie ihn mit dem Küchenmesser attackiert hatte. Doch der erfreute sich immer noch seines Lebens, alles halb so wild.

Dass er ihr nach der Trennung den Geldhahn zugedreht hatte, war eine andere Sache, die sie ihm nicht verzieh. Wieder in ihrem alten Beruf auf einem Ausflugsschiff arbeiten zu müssen hatte sie als eine tiefe Demütigung empfunden. Noch dazu unter Kapitän Brown mit seinen scheußlichen Einspännern und seinem Alkoholproblem.

Immerhin hatte Markus ihr mit seinen Selbsthilfegruppen für Männer unwissentlich sogar einen richtig guten Pool an Rekrutierungsmöglichkeiten geboten. Denn ihren Coup mit den Raubüberfällen, den sie während der Affäre mit dem Juwelier Dietmar ausgearbeitet hatte, fand sie nach wie vor genial. Endlich hatte sie eine Gelegenheit gefunden, sich aus ihrer tristen Lage zu befreien und zugleich ihrem Ex eins auszuwischen.

Dietmar, der Idiot. Er war hier der Abhängige gewesen und würde schweigen. Dass sie damals ihren Dienst an Bord wegen einer vorgeschobenen Unpässlichkeit erst mit Verspätung angetreten hatte, würde hingegen leicht zu recherchieren sein.

Zwei Überfälle noch, und Klaudia hätte sich zur Ruhe gesetzt. Geld genug für ein herrliches Leben auf einer der Inseln, auf denen anonyme Konten möglich waren, die Steuern minimal. Das war nicht Mallorca, ha, ha. Sie wurde nicht jünger, wie Dustin ihr schmerzvoll gezeigt hatte.

Wäre ihr nicht vorher Robert Maler in die Quere gekommen. Dieser Feigling mit seiner Tochter. Ihn zu erschießen war ein Genuss gewesen. Wie aufregend, sich zu verkleiden, ganz in Grau zu hüllen und am frühen Morgen den Mann seiner gerechten Strafe zuzuführen. Ein kurzer Wien-Ausflug herunter vom Schiff, der sich gelohnt hatte.

Als Bonmot am Rande hatte sie sich die Mordwaffe bei ihrem Ex-Mann besorgt. Nicht bloß die eine. Ihr eigener, ganz persönlicher Raubzug. Sie hatte immer noch die Schlüssel zum Haus in der Stumpergasse und wusste vom Schrank im Keller, in dem Markus neben seiner Walther PK die Vermächtnisse seiner Familie aufbewahrte. Aus reiner Sentimentalität, wie Klaudia vermutete, weil sie alle bereits ins Gras gebissen hatten, aber das spielte keine Rolle.

Die Handfeuerwaffen mit dem Schalldämpfer seines toten Lieblingscousins hatte er ihr mehr als einmal vorgeführt. Sie sogar richtig schießen lassen. Durch den Schalldämpfer hatte man im Garten bloß das Zerschellen der Flaschen gehört, wenn sie getroffen hatte. Präsentiert wie Kostbarkeiten hatte er ebenso die Trompete seines Opas und den Teppichwebstuhl seiner Großtante. Wer war hier derjenige, der nicht loslassen konnte?

Aus der Perspektive heraus war Markus schuld an Robert Malers Tod.

Alles wäre danach wieder ins Lot gekommen, hätte es diese eine Passagierin nicht gegeben. Diesen Blondschopf mit der Impertinenz und Klebrigkeit eines Fliegenfängers, den man nicht mehr loswurde. Und wie Dustin von dieser Person begeistert gewesen war. »Die mag ich«, hatte er Klaudia unverblümt gesagt. »Die krieg ich noch rum.«

Verlustangst und Liebeswahn waren einmal mehr mit Klaudia durchgegangen, der Griff zur verbliebenen zweiten Waffe war ihr als einziger Ausweg erschienen. Ein Glück, dass die Kugel ihr Ziel verfehlt hatte. Der Tumult hinterher wäre fatal gewesen.

Und doch auch ein wenig schade. Aber verschüttetes Wasser aufzusammeln war vergebens.

Im Nachhinein war sie ebenfalls froh, dass sie den Männern ihrer Bande nie echte Pistolen erlaubt hatte. Sie war ein lebendes Beispiel dafür, wie leicht man die Grenzen überschreiten konnte. Hatte man abgedrückt, gab es kein Zurück mehr.

Aber noch war sie nicht im Gefängnis in Untersuchungshaft, und noch lange nicht verurteilt.

Was aber, wenn die Indizien in einem Prozess ausreichten? Dann würde Klaudia eine Strafe für einen Doppelmord absitzen müssen. Höchstwahrscheinlich an die zwanzig Jahre. Sollte eine Schwere der Schuld hinzukommen, war es mit einem zukünftigen Leben ohne Gitter an einem Strand vorbei. Also nichts, was ihr Anwalt wieder hinbiegen konnte.

Blieb am Ende einzig die Flucht übrig. Wenig aussichtsreich, jedoch nicht chancenlos.

Würde es Klaudia gelingen zu entkommen, standen die nächsten Schritte fest. Das Geld, das sie bis zum letzten Coup gemacht hatte, und noch ein paar nicht verhökerte Stücke aus dem Diebesgut waren in einem Self-Storage in der Nähe der Reichsbrücke in Wien gebunkert. Was die Idioten ihrer sogenannten Bande nie erfahren hatten, war, dass Klaudia als ihr anonymer Oberboss die wertvollen Stücke nie in Brastislava oder Budapest belassen, sondern sie auf dem Schiff seelenruhig wieder zurückbefördert hatte.

Bei der Anmeldung hatte sie den kleinen Lagerraum unter falschem Namen gemietet, bezahlt wurde er über ein anonymes Konto, das längst schon auf der Insel angelegt war. Das Geld darauf reichte für mehr als zwanzig Jahre Depotgebühren. Ja, es hatte sich gelohnt, ein Netz zu spinnen.

Nicht nur, was die Kohle betraf. Sogar in ihrer aussichtslosen Lage hier und jetzt hatte sie ein winziges Schlupfloch gegraben, hieß, sie hatte sich nah an die Bar gesetzt. Sie wusste, dass der Barkeeper Luis in der Ecke neben der Treppe für das Servicepersonal jeden Morgen eine Flasche Bier abstellte, um sie nach getanem Dienst in seine Kajüte mitzunehmen und damit seinen Arbeitstag zu beschließen.

Die Inspektorin, die das Verhör geführt hatte, und die beiden Männer waren nach draußen gegangen. Klaudia tat unbeteiligt und stierte aus dem Fenster. Ihre Ohren waren allerdings aufgestellt, und aus dem Augenwinkel konnte sie die Positionen der verbliebenen zwei Streifenpolizisten erkennen. Ein junger Mann und eine junge Frau.

Es knisterte. Und knackte. Der junge Polizist versuchte, das Gequake aus seinem Sprechfunk zu verstehen, und veränderte dafür seine Körperhaltung. Die junge Polizistin beobachtete ihn dabei. Beider Aufmerksamkeit lag nicht mehr auf Frau Klaudia.

Geduckt die Bar zu erreichen dauerte zwei Sekunden, weitere zwei, die Flasche mit den gebundenen Händen zu greifen. Noch einmal zwei, und sie war bei dem jungen Mann. Frau Klaudia holte mit der vollen Bierflasche aus und zerschmetterte sie auf seinem Kopf.

Blut und Bier.
Scherben.
Der Kollege am Boden.

Stöhnen.

Die Täterin rennt auf Eva zu. Ohne zu stoppen.

Eva muss endlich schreien oder ihre Waffe ziehen oder …

Der abgebrochene Flaschenhals trifft sie am Kinn. Die Haut reißt auf. Blut auch hier.

Eva geht lautlos zu Boden.

6

»Stehen bleiben, oder ich schieße!«

Agnes brüllte, und Mitzi wirbelte herum.

Jemand rannte über das Deck, Agnes hatte gerade die vorletzte Treppenstufe erreicht und gestoppt.

Es war nicht das erste Mal, dass Mitzi ihre beste Freundin mit gezogener Dienstwaffe erlebte. Die noch dazu auf einen Menschen gerichtet war. Aber erneut ein Anblick, der Mitzi für Sekunden den Atem raubte. Agnes wirkte auf sie in dem Moment wie eine völlig fremde Person, so als hätte sie sich in jemanden verwandelt, den Mitzi nie kennengelernt hatte.

Als Nächstes sprintete auch Agnes die letzten zwei Stufen hoch und hinter der Flüchtenden her. Weitere Beamte hetzten ihnen nach, aber nur Agnes war an vorderster Front.

Doch immer noch ein Stück weit entfernt von Frau Klaudia.

Der Co-Kapitänin war es gelungen, aus der Lounge zu fliehen, wie, das wusste Mitzi nicht. Was sie hingegen wusste, war, dass diese in Wahrheit schreckliche Frau die Schuldige an der ganzen tragischen Wendung war, die die Flussschiffsreise genommen hatte. Beschämt erinnerte sich Mitzi, dass sie Frau Klaudia mehrmals mit Agnes verglichen hatte.

Inzwischen raste die Co-Kapitänin über das Deck, übersprang mehrere Liegestühle wie bei einem Hürdenlauf. Bei jedem Sprung hob sie beide Arme eng zusammengezogen über ihren Kopf, um die Balance zu halten. Zwischen ihren Fingern glänzte es rot, als würden sie bluten. Sie näherte sich Mitzi in vollem Tempo.

Der Grund war aber nicht Mitzi, sondern ihr Standort. Sie hatte sich an der Stelle des Schiffs platziert, an der es ein paar Stufen nach unten und Richtung Anlegesteg ging.

»Geh weg, du Gfrast!«, schrie Frau Klaudia im Rennen.

»Bleiben Sie sofort stehen«, brüllte Agnes, der Täterin auf den Fersen. Und als Nächstes: »Mitzi, geh zur Seite, duck dich!«

Mitzi dachte nicht daran. Keinesfalls würde sie die Frau entkommen lassen. Sie streckte stattdessen ihre eigenen Hände in die Höhe und wedelte mit ihnen in der Luft, um die Flüchtende zu irritieren und zum Anhalten zu zwingen.

Zuerst schien es, als würde Klaudia sie einfach über den Haufen rennen, und Mitzi wappnete sich für einen Aufprall. Doch die Co-Kapitänin bremste einen Meter vor ihr ab. Fast meinte Mitzi, ein Quietschen wie bei Autoreifen zu hören, wenn sie bei einem abrupten Bremsvorgang über Asphalt schlingerten.

Frau Klaudias Haare standen zu Berge, auf ihrem Gesicht glänzten die Schweißtropfen, und ihr lila Lippenstift war verschmiert. Mitzi sah, dass ihre Finger tatsächlich blutig waren. Frau Klaudia hielt eine große dunkle Glasscherbe zwischen gefesselten Händen.

Hinter der Täterin war Agnes, die Dienstwaffe immer noch im Anschlag. Mitzi konnte und wollte sich nicht vorstellen, dass Agnes den Abzug betätigen würde.

»Geben Sie auf, Frau Kramp-Peterle. Sehen Sie nicht die Polizeiwägen auf dem Kai? Selbst wenn Sie das Schiff verlassen, kommen Sie keinen Meter weit.«

War die Verfolgungsjagd schon in atemberaubender Geschwindigkeit erfolgt, ereignete sich der nachfolgende Ablauf derart rasch, dass weder Mitzi noch Agnes es verhindern konnten.

Klaudia machte einen Hechtsprung nach vorn auf Mitzi zu, packte sie seitlich an der linken Schulter. Ein Brennen an der Stelle folgte, dann wurde Mitzi einmal um ihre eigene Achse gedreht. Sofort spürte sie etwas Spitzes an ihrer Kehle. Das musste die Glasscherbe sein. Mitzi konnte den Atem der Täterin in ihren Ohren hören, roch ihre Ausdünstung, Schweiß, der sich mit dem Parfüm mischte. Sie versuchte noch, sich einen

Schritt zu entfernen, aber Frau Klaudia drückte das Spitze tiefer in Mitzis Haut.

Es war ein Schmerz wie beim Stich einer Wespe. Oder mehr als einer, vieler Wespen, die zustachen. Flüssigkeit rann über ihre Brust, auch sie blutete. Mitzi begann zu wimmern.

»Lassen Sie sofort die Frau los«, stieß Agnes die Anweisung in bellenden Tönen aus. Neben ihr waren zwei Kollegen ebenfalls mit Waffen in den Händen aufgetaucht.

Mitzi brauchte wieder ein paar Sekunden, bis ihr klar wurde, dass sie selbst jetzt mit »die Frau« gemeint war. Unter ihren Füßen schwankte das Schiff, die Wellen schlugen gegen den Bootsbauch.

»Oder was?« Klaudia spuckte beim Sprechen. »Ich hab nix mehr zu verlieren, aber Blondie da schon.«

Aus dem Augenwinkel heraus bemerkte Mitzi, dass auch am Kai die Leute aufmerksam wurden. Jemand rief etwas, Polizeibeamte liefen auf den Anleger zu. Agnes hob eine Hand, die Waffe verblieb in ihrer anderen. Die Bewegungen am Ufer hörten auf.

»Machen Sie es nicht noch schlimmer. Geben Sie die Geisel sofort frei.«

Zu ihrem Erstaunen verspürte Mitzi Verwunderung, aber keine Angst. »Die Geisel« und »die Frau«, beides war sie jetzt also. Bezeichnungen, die ihr Agnes noch fremder machten, als sie ihr im Ablauf dieser Szene ohnehin schon war. Zugleich überlegte sie, wie gut es wäre, hätte sie das Springmesser von Rudolfo mitgenommen.

Aus einem Impuls heraus hob Mitzi ihr linkes Knie in die Höhe.

»Was machst, du Gfrast?«, krächzte ihr Frau Klaudia ins Ohr. »Stell das Bein sofort wieder auf den Boden.«

»Okay«, sagte Mitzi und trat nach unten aus. Mit ihren festen Sneakers traf sie genau den Rist der Co-Kapitänin.

Klaudia schrie auf, diesmal über den Tritt, und Mitzi bekam kurz Spielraum, den sie nutzte. Sie glitt nach unten weg, aus der Reichweite der Täterin, und ließ sich zur Seite fallen. Damit machte sie den Weg für Agnes frei, immer noch inständig hoffend, dass diese nicht vor ihren Augen einen Menschen anschießen würde.

Agnes ließ zu Mitzis Freude ihre Waffe sinken. »Das war's nun aber endgültig«, bemerkte sie und kam auf Klaudia zu. Doch wieder überraschte die Täterin die Polizistin. Frau Klaudia vollführte einen nächsten Sprung, umfasste zugleich mit den Fingern das Deckgeländer und stürzte sich ins Wasser. Mitzi konnte hören, wie ihr Körper, wie die Wellen vorhin, gegen das Schiff knallte.

Sofort setzte ein gewaltiger Tumult ein. Agnes sprintete an Mitzi vorbei an die Reling, die Kollegen folgten ihr. Die Polizisten an Land liefen bis zum Rand der Anlegestelle, einer zog sich bereits die Jacke aus und bereitete sich vor, ebenfalls zu springen.

»Geh weg von hier, Mitzi«, rief ihr Agnes zu.

Mitzi befolgte die Anweisung, raffte sich auf und taumelte an den Beamten vorbei auf den Bug zu. Dort waren in vorderster Front die Sitzkissen platziert. Sie musste sich hinsetzen. Jetzt erst stellte sich die Aufregung ein, ihr wurde leicht übel.

Kaum dort angekommen, traute Mitzi ihren Augen nicht. Frau Klaudia streckte eben ihren Kopf aus den Fluten. Sie musste unter dem Schiff durchgetaucht sein. Ihre nun nassen Haare klebten wie eine dunkle Badehaube an ihrem Kopf.

»Hier is sie.« Mitzi wandte sich zurück und formte mit den Händen einen Trichter, um gehört zu werden. »Agnes, da is sie, hier vorne!«

Als Nächstes ertönte aus dem Wasser ein »Hilfe!«.

Mitzi wirbelte herum. Klaudia war zwar Agnes und den Beamten fürs Erste tatsächlich entwischt, aber nicht der Donau. Mit den Stromschnellen und Strudeln war der Fluss unberechenbar und gefährlich, jedes Jahr gab es Tote.

Noch ein »Hilfe!« erklang, dann verschwand Klaudia von der Wasseroberfläche, als hätte es sie nie gegeben.

Frau Klaudia hatte als Oberboss mehrfach Raubüberfälle organisiert, sie hatte zwei Menschen getötet und Mitzi als Geisel genommen. Ach ja, sie hatte auch auf Mitzi geschossen, nicht zu vergessen. Klaudia war ein ziemlich böses Mädel, wie es in Mitzis Sprachschatz hieß.

Trotzdem zögerte Mitzi nicht einen Wimpernschlag.

7

Das Wasser ist kälter als vermutet. Sie braucht ein paar Sekunden, bis sie sich orientiert hat. Aber Mitzi lässt sich nicht beirren, wenn es darum geht, ein Menschenleben zu retten. Wie von weit weg meint sie, Agnes wieder rufen zu hören, diesmal voller Angst.

Sie holt tief Luft und taucht unter. Macht die Augen auf. Vor ihr ist alles trüb und verschwommen, kein klarer Blick. Wenn die Lage nicht so ernst wäre, würde Mitzi jetzt Luftblasen mit den Lippen formen und nach oben schicken. Wie ein Fisch in einem Aquarium.

Stattdessen versucht sie, sich umzuschauen, und hat Glück. Ein Stück unter sich sieht sie Klaudia. Die strampelt wie ein Welpe. Auch sie hat die Augen geöffnet und streckt Mitzi die gebundenen Hände entgegen. Mitzi greift zu, bekommt ein Handgelenk zu fassen und zieht.

Zugleich merkt sie, wie etwas anderes, etwas Tieferes unter ihr, sie beide erfasst und an ihnen zerrt.

Klaudia schafft es auf eine Höhe mit Mitzi. Mitzi packt die Frau an der Hüfte und drückt, schiebt sie gegen den Strudel hinauf. Mitzis Beine leisten dabei mehr Arbeit als ihre Arme, einem Frosch gleich presst sie und versucht immer weiter, das helle Licht zu erreichen, über der Wasseroberfläche.

Es gibt oben ein Geräusch, noch jemand ist in die Donau gesprungen. Ob das Agnes ist?

Plötzlich sind zwei Arme da, Hände, Finger. Die krallen sich an Klaudias Schulter fest. Mitzi kann sehen, wie Klaudia den Mund aufreißt und dadurch Wasser einatmet. Dann wird die Co-Kapitänin von Mitzi fort- und hinaufgezogen. Mitzi lässt los.

Was danach geschieht, ist logisch und unvermeidbar. Mitzi hat es vorausgeahnt, gewusst, ist das Risiko eingegangen.

Noch bevor die rettenden Arme auch sie erreichen können, zieht der Sog des Wasserstrudels Mitzi weiter nach unten.

Ihre Lungen beginnen um Luft zu betteln. Sie hat das Gefühl, als würde ihr Kopf größer werden, sich aufblähen, während sie krampfhaft versucht, ihre Lippen zusammengepresst zu lassen.

Das Wasser vor ihren Augen hat nichts mehr von schöner blauer Donau. Es ist undurchsichtig, die Farbe ist ein hässliches Braun mit vereinzelten grünlichen Streifen.

Mitzi versucht zu schwimmen, wenigstens wieder mit den Beinen zu strampeln, aber je mehr sie sich anstrengt, desto tiefer zieht es sie. Als ob der Fluss sie in einen endlosen Abgrund mitnehmen wollte. Ihr Blick geht nach oben oder zu dem, was Mitzi für oben hält. Es ist unmöglich, Richtungen zu bestimmen.

Klaudia hat es geschafft, das zählt für Mitzi. Egal, wie schwer ihre Verbrechen gewesen sind, egal, wie sehr sie versucht hat, auch Mitzi auszuschalten. Wichtig ist der Erhalt des Lebens. Mitzi könnte unmöglich Anteil an einem weiteren Tod haben, das würde sie emotional schneller ertrinken lassen, als es das Wasser nun tut.

Das Betteln ihrer Lungen geht in ein Schreien über. Ihr gesamter Organismus ist darauf aus, Sauerstoff zu tanken.

Bitte, lieber Gott, einen Atemzug, einen winzigen, fleht Mitzis Hirn.

Die Donaugötter sind heute jedoch gnadenlos oder haben gerade anderes zu tun, als sich um die Rettung eines Menschleins zu kümmern, das ohnehin vergangene Schuld abzutragen hat.

Mit einem Schrecken, der zwischen das körperliche Weh schießt, überlegt Mitzi, wie es gleich sein wird, wenn sie ertrunken ist und auf ihre Familie trifft. Ob die ihr Vorwürfe machen? Was, wenn sie gar nicht in den Himmel kommt, wegen ihres Fehlers damals?

Es ist auch immer noch nicht aufgeklärt, ob die kleine Mitzi tatsächlich das große Feuer ausgelöst hat und damit die Explosion, die aus der vierköpfigen Schlager-Familie ein einzelnes Waisenkind gemacht hat. Das muss unbedingt ermittelt und bearbeitet werden.

Mit aller Macht presst Mitzi den Mund weiter zusammen, versucht eine, nur eine Schwimmbewegung zu machen, wird mitgerissen in eine nasse Hölle. Dort in der Tiefe sind Mama, Papa und ihr kleiner Bruder sicher nicht zu finden.

Agnes, denkt Mitzi weiter, Agnes wird es herausfinden. Sie weiß, wie wichtig es Mitzi ist, Klarheit zu erhalten. Und Agnes wird es Mitzi mitteilen, wenn es sein muss über die Grenzen von Leben und Tod hinaus.

Geh, wie dramatisch du wieder bist, Mitzilein, sagt jemand.

Wer? Mitzi spricht oder meint, es zu tun.

Da schau her.

Mitzi schaut, und mitten im braun-grünen Strudel sitzt ihre Oma Therese. Die alte Dame hat es sich im Tosen und Brausen bequem gemacht, ihre Finger bewegen sich, als würde sie ein Strickzeug halten, und ihr Kopf wackelt hin und her.

Oma.

Ja, Mitzi, richtig erkannt. Hab mich nicht sehr verändert in der Ewigkeit.

Der Schalk, den Oma Therese immer hatte, blitzt durch.

Oma, kommst mich abholen?

Plötzlich verändert sich das freundliche Gesicht von Mitzis Großmutter. Oma Therese zeigt ihr früher immer so weißes Gebiss, als ob sie gähnen würde, die Zähne sind nun von grünen Algen überwachsen.

So was will ich nicht hören, Mitzilein. Du hast keinen Grund, sterben zu wollen.

Auch die Augen verändern sich, die Pupillen werden lang und schmal.

Du lässt jetzt los, Mitzilein.

Die Gestalt vor ihr versucht ein aufmunterndes Lächeln, was ihr völlig misslingt. Es sieht eher aus wie ein schiefes Fischmaul, vielleicht einer Forelle oder eines Flussbarsches. Keine paar Sekunden mehr wird Mitzi das Nichtatmenkönnen durchhalten, dann wird sie Wasser in ihre Lungen saugen und daran ersticken.

Ich kann nicht loslassen, Oma, ich muss schwimmen. Und vor allem muss ich atmen.

Das Oma-Fisch-Wesen hebt den Rock, statt Beinen hat es tatsächlich einen Fischschwanz, möglicherweise ist es eine Donaunixe. Mit diesem Schwanz schlägt es aus und trifft Mitzi am Hinterteil.

Dann kommt es Mitzi so vor, als würden sie und das Wesen mit dem Wasser verschmelzen. Eins werden mit dem Fluss. Jeder Widerstand ist zwecklos.

Im nächsten Moment wird sie herumgewirbelt und gedreht. Geschüttelt, nicht gerührt, könnten die James-Bond-Fans, wie Mitzi einer ist, sagen. Ja, einem Cocktail gleich wird sie rauf- und runtergeschwenkt.

Immerhin tut es kaum mehr weh. Das ist das Beste an dem wilden Ritt. Um sie herum wird es heller, also kommt sie doch in den Himmel.

Jemand drückt gegen ihre Brust, fest und immer fester und in einem anhaltenden Rhythmus. Jemand küsst sie, aber auf eine eher professionelle Weise.

Der Kuss und das Drücken bewirken, dass sie sich zur Seite dreht und erbricht.

Wasser schießt aus ihren Lungen, aus ihrem Magen, aus ihrem Kehlkopf, aus ihrem Mund.

Dann, ja dann kommt er, der nächste Atemzug. Der schmerzt jetzt hingegen richtig, er sticht in den Lungen, aber er bringt auch das Leben zurück.

Mich hat die Donau wieder ausgespuckt, denkt Mitzi.

Wahrscheinlich war ich ihr zu langweilig. Oder auch zu verkorkst.

Nach dieser Feststellung verliert sie endgültig das Bewusstsein.

8

Mitzi war erstversorgt und stabil. Sie lag auf der Trage im Inneren des Rettungswagens. Auf ihrem Gesicht eine Beatmungsmaske, über ihrem Körper eine Decke. Die Feuchtigkeit ihrer Kleidung darunter war unangenehm. In ihren Ohren gluckerte es, als wäre sie noch unter Wasser, und auf ihrer Zunge hatte sie ein pelziges Gefühl wie nach einem Glas Wein zu viel.

Der erste Mensch, der Mitzi nach Arzt und Sanitäter und einem Polizisten in Uniform endlich bekannt vorkam, war der Kapitän der MS »Nene«, Bruno Brown.

Bruno war eben in den Wagen eingestiegen. Er hatte ebenfalls eine Rettungsdecke aus goldener Folie um seine Schultern, sein Hemd und seine Hose waren klitschnass und tropften auf den Boden des Wagens. Auch über den Rand seiner schwarzen Schuhe quoll das Wasser der Donau.

»Hallo, Frau Schlager.« Er lächelte matt.

Mitzi starrte ihn an. »Sie waren es? Sie haben mich gerettet?«

»Das war ja wohl die Pflicht eines Kapitäns. Obwohl ich in all den Jahren auf verschiedensten Flüssen noch nie einer Passagierin nachspringen musste. Überhaupt hatten wir nie einen Gast wie Sie. Nix für ungut, is nicht bös gemeint.«

»Versteh ich.« Mitzi schob sich die Atemmaske vom Gesicht auf die Stirn, sie hatte das Gefühl, ohne sie sogar besser Luft zu bekommen. Es war herrlich, nach dem Donauwasser wieder Sauerstoff einatmen zu dürfen. »Ich glaub, Ihre Pflicht wäre es auch, bis zum Schluss an Bord zu bleiben, sollte das Schiff sinken. Oder, Herr Brown?«

Er stieß ein Pfeifen aus. »Der Kapitän geht als Letzter von Bord, oder er geht mit seinem Schiff unter. Das is tatsächlich eine maritime Regel und Tradition. Ich trage bis zuletzt die Verantwortung für Schiff, Besatzung und Passagiere. Und muss diese zur Not retten, wie ich es bei Ihnen getan hab.«

»Frau Klaudia wäre ertrunken, wenn ich nicht hinterhergesprungen wäre.«

»Das war mutig, aber wahrscheinlich wäre sonst ich oder einer der Polizisten ebenso ins Wasser. Ich schätze Ihren Einsatz, obwohl ich ihn als überflüssig erachte.«

»Kann sein.« Vorsichtig richtete sich Mitzi auf. »Geht's Ihnen gut?«

»Es geht. Wenn man die Umstände berücksichtigt.«

»Werden Sie Schwierigkeiten kriegen? Weil Sie ja zu lange gezögert haben und nicht die Polizei rufen wollten.«

»Wird sich zeigen, Frau Schlager.«

»Ich kann aussagen, dass Sie eigentlich die Reise vorzeitig beenden wollten.«

Er schüttelte den Kopf, Tropfen hüpften wie winzige durchsichtige Gummibällchen um seine schwarzen Locken. »Ab sofort bleiben wir alle bei der Wahrheit.«

»Wie Sie meinen.«

»Trotzdem danke für das Angebot. Ihre nächste Flussschiffreise, sofern ich wieder eine leiten darf, geht auf mich. Mit allem Drum und Dran.«

»Echt?« Bei der Aussicht erwachten Mitzis Lebensgeister. Sie setzte sich vollends auf und schlug die Decke zurück. »Das is unglaublich nett.«

»Obwohl Sie mir ziemlich auf die Nerven gegangen sind mit Ihrer Hartnäckigkeit, hatten Sie mit allem recht.«

»Nicht mit der Täterin, Herr Kapitän. Zuerst hab ich andere verdächtigt. Im Stillen.«

»Aber mit der Bande. Und mit der Gefahr, in der wir alle geschwebt haben. Die Einladung steht. Ich muss nur noch abwarten, wie meine eigene Karriere weitergeht.«

»Dürft ich den Rudolfo dann mitnehmen?« Sie legte ihre Hand auf seine Schulter, die Rettungsdecke knisterte. »Ohne dass er Klavier spielen muss. Auch ein Urlaub für ihn?«

Kaum hatte Mitzi seinen Namen ausgesprochen, hechtete Rudolfo förmlich ins Innere des Rettungswagens.

»Spatz, Spatzerl, du bist wohlauf, halleluja. Der Notarzt hat eben das Okay gegeben, dass ich zu dir darf.« Er kam an die Trage und fasste ihre Hände. »Danke, Kapitän, danke!«

»Schon gut. Dann lass ich euch allein«, meinte Bruno Brown und entfernte sich mit einem eleganten Sprung aus dem Wagen. Die Bewegungen des Fahrzeugs durch das flotte Ein- und Aussteigen erzeugten bei Mitzi ein Schwindelgefühl. Sie legte sich wieder hin. »Es is alles in Ordnung, mein Drosselbart. Mach dir keine Sorgen. So schnell wird man eine Mitzi nicht los.«

Plötzlich kniete er sich vor die Trage. »Heirate mich, Mitzi!«

»Wie bitte?« Mitzi versuchte den Schwindel wegzudrücken und sich erneut aufzusetzen. Der Rettungswagen schien auf einer schiefen Ebene zu stehen. »Das is nicht dein Ernst?«

Mit einer theatralischen Geste fasste sich Rudolfo ans Herz. »Nach allem, was wir durchgemacht haben, passen wir perfekt zusammen. Du ziehst nach Lilienfeld, wir suchen uns ein hübsches Haus mit Blick auf die Berge. Ich lasse mich in der Pension fix als Portier anstellen, und für dich finden wir in einem Touristenort in der Wachau auf jeden Fall auch einen Job.«

Es gab diesen kurzen Moment, das musste Mitzi sich eingestehen, in dem sie überlegte, Ja zu sagen. Lilienfeld war ein traumhaft schönes Städtchen mit seinem Stift und dem Hausberg, dem Muckenkogel. Sie konnte sich ihr zukünftiges Ich in einem Dirndl vorstellen, das ihr hervorragend stehen würde, neben Rudolfo in Lederhosen. Er mit seinem Lindwurm-Tattoo, sie würde sich einen Schmetterling stechen lassen. Ihr Haus würde vor Pflanzen und Büchern überquellen, und vielleicht würde sich ein oder zwei Jahre nach der Hochzeit, bei der Agnes ihre Trauzeugin sein würde, sogar Nachwuchs einstellen. Ein Butzerl für Mitzi. Mitzi als Mama.

»Nein!«, antwortete sie schroffer als beabsichtigt.

Denn hinter der Idylle lauerte immer noch ein verstecktes Feuer, ein Glutnest an traumatischen Erinnerungen. In einer

Explosion vor ihrem inneren Auge meinte Mitzi, sich als Kind zu sehen, unversehrt wie eine Blume, die als Einzige ein Unglück überstanden hatte und dadurch sehr einsam geworden war.

»Nein und nein.« Wiederholte sie.

Die Enttäuschung war Rudolfo anzumerken. »Einmal nein hätte auch genügt.« Mit einem Ächzen kam er von den Knien hoch.

Sie wollte es ihm erklären, ihm von der MörderMitzi erzählen, dem Mädchen mit den blonden Zöpfen, die Eltern und einen Bruder gehabt und verloren hatte. Ein Verlust, der unwiderruflich war.

»Mitzi!« Die nächste Besucherin war Agnes. »Himmel, du machst mich fertig. Was hast du dir denn dabei wieder gedacht?«

»Agnes. Du weißt doch, dass ich selten nachdenk. Is bei dir alles in Ordnung?«

»Bei mir ja. Aber Eva, eine junge Kollegin von mir, ist schwer verletzt worden. Ein zweiter Beamter hat ebenfalls eine Gehirnerschütterung. Das macht mir zu schaffen.«

»Himmel!«

»Jan ist wenigstens schon bei Bewusstsein. Und auch Eva kommt durch. Das steht inzwischen fest. Mir fällt ein Felsbrocken vom Herzen. Zum Glück bist du ebenfalls außer Gefahr, Mitzi. Du hast meine Nerven wieder einmal mehr strapaziert, als jeder Kriminalfall es könnte.« Sie quetschte sich an Rudolfo vorbei und umarmte Mitzi. »Später einmal kannst du Konstanze erzählen, wie du in der Donau gelandet bist.«

»Was is denn hier für ein Bahö?« Der Notarzt war zurück. Das Wageninnere war vollends ausgefüllt. »Muss ich die Polizei rufen und euch alle rausschmeißen lassen?«

»Ja, machen Sie das!«, rief Mitzi.

Alles drehte sich in Mitzis Kopf, doch sie begann zu lachen, laut und immer lauter. Agnes stimmte in das Lachen mit ein. Schließlich auch der geknickte Rudolfo.

Nur der Notarzt nicht.

9

Tag drei nach der Rückkehr in ihr neues Salzburger Zuhause. Es war schon nach zehn Uhr abends, als Mitzi klingelte. Davor hatte sie stundenlang überlegt, ob sie es wagen sollte oder nicht, ob es überhaupt eine gute Idee war. Agnes hätte ihr sicher widersprochen und sie davon abgehalten.

Aber Agnes war nicht hier. Sie wohnte mit Axel und Konstanze in Kufstein, arbeitete am dortigen Polizeirevier, war also weder für die Stadt Salzburg noch für die Bewohner im Haus in der Nonntaler Hauptstraße zuständig. Aber das wichtigste Argument gegen Agnes' sicherlich erfolgten Ratschlag war, dass sie nicht das gesehen hatte, was Mitzi in jener Nacht einige Zeit vor ihrer Flussschiffsreise beobachtet hatte.

Aus dem Grund musste Mitzi einfach nachhorchen, nachsehen, nachspüren. Sie mochte sich bei ihren Verdächtigungen auf der MS »Nene« geirrt haben, aber das hieß noch lange nicht, dass sie auch hier falschlag.

Als sich keiner meldete, drückte Mitzi noch einmal auf den Klingelknopf.

Von drinnen waren schlurfende Schritte zu hören. Ein Schlüssel an einem Schloss oben wurde umgedreht, zweimal ein anderer in der Mitte. Die Tür wurde einen Spaltbreit geöffnet, Mitzi bemerkte eine noch angelegte Sicherheitskette in der Mitte. Wenn man nichts zu verbergen hat, wozu dann all diese Verriegelungen?, überlegte sie.

Laut sagte sie: »Wunderschönen guten Abend, liebe Frau Schiefenbrunner«, und setzte ihr zuckersüßestes Lächeln auf.

Lotte Schiefenbrunners Haare standen zu Berge. Mitzi fiel auf, dass sie dunkle Ringe unter den Augen hatte und rote Flecken auf den Wangen. Auf ihrer Stirn glitzerten Schweißtropfen, als hätte sie bis eben schwer gearbeitet. Sie trug einen dunkelgrünen Hauskittel und an den Füßen wollene Hausschuhe, obwohl der Abend lau war. Mitzi schätzte die Nachbarin und Teilzeithausmeisterin auf Ende vierzig.

»Ja, bitte?«

»Ich bin die Maria Konstanze Schlager, die Neue von ganz oben in der WG. Aber Sie können mich gerne Mitzi nennen.« Sie streckte ihre Hand aus und machte einen halben Schritt nach vorn.

Die Frau blinzelte. »Is was g'schehn?«

»Nein, nein.« Mitzi ging rasend schnell die Geschichte durch, die sie sich zurechtgelegt hatte. Das Geschichtenerfinden lag ihr. »Die Störung tut mir leid, Frau Schiefenbrunner –«

»Lotte«, unterbrach sie die Frau. Sie stieß einen Seufzer aus und wirkte derart erschöpft, dass Mitzi sich für einen kurzen Moment gar nicht mehr vorstellen mochte, dass sie einer Person gegenüberstand, die ihren Mann hatte verschwinden lassen. »Die Minni hat mir mitgeteilt, dass jemand Neues oben wohnt, solange sie in Neuseeland is. Das is schon länger her.«

»Australien.«

»Eins wie's andere.« Lotte wischte sich den Schweiß von der Stirn. An ihren Fingern hingen merkwürdige weiße Fäden, die wie helle Strohhalme wirkten. »Also, was gibt es, Mitzi?«

»Bei uns oben tropft der Wasserhahn in der Küche.« Das stimmte immerhin halb. Wenn man zudrehte, tröpfelte es tatsächlich noch länger nach, aber das war kein wirkliches Problem. »Deshalb hab ich, Depperl, eine der Armaturen abgeschraubt, und dabei is mir die Dichtung runtergefallen, und ich hab sie nicht mehr finden können. Jetzt rinnt es leider und lässt sich nicht mehr zudrehen. Von meinen Mitbewohnern is keiner zu Hause. Und die Minni hat g'meint, dass sich Ihr Mann um Hausangelegenheiten kümmert. Vielleicht kann er mir mit einer neuen Dichtung aushelfen.«

Mitzi setzte einen naiven Blick zu ihrem Lächeln dazu. Sie

kramte in der Tasche ihrer Jeans und zog den Warmwasser-drehknopf heraus. Die Dichtung hatte sie in ihrem Zimmer versteckt, nur falls Lotte es oben hätte nachprüfen wollen.

»Ui.« Mehr kam nicht über Lottes Lippen, aber sie machte mit einem Handgriff die Sicherheitskette los.

Dann drehte sie sich um und schlurfte durch einen Flur, der Mitzi lang und dunkel vorkam. Sie seufzte ihrerseits, bevor sie Lotte in die Wohnung folgte. Zur Sicherheit bückte sie sich rasch und schob den Fußabtreter unter den unteren Türspalt, was ein Zuschlagen verhindern würde. Sollte es einen Grund geben, Reißaus zu nehmen.

Unter ihren Füßen knarrte der Dielenboden, der dunkel-braun war und dadurch den düsteren Eindruck vermittelte. Nach einer Garderobe, an der ein einzelner Schirm hing, folgten an den Wänden Bilder, eingerahmte Plakate, die Zauber-shows ankündigten.

Links und rechts gab es weitere Türen, die alle verschlossen waren. Mitzi wunderte sich, dass die Aufteilung der Parterre-wohnung so anders als der Schnitt des Appartements unterm Dach war. Bei ihnen kam man erst in ein geräumiges Vor-zimmer, dann in die Wohnküche, von der aus die einzelnen WG-Bereiche abzweigten.

»Hallo, wo bleiben S' denn, Fräulein Mitzi?«, rief Lotte aus dem Zimmer ganz am Ende des Flurs.

Mitzi trippelte vorwärts und war unentschlossen, wie sie weiter vorgehen sollte. Ihre vorbereitete Geschichte hatte mit dem Betreten der Wohnung ein Ende gefunden, nun hieß es improvisieren. »Soll ich nicht hier warten, bis Ihr Mann mir weiterhilft?«

Plötzlich tauchte Lotte wieder auf. Sie winkte Mitzi heran. »Der Hansi is unpässlich.«

»Das tut mir leid. Is er krank?«

»Dem fehlt nie was. Pumperlg'sunder Kerl.«

»Aha.« Ein totaler Widerspruch, der Mitzi irritierte. »Also is er fort?«

»Wollen S' nach einer Dichtung schauen oder nicht?« Sie hob einen Zeigefinger und krümmte ihn in Mitzis Richtung. In Mitzis Gedächtnis schwappte das Märchen von Hänsel und Gretel hoch. Wenn Lotte die Rolle der Hexe übernahm und Mitzi die Gretel war, dann war der Hansi-Hänsel wohl schon im Backofen gelandet. »Rein mit Ihnen.«

Mitzi hatte das Zimmer am Ende des Flurs erreicht.

»Der Hansi hatte eine penible Ordnung.« Lotte wackelte mit dem Kopf hin und her, was sie noch hexenmäßiger wirken ließ. »Sie können die Schublade mit dem Aufkleber ›Dichtungen‹ aufmachen, dann suchen Sie, ob was Passendes dabei is.«

Mitzi schluckte. Wieder fielen ihr die hellen Fäden auf, die sich auch in Lottes abstehenden Haaren verfangen hatten. »Hatte?«

»Hat, mein ich, er hat. Wir zahlen die Hälfte Miete, dafür kümmern wir uns ums Haus. Also der Hansi würd Ihnen leicht geholfen haben, wenn er nicht …« Sie hustete und beendete den Satz nicht. »In den Keller könnten wir noch runter, falls Sie hier drinnen nix finden. Dort hat der Hansi auch zwei Regale mit Werkzeug.«

Niemals würde Mitzi mit Lotte in den Keller steigen, niemals. »Es eilt nicht.«

»Aber das Wasser rinnt, haben Sie doch grad g'sagt.« Lotte stemmte die Hände in die Hüften. »Das kostet Geld, Fräulein.«

»Stimmt.« Mitzi stöhnte innerlich. »Ich such zuerst lieber hier drin.«

Der Raum sah tatsächlich wie eine gut organisierte Bastelwerkstatt aus. Am Fenster stand eine Werkbank, die mit allen möglichen Werkzeugen bestückt war. Mitzi entdeckte Sägen in verschiedenen Größen, Schraubenzieher und Zangen, einen Handschleifer und einen schweren Hammer. Links und rechts waren Regale angebracht mit jeder Menge Schubkästen. Alle waren beschriftet.

Neben dem Fenster war eine Terrassentür, die hinaus in den Innenhof führte. Genau dorthin wollte Mitzi. Ein einziger

Blick unter die Abdeckung und mit Glück auf die Holzkiste würde genügen, um zu wissen, ob sie eventuell Agnes um einen Einsatz bitten musste.

Mitzi stellte sich seitlich zur Tür und versuchte, etwas zu erspähen. Zwar brannte über den drei Stufen, die nach unten führten, eine Neonlampe, doch das Licht reichte nicht bis zum hinteren Abschnitt des Hofes und der Abdeckung.

Lottes Zeigefinger deutete nun auf eine Lade rechter Hand.

»Suchen müssen S' selbst.«

Plötzlich begann neben ihr Wolfgang Ambros, sein Lied »Ruaf mi ned an« zu singen.

Mit einem Aufschrei wirbelte Mitzi herum.

»Na, na, na, net erschrecken«, meinte Lotte, und zum ersten Mal stahl sich ein Grinsen auf ihre Lippen. Sie holte ein Mobilteil aus ihrem Hauskittel. Ambros' Stimme wurde lauter. »Das is mein Handyklingelton. Mit einem Liederl vom Wolfi. Bei dem hat sich noch keiner gefürchtet.«

»Ich fürchte mich nicht.«

»Da muss ich ran.« Lotte machte auf dem Absatz kehrt und schlurfte in den Flur zurück. Eine Tür öffnete und schloss sich, mehr konnte Mitzi nicht mehr hören.

Obwohl Mitzis Herzschläge sich beschleunigt hatten, nutzte sie die Gunst dieses Moments. Sie legte den Warmwasserdrehknopf auf die Werkbank, holte tief Luft, öffnete die Terrassentür und sprang die drei Stufen nach unten, während sie ihr eigenes Smartphone zückte.

Nach wenigen Schritten war sie an ihrem Ziel. Ein Tuch war wie ein Vorhang zusätzlich an der Abdeckung angebracht worden. Mitzi schob es zur Seite und hielt gleichzeitig ihr Handy in die Höhe.

Was sie sah, waren Pflanzen.

Die abgedeckte Ecke des Innenhofs war vollgestellt mit Töpfen, in denen langstielige Grünpflanzen mit gezackten Blättern wuchsen und wucherten. Die längliche Kiste konnte Mitzi nicht ausmachen.

Der unerwartete Fund irritierte sie so sehr, dass sie einfach stehen blieb. Sogar Fotos zu machen, wie sie es sich vorgenommen hatte, vergaß sie. Was war hier los?

»Cannabis.« Lotte war plötzlich dicht hinter ihr, ihr Ton war leise, aber scharf. »In Steinwolle angebaut, wachsen die Pfanzerln am besten. Unter Tageslichtlampen.«

Mitzis Herz war nicht bereit, sich zu beruhigen. »Klar.« Mehr fiel ihr dazu nicht ein.

Dafür redete Lotte bereits weiter. »Ich brauch es aus medizinischen Gründen, wissen Sie, Fräulein Mitzi. Zum Einschlafen und Durchschlafen. Gegen mein Rheuma. Gegen meinen Husten und andere Beschwerden. Und in Österreich is es immer noch nicht erlaubt. Was ein Witz is, finde ich. Das Gesetz is ein bisserl schwammig, das schon, aber meine Hanfecke hier is ganz sicher illegal. Sie werden mich nicht verpfeifen, gell?«

Mitzis Mund ging einmal auf und zu. »Das is alles nur für Sie?«

»Auch für Freunde, wenn Sie wissen, was ich meine.« Lottes Zeigefinger tippte auf Mitzis Schulter. »Sie können eine Gratisprobe mitnehmen, wenn Sie vielleicht Einschlafprobleme haben.«

»Nein danke. Aber ganz lieb von Ihnen.« Mitzi stotterte. »Ich werd weiter nach einer richtigen Dichtung suchen und Sie dann in Ruhe lassen.«

»Ich verlass mich auf Ihre Verschwiegenheit, Nachbarin.«

»Natürlich.«

»Mein Mann kommt Ende der Woche von seiner Tournee zurück, dann kann er sich auch die Armatur in der Küche oben bei euch anschauen.«

»Was?« Mitzi steckte ihr Handy zurück in die Jeanstasche und drehte sich in Zeitlupe zu Lotte um. »Der Hansi is …« Ihr fehlten endgültig die Worte.

»Der Hansi is Zauberer. Hat Ihnen das die Minni nicht erzählt?« Das vorhin erschienene Grinsen auf Lottes Gesicht war immer noch da.

»Nein.«

»Er geht regelmäßig auf Tournee durch die einzelnen Bundesländer. Jetzt is er grad in Vorarlberg, war gestern erst in Bregenz. Im Keller unten is eine kleine Bühne aufgebaut, unten probiert er alle seine Tricks aus. Die Minni hat sich schon manchmal als Assistentin zur Verfügung gestellt. Wäre das auch einmal was für Sie, Mitzi? Die zersägte Jungfrau in einer Kiste is sein neues Projekt.«

10

»Alles okay, Mitzi?« Agnes musterte ihre Freundin.
Mitzi hatte ihr eben von Lottes Marihuana-Anbau erzählen
wollen, aber sich selbst unterbrochen. »Du meinst in Salzburg,
Agnes?«

»Nein, jetzt. Du zitterst, aber das Wasser ist bacherlwarm.«
Obwohl sie nur bis zum Bauchnabel im Schwimmbecken
stand, hatte Mitzi Angst. Die Erlebnisse während der Flussschifffahrt steckten ihr noch in den Knochen. »Ich bin plötzlich erschrocken, weil ich an die Donau denken musste.«

»Hier gibt es keine Strudel und keine Wellen, keine Sorge.«
Agnes näherte sich ihr im Becken, Konstanze auf den Armen.
»Es ist sogar gut, dass du so schnell wieder ins Nasse springst.«

»Du weißt immer, was ich denke, Agnes.«

Agnes prustete los. »Das ist der Scherz dieses Tages, Mitzi.
Meistens habe ich keine Ahnung, was dir durch den Kopf
schießt. Sonst hätte ich dich schon von vielen Dingen abgehalten, glaub mir.«

»Bitte, lass das Wörterl noch eine Weile weg, Agnes. Der
Schuss auf mich im Whirlpool hat mich im Nachhinein betrachtet sogar mehr erschreckt als der Sprung in die Donau.
Weil ich mir total hilflos vorgekommen bin. Die Entscheidung,
mich in den Fluss zu stürzen, hab ich dagegen selber getroffen.«

»Was dir auf der Flussschifffahrt passiert ist, beschäftigt
mich, ehrlich gesagt, immer noch.«

»Es gab ein Happy End, das zählt.« Mitzi atmete durch.
»Ich hab sogar neue Freunde gefunden.«

»Ja? Ehrlich?«

»Zumindest WhatsApp-Freundschaften. Mit dem Reiseleiter Florian kommuniziere ich weiter. Auch mit der Jule.
Dabei hatte ich die zwei anfangs verdächtigt.«

»Du hast mir erzählt, dass du jeden auf dem Boot für den Mörder gehalten hast. Bevor du den Fleck entdeckt hast.«

»Stimmt. Beim Flori hat mich seine Narbe neugierig gemacht, und seine Traurigkeit hat mich beschäftigt. Dabei stammt die Narbe von einem Fahrradsturz, und traurig war er, weil er romantische Gefühle für Kapitän Bruno Brown hegt.«

»Was ist mit der jungen Frau?«

»Die is ein bisserl wie ich früher. Weil sie aber leider boshafter im Beurteilen von anderen Menschen is als ich, hätt sie auch was angestellt haben können. Ich hab ihr nahegelegt, öfter ihre Oma zu besuchen. Nicht nur auf einen Kaffee, wie sie es in Bratislava gemacht hat. Bei den Gelegenheiten kann sie mir neue Rezepte mitbringen.«

Schon wollte Mitzi als Nächstes das Springmesser in Rudolfos Kajüte ansprechen, aber im letzten Moment schwieg sie darüber. Zuerst musste sie sich endlich durchringen, ihn persönlich zu fragen. Solange sie das Gespräch aufschob, bestand immer noch die Möglichkeit, dass es nicht seines gewesen war.

»Entschuldige.« Auf Agnes' Arm sah sich Konstanze mit großen Augen um. Sie begann sich zu bewegen und schien lieber wieder ins Trockene zu wollen. »Was meine Tochter möchte, errate ich auch selten. Beim letzten Mal fand sie das Babyschwimmen zum Quietschen. Heute wirkt sie unsicher.«

Neben Mitzi, Agnes und Konstanze hatten sich in dem Becken ein Dutzend Mütter mit ihren properen Babys versammelt. Der Kurs im Reha-Zentrum Bad Häring fand zum zweiten Mal statt. Die Kursleiterin stand neben einer Bademeisterin am Beckenrand und beobachtete konzentriert die Gruppe. Nach einer Einführung warteten alle auf den Start.

»Du bist eine tolle Mama und Inspektorin.« Mitzi drückte Agnes kurz. »Und ich eine super Patentante.«

»Ganz ehrlich, Mitzi? Mir setzt die Geschichte mit Eva und Jan noch zu. Er tut wieder Dienst, aber Eva hat sich weiter krankschreiben lassen. Braucht noch Zeit, sich von dem Schock des Angriffs zu erholen.«

»Verstehe ich. Doch du kannst nichts dafür, Agnes.«

»Vielleicht.« Agnes runzelte die Stirn wie jetzt auch ihre Tochter. »Vielleicht hab ich zu früh wieder angefangen, mich um die Verbrecher zu kümmern statt um meine kleine Familie.«

»Agnes! Du bist mit Leib und Seele Polizistin. Abgesehen davon haben alle Mütter, die arbeiten, Stress. Also, ich komme immer, wenn du mich brauchst.«

»Das weiß ich, Mitzi. Axel ist ja da, meine Eltern, meine Schwester würde ebenfalls einspringen. Ich hab wirklich Glück mit euch allen.« Agnes gab Konstanze ein Küsschen auf die Backe. Die Kleine ließ das Wasser unter sich nicht aus den Augen. »Wie geht es weiter mit dir und Rudolfo?«

»Er hat mir gestern per Videochat einen nächsten Antrag gemacht.«

»Was? Das erwähnst du nebenbei?«

»Ich hab wieder Nein gesagt.«

»Wundert mich nicht. Ein Heiratsantrag per Video ist nicht sehr romantisch.«

»Das wär mir wurscht, Agnes. Aber die Entfernung zwischen uns.«

»Axel und ich haben auch zwischen Köln und Kufstein begonnen.«

»Bei euch war's anders.«

»Du liebst Rudolfo nicht. Stimmt's?«

»Ich mag ihn, meinen Drosselbart. Sehr. Aber heiraten? Das passt nicht zu mir. Abgesehen davon, ich würde nicht nach Lilienfeld ziehen wollen, und er is dort verwurzelt. Salzburg is ihm zu snobistisch.«

»Vielleicht findet ihr ein Mittelding. Zum Beispiel Linz.«

»In Linz beginnt's.« Mitzi lächelte schwach. »Wahrscheinlich werd ich nie mehr so richtig lieben können. Zumindest keinen Partner. Bei dir und beim Stanzerl fällt es mir leicht.«

»Blödsinn, Mitzi. Der Richtige ist da draußen.«

»Und ich hier drinnen.«

Sie lachten, Mitzi diesmal freier. Die Angst vor dem Wasser legte sich langsam.

Eine junge Mutter neben ihnen, mit einem noch kahlköpfigen Jungen, war bereits untergetaucht. Loris, wie der Bub hieß, strampelte fröhlich.

»Höchste Zeit! Ihr könnt alle loslegen, Muttis«, rief die Leiterin und klatschte in die Hände.

Konstanze verzog die Lippen. Zugleich streckte sie die Arme nach Mitzi aus. Alle die Ängste und Zukunftsgedanken waren im selben Augenblick verschwunden. Mitzi übernahm die Kleine von Agnes.

»Ja, Stanzerl, was meinst? Wollen wir auf Teufel komm raus planschen?«

Konstanze gluckste, und Mitzi giggelte, als sie sich gemeinsam ins Wasser sinken ließen. Patentante und Patentochter bildeten ein perfektes Duo.

Dann drehte sich Mitzi zu Agnes um. »Sind wir nicht wunderbar wunderlich?«

Post-Credit-Scene oder: Oje

Als Agnes nach dem späten Anruf, den sie von der Polizei in Deutschland erhalten hatte, das Handy zur Seite legte, fühlte sich ihre Hand taub an. Ihre Finger schienen nicht mehr in der Lage zu sein, das Mobilteil noch einmal anzufassen, um Mitzi zu verständigen.

Doch das musste sie tun, dringend.

Es war kurz vor zehn Uhr abends und still in der Wohnung. Konstanze schlief, Axel las im Wohnzimmer in einem Buch. Aber die Ermittler in Köln waren noch aktiv und auf den Beinen. Wäre Agnes ebenso gewesen, wenn es in Tirol passiert wäre.

Laut Vorschrift dürfte sie es Mitzi nicht mitteilen, aber wie oft hatte sie ihretwegen schon die Grenzen überschritten. Also kam es auf dieses eine weitere Mal nicht an.

Mitzi, würde sie sagen, Mitzi, bitte setz dich erst mal.

Warum denn? Is es so was Schlimmes, Agnes? Das wären sicherlich Mitzis direkte Gegenfragen.

Dann würde sich Mitzi auf ihre neue Couch fallen lassen, die quietschgelbe Zitronenfaltercouch, die sie sich letzte Woche geleistet hatte.

Mitzi, es ist ernst. Bitte, hör mir zu.

Ernst ist der Bruder von Bierernst, und die zwei treffen sich immer Sonntag zum Frühschoppen, hihihi.

Mitzi, es ist keine Zeit für Witze. Hör mir zu.

Dann würde Agnes es ihr sagen. Ohne Umschweife.

Danach würde Mitzi vor Angst keinen Schritt mehr vor die Tür wagen. Oder, was noch schlimmer wäre, sie würde vor lauter falschem Mut alles wie immer machen. Herumlaufen, herumreisen und mit Konstanze auf den Spielplatz gehen.

Ihre Tochter. Agnes würde ihre Tochter in der nächsten Zeit nicht Mitzis Obhut überlassen können, zu gefährlich. Sie stoppte diesen Gedankengang ab. Über diesen Abgrund zu schauen würde sie selbst in eine Schockstarre verfallen lassen. Stattdessen sprach sie sich Zuversicht zu: Die Kollegen in Deutschland würden ihn finden und wieder einsperren. Dafür war die Polizei da. Allein wegen der negativen Berichte in den Medien würden sie sich beeilen, des Mannes habhaft zu werden und ihn dorthin zurückzubringen, wo er nach all seinen Verbrechen hingehörte. Lebenslänglich verurteilt, mit besonderer Schwere der Schuld.

Zu guter Letzt war Agnes ebenfalls eine richtig erfolgreiche Inspektorin. Sie würde sich einklinken und dazu beitragen, dass der Bursche nicht weit kam.

Was aber, wenn er bereits unterwegs war? Längst über der Grenze, zurück in Österreich? Auf der Fährte der Frau, die ihn damals überführt hatte – Mitzi.

Draußen gab es bei einem Auto eine Fehlzündung, die Agnes zusammenzucken ließ. »Es reicht!«, rief sie aus. Lauter, als sie wollte.

Im Nebenzimmer schlief Konstanze weiter, auch Axel hatte Agnes nicht bei seiner Lektüre gestört.

Sie griff endlich nach ihrem Handy, merkte, dass ihre Finger zitterten. Auf Mitzis Nummer zu drücken war sonst eine Kleinigkeit.

Drei Klingeltöne vergingen, bevor Mitzi abhob.

»Hey, Agnes.« Sie klang tatsächlich verschlafen. Wahrscheinlich war sie beim Fernsehen eingenickt. »Alles okay mit dem Stanzerl?«

»Alles bestens.«

»Was dann, Agnes?«

»Patentante Mitzi, du könntest morgen nach Kufstein kommen und eine Weile bei uns wohnen. Hab ich mir überlegt. Eine Woche. Vielleicht auch länger. Das Gästezimmer ist leer.«

Mitzi räusperte sich. »Is was g'schehn, Agnes?«

»Ja.«

»Was denn?«

»Sam ist ausgebrochen, Mitzi. Der Auftragsmörder Sam ist aus dem Gefängnis geflohen. Die Kölner Polizei ist ihm auf den Fersen. Du könntest in Gefahr sein.«

Nach dem Satz herrschte Stille zwischen ihnen.

»Sam«, sagte Mitzi schließlich trocken. »Mmh. An den hab ich ewig nicht mehr gedacht.«

Glossar

abpaschen – abhauen

angraben – anbaggern

baba – tschüss

Bahö – Tumult; einen Bahö daraus machen – etwas aufbauschen

bärig – toll, klasse

Beidl – Dummkopf

busseln – küssen

Bussi – Kuss

Butzerl – Baby

deppert – verrückt, irre

Estragonscheißer – Feigling

fad – langweilig

Fetzenschädel – Depp

Futkarli – liebestoller Mann

Gfrast – blödes Ding, auch: schlimmes Kind

Goschata – Großmaul

Gschaftlhuabarei – Klüngelei

Gspusi – Liebelei

Häferl – Tasse

Hefn – Gefängnis

hinten rückwärts fallen – erstaunt, überwältigt sein

junger Hupfer – Anfänger*in

Kieberer – Polizist

Napserl – kleines Stück Schokolade

Pallawatsch – Durcheinander

Pantscherl – Verhältnis, Affäre

Puderant – jemand, der viele Affären hat

pudern – Sex haben

rundumadum – rundherum

Sackerl – Tüte

Schaas – Furz

Schlagobers – Schlagsahne

Spompanadeln – Extrawürste, Sperenzchen

Staubzucker – Puderzucker

Strizzi – unehrlicher Mensch, Spitzbube

Topfengolatsche – Quarktasche

Tschopperl – dummes Ding

Ungustl – unangenehmer Zeitgenosse

Volldilo – Vollidiot

Watschn – Ohrfeige

zwiedernes Nockerl – beleidigte Leberwurst

Himmelhergottzagramentkruzifixhallelulijalecktsmiamarschscheißglumpverreckts – unübersetzbar ☺

Krapfen-Rezept

Portionen: 30
Vorbereitungszeit: 2 Stunden

Zutaten
1 ½ Würfel frische Germ
4 EL Zucker
400 ml Milch
1 kg Mehl
1 Päckchen Vanillezucker
Zitronenabrieb nach Geschmack
2 EL Rum
8 Eidotter
2 TL Salz
⅛ l Rapsöl

Öl zum Herausbacken
Marillenmarmelade zum Füllen
Staubzucker zum Bestreuen

Zubereitung
Germ mit Zucker und warmer Milch zu einem Dampfl anrühren und gut aufgehen lassen.
Mit Mehl, Vanillezucker, Zitronenschale, Rum, Eidotter und Salz zu einem geschmeidigen Teig abschlagen.
Rapsöl dazugeben und so lange schlagen, bis der Teig eine glatte, glänzende Oberfläche hat.
Kurz angehen lassen, in 80 g große Stücke teilen und zu runden Kugeln schleifen.
Auf einem gut bemehlten Tuch an einem warmen Ort gut aufgehen lassen.
Krapfen in reichlich Öl auf beiden Seiten herausbacken.

Marillenmarmelade passieren und die überkühlten Krapfen füllen.
Mit Staubzucker bestreut servieren.

Das Geheimnis des Krapfenbackens
Der Germteig muss geschmeidig sein.
Darauf achten, dass das Öl nicht zu heiß ist, sonst gibt's kein Randerl!
Sorgsame Teigbereitung bei Zimmertemperatur.
Gefühlvolles Kneten.
Lange Stehzeit vor dem Backen.
Richtige Fetttemperatur (max. 160 Grad) beim Herausbacken.

Mit diesen Tipps gelingen die hübschen flaumigen Krapfen mit dem gewünschten weißen Randerl.

Übernommen von:
https://www.oesterreich-spezialitaeten.at/rezepte/krapfen.html

Danksagung

Ein riesiges Dankeschön geht gesammelt an meine Freunde, die mir so getreu zur Seite stehen und mich immer unterstützen.
Danke an meine Familie.
Danke an Julian, Lennart und Laurens, meine tollen Patensöhne.
Danke an alle, die mir stets bei der Recherche helfen.
Danke an das Verlagsteam von Emons.
Danke an meine Lektorin Hilla Czinczoll.
Danke an meine beste Freundin seit Jahrzehnten: Gabriela.
Und ein extra Dankeschön diesmal an meine Oma, der ich durch ihr stetes Vorlesen und Geschichtenerzählen meine eigene überbordende Phantasie verdanke.

Isabella Archan
DIE ALPEN SEHEN UND STERBEN
Broschur, 352 Seiten
ISBN 978-3-7408-0541-8

»Großartig erzählt, todtraurig, gleichzeitig vor Leben sprühend und spannend bis zum Schluss.« SR 3 Krimitipp

Isabella Archan
WENN DIE ALPEN TRAUER TRAGEN
Broschur, 320 Seiten
ISBN 978-3-7408-0761-0

»Die Handlung ist nicht nur äußerst spannend, sondern, wie von Archan gewohnt, auch sehr amüsant. Liebevoll stattet sie ihre Figuren mit kleinen Macken oder Besonderheiten aus. Gratis dazu gibt es einen Schnellkurs in österreichischen Schimpfworten.«
Kölnische Rundschau

www.emons-verlag.de

Isabella Archan
DREI MORDE FÜR DIE MÖRDERMITZI
Broschur, 336 Seiten
ISBN 978-3-7408-1109-9

»Eine spannende Urlaubslektüre, die Vorfreude auf den Besuch in den Alpen macht.« Westdeutsche Zeitung

www.emons-verlag.de

Isabella Archan

DIE MÖRDERMITZI UND DER SENSENMANN
Broschur, 336 Seiten
ISBN 978-3-7408-1397-0

»Isabella Archans Bücher sind mörderisch: mörderisch spannend, mörderisch lustig und mörderisch gut!«   Mike Altwicker, Literaturkritiker

www.emons-verlag.de